講談社文庫

日輪の遺産

〈新装版〉

浅田次郎

講談社

目次

日輪の遺産 7
「悲愴」を聴きながら――あとがきにかえて 552
文庫版あとがき 556
新装版解説 内藤麻里子 562

日輪の遺産

序章

行くえ知れずになった野口先生のことは禁句だった。工場の中では先生の名前さえ、なんだか敵性語みたいに扱われていた。だから私たちは、一日の作業をおえて工場の門を出るとすぐ、いましめから解かれたように先生の心配をしはじめた。三《み》鷹《たか》の駅までずっと、そのことばかりを話していた。

先生が警察に連れて行かれた翌日から、まるで教え子まで危険思想に毒されているとでもいうように、私たちは敷地の隅の第九工場に移された。そこは防空壕から遠く離れていて、いきなり空襲警報が鳴るととても怖い思いをしなければならなかった。機械は古くて、故障ばかりした。そのうえ、工場長が毎朝やってきて、長たらしい精神訓話をした。

それもこれも、野口先生と私たちが友だち同士のように仲が良かったからなのだ。

「まったく、どこへ行っちゃったんだろうねえ、先生」

と、きまって言葉を切り出すのは、男のようにたくましいマツさんだ。口やかましい女子挺身隊員の人たちも、マツさんにだけは何も言わない。素足にはいた駒下駄をガラガラ鳴らしてひとにらみすれば、男の職工さんだって黙ってしまうのだ。誰もマツさんが私たちと同じ十三歳の女学生だなんて信じてはいない。

サッちゃんが相槌を打つ。でもその顔はいつも、駅までの道をだらだらと帰って行く男子生徒の方に向けられていて、あんまり真剣に考えているふうではない。

山の手のお嬢様のスーちゃんは肋膜の病みあがりで体が弱いものだから、私たちのあとをとぼとぼとついてくる。なにかをきかれても、「うん」とか「ええ」とか肯くだけで、あとはお人形さんのようにほほえむ。工場の中ではひとりだけ革靴をはいていて、制服の上衣も遠目に誰だかわかるほど、いつもまっしろだ。そのうえ、ちょっとビックリするような美人だから、誰よりもおとなしい子なのに誰よりも目立ってしまう。

スーちゃんは男子から三日に一度は手紙をもらう。でも本人はオロオロするばかりで、それはきまってマツさんが取り上げ、差出人を工場の裏に呼び出して逆におどかしてしまう。

男子生徒は年季のはいったモンペ姿のマツさんのことを、てっきり挺身隊員の班長か、へたをすれば先生かと思ってふるえあがる。

たまにハンサムな中学生だったりすると、横あいからサッちゃんが上前をはねて、ちゃっかり返事を書いてしまったりする。いちどそんなふうにして知り合った人と、帰り道に井の頭公園で逢い引きをして、憲兵にみつかったことがあるそうだ。

私はいつも、そんな友人たちを面白く観察している。

戦争が終わったら、このふしぎな学生生活を小説に書こう、なんて考えている。平和な時代に読めば、きっとすばらしい青春小説だと思うのだけれど。

私たち四人が、帰るみちみち先生の消息を心配するのには理由があった。私たちは毎日、先生と一緒に帰ったのだ。

マツさんの家は和田本町の八百屋さん、サッちゃんは中野駅前の丸井百貨店の裏。スーちゃんのお邸は橋場町。そして野口先生の下宿は青梅《おうめ》街道の蚕糸《さんし》試験場のそばだから、先生はみんなと一緒に中野で省線をおりて、ひとりずつ送りがてら帰るのだった。

べつに私たちだけをエコひいきしているわけではないのだけれど、それがすっかり先生の日課みたいになっていた。たとえひとときでも生徒の誰かと一緒にいてやろうというお気持ちだったのだと思う。

三人を連れて中野駅のホームにおりるとき、野口先生は新宿の叔母の家まで帰る私に言って下さる。

「久枝、ひとりでだいじょうぶだな」

毎日、必ず同じことをおっしゃる。

「本は、まだあるか」

とも、聞く。「ありません」と答えれば、翌朝ちがう本を持ってきて下さる。まるで恋文でも渡すみたいに、すっと握らせて、必ず何かひとこと、たとえば、

「いいぞ、サマセット・モームは。短編小説のお手本だ。時間があったら書き写してみるといい。よくわかる」

などと、言って下さる。

私は野口先生が好きだ。

空襲で電車が止まると、私たちは三鷹駅から線路の上を歩いて帰らねばならない。そういうとき、先生は中野駅で友人たちを帰して、私と一緒に新宿まで歩いて下さるのだった。

たいへん不謹慎なはなしだけれど、昼間に空襲があったりすると、電車がやられていればいい、なんて考えたりした。

先生は私と二人きりになると、とても楽しそうに、シェークスピアやトルストイの

小説の話をして下さった。ときどき周囲を気にしながら、暗記している原文の一節を口ずさむこともあった。シェークスピアを口にするとき、何となく淋しげな感じがしたのは、先生が本当は英語の担任だったからだと思う。

いちど、中野駅を過ぎたあたりで、いきなり警報が鳴ったことがあった。

野口先生はとまどう私を抱きかかえて、線路の脇の防空壕に転がりこんだ。そうして、壕の暗闇の中で、ずっと私を抱きしめていて下さった。

ほんの一瞬のできごとだったのかもしれない。でも私には、先生がひと晩中そうしていて下さったような気がした。

その夜の空襲は焼夷弾《しょういだん》ではなかった。駅や線路の周辺では良くあることだったが、B29がどこかの工場を爆撃した帰りに、余った大型爆弾を落として行ったにちがいなかった。

それでも爆撃は、かなり正確に線路を狙っているように思えた。銀色の機体が頭をかすめるほど低く飛び、抱きすくめられた体がはね上がるぐらい、爆弾は間近に落ちた。

このまま死んでもいい、と私は思った。いやたぶん、そうねがっていた。

空襲が終わってから先生は、「だいじょうぶか、けがはないか」、といつもの、とても切実な感じのする高い声で言って下さった。

私はしばらくの間、おびえたふりをして先生の胸にかじりついていた。本当は少しもこわくなんかなかった。

「松本たち、無事だったかなあ。駅のまわりでウロウロしちゃいなかったろうなあ」

体を離してそう言った先生の言葉は、私をひどく落胆させた。私が友人たちに嫉妬したのは、あとにも先にもその一度きりである。

私はとっさに、みんな死んでしまっていればいいとさえ思った。日本中の、いや世界中の人間が、私と野口先生を残してひとり残らず死んでしまっていればいい、と。

日曜日は工場が休みで、私たちは女学校に登校して授業を受けた。

しかし週に一度のことだから、勉強をするというより自分たちが学生であることを確認するために学校に行くようなものだった。

そんな形ばかりの授業でさえ、しばしば空襲警報で中断させられた。

「おかしいなあ。あいつら、教会に行かんのかなあ」

先生はそんなことを言って、私たちの心をなごませた。

「牧師さんも召集されちゃったのよ、きっと」

ひょうきん者のサッちゃんがみんなを笑わせた。

野口先生は英語のかわりに国語を教えていたが、まともに授業をしたことはなかった。教室に入ってくるなり、「寝ろ」と言い、まるまる一時間、私たちをぐっすりと眠らせてしまうのだった。もちろんそれに抗議する生徒もいなかったし、ほかの先生がとがめだてすることもなかった。みんなが疲れ果てていた。

私はいつも眠ったことがなかった。先生の姿を覗き見ながら、貸していただいている本を読んでいた。

「久枝、おまえ眠くないのか」

と、先生はふしぎそうにお訊ねになった。

「私、級長ですから」

と、私はぜんぜん見当ちがいの返事をした。先生は私の小さな嘘を真にうけて、しみじみと、

「おまえ、死ぬなよ。おまえは生き残って、このバカバカしい有様を、きっと書き残せよ」

と、おっしゃった。変なことを言うなあ、と私は思った。

生と死の問題が、さしあたって直面する現実であるのに、正しくは私たちの生活なんてほとんどそれしかないのに、そのころの私たちは生きるとか死ぬとかいうことについて、あまり深く考えてはいなかったのだ。

だから、そう言ってじっと私を見つめた先生が、どうかしちゃったのじゃないかし

らん、と思った。

もうひとり、眠らない子がいた。

スーちゃんはお育ちが良いものだから、机にうつぶして眠るなどという器用なことができなかったのだ。

「先生、ちょっとよろしいでしょうか」

と、弱々しい声で言い、先生の許可をもらうと、幽霊みたいにスウッと教室を出て行く。やがて隣の音楽室から、すばらしい「幻想即興曲」が聴こえてくる。

いくらお邸のお嬢様とはいえ、ご近所の手前ピアノを弾くことははばかられるから、スーちゃんは週に一度、そうして思うさまショパンを弾くのだった。

あの華奢《きゃしゃ》な体の、どこにそんな力があるのだろうとふしぎに思えるほど、スーちゃんのピアノは力強く、みんなをとりこにした。

誰もが夢見ごこちにショパンを聴いていた。美人でお金持ちで、お父様が海軍士官でお母様が華族の出のスーちゃんは、私たちの夢そのものだったから。

野口先生が行くえ知れずになってしまったのは、八月のはじめの暑い日のことだった。

そのころになると空襲もめっきり少なくなって、工場の中はかえってのんびりした雰囲気になっていた。

私たちの第九工場は飛行機の計器類に使うコイルを作っていたのだけれど、肝心のニクロム線が底をついてしまって、一日中みんなで草むしりをしている日もあった。

警報が鳴ってももう爆弾が落ちてくる心配はなかったから、テクテクと歩いて防空壕に行った。爆撃目標であるお隣の中島飛行機が、とうとうあとかたもなくなってしまったので、もうここいらを爆撃する必要がなくなったのだろう。

中島飛行機の工場は高尾山の地下に移転して操業を続けているという話だったけれど、空襲のたびにトラック一杯の学生たちの死体を見ていた私たちは、あまり信じなかった。

考えてみれば、目と鼻の先にある私たちの横河電機工場が、ほとんど無傷で計器類を作り続けていたのは奇跡のようだった。もしかしたら敵は、軍需工場の作業の中味まで知っていて、中島飛行機だけに精密な爆撃をしていたのかも知れない。

「こんなにたくさん高度計ばかり作って、この数だけ飛行機があるのかしらん」

と、マツさんは一日に一度は同じ文句を耳打ちした。みてくれと同様に、まったく物事をまっすぐに考える人だった。

それは——私たちが食堂で、高粱飯《コーリヤン》と塩からいカブの漬物の給食を食べていた、お昼どきのことだった。

スーちゃんだけが、白米に大豆を混ぜたお弁当を食べて——というより、少しはずかしそうに召し上がっていた。

スーちゃんがおかずの煮しめをみんなに分け与えようとするのを、マツさんはなんだかどこかのおじさんみたいに、「あんたは体が弱いんだからいいのよ」、とやさしく叱っていた。言われる前に箸を伸ばしたサッちゃんは、お煮しめのかわりにマツさんのゲンコをもらった。

野口先生は笑って、そんな私たちを見ていらした。

その日の給食にはめずらしく少しの乾燥バナナが付いていたが、先生は食事をおえるとご自分のそれをひとかけらずつ、私たちのお盆に分けて下さった。

腕章をした憲兵と、人相の悪い特高の私服刑事がやって来たのはその時だった。

「野口孝吉だな」

と刑事は言い、折りたたんだ紙片を開いて野口先生の顔に突きつけた。

両腕をつかまれて、先生は連れ去られて行った。私たちが呼ぶと、先生は首だけをねじ曲げて、

「だいじょうぶだ。すぐ戻るよ」

と、おっしゃった。刑事が意地悪そうに、

「ちっとも大丈夫なものか」

と、力ずくで引き立てて行った。

それきり、野口先生の音信はとだえた。

私たちは一週間のあいだ、工場の中では口をつぐみ、門を出ると先生の消息について心の底から心配した。

先生がなぜ警察に連れて行かれたのかは、子供なりに何となくわかっていた。いくらご時世とはいえ、かかわり合いにならぬように口をつぐんでいたのは、教え子としてとても卑怯なことだったと思う。

おしゃべりのサッちゃんは、べつにわるぎはないのだけれど、「拷問されてるんだ」とか、「南方に送られちゃったんだ」とか、縁起でもないことを言った。

マツさんはそのたびに、本気でサッちゃんをたたいた。サッちゃんとマツさんが追いかけっこを始めると、スーちゃんは立ち止まってシクシクと泣き出してしまうのだった。

「だいじょうぶよ。先生が私たちをおいて、死ぬわけないじゃない」

と、私はスーちゃんを励ました。言いながら、「だいじょうぶだ」という野口先生の口癖をまねていることに気付いて、自分でも悲しくなった。

野口先生はきっと死ぬまで、あの切実な感じのする高い声で、「だいじょうぶだ」と、言い続けるにちがいなかったから。

一週間ほどたった八月十日の朝、私たち第九工場の三十五名は、工場長室に呼び出された。

そこには野口先生を連れて行ってしまった憲兵が来ていて、先生が社会主義者の非国民であると告げ、私たちがひごろ何を教わっていたか、どんな話を聞いていたかをきびしく詮議した。

はじめはみんな黙ってうつむいていた。憲兵は私たちをおどかすように、勝手に興奮してしつこいお説教をくり返した。

そのうち、うしろの方で誰かがたいそう間合い良く、はっきりとこう言った。

「でも、人間が殺し合うのは、やっぱりいけないことだと思います。先生のおっしゃったことにまちがいはないと思います」

それはピアノの音色と同じぐらい澄んだ、スーちゃんの声だった。

みんなビックリした。と同時に、スーちゃんをかばわねばならないと、誰もが思った。

「誰だ、前へ出よ！」

憲兵が叫んだとたん、みんなは口々に心の中で考えていたことをしゃべり出したのだった。

「先生は何もまちがったことはおっしゃっていません」

「私たちは学問をするために女学校に入ったんです」

「野口先生を返して下さい」

「私たちの成績が悪いのは、第九工場の古い機械が故障ばかりするからです」

「資材も一番あとまわしになるんです」

「先生を返して下さい」

返して下さい、と、しまいにはみんなが口を揃えた。

「黙れ！」、と憲兵は金切声を上げた。それからこんこんと、第九工場の成績が悪いのは、機械や資材のせいではない、野口教員の危険思想が私たちに伝染しているからだ、と言った。野口も貴様らも非国民だと言った。

「……先生、帰ってくるよ。だからあんなにしつこく言うのさ」

マツさんがそう耳打ちした。先生さえ無事に帰ってくるなら、何を言われてもかまわないと私は思った。それ以上みんなが騒いで、憲兵がへそを曲げたら困ると考え、

「みんな、心を入れかえて一生けんめいやろう。汚名をすすごう」

と、われながら歯の浮くようなことを言った。一瞬、友人たちの非難がましい目が、正面で振り返った私の顔に集まった。本当の気持ちをみんながわかってくれればいいと思った。

案の定、野口先生は見るかげもなくやつれ果てて、その日の夕方、工場に帰って来た。

飛んでいって抱きつきたい気持ちだったけれど、憲兵がずっと私たちを見張っていたので、精いっぱい笑い返しただけだった。どの顔も同じだった。

その晩、私たちははじめて先生の下宿におじゃました。マツさんが家から救急箱を取ってきた。あざだらけの先生の体を手当てしながら、私たちは、けさ憲兵に逆らったことを、怒り半分、得意半分に話した。

「そうか、鈴木が言い出しっぺか。それは意外だ。いや、たいしたものだ」

先生は一番ひよわなスーちゃんが反抗の先陣を切ったことが、よほど嬉しいご様子だった。

「そういうことはサチがまっさきだと思ったが、おまえは肝心なときだけおとなしいのか」

サッちゃんは断然抗議した。

「私だって言ったよ。でも、悲しくなって、うまく言えなかったの。先生を返して、って言ったら、もう涙が出ちゃって。先生はもう南方に行っちゃったかもしれないって思ってたから」

おてんば娘のサッちゃんは、本当は一番心のやさしい、女らしい子なんだな、と私は思った。

野口先生は、言いながらベソをかくサッちゃんのおさげ髪を膝の上に抱き寄せた。

「だいじょうぶだ。俺は死なんよ」

と、先生はひとりひとりの顔を、ひびのはいったメガネの奥からじっと見つめた。

「このさきどんなことになるかわからんが、俺は、おまえらと一緒じゃなきゃ死なん。決してひとりでは死なん。約束する」

マツさんがまっすぐに先生を見たまま、火のついた赤子のようにワアーッ、と泣き出した。それからみんなで泣いた。

あの人たち——いや、一生に一度だけそんな言い方を許してもらえるなら、あ、い、つ、ら、と呼ぼう。

あ、い、つ、らがまるで忍び寄る不幸そのもののように、そうっと第九工場に現れたのは、先生が帰ってきた翌朝、八月十一日の九時すぎだった。

その日も朝から私たちを監視していた例の憲兵が、搬入口の引戸の前で急に直立不動になって、作業状況の報告をした。

ちょうど巻き上がったコイルの山を運び出そうとしていたサッちゃんが、足音を忍

ばせて戻ってきて、ペロリと舌を出しながら、

「えらい人。東部軍の主計中尉だって。抜きうちの視察よ」

と言った。私たちはよそいきの顔で作業を続けた。

中尉は真新しい軍服を着た背の高い人で、野口先生のそれよりもっと度の強いメガネをかけていた。レンズの厚みが天窓の光を反射して、ぞっとするような冷たい顔に見えた。

うしろから金魚の糞のようにつき従ってくる憲兵に向かって、

「キミは憲兵隊に帰りたまえ。女学生の監視をしているほど、世の中ヒマじゃあるまい」

と、何だか軍人ばなれした言い方で命じた。良く通る、たいそう澄んだ声だった。私たちは内心、ざまあみろと思った。

憲兵が出て行くのを見計らったように、中尉は野口先生を工場の隅にさそって、何か話し合っていた。その物腰も何となく紳士的な感じで、やっぱり軍司令部のえらい人になると態度もちがうんだな、私たちの前でいつもえらぶっているのは下っぱなんだな、と感心したものだった。

「作業やめ。舎前に集合」、と先生が号令した。

第九工場内の、私たちのクラスだけが工場の外に出て整列した。三十五名全員が揃

っていた。

　大きな軍用トラックが一台とまっており、見るだにおそろしげなひげづらの曹長が幌を張り直していた。

「自分は、東部軍経理部の小泉中尉です。これから軍命令により、みなさんに臨時の使役に出ていただきます。急な話で恐縮だが、本土決戦のためのたいへん重要な物資の集積作業ですので、ひとつよろしくお願いします」

　中尉はまったく軍人らしくない柔らかな口調でそう言った。

　私たちが喜んだことは言うまでもない。息の詰まるような工場から外に出られるというだけで、まるで遠足に行くような気分だった。きのうあんないやなことがあって、朝から憲兵の見張りつきだったので、その喜びもひとしおだった。

　さらに中尉は、作業がどのくらいかかるかはわからないが、もし一日で終わらなければ宿泊や給食の面は十分に配慮する、その際は工場と学校を通じて、各家庭に連絡をしておくので心配せぬように、と言った。

　その言葉はさらに私たちを喜ばせた。みんな口ではエエッ、と驚いていたけれど、どの顔も旅行に出るようにワクワクしていた。

「危険は、ないのでしょうね」

　と、野口先生がばんそうこうだらけの顔を不安げにひきつらせて訊ねた。

「さあ、日本中どこにいても危険ですから」

中尉の冗談にみんなはドッと湧いたが、先生だけは笑わなかった。

「だが、少なくともここの作業よりは安全です。空襲のおそれはありません。毒物や危険物でもありません。少し重いだけです」

二列横隊にならんだ私たちの貧相な体つきを、ちょっと不安そうに点検して歩きながら、中尉は最左翼にのっそりと立つマツさんの前で足を止めた。

「キミは、年はいくつだね」

たまらずにみんなが噴き出した。

「十三歳です」

と、マツさんは低い、おばさんのような声で言った。中尉の面くらった様子がまたおかしかった。

「なにか、特別の食い物でもあるのかね」

「いえ、べつに。みんなと同じです。うちは八百屋ですから、馬鈴薯《ばれいしょ》はよく食べます」

笑い声の中で、私たちのわずかな不安は吹き飛んだ。野口先生も笑いながら言った。

「どうやら、おまえらツイてるようだな」

中尉の号令で私たちはトラックの荷台に乗った。膝を抱えて座らなければならないほどのすしづめだったけれど、大騒ぎをしながらなんとか三十五人が荷台におさまった。

ひげづらの曹長が幌を下ろして外側から紐でくくると、中はまっくらで、おまけに蒸し風呂のような暑さだった。

外で先生の声が聞こえた。中尉が、生徒だけでいい、と言うのを、先生はいや私も行く、と言い張って押し問答になった。結局、中尉が折れて、先生は幌のすきまをこじあけて荷台に転がりこんできた。

それからの小一時間の旅は、私にとって夢のようなひとときだった。

どこへ行くのか、何をしに行くのかわからない。まっくらな幌の中で、私は眠ったふりをして先生の肩に頰をあずけた。きゅうくつそうに体をちぢこまらせて、先生は私の肩を優しく抱き寄せて下さった。

どこか見知らぬ遠い場所へ、先生と二人きりで逃げて行くような気がした。

車が走り出すと、みんなすぐに眠ってしまった。私たちは何よりも眠ることに飢えていた。

「どこへ行くんだろうなあ……」

先生は幌の合わせ目を指で押し広げて外を覗いた。深大寺《じんだいじ》のそば屋の看板が過ぎ、しばらく行ってから車は右折して速度を上げた。調布《ちょうふ》の飛行場に着陸する輸送機が、こわいぐらいの低空に降りてきた。甲州街道を下っているのにちがいなかった。

見覚えのある大国魂《おおくにたま》神社の欅《けやき》並木が過ぎた。

「久枝、おまえの実家はこっちだったな。どこへ行くか、わかるか？」

ふと、高尾に移転したという中島飛行機の地下工場に連れて行かれるのではないかと思った。焼けこげた死体の山を思い出して、鳥肌がたった。

車は府中の行在所《あんざいしょ》の角を曲がった。先生も胸をなで下ろしたように言った。

「よかったな、立川かと思った。飛行場の使役だなんて言われたら、命がいくつあったって足らんものな」

狭いでこぼこ道を、車は競馬場の脇を抜け、南へ南へと走った。故郷に近付いて行くのと、立川でも高尾でもないとわかって、たいへん幸せな気分になった。

私は先生に、実家の父が競馬ずきで母を困らせている、などという話をした。実際、父は競馬の日になると、野良着をいっちょうらの背広に着替えて、川向こうから出かけて行くのだった。そのために借金なんかもこさえて、本家の伯父さんに叱られていた。

「そうか。おとうさんにとっても、迷惑な戦だな。早くまた競馬が始まるといいな」

そうだ、それの方がいいと私も思った。

ゴツンとはね上がると、車は急になめらかに走り出した。とつぜん空がひらけた。

「わあっ、多摩川だ。そうだよね、先生！」

反対側の幌のすきまから外を見ていたサッちゃんが、すっとんきょうな声を上げた。

夏の流れは狭く、まっしろな河原が目にしみるようだ。

冷たい川風が、まるで私たちを招き寄せる細い青白い手のように、暗い荷台に忍びこんできた――

――1

丹羽明人《にわあきと》と真柴《ましば》老人との出会いは、まったくの行きがかりであった。

景気がこれほどまで悪くなければ、いや、株式会社ニワ・エステートの社運を賭けた、十五坪三階建てツーバイフォーの建売住宅が、せめて一棟だけでも売れていたなら、いや、すっかり平常心を失った丹羽が、越年資金を競馬で作ろうなどと考えたりしなければ――この二人の出会いは永久になかったはずである。

もっと運命論的に言うのなら、甲州街道の大渋滞や駐車場の混雑や、駆け出したタイミングや並んだ発売窓口や――要するに、丹羽明人をめぐる無限の時間と座標の要素が、どれかしらほんのひとつ狂っても、この出会いは絶対にありえなかったのである。

一年の掉尾《とうび》を飾る有馬記念競走《グランプリ・レース》は中山競馬場で行われる。百キロ離れた府中のスタンドが十万人のファンで溢れかえっていようとは、よもや思ってもいなかった。

締切十五分前の発売窓口はどこも長蛇の列であった。

ふしだらな社長業の習慣で、十五分という時間の具体感がつかめぬ丹羽は、百万円の札束をコートのポケットの中で握りしめながら気を揉んだ。

最新鋭のマークシート方式とかいう発売方法のおかげで、行列は思いがけず順調に進んで行った。どうにか間に合いそうである。

コートから百万円の札束を取り出し、それを下敷きにして、マークシートの買い目をボールペンで埋めた。

と、丹羽の札束にギョッと気付いて、前に並んでいた老人が振り返った。

「いやあ、大勝負ですなあ……」

老人はそう言って、なにか格別えらい人でも見るように、丹羽の顔をまじまじと眺めた。

上品なラクダ色のオーバーコートを着、茶色の中折れ帽を冠った様子の良い老紳士である。老眼鏡をかしげて、丹羽のマークシートを覗きこむ。

「なに！　三番。メジロパーマーからですか。これは参った。私は考えてもいませんよ」

「なにも参ることはねえだろう。俺のカネで買うんだから」

「しかし、無印ですよ」

「だからどうした。人の考えている馬券をいっしょに買ったたって、儲《もう》かりゃしねえだろうが」

丹羽は偉そうに言った。商売が左前になったとはいえ、長く続いた黄金時代のならわしで、いまだに態度は横柄、言葉づかいの下品さは今さら覆うべくもなかった。

老人の目にはそんな丹羽が、よほど自信ありげに見えたにちがいない。よき時代の遺品である手錠のようなブレスレットや、けむくじゃらの手に良く似合う金のロレックスもことさら物を言った。

ウーム、と唸りながら、たちまち信念のゆらぐ感じで、老人は新聞を見直した。

「乗るか？　じいさん」

丹羽は面白半分に言った。「俺は人生を賭けてるんだぞ。どうだ？」

あながち嘘ではない。買い目はどれも穴馬券で、万が一的中すれば社員のボーナスを払ったうえに、会社もひと息つけるのだ。

「私はトウカイテイオーで堅いと思っとるんだが、そうまで言われると……」

「べつに無理にとは言わねえよ。俺は人生を賭けてるが、じいさんだって年金を賭けてるんだろう。はずれて逆恨みされても困るしな」

老人は自分のマークシートを心細げに見つめ、「ちょっと見せてもらえますかね」、と丹羽の手もとを覗きこんだ。

「ほんとうに、当たりますかねえ……」

「さあな。だが、これだけは言えるぞ。いいかじいさん、チャンスってのはいつだって頭の上を通り過ぎるもんで、それをつかまえるのは人間の勇気と決断だ」

まじめな顔で丹羽は言った。典型的な体育会系企業であるニワ・エステートでは、この手のビジネス書の受け売りが販売実績に直結する。朝礼用のこうしたクサい文句を、社長の丹羽は常時ストックしているのであった。

時節がら近ごろではその効力も衰えているが、年寄りをふるい立たせるぐらいの効き目はあった。

「……なるほど。たしかにおっしゃるとおりですな。人生、勇気と決断です。私だって若い時分にそれがわかっていれば……」

「そうだ。しかし、人生に遅すぎるということはねえぞ。チャンスを摑んでみろ、ジジイ」

老人は肚を決めたというふうにコックリと肯き、新しいマークシートに丹羽と同じ買い目を書き入れた。

丹羽は小柄な老人の背を、バンバンと暴力的に叩いた。

「そうだ、それでいいんだ。長生きゃするもんだ。良かったな、じいさん」

丹羽の豪傑笑いにつられて、老人は口だけで笑った。

他人を茶化して喜ぶのは、たちの悪い江戸ッ子気質である。べつだんの悪意があるわけではなく、いわゆる「シャレ」のつもりであった。

しかし時として度の過ぎるこのクセが、かつての女房たちの離婚理由のひとつであったことに、当の丹羽は気付いていなかった。

よし、と青年のように闘志をこめる老人の顔をうかがいながら、丹羽は袖の下でクックッと笑った。

老人が窓口で馬券を受け取り、ようやく丹羽の順番が回ってきたのは、締切一分前であった。

「おばさん、金勘定はあとにしてくれよ。時間がねえ」

丹羽はおもむろに百万円の札束をマークシートに添えて、窓口に差し入れた。

と、窓口を離れかけた老人が、ふいに丹羽の手を押し返した。

「いや、まだ済んでおりません――おねえさん、すまんがこれ、百円ずつというのはやめてだね、三百円ずつにしていただけるかね」

おねえさん、と呼ばれて気を良くした発売係は、ノルマがないせいもあって丹羽の百万円より先に、老人の千円札を受け取った。

「はあい、金額の訂正ですね」

売場の中のモニター画面から一分前の表示が消えて、丹羽はドキリとした。

「そうです。この人の札束を見たら、またまた自信が湧いた。これはチャンスかも知れませんな。お手数ですが、ひとつ頼みます」

丹羽はムンズと老人の肩を摑んだ。

「おい、じいさん、やめてくれ。俺を殺す気か」

「まあ、そうおっしゃらず。まだ窓口を離れたわけじゃありません。あなたが先にお金をつっこんだんでしょう」

背後の列から浴びせかけられる罵声などものともせず、老人は言った。

「百円を三百円にしろだと？　おい、じいさんこの札束を見ろ。少しは他人の迷惑も考えてくれ」

「そうは言っても、私にとっての千五百円は、あなたの百万円と同じぐらいの値打ちがある。細かいことは言いなさんな。若い者にはまだ先があるじゃないかね」

「ちっとも若かねえ。そのうえ先もねえからこんなことやってるんだ。おい、ババア！　何やってんだ、早くしろ、オタオタするな！」

怒鳴りつけたのがなおいけなかった。発売係はすっかりオタオタとして、何度も訂正ボタンを打ちまちがえた。

亥年《い》はおしなべて突進的である。しかも昭和二十二年生まれの丹羽は、同級生の頭数や時代背景のせいで、モロに亥年の性格を有していた。社長のこうした性急でヒステリックな督促によって、多くの営業部員がみすみす契約を反古《ほご》にしたことも一度や二度ではなかった。

「落ち着け、あせるなババア！　コラ、落ち着けって言ってんのがわからねえのか」

ようやく再発行された馬券とひきかえに、老人は悠然と釣銭を受け取り、「やあ、お待たせしました」と中折れ帽のひさしをつまみながら言った。

「たのむ、入れてくれ！」

そう叫んだとき、無情のベルが鳴った。発売機は作動不能の呼音を残して停止した。

「あ、お客さん、申しわけありません。締め切りました」

買いそびれた人々の声が、大きなひとつの溜息になった。

返された札束を握ったまま、丹羽は呆然と立ちすくんでいた。

「や、すまん。すまんね……ご本人が間に合わなかったとは……」

窓口に並んで、老人は申しわけなさそうに丹羽の横顔をうかがった。

「うるせえ――あっち行け、クソジジイ」

「まだ時間があると思った……そうだ、もしこれで良かったらお譲りするが」

老人は帽子を取って、豊かな白髪頭をかがめながら、自分の馬券を丹羽の目の前に差し出した。

「ふざけるなよ――もういいよ。どうせ当たりゃしねえ。百万もうかった」

「おや……さっきと話がちがう。しかし、皮肉な結末というのは、人生ままあるものですぞ。もし的中したらあんまり申しわけない」

「当たりゃしねえって」

丹羽はコートの背をすべらせて、窓口にしゃがみこんだ。

いやな予感を拭い去ることはできなかった。この数年の間、自分の上にめぐってきた運と不運とがめまぐるしく脳裏をよぎって、丹羽は疲れた瞼を揉んだ。

もし買いそびれた馬券が的中したら――かえって吉凶のないまぜになった自分の人生に決着がつくだろう、と考えた。

どういう星の下に生まれたものか、誠に波瀾万丈の人生であった。子供の時分に父親とは死に別れ、母親や兄弟とは生き別れた。苦学して夜間大学は出たものの、短気な性格が災いして地味な宮仕えにはなじめず、若くして始めた事業も二度まで潰した。そのたびに妻子とも別れ、今の女房は三人目である。母親のちがう五人の子供に養育費を送り続ける苦労も、景気の冷えこんだ今となっては並大抵ではない。ことに、あのめくるめく黄金時代に言わでものの大口を叩いた分、よけい並大抵ではない。

かたわらにじっと立つ老人の姿を足元からたぐって、このジジイもまさか俺ほど苦労を背負っちゃいるまい、と思った。

「じゃあ、こうしましょうか」

と、老人は窓口に背をもたせ、丹羽と並んでしゃがみこんだ。「もし的中したら、私が責任を取ります」

「責任を取る、だと？」

丹羽は噴き出した。買いそびれたマークシートを老人の目の前に突き出し、ボールペンの先で、最終オッズを映し出す場内テレビを指した。

「あのな、じいさん。仮にだよ、このうちの三番六番っていうのが来たとする。見えるかよ。三百十五倍だぜ。つまり、俺が二十万ずつ五点買おうとしたうちのそれが当たれば、配当金はだな、六千三百万になるんだ。めったなこと言うなよ。いいか、わが社の建売りをポンと買ってだな、なお釣のくる大金だぞ」

「六千万……六千万ねえ……うん、良うございましょう。責任とります」

「六千円じゃねえぞ。六千万だぞ」

「はい。良うございますよ」

丹羽は壁に頭をあずけて溜息をついた。

「冗談もたいがいにしろ。そんなことは目の前に六千万つんでから言ってくれ」

華々しいファンファーレが場内にこだました。スタンドの喚声が伝わってきた。

「まったく馬も走ってねえのに、テレビ見て良くもまあバカ騒ぎできるよな。平和な世の中だ」

「そう。平和な世の中です。けっこうなことじゃありませんか」

「その平和な世の中で、何で俺だけこうも戦争しなきゃならねえんだ。ああ、アホらしい」

何だかしみじみと、老人は訊ねた。

「あんた、戦争しとるのかね」

「ああ。四十五年間、ずっとな。しかし、いよいよギブ・アップだ。いやだいやだ。俺もいっぺんでいいから、三百円ずつの馬券っていうのを買ってみたかった」

「そう弱音を吐きなさんな。いい若い者が」

「若かねえって。四十五だ」

老人はタバコをくわえ、一本を丹羽にも勧めた。

二人はぼんやりと路地裏の子供のように膝を抱き抱えながら、実況放送に耳を傾けた。

興奮を否が応にもあおりたてるようなアナウンサーの声とともに、グランプリのゲートは開かれた。

果たして、無印の三号馬は単騎の大逃げを打った。

「こういうの体に毒だよなあ。ドキドキすらあ」

老人はちんまりと膝を抱えてうつむいている。レースの進むほどに、丹羽はせわしなく煙を吐いた。

「あの馬、いつものことです。じきにバテますよ」

「そうかなあ……向こう正面で二十馬身の大逃げでやんの……おい、じいさん。あんたも逃げた方が良かないか」

「わたしゃ、逃げたりしませんよ」

四コーナーを回って場内がどよめいたとき、丹羽はとうとうこらえきれずに立ち上がった。

「おい、勘弁してくれ。やめろよ、やめろ、うわっ、うわっ！」

三番六番。三百十五倍の馬券が来た。

いっせいに崩れる人垣の中に、二人は長い間、立ちすくんでいた。

老人はべつだん喜ぶふうも、あわてるふうもなく、的中馬券を掌の中の皺でも見るように見つめていた。

「良かったな、じいさん。三百円ずつ買ったか。千五百円の投資で十万。さあ、帰って孫に自転車でも買ってやれ。じゃあな」

丹羽はきっぱりと立ち去った。

運が尽きた、という気がした。頭の中でざっと計算しても、会社が潰れれば十億を超える負債が残る。四十五歳という年齢が、ふいに再起不能の老齢に思えた。

低くたれこめた冬空にもかかわらず、妙に生暖かい日であった。バックストレッチの彼方に多摩丘陵の山なみが霞んでおり、すりガラスごしに見るような白い太陽が傾きかけていた。それさえも不吉な落日に思えた。

一杯飲んで帰ろうと、丹羽明人は西門に向かって歩き出した。

「ちょっと、ちょっと待って下さいよ」

老人が追いすがって来た。

「なんだよ、まだいたのか。早く帰らねえと電車が混むぞ。もういいって、気にすんな」

老人は群衆に押されてよろめきながら、丹羽の腕を摑んだ。

「あんたは良くても、こっちの気が済まんのです」

丹羽は小柄な老人を引きずるようにして歩いた。

「じゃあ、そこいらで一杯ごちそうしてもらうか」

「ええ、ぜひそうさせて下さい。飲みながら私の責任について話し合いましょう」

「責任？　――まったく可愛げのねえジジイだな。もういいって言ってんだろう」

「いえ、私の責任は重大です」

「わかったよ、六千万円分、飲んでやるからそう思え」

こうなったら六千万円分の愚痴を言ってやろうと、丹羽は思った。

しかし——西門前の昔ながらの掛茶屋で燗酒を飲み始めてすぐに、丹羽は自分のささやかな目論見さえはずれたことに気付いた。

老人は愚痴を言う相手として、あまりに不都合なタイプだったのである。

七十三歳という年齢にもかかわらず、老人の飲み方は古武士のように端正だった。肘を張って、コップ酒を計ったように力強く飲み干し、酔うほどに乱れるどころか、かえってクソまじめになるのだった。

下品な酔い方を得意とする丹羽にとって、最悪の相手と言えた。

「割れガメを見ず、という中国の古いことわざを、ご存じかな？」

などと、背筋を凛と伸ばして言われれば、ただただ辟易《へきえき》するばかりだった。丹羽は酔うほどに打ち枯れていった。

「知らねえよ、そんなの」

「さきほど、じゃあな、と言って立ち去ったあなたの笑顔は、実に良かった。まさに割れガメを見ず。大人《たいじん》の趣きがありました」

「そうかよ。そいつァ光栄だ。だが近ごろは、その大人とやらも破産するらしいぜ。ハッハッハッ、いやな世の中だよなあ」

「まあまあ——ともかく、あなたのような熱意と淡白さを持った方は、そうはいない。いや、誠に敬服いたしました」

老人は箸を置いて、両の拳を腿の付け根に置くと、やはり古色蒼然たる感じで白髪頭を下げた。

なんてイヤな酔い方をするジジイだろうと、丹羽はあきれた。

「熱意と淡白さ、か。なるほど、物は言いようだな」

「いや、男子たるものの真価は、それを置いて他にはありますまい。近ごろ少なくなりましたな、そういうサムライが」

丹羽は大声で、まったく不動産屋ふうに笑った。

「そいつァいい。へへっ、百万を競馬にブチこむ熱意と、それをスッパリあきらめる淡白さ、ってわけか。ま、そうまで見込まれて悪い気はしねえ。さあ飲め、ジジイ。どんどん行け、どうせてめえのおごりだ」

細い小さな体の、いったいどこに入って行くのだろうかと思われるほど、酒は老人の乾いた唇からとめどなく飲みこまれて行く。

時のたつほどに、その尋常でない飲みっぷりは丹羽を不安にさせた。

しまいには丹羽の止めるのも聞かず、老人は手酌をくみ始めた。次第に顔色の青ざめる、悪い酒であった。

やがて、さすがに酔いも回ったとみえ、掛茶屋の薄いベニヤ壁に身をもたせかけた老人は、とろりと重い瞼を上げて丹羽に肯いてみせた。

「ところで、そろそろ私の責任について話し合いましょう」

丹羽は気色ばんだ。

「おい。いいかげんにしろよ、本当に怒るぞ。冗談はよせ」

「冗談ではありませんよ」

と、老人は不穏な目付きで丹羽を睨みつけた。それから背広やコートのポケットをあちこちまさぐって、古ぼけた一冊の手帳を取り出した。

「これを、あなたにぜんぶ差し上げます。勝手にお使いなさい」

老人はそう言って、テーブルの上に手帳を投げた。綿のように縁のめくれ上がった厚いページを開くと、几帳面な細かい字が、ビッシリと書きこまれていた。

「あのなあ、ジイさん。気持ちはありがたいけど、あんたの小遣いで今さらどうにかなる俺じゃねえんだ。もう帰れ、な」

老人は投げ返された手帳を丹羽の胸元に押し戻し、持って行けというふうに痩せた手をひらひらと振った。

「たかだかの借金なんて、わけないですよ」

「たかだか、だと？　もう怒ったぞ。おい、バブルを甘く見るなよ。そのたかだかだって、ざっと十億はくだらねえんだ。簡単に言うな」

「十億？」、と老人は青ざめた唇の端を歪めて笑った。

「なんだ、そんなものでしたか。ちょっと見込みちがいだったかな——ま、いったん出したものを収めるほどゲスじゃありません。良かったですな、いい所でお会いできて」

壁にもたれたまま、老人の顔がマフラーの中にずい、と埋もれた。目尻のしわが深く刻まれるさまが苦しげに見えて、丹羽は老人の腕を支えた。

「おい、ジジイ。具合わるいんじゃねえのか」

老人はきつく目を閉じたまま、マフラーの中で首を振った。

「少し飲みすぎましたね。それ、頼みましたよ……ああ良かった。これでホッとしました」

「わかったよ、十億なんてわけもねえんだっけな。家、どこだ。送って行ってやる」

「頼みますよ、それ。なあに、使いたくなければそれでけっこう。ともかく、頼みましたからね」

ふと見上げた老人の目が、ただれ落ちるような涙をたたえているのを見て、丹羽はぞっとした。

「さあ、行こうな。一緒に帰ろう」

老人は目を閉じて肯いた。と、ふいに支えきれぬほどの力が、丹羽の腕にかかった。

「あっ、どうしたジジイ。しっかりしろ」

痩せた体は、抱き止めようとする丹羽の手をすり抜けて、床に崩れ落ちた。一瞬、テーブルにしがみつこうとした顔が、丹羽に向かって笑いかけたようだった。

とりちらかった床板の酒や肴にまみれて、老人はぼんやりとサッシ窓の小さな冬空を仰ぎ見、白い太陽のありかに目を細めながら、ひとしきり胸を膨らませると、そのまま動かなくなった。

2

携帯電話が胸の中で鳴った。

こちらの声を待つ長い、暗い間《ま》は、妻からの連絡である。

「もしもし、どうした？」

さらにひと呼吸おいてから、妻の剣呑《けんのん》な声がした。

〈どうしたって……あなた、今どこにいるの？〉

タバコを喫うために病棟から出ると、冷たい夜であった。妻の声は昏れ残る雑木山の稜線を越えて、やっと届くほどに心細かった。

「病院だ。ええと、武蔵小玉市の市立病院。心配するな、俺は何ともない。知り合いが倒れたんだ」

なりゆきを説明する自信はない。丹羽は嘘をつかなかったことを後悔した。

〈知り合いって、どなた？〉

訝しげに聞こえたのは、丹羽の考えすぎだろうか。年の離れているせいで、夫の行動にはさして干渉しないが、お別れた妻子たちとの関わりについては敏感である。誤解を怖れて、丹羽は言いつくろった。

「いや、実は参っている。さっきまで一緒に飲んでいたじいさんが、おかしくなっちまってな」

〈おじいさんて誰なの、それ〉

「誰だかは、こっちが聞きてえよ。俺は隣で飲んでいただけだ」

言葉を荒らげると、妻はしばらく押し黙った。

〈私……ずっと電話してたのよ。スイッチ、切ってあったの?〉

丹羽は病院の周囲を包みこむような、深い山を見渡した。

「ひでえ所なんだ。電波が飛ばないんだろう。それに、ずっと建物の中にいたし、今やっとタバコを喫いに出てきた」

〈ひどい所って——武蔵小玉? どこなの、そこ。何であなたが付き添ってなきゃならないの?〉

話せば話すほど嘘に聞こえるような気がして、丹羽は口ごもった。

「帰ってから説明するよ。おまえの疑っているようなことじゃねえって。ともかく、最低の一日だった」

丹羽は一方的に電話を切り、ついでにメインスイッチも切った。タバコを十本もくわえて喫ってみたい気分だった。

救急車が到着したとき、すでに老人の息はなかった。なりゆき上、付き添っては行ったものの、死人のことを訊ねられても困った。

人の好い丹羽は乗らずともよい救急車に乗り、行かずともよい救急病院に行き、結局、知らぬうちに知人としての既成事実を積み上げてしまったのだった。

「俺ァ、関係ねえから」

と、言い張っても、休日の病院から逃げ出す理由にはならなかった。

「そんなこと言ったって、私らもっと関係ないもの」

と、当直医と看護婦は口を揃えるのだった。所持品を調べても、出てきたものといえば一枚の診察券と薬袋だけである。

それは、府中市とは多摩川を隔てた、武蔵小玉市の市立病院のものだった。照会すると、老人は入院患者であることがわかった。年末の帰宅許可を受けたさなかの出来事だったのである。

狭心症の患者が師走の競馬場に行って、一升酒をくらった末に発作を起こした。まったく知れきった往生というほかはない。

とりあえず死体は川向こうに回送されることになった。

知れきった往生とは言っても変死にはちがいないのだから、もういちど向こうの病院でも説明をしてくれなければ困る、と救急隊員は力説した。ここでも丹羽は脱出のタイミングを失った。

救急隊員はみちみち丹羽の機嫌をとり続けていたが、死体を市立病院におろすと、まるで調子の良い雲助のように、あばよ、という感じで逃げ去ってしまった。

一度ならず二度までも生意気な若い当直医に、えんえんと経緯を語ることは、腹立たしいのを通りこしてアホらしかった。看護婦たちからは、まるで殺人犯人を見るような目で睨まれた。アホらしいのを通りこして情けなかった。

と、こういうわけで、いくら妻に怪しまれても、とてもじゃないが電話口で説明をする気にはなれなかったのである。

それにしても、ひどい山の中だ——。

丹羽はいらいらとタバコを吹かしながら、病棟を囲む暗い山々を眺めた。

競馬場のスタンドから見る多摩丘陵は、うららかな小高い丘のつらなりとしか見えなかった。

ゴルフコースがあり、遊園地の展望塔が立ち、その一角がまさかこれほど深い原生林に被われていようとは想像もしなかった。

木々をいっせいにたわませて吹き下ろしてくる風に目をしばたたいて、丹羽明人は体を慄わせた。

（こんなことにかかずり合ってる場合じゃねえんだ）

残された四日間のうちに、社員のボーナスと家族の越年資金をかき集めねばならない。家族と言ったって、三世帯分だ。年明け早々には大きな手形決済も迫っている。ともかく、この場を脱出しよう。急を聞きつけた遺族が現れでもしたら、自分は重篤な病人に一升酒を飲ませたかどで、どんな逆恨みをされるかわかったものではない。

競馬場のパーキングに車を置いたままであることをようやく思い出して、丹羽はほとほと今日という日を呪った。

こんな所でタクシーが拾えるだろうか。救急車で回送してくる途中、たしか踏切を越えたが、駅は近いのだろうか。

喫煙所のベンチから立ち上がったとき、背後の通用口が開いて、白い布に包まれたストレッチャーが押し出されてきた。

内心あわてたが、この際、自分の立場ははっきりさせておかねばならない、と丹羽は肚をくくった。知らん顔で歩き出す丹羽の腕を看護婦が摑んだ。

「あ、こっちですよ、霊安室」

「霊安室！……もう勘弁して下さいよ。俺は関係ないって、善意の第三者だって言ってるじゃないですか」

看護婦は不安定な通用口のスロープからストレッチャーを下ろすと、死体の足元にもたれかかりながら、まったく意地悪そうに笑った。

「まあ、それはわかりますけどねえ。まさか仏様をひとりにしておくわけにはいかないでしょう」

と、スレート屋根の下に続く通路の彼方を指さした。寒々とした薄闇の涯《はて》に、窓のない小さな建物があった。ひどく無意味な感じのするその建物の意味を、丹羽は少し考えた。

「おっつけ家族も来るんでしょう？　俺は顔を合わせたくねえよ。そのくらいわかって下さい、俺ァ関係ねえんだから」

看護婦は白衣の上に羽織ったカーディガンの袖を寒そうに振りながら、死体に語りかけた。

「困ったねえ、真柴さん。お友達、帰っちゃうんだって」

突然、シーツが風にあおられて、真ッ青な死顔が現れた。何だか老人が不平を言ったような気がして、丹羽は立ちすくんだ。

「ほらね、おじいちゃん淋しいんだよ。ひとりぼっちになるのが」

「関係ねえよ……あんたね、人を脅かすヒマがあったら、早く電話して子供でも孫でも呼んでやれ」

「そう。どうしてもイヤなら、ムリにお引き止めするわけには行きませんけどね」

と、看護婦は死体の顔を被いながら言った。

「おじいちゃん、身寄りがないの」

丹羽はゆっくりと、看護婦の言葉を反芻《はんすう》した。

「ちょっと待ってくれよ、看護婦さん。だからどうだって言うの。来る人間がいないから、俺にいてくれっていうわけか。冗談じゃねえ、なんで俺がこんな行きずりのじいさんの通夜をしなけりゃならねえんだ」

「そんなこと言ったたって、かわいそうだもの」

と、看護婦は困り果てた顔をした。

「探しゃ誰かしらいるだろう。少なくとも俺よりも親しいやつはよ。遠い親類とか、近所の人とか。そうだ、同じ病室の仲間がいるだろう、長わずらいして、気心の知れ合った連中が」

「あなたねえ、常識で考えてよ。同じ病室の人はみんな狭心症なんだからね――じゃあ、もうちょっとだけ待ってて下さい。いま市役所の当直室に連絡しましたから」

丹羽はホッと胸をなで下ろした。市が後始末をしてくれるのなら、身内が現れるよりも、かえって面倒はないだろう。

「でも、他人ですからねえ」

「俺だって他人だよ。ともかく帰る。駅はどっちですか」

「来るのはボランティアの方ですよ。そういう立派な方の善意にはね、やはりいくらかでも協力すべきだと……」

「あのなあ――」、と丹羽は怒鳴り返したい気持ちを鎮めながら言い返した。

「俺はね、クソ忙しいの。あと四日で今年も終わりなんだよ。ボランティアに付き合うほどヒマじゃねえんだ」

看護婦は小さな溜息をついて、まるで行き昏れた小娘のように、また死体に語りかけた。

「ごめんね、おじいちゃん。この人、どうしてもいやなんだって。おじいちゃんがこの世で最後に会った人なのにねえ。私が一緒にいてあげたいけど、年の瀬だしね。病棟のナースが足りないの。淋しいだろうけど、つらいだろうけど、ガマンして」

丹羽は腕組みをしたまま、スレート屋根の鉄柱にガツンと頭突きをくれた。

「あんた……病棟はどこだ」

「精神科ですけど」

「やっぱりそうか……わかったよ、まったく人の性格を見すかしやがって。ああやだ、また女房に逃げられるかもしれねえ」

「そのときは責任もって紹介します。大勢あまってるから。なんなら私でも」

「バカ言ってんじゃねえよ――そのボランティアが来たら帰るぞ。誰が何と言ったって帰るからな」

看護婦は、やったというふうに愁眉を開いた。

「ありがとう。よかったね、真柴さん。お友達、いてくれるって」

「友達じゃねえ。おい、ジジイ、何とか言え。勝手にくたばりやがって。なんて迷惑なヤツだ」

白い長い屋外の通路を、丹羽は死体と一緒に歩き出した。ストレッチャーの車輪のきしみが、含み笑いのように聴こえた。

窓のない平屋の建物をめぐると、ポツンと白い灯のともる観音開きの扉があった。看護婦につい手を貸しながら、曇りガラスに書かれた「霊安室」という文字を見たとき、丹羽はゾッと鳥肌立った。

今やほとんどの人間は病院で死ぬのだから、誰もがいつかは世話になる部屋にちがいない。

それにしても、屋外喫煙所からほんの五十メートルと離れてはいないのは、いかにも不用意な感じがした。臨終が昼間であったなら、死体は喫煙所にたむろする患者や家族の目の前を運ばれて行くのだろうか。

ドアを開けて死体を押しこむ。十畳ほどの、思いがけなく明るい部屋だった。暗鬱な場所を想像していた丹羽の心は少し和んだが、死体を中央に置いてみると、その明るさがかえってしらじらしく感じられた。

「うう寒い。冷えるのよねえ、この部屋」

と、看護婦もしらじらしく笑った。

「暖房を、入れてくれますかね」

身慄いして天井を見上げた丹羽の視線を追って、看護婦は答えた。

「あれは、クーラーなんです。エアコンじゃないわけは、わかりますよね」

枕元には花が飾られている。真柴老人のためというより、備えつけの花であろう。ほかには隅のテーブルに、魔法瓶と湯呑み茶碗が置かれているきりだ。

「殺風景なところだなあ」

看護婦が声を立てて笑った。シャレに気付いて丹羽も笑ったが、「殺風景」という字面を想像すると、唇はたちまち凍えた。

「お茶は、適当にいれて下さいね」

丹羽が行きがかりの人物であることは、看護婦にとっても、むしろ好都合にちがいなかった。なんだかうまく嵌められた感じがしないでもないが、文句をつける機会はすでに失われていた。

「ご焼香は、そちら」

ベッドの乱れを整えながら、看護婦は枕元の小さな祭壇に顎を向けた。

「焼香？　一番は勘弁してくれ。このうえ頼ってこられても困る。あんたが先にしろよ」

「え、私？　——私は関係ないもの。仕事はここまで。じゃ、あとはよろしくね」

コンクリートの回廊に硬い靴音を響かせ、看護婦は風のように去って行った。

柱時計が八時をさしている。外では山が鳴っていた。年末の日曜日で、あたりは宵の時刻も怪しまれるほどの静けさであった。

所在ないままに冷えた茶をいれる。誰かに電話をしようと、携帯電話機を取り出したが、こんな状況をまじめに聞いてくれる相手などいるはずはなかった。会社の悪い噂が立っているところにきて、このうえ社長の精神状態まで疑われたのではうまくない。

みんなさぞ忙しかろう、と思うと、ひとりだけあわただしい時の流れの淵に取り残されたような気分になった。

もはや死体と対話するしか、この剛直な時間を乗り切る手だてはなかった。

この世で会った最後の人——看護婦のひとことはきつい縄目で丹羽を呪縛しつづけ

ていた。

あの奇妙な宴が、老人の長い人生の終幕だったのだとすると、彼はむしろそれを予想していて、精いっぱいの虚勢を張っていたのかもしれない。

(そうとわかっていりゃあ、まともに聞いてやったのになあ)

丹羽は自省し、枕元に立って焼香をした。

「頼ってこられても困るぞ、ジジイ。俺ァ今、たいへんなんだからな」

声に出してそう念を押した。

白い布の端から、みごとな銀髪がこぼれ出ていた。ふと、いったいこの男は、どんな人生をたどってここまでやって来たのだろう、と考えた。

居ずまいの正しさと上品な言葉づかいは、その最期の場面にはいかにも不似合いに思えた。

ストレッチャーの下の脱衣籠には、老人の衣類が無造作に投げ入れられていた。背広の胸ポケットから、当たり馬券が覗いていた。丹羽との縁をとり持った、グランプリの皮肉な的中馬券である。

何となく手に取ってみて、「3-6・300円」と印刷された数字を目にしたとき、丹羽はわけもなく胸が詰まった。

「よかったな、ジジイ。ボランティアなんぞはアテにならねえから、こうなりゃ俺が

「墓場まで面倒みてやる」

丹羽はそう呟いて、馬券を自分の懐におさめた。

と、そのとき――異物に気付いた。老人がいまわのきわに投げ出した手帳である。どさくさまぎれに、自分のポケットに収めていたことも忘れていた。

折り畳みの椅子を置くと、丹羽は背もたれに肘をついて座った。古ぼけた手帳を開く。

見開きのページに、褐色に色あせたブルーブラックのインキで、端正な文字が並んでいた。

自・昭和二十年八月十日

陸軍少佐　真柴司郎

丹羽は思わず、死体に向かって呟いた。

「おい、ジジイ。おめえの武勇伝を読むほどこっちはヒマじゃねえぞ」

続くページには、活字のように神経質な字が、ビッシリと並んでいた。まるでその一文字ずつが、手帳にただならぬ重みを加えているようだった。

3

〈昭和二十年八月十日。炎暑ナリ。昨夜ヨリ近衛師団将校集会所ニテ、参謀、副官、隊付将校等集ヒ、四国共同宣言ノ内容ヲ巡リ議論ス。予、連夜ノ空疎ナル精神論ニイササカ食傷気味ナレドモ、師団司令部ノ二階ニ起居シオレバ、ソノ場ヲ辞去スルヲ得ズ。同席スルコト甚ダ苦痛ナリ。早暁、ミナ疲レ果テ漸ク解散。一〇〇〇、大本営参謀、将校室ヲ訪ヌ。徹底抗戦派ノ首魁ナリ。師団将校等マタマタ参集シ、議論ヲ始ム。同ジ事ノ蒸シ返シナリ。一一〇〇、師団長閣下ヨリ電話。密カニ市ヶ谷マデ来台セヨト命ゼラル。早朝ヨリ明治神宮ニ参拝セル筈ノ閣下ガ陸軍省ニ在ラレル事、甚ダ不可解。サウ言ヘバ、副官、従兵等モ帯同セラレズ。念ノ為、自転車ニテ衛門ヲ出ヅ。茫漠タル首都ノ景観、視野ヲ遮ルハ宮城ノ森ノミ。炎暑ナリ〉

市ヶ谷の衛門に自転車を置き、台上に向かう坂道を登りつめたあたりで、真柴司郎はたぎるような炎天を見上げながら顎を拭った。

凪《な》いだ真午《まひる》である。ほとばしり出る汗が背を伝い、軍袴《ぐんこ》の腰に溜まっていく。

高みから見下ろす町は、茫々たる廃墟であった。

緑色の藻に覆われた外濠の対岸を、ゆっくりと貨車が通過して行く。轍《わだち》の音が去ってしまうと、あたりは怖ろしいぐらいに静まり返った。

眼下の靖国通りには、釜から煙を立ち昇らせた代燃車が一台、ぽつんと止まっているきりである。

耳の奥に鼓動を聴きながら、真柴は自分がふいに、見知らぬ世界に迷いこんでしまったような気分になった。

市ヶ谷台は予科士官学校の二年間を過ごした懐かしい場所である。つい二ヵ月前までは、陸軍省に勤務していた。通いなれた道であるのに、ずっと知らない土地の、知らない坂道を登って来たような気がする。

いったいこのうつろな静けさはどうしたことであろう。

寝不足のせいだろうと、軍衣の袖で瞼を拭いながら真柴は思った。

先月の末に連合国の共同声明を傍受して以来、若い将校たちが毎夜のごとく集まって、果てしのない議論を続けていた。

ただでさえ堂々めぐりの精神論に終始するところへきて、このところ新型爆弾の投下やソ連の参戦という悲報が相ついで、議論はいよいよ取りとめようのないものになっていた。層をなして嵩《かさ》んで行く不安と焦燥が、彼らを眠らせなかった。

真柴は好んで議論に加わっていたわけではない。温厚で従順で、悪く言うなら凡庸な優等生である真柴は、ただ群れの中に身を置くように、彼らとともにそうしていただけである。

なるようにしかなるまい——それが本心であった。戦時ならではの二十六歳の少佐にとって、状況はあまりに重かった。

朝早く、陸軍省の参謀が現れて、昨夜の最高戦争指導会議が夜半まで紛糾したという情報をもたらした。

共同宣言は政府の名において、すでに黙殺されているはずであった。将校室には再び議論が湧き起こった。

電話が鳴ったのはそんなさなかである。真柴が受話器をとると、耳に飛びこんできたのは思いがけぬ師団長の声であった。

〈真柴少佐か？〉

と、森中将は押し殺した声で確認した。

〈近くに誰かおるか。名前は口にするな〉

真柴はちらりと議論の輪を振り返り、「はい」とだけ答えた。

〈そうか。では、東部軍からの命令受領だと言って、そこを出よ〉

「どちらに参ればよろしいのでありますか」

わざと体の力を抜き、話し相手を周囲に悟られぬように、なるべく平易な口調で真柴は訊ねた。

〈市ヶ谷まで。まっすぐに大臣室へ来い。副官にも秘書官にも通さんで良い。くれぐれも師団の者には気付かれるな〉

答える間もなく、電話は切れた。あれこれと憶測しながら衣袴を整えていると、議論の中心になっていた陸軍省の参謀が、訝しげに振り返った。

「おい、どこからの電話だ」

徹底抗戦についての物騒な計画を口にしていた参謀は、問いただすように言った。

「東部軍からです。命令受領に来いと」

参謀は腕時計を見た。

「こんな時間に、か？」

「近ごろ情報関係の命令は不規則ですから。行って参ります」

参謀は軍刀の鐺《こじり》で床を叩いて、真柴を呼び止めた。

「おい、余計なことはしゃべるなよ」

「承知しております」

参謀の目は疑念に満ちていた。

真柴は自転車に乗って、師団司令部を出た。まさか行動を監視されているはずもなかろうが、念のために竹橋を渡り、日比谷の東部軍に行くと見せかけて、市ヶ谷をめざした。

内濠に沿って九段下に向かい、あとは蟬の声の降りしきる靖国通りを、まっすぐに市ヶ谷まで走り抜けて来たのである。

師団長からの謎めいた電話が、真柴を奇妙な印象の別世界に引き入れたにちがいなかった。

その日は朝から近衛師団長の姿を見た者はいなかった。明治神宮の参拝に行ったということであったが、副官も当番兵も連れずに出かけたというのも妙である。

――真柴は長靴《ちょうか》の埃を払うと、坂の頂にそびえ立つ陸軍省の壮麗な建物に向かって歩き出した。

近衛師団内部の不穏な動きについて問いただされるのかも知れない、と思った。だとすると、師団に着任して間もない自分が、ひそかに大臣室に呼び出される理由も肯ける。

いや、もしかしたら自分はそのために陸軍省から近衛師団に転出させられたのではなかろうか。難しいことになったと、真柴は重い足どりで歩きながら考えた。

「真柴少佐殿でありますか」

ふいに、築山の兜松の木蔭から呼び止められた。振り向くと、居ずまいを正して将校が敬礼をしていた。度の強い丸メガネが夏空を照り返していた。

真柴が答礼をすると、将校は新品少尉のように背筋を伸ばして言った。

「自分は東部軍経理部の小泉中尉であります。こちらで近衛師団の真柴参謀殿を待てと命ぜられました」

見ず知らずの主計将校が、なぜ自分を待っているのだろう。まるで直属上官に申告するような堅苦しい物言いに面くらって、真柴は訊き返した。

「それは、誰の命令だ？」

「軍司令官閣下に命ぜられました。先ほど経理部に直々のお電話がありまして……」

中尉はとまどうように語尾を濁した。いかにも、ここにこうしている理由がわからない、というふうである。

どうやら自分が師団長に呼び出されたのと同様に、この主計中尉も東部軍司令官からの電話を受けたらしい。

「なんだろうな、いったい」

「それは――自分にもわからないのですが」

二人は車寄せに向かって歩き出した。

中尉は小柄な真柴と肩の高さがまるでちがうほどの長身であった。体を折り畳むようにして歩くさまが不器用である。少なくとも陸軍経理学校出身の生え抜きには見えない。

歩きながら、ふいに言いわけがましく中尉は言った。

「自分は、実は役人でして……」

「役人、だと？」

「はい。大蔵省の役人なのですが」

メガネを押し上げて、中尉は不安そうに本館の威圧的な建物を見上げた。

そのことは承知しておいてくれ、とでも言いたげであった。たしかにそう言われて見れば、軍服よりも背広とネクタイの方が似合いそうな細面である。

真柴は思わず苦笑した。しかし、大蔵省の官吏までが主計将校としてかり出される事態は、笑いごとではあるまい。

「召集されたのかね」

「はあ。何かの手ちがいかと思いましたが、考えてみれば学徒がみな出陣するのですから、卒業した者が動員されるのは当たり前です」

「大学は、どちら？」

と、事情を察して真柴は言葉を改めた。

「帝大です。十三年の入省であります」

真柴より三つ四つは年上ということになる。中尉の軍刀は持て余しぎみにガチャガチャと鳴った。

「帝大出の高等文官がね。何だか同情したくなるな」

中尉は真柴のやわらかな口調に、ほっと表情をなごませた。

「真柴少佐殿は、陸士でありますか」

若さに不釣り合いな階級章と、胸に吊った参謀飾緒《しょくちょ》を見れば、聞くまでもないことであろうが、中尉は残されたわずかな時間に少しでも真柴のことを知っておこうというふうに、そう訊ねた。

「ああ。幼年学校からずっとな。おかげでシャバのことは何も知らん」

真柴は歩きながら、緊張しきった中尉の長身の背中を、励ますように叩いた。

「だが、こういう局面は俺にもわからん。いや、わかりかけていたのだが、貴官のせいでまたわからなくなった。どうも、妙な組み合わせだ」

真夏の庭から歩みこんだ建物の中は、ひんやりとした闇であった。

三階建ての広大な本館は、東半分が参謀本部と教育総監部、西側の半分が陸軍省に使い分けられている。帝国陸軍の頭脳はここに集約されていた。

廊下にも階段にも、人影はまばらであった。真柴が勤務していたころの活気はどこにもなかった。

本土決戦を目前にして、中央の高級将校の多くはそれぞれの郷土部隊に戻ったのだ。

敵が関東に上陸してくればたちまち指揮系統は寸断され、統一された作戦行動は不可能になる。決戦部隊は当面の敵と各個に戦うほかはないから、中央の参謀たちを原隊や出身地の部隊に帰したのであった。

最後の戦の準備をおえて、指揮中枢の大本営は事実上その存在意義を失おうとしていた。

東京出身の真柴が陸軍省整備局から近衛師団に転出した理由もそれである。燃料や交通、戦備資材等についての軍政をつかさどる整備局には、もはや大勢の課員を必要とするほどの仕事はなかった。整備するべき物資は底をついていたのである。

転出命令を受けたとき、どうせ死ぬなら生まれ育った郷土を枕にして死ねと言われたように、真柴には思えたものだ。

「ここは、初めてか？」

と、真柴は大理石の階段を登りながら、小泉中尉に訊ねた。

「はあ」、と気の抜けた返事をして、中尉は物珍しげに周囲を見渡した。世界中を相手に戦をしている軍隊の、最高指揮所に立ち入った緊張が、軍人になりきらぬ表情をこわばらせている。

二階に上がると、大臣室の前の太柱に寄りそうようにして、近衛師団長が立っていた。

やっと来たか、というふうに腕時計を見る師団長に敬礼をして、

「自転車で参りました」

と、真柴は言いわけのつもりで言った。森師団長は眉を開いて肯くと、真柴を柱の蔭に導いた。

「頼むぞ、真柴」

森中将は真柴の肩を摑んだ。意味はわからない。ただ、「和尚」という仇名のある師団長の、軍服を脱げばたしかにそうとしか見えない柔和な顔が、別人のようにひきつって見えた。待ち受けることの重大さを、真柴は知った。

扉の脇の曇りガラスの中で人影が動いたと思うと、胸に飾緒をかけつらねた参謀たちが五、六人も退室してきた。ひとりずつ扉口で腰を折り、回れ右をして立ち去って行く。どれも見知った顔であるが、真柴をちらりと一瞥《いちべつ》したきり、声をかける者はいなかった。

それはいかにも、真柴のために所払いされたというふうであった。

参謀たちが遠ざかるのを待って、森中将は大臣室に入った。

「真柴少佐殿……自分も、入るのでありますか」

と、小泉中尉が真柴の背中に囁いた。

「良くわからんが、そういうことだろうな。まちがいなら出てくれれば良かろう」

タイル貼りの廊下から一歩を踏み出して、大臣室の厚い絨毯の上に長靴の踵を置いたとき、真柴は自分の体がふわりと宙に浮いたような、軽いめまいを感じた。

略帽を取り、十度に腰を折って真柴は言った。

「近衛師団真柴少佐、入ります」

すぐうしろで、やみくもな大声が続いた。

「東部軍小泉主計中尉、入ります」

頭を上げて、真柴は息を呑んだ。

広い陸軍大臣室の長椅子には、まるで肖像画をかけ並べたように、五人もの将軍がこちらを注視していたのである。

若い将校たちを見定めようとする一瞬の沈黙が、ひどく長い時間に感じられた。五人の将軍は彫像のように動かなかった。

彼らの行くところ常に付き随っているはずの副官や参謀たちの、その場にひとりもいないことが、室内の空気をかえって緊密にしていた。

南向きの窓には、灯火管制用の厚いカーテンが下ろされており、隙間から差し入る光が、えんじ色の絨毯の上を、刃のように伸びていた。

「まあ、かけたまえ」

近衛師団長はまるで部外の者に言うように、席を勧めた。口頭試問の席のような丸椅子が用意されていた。二人は背を伸ばしたまま、腰を下ろした。

「楽にしたまえ。少し話が長くなる」

執務机から陸軍大臣が顔を上げた。

長椅子には近衛師団長と並んで、東部軍司令官が座っている。腕組みをし、瞑目していた目を薄く開いて、軍司令官はちらりと小泉中尉を睨んだ。

向かい側の長椅子には軍刀の柄に白手袋の手を置いた老将軍が座っていた。胸に金色の飾緒を吊った、参謀総長である。

もうひとり、上座には軍の長老である杉山元帥が、巨体をどっしりと沈めていた。

真柴の頭の中は真っ白になった。小泉中尉の体は小刻みに慄えていた。カタカタと鳴る軍刀の鞘を、真柴は長靴の爪先でそっと踏んだ。

「小泉主計中尉は――」

と、田中軍司令官が紹介をすると、中尉は立ち上がらんばかりに背を伸ばした。

「東京帝大を首席で卒業し、十三年の高文試験をやはり首席で合格した大蔵省の逸材です。無理を通して東部軍が預かりましたが、本人はわけのわからんうちに軍服を着せられて、だいぶ往生しとるようです」

「動員というより、出向、ですな。おたがい官衙《かんが》にはちがいない」

阿南《あなみ》陸相が和やかに言葉を挟むと、将軍たちは口々に低い声で笑った。

「そういう事情でありますから、陸軍と大蔵省の折衝役には適任と存じます。官庁に戻ればいずれは大臣、次官の器でありますし、予算の専門家でもあります」

将軍たちは軍司令官の説明に肯いた。

「真柴少佐は、近衛第一師団の情報参謀で――」

と、師団長が切り出した。真柴はひやりと姿勢を正した。

「いや、森さん。真柴については自分の方が詳しいだろう。幼年学校以来の教え子だ」

阿南陸相が執務机から目を据えた。

知っていると言われても、十年前に幼年学校長であった阿南大将が、一人の生徒についてどれほど知っているのだろうか、と真柴は怪しんだ。少なくとも生徒時代から陸軍省勤務に至るまで、格別親しく目をかけられたという記憶はない。

しかし、陸相は淀みなく続けた。

「陸士は五十二期、兵科は歩兵。部隊勤務ののち、一選抜で陸大に入校しました。士官学校ではそれほど目立つ生徒ではなかったが、陸大は恩賜の軍刀組で――要するに部隊指揮官というより参謀の典型ですな。で、昨年の七月から整備局に勤務しておりましたが、先々月に増加参謀として近衛師団に出ました」

「ほう、優秀だな。末はこの部屋の主かね」

と、参謀総長がちらりと横顔を向けた。

「生まれは、たしか多摩だったな」

ふと思い出すように陸相は言った。自分のことを覚えているのではない、調べてあるのだと、真柴はそのときはっきりと感じた。

「はっ。南多摩郡の日野村であります」

梅津参謀総長は長椅子の背ごしに向き直って真柴の顔をあらためた。

「日野か。昔の天領だな、あのあたりは。土方歳三《ひじかたとしぞう》が生まれたところだろう」

「はっ、そのとおりであります」

「そうか。それはけっこうなことだ。郷土の英雄だな」

「祖父に聞かされております。祖父は子供の時分に、土方歳三と会ったことがあると……」

梅津大将は遮るように、ぽつりと言った。

「いや、貴官のことだよ」

誰も笑わなかった。わずかの沈黙の間に、真柴は参謀総長の謎めいた言葉の意味について考えこまねばならなかった。

窓はかたく閉ざされているのに、室内の空気はひんやりと冷えていた。真午の太陽が厚いカーテンの裏に、ふしぎな光の輪を描き出していた。

「いずれも選びに選び抜いた人材でありますが、いかがでしょう、閣下」

陸相が上座にそう伺うと、杉山元帥はおもむろに顔を上げた。若い将校たちにとっては、上官というよりすでに伝説的な将軍である。

日露戦争の遼陽《りょうよう》会戦で負ったという額の古傷にひきつられて、左瞼は力のない半眼であった。そのせいか、健全な右目がよけいに鋭く光っていた。

椅子の背から身体を起こした元帥の堂々たる威風に、真柴は圧倒された。

改めて品定めをするように二人の将校を見つめてから、老元帥は低い、軍人の声で言った。

「師団長と軍司令官が推挙して、陸軍大臣と参謀総長が認めた人材に、今さら年寄りが口を挟むことはあるまい」

将軍たちはしばらくの間、二人を注視した。それからふいに、参謀総長が言った。

「聖上《おかみ》のご裁可は？」

一瞬、真柴は耳を疑った。

「いや、それは畏《おそ》れ多くも、この杉山が親しく一任されたことである。あえて再びご裁可を仰ぐことになれば、この者たちの氏名は侍従や内大臣の知るところとなろう。機密保持上、それはまずい」

真柴は膝頭の慄えを拳で押さえた。小泉中尉は足元に目を伏せたまま、決して顔を上げようとはしなかった。

「この者たちの氏名」と元帥が言ったのは、もしかしたら「使命」かも知れないと思った。

杉山元帥は黄金《こがね》造りの元帥刀を引き寄せると、両手を柄に置いて姿勢を正した。

「真柴少佐、小泉中尉――」

二人は顔を上げて元帥に向けた。

「畏れ多くも、大元帥陛下におかせられては」

元帥が頭《こうべ》を垂れてそう言ったとたん、居並ぶ一同はいっせいに背筋を伸ばした。元帥は続けた。

「昨日の御前会議において、ポツダム宣言受諾の御意志を申し述べられた。誠に恐懼《きょうく》に耐えざるところである。陛下の御決意は政府の意志として、すでにスウェーデン、スイスの両中立国を通じ、連合国側に対して打電した」

そこまで言うと、元帥は声を詰まらせた。こみ上げるものを吐き捨てるように、ひとつ咳《しわぶ》いてから、元帥は続けた。

「むろん陸軍としては、国体の護持と皇室の御安泰を敵側が確約せぬ限り、矛《ほこ》を収むることはできぬ。したがって政府の回答はそうした条件つきであることは言うまでもない。しかし——受諾にしろ、決戦にしろ、このさき未曾有の国難が待ち受けていることは自明である。そこで——」

元帥は阿南陸軍大臣に向かって顎を振った。意を受けて、大臣が言葉を続けた。

「最悪の場合は——いや、はっきり言おう。いずれにしろ国土は敵に蹂躙される。仮に決戦で全軍が敢闘し、講和を導いたとしても、それほど有利な条件は望めまい。国家の行く末は誰にもわからん。しかし、神州は断じて不滅である——小泉中尉」

突然と名差されて、小泉中尉は青ざめた顔を上げた。

「昭和二十一年度分の臨時軍事費は概算いくらと見るか」

小泉はメガネを細い鼻梁の上に押し上げて、はっきりと答えた。

「本年度分が八百五十億円でありますから、おおむね一〇パーセント増と致しましても、九百億内外とするのが適当と思います」

にべもない即答に、将軍たちは肯いた。ひとりひとりの了解を得るように一同を見渡してから、大臣は声を殺して続けた。

「これから言うことは、われら五人しか知らぬ重大な機密だ。政府も、海軍も知らぬ。むろんこの機密事項を打ち明けるからには、貴官らにも相応の覚悟をしてもらわねばならぬ。万が一、失敗があれば、日本は永久に地上から消えるかも知れん。国民はユダヤの民のように、世界を流浪することになるかも知れんのだ」

真柴はいつのまにかふしぎなくらいに澄み渡ってしまった耳で、窓から洩れ入る蝉の声を聴いていた。

見合わせた小泉中尉の顔からも、怖れやとまどいはすでに消えていた。

「まず、昭和二十一年度分の臨時軍事費として、九百億円を国庫から払い出させる」

「閣下、それは――」

と、小泉中尉は割って入った。

「待て、もう少し聞け」

参謀総長が白手袋を挙げて制した。大臣は続けた。

「交渉が決裂すると、米軍は早ければ十月、遅くとも来春には本土に進攻する。九州に来ればまだしも、いきなり関東に上陸されたら、そのとたんから議会も予算もあったものではない。どちらから来るか、その可能性はおそらく五分五分だろう」

「つまり、最悪の事態に備えて、軍費の先取りを――いや、前渡しを受けておこうということですね」

と、小泉中尉は明晰な役人の口ぶりにかえって言った。「しかし閣下、そのような戦況になれば、軍費そのものが無意味なのではないでしょうか」

陸軍大臣はひとつ肯くと、素朴な疑問に答えるように言った。

「もちろん。支払う先も何も、あったものではないからな。つまり——軍費という名目で出させるのだ」

「名目？」

「そうだ。そういう事態になれば、早晩、日本は敗ける。軍費など用がない」

あからさまに投げ出された陸相の言葉に、真柴は衝撃を受けた。

関東地方の防衛を担当する東部軍司令官は、いたたまれぬように立ち上がると、長靴を軋ませて二人の背後に回った。

「敗けるということが、それほど意外かね、真柴少佐」

「はっ……いえ、自分は信じております。神州は不滅であると——」

「そうだ、神州は不滅だ。しかし、皇軍が不敗だというわけではない。そんなことは陸軍省の参謀をつとめた貴官が、わからぬはずはなかろう。皇軍は敗ける。だが、神州は不滅だ。そう思え、真柴」

立派な口髭を慄わせて、田中軍司令官は続けた。

「自分が阿南閣下にそう断言したのだ。九州に来れば、ほぼ完成している陣地と複雑な地形を楯にしてひと戦できる。その間に敵に打撃を与え、外交交渉を進めることもむろん不可能ではあるまい。しかし、相模湾や九十九里にいきなり上がられたらどうする。圧倒的な空軍の援護下で、敵の機械化部隊が突進して来たら、地形的に遮蔽物の何もない関東平野は保持できぬ。一ヵ月、いや半月で東京は陥ちる。一千万の住民が犠牲になる」

軍司令官の言葉が捨て鉢に聞こえて、真柴は立ち上がった。

「そんなことは、わかりきったことであります。でしたらなぜ、大本営は関東の陣地構築を優先させなかったのでありますか。九州の防備や弾薬の集積状況に較べ、関東はずっと遅れているではありませんか。自分は整備局におりましたころ、いくどもその点は意見具申いたしました。間に合わなかったから敗けると、閣下はそう言われるのでありますか」

「貴様、陸大では何を習った」、と田中軍司令官は真柴に胸を合わせた。

「こんな簡単な演習課題はないぞ。のっぺらぼうの関東平野に、どうやって有効な抵抗線を敷く。どうやって縦深陣地を構築する」

「水際で叩きます。沖縄のように敵を引きこんで持久するのではなく、硫黄島のように水際で敵を叩きます」

「どこの水際だ。九十九里か、鹿島灘《かしまなだ》か、相模湾か。どこを防御正面に据えても、敵は手薄な所から上陸するぞ。しかも火力を集中させる機動力は我が軍にはない。つまり関東平野は地形的に攻めるに易く、守るに難いのだ。文句があったら、天の浮橋からこの大八洲《おおやしま》を造り給うた神々に言うしかあるまい」

真柴は押し黙った。すべては田中軍司令官の言うとおりである。戦術を学んだものならば、実は内心だれもがわかりきっていることであった。

「しかも、陛下におかせられては、松代《まつしろ》にご動座されるご意志はない。畏れ多くも宮城を枕に討ち死になさるご覚悟であらせられる。ということは……」

軍司令官の声はそこでとぎれた。

「話が横道にそれたな。今は本土決戦をうんぬんしているときではない」

阿南陸相が穏やかな口調で話題を戻した。

「ともかく、関東に上陸されたらすべては終わる。交渉の余地は何もなかろう。そして、貴官らが言うとおり、軍費など無意味になる」

陸相の言った「軍費の名目」という言葉が、真柴の頭の中でめまぐるしく回った。

長身を折りたたむようにしてうつむいたまま、小泉中尉が呟いた。

「要するに、再起のための機密費というわけですね、閣下、そうですね」

両手を膝の上にだらりと下げ、中尉はうらめしげに阿南大臣を見上げた。

「それを、自分と真柴少佐殿とで、どこかに隠せと、そうおっしゃるのでしょう。議会はまだ生きている。大蔵省も機能している。だから本土決戦用の来年度分の臨時軍事費の名目で、前借りをする。九百億円分の金とプラチナのインゴットを、祖国再興のために、どこかに隠す、と。ちがいますか」

将軍たちは小泉の聡明さに顔を見合わせた。

「九百億円分の金とプラチナ？　おい、そんなものあるのか」

と、ひとりだけ話に乗り遅れたように思えて、真柴は訊ねた。小泉中尉は自嘲的な笑顔を向けた。

「まさか紙幣を隠しても仕方ないでしょう。ありますよ、たぶん。九百億？　——軍が支那やアジア全域にばらまいた軍票は、そんなものじゃない」

「軍票だと？　どういうことだ」

中尉は言っても始まらん、というふうに唇の端を引きつらせたまま答えなかった。

梅津参謀総長は腕組みをして、天井を見上げた。

「君は怖い男だなあ。最優秀の人間は、どうやら軍人にはならんらしい。ためしに続けてくれたまえ。君の推理には当事者として興味がある」

小泉中尉は少し考えてから、肚を決めたように続けた。

「日支事変以来の軍票の発行残高について調査したことがあります。それはとうてい軍費といえる額ではない。何の理由でそんな乱発をするのか。つまり、支那の金やプラチナ、ビルマの宝石、ありとあらゆる財宝を軍票で買い集めた。軍艦に何杯も積んで、それらはすべて国庫に納められ、敗け戦で宝の持ちぐされになった」

参謀総長は冷酷な感じのする顔を、ちらりと小泉に向けた。

「ほう。どうやら陸軍の前線には大蔵省の密偵がもぐりこんでいるらしい。しかし、小泉君。残念ながら陸軍の頭脳は役人のそれほど単純ではないよ。君の考えは興味深いが、ハズレだ」

「梅津閣下――」

と、陸軍大臣がたしなめるように、口を挟んだ。

「いや、阿南さん。この際すべてを知っておいてもらいましょう。彼らは信頼に足りると、私は思います」

杉山元帥は目を閉じたまま、黙って肯いた。梅津大将は冷ややかな目で小泉中尉を見据えた。

「君は、大蔵省が時価二千億にのぼる金塊を握っていることを、知っているんだな。政府も議会も知らぬ、いわゆる員数外《いんずうがい》というやつだ」

「はい」、と小泉は肯いた。

「君はそれを、陸軍が軍票をあやつって買い集めた、と考えたのだろう。だが、それはちがう。二千億の金塊は、マニラから運んだ。山下将軍はたいしたものだ。さすがマレーの虎と異名をとるだけのことはある。財宝を運び出させるだけの時間を、マッカーサーに与えなかった」

「マニラ、ですって？」

小泉はきょとんとした。

「知っておるかね。ダグラス・マッカーサーは親子二代にわたるフィリピンの軍事総督だ。実質的支配者といえる。二千億円の金塊は、マッカーサーが父の代から、フィリピン独立のために蓄えた財宝だった。山下将軍はマラカニアン宮殿の地下からそれを掘り出して、日本に送った。それが正解だ」

参謀総長の言葉は簡潔で、明晰だった。小泉はメガネをはずすと、軍衣の袖で瞼を拭った。

「なぜ、そんなことを」

「そんなこと？　――役人には考えが及ばぬかね。もっとも君らがそこまで考える必要はあるまい。話は以上だ」

参謀総長はもう何も答えぬというふうに、もとの無表情な顔に戻った。

ずっと黙りこくっていた杉山元帥の片目がかっと見開かれた。

「貴官らはこの命令に服するのか、否か。返答せい」

真柴少佐は立ち尽くしたまま、小泉中尉は椅子に座って頭を抱えたまま、しばらく黙考した。いくら考えても答えの出るはずはなかった。

やがて、田中軍司令官は拍車を鳴らして窓辺に歩み寄ると、勢いよくカーテンを開け、ガラス窓を押し上げた。蝉の声がなだれこんだ。人々は目覚めたように、いっせいに顔を上げた。

口髭を指先でもてあそびながら、田中大将は猛々しく赫《かがや》く日輪に目を細めた。

ふいに、あたりもはばからぬ声で流暢な英語をしゃべり、意味がわからずに呆然とする真柴に向かって、大将は言った。

「遺産を管理する役目も、悪くはない、ということだよ」

将軍は縛《いまし》めから解かれたように、カラカラと笑った。

〈田中閣下ハ、カラカラト笑ヒタリ。カツテ英国駐在武官ノ間、オックスフォードニ学ビ、後、米国ノ大使館付モ長ラク経験セル欧米通ナリ。呵々大笑ハ似合ハズ、恰モ自嘲セルガ如ク聞エタリ〉

コンクリートの床を打つ足音に、丹羽明人はわれに返り、あわてて読みさしの手帳を閉じた。

火の気のない霊安室は戸外の寒さを吸い寄せて冷えきっている。

足音は扉の前でいちど立ち止まり、ためらいがちに把手《とって》が回された。夜の匂いを背負って、背広姿の男が入ってきた。

コートとマフラーをきちんと片腕にかけて、男は慇懃《いんぎん》に頭を下げた。丹羽も立ち上がって無言の挨拶を返した。

4

頭を上げると、二人は異口同音に、

「ご遺族の方ですか？」

と、言い、たちまち絶望的な視線を見交わした。

「ボランティアの者です。海老沢、と申します」

ひと呼吸おいてから、男はちょっとげんなりした感じで名刺を差し出した。

丹羽よりいくつか若く見える。がっしりとした体格の好男子であった。

内ポケットに手を入れかけて、丹羽は名刺を出すことをためらった。不必要な関わりは持ちたくない。

「丹羽と申します。いやあ、たまたまこの人の倒れた場所に居合わせちまいましてね」

嘘ではない。不要な経緯を省けば、そういうことになる。

「それはどうも。ご苦労さまです」

と、男はたしかに身内でも他人でもない物言いで言った。

名刺には市内にある民間企業の社名が書かれていた。ボランティアという言葉から、若者のサークルとか主婦の慈善団体を想像していた丹羽にとって、海老沢の印象はまったく意外だった。

「とりあえず、ご焼香をしましょうね」

間をつくろうように海老沢は線香を上げた。いったい何を念じているのかと怪しまれるほどの長いあいだ合掌してから、海老沢は振り返った。

死顔を改めながら、ほうっと深い溜息をつく。それがいかにもひと仕事を終えたというふうに見えて、丹羽は訊ねた。

「どういう人なんですかね、この人」

冷たい茶を差し出しながら、なるたけぶっきらぼうに、（そっちより縁は薄いんだぞ）と暗喩をこめたつもりだった。

「そう訊かれましても――ちょっと風変わりな方だったので、私も良くは存じません」

海老沢が言いながら一歩さがったような気がして、丹羽はあせった。

「変わった生き方をするのは勝手だけど、変わった死に方をされるのは迷惑なんだよなあ。こっちはアカの他人なんだから」

海老沢はひるまずに言い返した。

「変わった生き方というのも迷惑ですよ。私だってアカの他人なんですから」

「他人って言っても、多少は息をしているじいさんを知っているんだろう？　俺なんか、心臓の止まる寸前しか知らねえんだからね」

ごもっとも、という感じでいちど肯いてから、海老沢は少し意地の悪そうな流し目をした。

「でも、一緒にお飲みになってらした、とか」

「ちょっと待ってくれ。飲んでたっていっても、向かいの席で酌をしただけだ。心臓が悪いなんてわかるわけねえだろう」

なんだか懸命に言いわけをしているような気がして、丹羽は口をつぐんだ。と、相手の性格を見透かしたように、海老沢は穏やかに攻めたててきた。

「私は、いわゆるボランティアでしてね」

「おっと、それを言うなら俺だってボランティアだぞ。だが、あんたは確信犯だし、俺は業務上過失だ。わかるか、このちがいが」

そう言って丹羽は、こころもちストレッチャーを押した。海老沢は腰をせり出してくい止めた。

「いえね、ちょっと愚痴を言いたかっただけです。なにもあなたに付き合ってくれ、とか、遺族のかわりをしてくれ、とか言ってるわけじゃありません」

「……そう言ってるとしか聞こえねえな」

「ただね、これもなにかのご縁だから」

ギ、とストレッチャーの脚がきしんだ。丹羽はあわてて押し返した。

「ご縁って何だよ。いやな言い方だなあ」

「そうは言っても、あなたが死に水を取ったのは事実なんですからね。つまり、このおじいさんは四十九日まではあなたを頼っている可能性が強い」

海老沢は微笑みながら、グイと死体を押した。

「あんた、見た目は紳士的だが、けっこう強引な性格だな……俺と逆だ」

精妙な死体の押し合いに疲れて、丹羽はストレッチャーから離れると壁にもたれかかった。海老沢は勝負あったというように死体の枕元をめぐって、丹羽の脇に手を置いた。大嫌いなオーデコロンの匂いに、丹羽は顔をそむけた。

「まあ、そう気を落とさずに……」

「気を落としてなんかいねえ、ただ――」

「ただ、なんです？」

「俺が今まで苦労してきたわけが、今やっとわかったんだ。クソ」

丹羽は後頭部で壁を叩いた。

「そうおっしゃらず。毒くらわば皿まで、という言葉もあるじゃないですか」

「あんたは言い方がキツいんだ。もっと優しく言ってくれ。せめて、乗りかかった舟、とか」

「けっこうナイーブなんですね、見かけによらず」

「きょうびの不動産屋はナイーブなんだ。なにせ毎日が薄氷の上を歩いているようなものだからな。いけねえ、思い出しちまった。年明けの手形どうしよう」

会話がとぎれると、壁の外をめぐる山々の深いしじまが迫ってきた。

べつにこの男と言い争う理由はないのだ、と丹羽は気を取り直した。

孤独な老人にとことん付き合ってやろう、といったんは肚をくったものの、わけのわからぬ手帳を読み始めたとたん、怖じけづいたのだった。何だか面倒なことになりそうな、いやな予感がしていた。

この男の強引さも、なにか裏があるように思える。

「わかったよ。何もそう斜《しゃ》に構えなくたって、あんたにおっつけて帰ったりはしねえ。こう見えても根は誠実なんだ」

自分の誠実さを言葉で表すことが難しいのは、本人が一番よく承知している。眉の太い、エラの張った悪党ヅラを呪うしかなかった。

ブームのさなかでは押し出しの利く面構えも便利だったが、負い目になった今となっては、人にいらぬ警戒心を起こさせるだけだった。おまけにかつてはこのあたりでも、何ヵ所か梨畑をぶちこわした実績がある。

「いやあ、そうおっしゃっていただくと本当に助かります。年末で手がないものですから。なに、たいして面倒なことじゃありません、ここでひと晩お通夜をして、明日中には焼いてしまいます」

「えっ、あした焼いちまう。そりゃまたずいぶん急なことだな」

「火葬場も御用納めですからね。いや、今日でよかった。これが明日だったら、大変でしたよ」

言いながら、海老沢は体のしぼむような深い溜息をついた。これはどうやら、この男の癖であるらしい。

なんだか海老沢が疲れ切っているように見えて、丹羽は少し気の毒になった。

おそらく仕事の合い間に、市内に住む孤独な老人たちの世話をして回っているのだろう。そしてあげくのはては、くそ忙しい年の瀬にきてこんな面倒なことまでしなければならない。ふつうなら百人がかりで決着をつける一個の人生の清算を、たったひとりでやろうというのだから、居合わせた誰かれかまわず手を借りようとするのも当然のことかもしれない。

「ま、ご苦労なこった。このじいさんはどうか知らねえけど、あんたはまちがいなく極楽に行ける。俺が保証するよ」

丹羽は本心からそう言った。

スチール椅子に並んで腰を下ろす。話題はない。が、沈黙は苦痛である。

「ところで、下世話なことを聞くけど、ボランティアっていうことは、つまりタダ働きだよな。働きざかりの男がこんなことをしていて大丈夫なのか？」

「大丈夫なわけないでしょう。あなたもまたずいぶん物事をはっきり言う人ですね」

と、海老沢は苦々しげにタバコを噛みつぶしながら言った。

「こういう仕事はですね、ふつうは地元の名士とかね、市会議員の奥さんとかね、そういう余裕のある人がやるものなんですよ。サラリーマンが片手間にできることじゃありません」

「そうだ。たしかにその通りだ。あんた、まちがいなく極楽に行ける」

「冗談は顔だけにして下さい。いまは地獄なんです。いやね、学生時代に福祉のまねごとをやってたんですよ。で、この町に越してきて、ほんの軽い気持ちでね、有志をつのって福祉サークルを作ったわけ。二十年ちかくも前のことでしょう、人口も今の三分の一以下でしたし、ここいらものどかなものでしたよ。お年寄りの世話とか、リサイクル運動とか、障害者の介助とかね、けっこう学生時代の続きで、気楽にできたんです」

「なるほど。わかる、わかる。俺たちの時代にはいたんだよな、そういうの。俺なんかはゲバルトだったけど、ピースマークつけてそういう運動をしていた連中も、たしかにいた」

「学生が貧乏でしたからね。社会に参加する方法っていうのは、そのどちらかしかなかったんじゃないかな。つまり、その点あなたも私も似たもので……しかし、割を食った」

タバコの火を受けてから、海老沢は少しうらめしげに丹羽の派手な背広を見つめた。

「で、引っこみがつかなくなって、今日に至る、というわけか」

「はい。そういう身もフタもない言い方はやめて下さい。しかし、まったくその通りです。おかげさまで職場は転々とするわ、家庭はかえりみないわ――なにしろ地価高騰以来、都心から疎開してきた人たちで市の人口が三倍に膨れ上がったんです。難民を受け入れちゃったようなものですよ。わかるでしょう、私にとっては最悪の展開です」

「しかも、後に続く者がいない。あんたひとりでてんてこまい、と」

「そう。それでとどのつまりは、女房は男を作って逃げるわ、娘はグレるわ、セガレは登校拒否の問題児。いやはやこっちが福祉のお世話になりたいぐらいです。シャレにもなりません」

「うわあ、すげえなあ。そりゃたしかに地獄だ。やめろ、やめちまえ、そんなの」

「やめられるものなら、とうにやめてます。かわりがいないんだからしょうがないでしょう。こういう天涯孤独の、心臓病のじいさんをほっぽらかして、やめられますか」

話しながら理不尽な憤りがこみ上げてきたとみえて、海老沢はせわしなくタバコを吹かした。

「と、いうわけで、強引におひきとめいたしましたが、悪く思わないで下さい。ひとつ、ご協力のほどを」

またしても妙な人間と出会ったものだ。まったく最低の一年だったと、丹羽は思った。

靴音が近付いてきた。期待をこめて二人が見つめるドアを開けて現れたのは、当直の若い医師である。白衣の肩を寒そうにすくめて、医師はのし紙の付いたままの一升瓶をテーブルの上に置いた。

「冷えるでしょう。これ、お清めです」

体の芯まで冷えきっていた男たちは、礼を言うより先に、おお、と声を上げた。酒でも買いに行こうかと、ひそかに考えていた矢先である。しかし商店まではさぞ遠かろうと思うと、それすらも億劫《おっくう》であった。

「いまカルテを見直していて、ちょっと気になったことがあるんですけど」

と、若い医師はどちらに言うともなく訊ねた。シーツをめくり上げ、死斑の浮いた首すじから手品のように引き出したのは、すりきれた綾織りのお守り袋であった。

「やっぱり、持ってるね」

と、医師はお守り袋の口を広げると、金色のシートに包まれた錠剤を取り出した。

「なんです？　それ」

丹羽は医師の手元を覗きこみながら訊ねた。

「ニトログリセリン。血管拡張剤です。狭心症の発作の特効薬でしてね、いつも携行していたはずなんです」

「へえ、そんなふうにして持っているんですか。几帳面なじいさんだな」

「いえ、虚血性の発作には劇的な効果をもたらす薬ですからね、患者さんにとってはいわば命の綱なんですよ。つまり一瞬で血管を拡張して、心臓に血を送りこむわけ。で、よくこういうふうにして身につけている方は多いんです。まさにお守りですね」

丹羽はいまわのきわの老人の姿を思い出した。掛茶屋のベニヤ壁にもたれ、みるみる生気を失って行くさま。

そのときすでに、老人は発作を起こしていたにちがいない。しかし胸元に隠し持った薬を飲もうとした様子はなかった。苦痛を笑顔でごまかしながら老人は語り続け、やがて押し黙り、ついに心臓の停止とともに椅子から滑り落ちたのだ。

「急激な発作のときには、それこそしゃべることもできないし、手足も動かせなくなってしまうものなんです。たまたま周囲に病気を知っている人がいなかったことが、命とりになったんでしょう」

医師の目つきが自分を責めているように思えて、丹羽は言い返した。

「ちょっと待って下さいよ、先生。急激って言っても、けっこう間がありましたよ。変だなと思ってから少なくとも二、三分、いや、五分はあった。その間はちゃんと椅子に座っていたんだ。そんな言い方はやめて下さい」

「いやいや」、と医師は表情を崩した。

「そういう意味じゃありません。第一、一時帰宅の患者が競馬場なんかに出かけて、大酒を飲んだ末の結果でしょう。まわりの人間に責任はないですよ」

と、こんどは病院にも責任はないのだ、というように医師は言った。海老沢が首をかしげた。

「しかし、何で薬を飲まなかったんだろうな、真柴さん。それじゃまるで、自殺じゃないか」

「自殺？」

丹羽は医師の顔色を窺った。ちらりと見返ったなり、医師はその先の対話を避けるように戸口に向かった。

「もうどうでもいいことかも知れませんけど、ともかくこれは誰の責任でもありませんよ。後味が悪いでしょうから、いちおうお知らせしておきます。ま、そういうことで」

医師はいかにもそのことだけを言いにきたというふうに、霊安室から出て行った。

丹羽はあわただしく酒の封を切ると、茶碗に注いだ。

「いちおうお知らせって、余計なことを言いやがる。かえって後味が悪いじゃねえか」

「まったくです」

茶碗酒を受け取った海老沢の顔は歪んでいた。

自殺——そう考えたとき、老人から託された手帳が、内ポケットの中でずんと重みを増したように思えた。

二人は同じような顔で理由のない乾杯をし、ひと息に呷《あお》ると息をついた。

「ところで——俺はこのじいさんに、妙なものをもらっちまったんだけどね」

丹羽は内ポケットから、古ぼけた黒革の手帳をつまみ出した。

「あれ？」

素頓狂な声を上げて、海老沢は目を見開いた。

「なんだか、わけのわからんことを言ってたっけ。今、ちょいと中味を見たら、もっとわけがわからなくなった」

「やだなあ……」

と、海老沢は気味悪そうに呟き、背広のポケットをまさぐった。取り出されたのは丹羽のそれと全く同じ形の、古ぼけた手帳である。

「同じものですよ、ほら」

綿のように縁のめくれ上がった頁をていねいに繰って、海老沢はびっしりと書き詰められた老人の筆跡を丹羽に示した。

「まいったな……おい、ジジイ、おまえ何を考えてんだ。何とか言え」

「二人で考えろって、そういうことですかね」

海老沢澄夫は被いを取ったままの、妙に安らかな死に顔に向かって、そう呟いた。

5

〈一四三〇、大臣室ヲ辞去ス。予モ小泉中尉モ呆然自失、地ニ足ノツカヌ心地ナリ。廊下ニテ何人カノ知己ト邂逅セルモ、言葉ヲ交ハス気力モ無シ。本館裏口ヨリ出ヅル時、第二部長ニ呼ビ止メラル。欠礼セル事モトガメズ、閣下ハ予等ノ顔色ヲ心配サレ、親シク労ハラレル。軍ノ情報部長タル閣下スラ予等ノ使命ヲ知ラズ。予、嘘ヲツク。尊敬セル上司ナレバ甚ダ苦痛ヲ感ズ。食堂前ニ真新シキ車輛アリ。運転席ヨリ大軀ノ下士官飛ビ下リ、予等ニ敬礼ス〉

「なあ、真柴。くれぐれも頼むぞ」

第二部長が伸び上がるようにして肩を摑んだとき、真柴は使命について念を押されたのだと思い、姿勢を正した。

「よっぽど油を絞られたようだが、大臣はそれだけ貴様に期待しておるのだ。いいか、期待に応えねばならんぞ。万が一にも近衛師団を逆賊にするようなことがあってはならんぞ」

第二部長は知らない――胸を撫で下ろして、真柴は答えた。

「肝に銘じております。ご安心下さい、閣下」

精いっぱいの闘志と笑顔を返して、真柴は尊敬する若い将軍を見送った。

「今のかたは？」

小泉中尉が訊ねた。

「第二部長の有末閣下だ。どうやら誰も知らんというのは本当だな」

中尉の顔色は暗澹《あんたん》とした。軍の情報部長すらも知らぬ機密――改めてそう考えたとき、真柴の背も冷たくなった。

本館の裏に建つ食堂は東西に細長い鉄筋の二階建てで、覗きこむように掘りこまれた地下には浴室が並んでいる。ここにも人影は少なかった。

「ああ、あれですね」

小泉中尉は食堂の外廊下の下に止まる一台のトラックを指さした。運転席から下士官が飛び下りて敬礼をした。いかにも大陸を転戦してきたという感じのする、屈強な曹長である。

「たしかに頼もしそうですね」

「ああ。なんだか、いま討伐から帰ってきたみたいなやつだな」

実際、半袖の夏衣に雑嚢《ざつのう》と水筒をたすきにかけ、止め金の並んだ長靴《ちょうか》をはき、柄に白布を巻いたごつい曹長刀を吊ったその姿は頼もしげに見えた。めっきりと軍人の数も減り、しかも残ったどの顔にも深刻な戦況が刻まれている中にあって、赤い頬髭をたくわえた精悍な風貌は、物語の中の下士官のように輝いていた。

真新しい車輛も人目をひいた。それはピカピカに磨き上げられた九四式の大型トラックで、六輪のタイヤや荷台にかけられた幌までもが、いま工場から出てきたように新しかった。

二人は答礼をしながら曹長に近付いた。

曹長は片足を不自由に曳いていた。真柴がそのことをまず訊ねると、曹長は少し誇らしげに、華北の戦線で盲管銃創を負ったのだと答えた。衛戍《えいじゅ》病院を退院して新設の決戦部隊に配属されたとたん、この命令を受けたのだという。

「座間《ざま》の五百一連隊？　そんなのあったかな」

車に乗りこんでから、真柴は首をかしげた。

「六月に編成完結した精鋭部隊であります」

風貌にふさわしい濁声《だみごえ》で曹長は答えた。

いまや内地に結集された陸軍兵力は、二百二十五万人という空前絶後の数に達していた。部隊配置や命令系統は複雑をきわめ、中央で直接それらの編成に参画した真柴にさえ、全容はわからなかった。

座間という位置から考えて、相模湾への上陸と内陸部への落下傘降下に即応する機動迎撃部隊だろうと、真柴は考えた。整備局に勤務していたころ、貴重なトラックは優先的に機動部隊に対して割り当てた記憶がある。

「運転には支障ありませんので、ご安心下さい。怪我が右足で幸いでした」

曹長は日に灼けた顔をほころばせながら、左足でクラッチペダルを踏んでみせた。ディーゼルの快いうなりを上げて、車は走り出した。裏口の左内門《さないもん》から出るように真柴は命じたが、曹長はすでに承知しているふうだった。

「どういう命令を受けておるんだ？」

「けさ、連隊の参謀長から、陸軍省の使役に出よと命ぜられました。この車輌とともに、近衛師団の真柴少佐殿の指揮を受けよと――中告もせずに失礼いたしました。何ぶん、野戦の癖がまだ脱けきらんもので」

本当は申告も忘れるほど、とまどっていたのだろうと真柴は思った。ここに至った経緯はやはり真柴や小泉と同様に、唐突で不可解である。しかし、曹長の自信に満ち溢れた顔にとまどいは見うけられなかった。よほど場数を踏んだ下士官にちがいない。

磨き上げられたガラスから、日ざかりの日が躍りこんで瞳を刺した。

いったい自分たちはこれから何をするのだろうと、真柴は他人事のように考えた。

五人の将軍たちは、密命の細部について何も語らなかった。ひとりひとりが堅く真柴と小泉中尉の手を握っただけである。最後に参謀総長が一通の封書を手渡した。

「命令は逐次、与える。実行したのち、命令書は完全に焼却せよ」

凍えるほどの無表情な顔で、梅津総長はそう言った。

軍袴のポケットから封書を取り出す。表に毛筆で「真柴少佐親展」とあり、機密文書の赤い判が捺してあった。堅く封印された中味は、さらに油紙にくるまれた上質紙である。和文タイプで、わずか数行の命令が打たれていた。

〈東部軍司令官室ニテ別命アル迄待機セヨ。但シ、小泉中尉ヲ本日一六〇〇、大蔵省ニ出向セシメ、広瀬蔵相ト会見セシムル事。以上〉

「ずいぶん簡単な命令のようですね」

と、小泉中尉は日ざしに目を細めながら言った。

「四時に大蔵省へ行ってくれ。大蔵大臣が待っている」

「大臣が？」

「会見せしむること、と書いてある。たぶん段取りはついているのだろう」

小泉中尉は不安げに笑った。

濠端にそびえる東部軍司令部に車をつけると、三人は豪壮な太柱の並ぶ玄関に駆け上がった。

「近衛師団参謀」と告げると、衛兵は敬礼をして道を開いた。

顔見知りの副官が待っていた。士官学校の一期後輩にあたる大尉である。

「やあ、真柴少佐殿でしたか。今しがた軍司令官閣下から連絡を受けまして――」

如才なく話しかけてくる大尉を、真柴は目で牽制した。

余分な言葉は交わしたくない。なるべく人目も避けたかった。すべては依然として闇の中である。

「実は近衛師団からも、ほぼ五分おきに電話がありまして、少佐殿が司令部に行っているか、と」

真柴はひやりとした。階段を先導しながら、大尉は不審そうに一行を眺めた。

「近衛師団の誰からだ。師団長閣下か」

「いえ、石原参謀殿と古賀参謀殿が入れかわりで」

いずれも急進派の同僚であった。

「だったら良い。今後も師団からの連絡はとりつぐな」

「何か、あったのですか？」

「貴様の知ることではない」

言ってしまってから、真柴は表情を和らげて言いつくろった。

「なに、たいしたことではない。この主計さんとな、本土決戦の糧秣《りょうまつ》の計算をするんだ。だが――これは大本営の機密に属することだから、決して口外するな。俺たちのこともだ」

導き入れられた軍司令官室は、窓の外に宮城の森を見渡す、簡素な一室であった。軍に接収される前は第一生命相互の本館で、おそらく役員室にでも使用されていたものであろう。

内側から錠を下ろすと、三人は誰が言うともなく窓辺に寄った。

そこにはふしぎなほどに平穏な風景があった。内濠をめぐって建つビルディングは、焼け野原など嘘のように、午後の光を浴びて建ち並んでいる。宮城の森は深く、蟬の声が夏空を押し上げるように湧き立っている。都電が青い火花を散らして、足元を過ぎて行った。

まるで敵がこの一角だけを、故意に爆撃目標から外しているように、真柴には思えた。

「東部軍の内部の動きは、どうなっているんだ」

と、真柴は言葉を切りつめて小泉中尉に訊ねた。

「穏やかではありませんよ。今の副官なども――」

木偶《でく》のように窓の外を見つめる曹長の顔色を窺いながら、小泉中尉は続けた。

「いざとなったら重臣たちを倒してクーデターだと、戒厳令を敷いて徹底抗戦だと息まいています」

「まずいな……閣下たちはそのあたりの動きを知らんのではないか。ここが安全な場所だと思っておるのだろう」

「少なくとも市ヶ谷よりはましでしょう。抗戦派の主役は大本営や陸軍省の参謀たちですからね」

ポツダム宣言受諾と決定したときには、陸軍大臣に治安維持のための兵力使用権を行使させ、近衛師団と東部軍麾下《きか》の十一個師団を動かして、本土決戦に向けてのクーデターを断行する――それがこのところ毎夜のように聞かされてきた議論の最終的な結論であった。

陸相や参謀総長を取りまく大本営の参謀たちが中心となり、近衛師団が宮城を占拠し、しかも関東の全兵力を掌握する東部軍までもが動くとなれば、事態は穏やかではない。破滅的な内戦が起こるか、あるいは一億玉砕という呪文を唱えながら、日本は断崖に向かって突進する獣の群れのように、一直線に走り出すだろう。

「真柴少佐殿は、どうお考えなのですか」

これだけは訊いておかねばならぬ、というふうに、中尉は目を据えた。

「危険な人間に、こんな使命を与えると思うか」

中尉はほっとしたように眉を開いた。

「師団の連中に言わせれば、俺は腰抜けの敗北主義者だそうだ」

「そんなことはありませんよ」

と、小泉中尉は断言した。

「みんな、ふつうじゃないんです。二百万人が死んだから一億玉砕だなんて、正気の沙汰とは思えません。標語のたとえが、そのままひとり歩きしている。女学生にまで竹槍を持たせて、銃も持たない兵隊を水際に張りつけて――軍司令官のお伴をして九十九里の防御陣地を見ましたとき、自分は青くなりました」

曹長は何も耳にはいらぬように、黙って窓の外を見つめていた。

「どうやら俺たちの任務は口で言うほど簡単ではなさそうだな。ここにこうしていること自体、敵陣のまっただ中にいるようなものだ。なにしろ俺たちは、敗けたあとの使命を背負っているのだからな」

黙りこくる曹長の背中に向かって語りかけながら、真柴は拳銃を抜き、弾をこめた。

「俺も、この役人あがりの中尉ドノも、あいにく実戦経験はない。頼みにしているよ、曹長」

曹長は口をへの字に結んだまま振り返ると、目で肯いた。それから片足を軋ませるようにして椅子に腰を下ろし、雑嚢の中から拳銃を取り出した。

見たこともない大型拳銃に、二人の将校は目をみはった。曹長は馴れた手つきで、いちど空撃ちをしてから、弾倉に弾をこめ始めた。長い弾倉には小銃弾のように大きな弾が二十発もはいった。

「モーゼルです。満州の馬賊はみなこれを使います。丈の低い蒙古《もうこ》馬《うま》の上から、こんなふうに投げ射ちするのです」

と、曹長は頭上から拳銃を振り下ろしてみせた。武骨な掌には、丸太を継いだような頑丈な銃把が良く似合った。

「なんだか、これがおもちゃに見えますね」

と、小泉中尉も真柴と同じ南部式の拳銃を抜き出した。

「しかし、内地でこんな物を使うようになったら、戦も終わりです」

曹長はいまいましげに弾倉を叩き入れ、赤い頬髭をふるわせて、まるで馬賊の頭目のような高笑いをした。

ふと、廊下に重々しい長靴の音が響いた。いちど止まってから間を置いて、誰かがドアに忍び寄ったように思え、三人は同時に拳銃を構えた。足音は去らない。

「誰か」

と、真柴は扉に向かって誰何《すいか》した。それに答えるように、一通の茶封筒が蝶番《ちようつがい》の間から、すっと差し入れられた。足音はゆっくりと去って行った。

後を追って廊下に躍り出た真柴は、軍帽の顎紐をかけた将校の横顔が、階段の薄闇に沈みこむのを見た。

「命令ですよ、少佐殿」

と、小泉中尉が封筒を差し出しながら、ドアごしに覗いた。

「誰ですか？」

「わからん。軍帽を冠って、昭五式の詰襟を着ていた」

「五年式、ですって？——在郷軍人ですかね」

「いや、若かったな。二・二六の亡霊じゃないか」

不安を冗談で拭って、真柴は命令書の封を切った。やはり数行のタイプ文字である。

〈東部軍ニ危惧アリ。速カニ横浜山下町『ニューグランドホテル』ニ転進。尚、登庁

ニ当ツテ小泉中尉ハ室内ニ用意セル平服ヲ着用スベシ。以上〉

命令書を覗き見て、小泉中尉は室内を眺め渡した。主《あるじ》のいない執務机の背後に、木製のロッカーがあった。

走り寄って扉を開き、中尉は「あれ？」、と声を上げた。

「自分の私物ですよ、これは。大蔵省の官舎に置いてきたものなんだが……いったいどうなっているんだろう」

おそるおそる吊るし出されたものは、白っぽい麻の夏背広のひとそろいである。革の旅行カバンには、短靴とパナマ帽、愛用の事務カバンまでが、まるで本人が揃えたもののように蔵われていた。

「どうせなら、国民服の方がありがたかったな。これじゃ憲兵に呼び止められそうだ」

なにげなく背広のポケットをさぐって、中尉は二度おどろいた。陸軍省の公用外出証が入っていたのである。

「これで憲兵にも文句をつけられることはない、というわけか。まったく何から何まで手回しのいいことだ」

ドアに錠を下ろしながら、真柴は呆れたように言った。

軍服から背広に着替えると、中尉はすっかり帝大出の高級官吏になった。度の強い丸メガネも、間伸びしたような長身も、神経質そうな色白の顔も、主計中尉の軍服から放たれて背広に収まると、ぴったりとさまになった。

「さあ、時間です。行かなければ」

懐中時計を見ながら中尉は言った。恩賜の銀時計やペリカンの万年筆まで背広の中に用意されていたことにも、もう驚きはないようだった。

拳銃をチョッキの内側に差しこみ、旅行カバンの中に脱ぎ捨てた軍装をそっくり移しかえると、中尉はパナマ帽のてっぺんをつまみ上げていかにも官員ふうに頭を下げた。

「では、行きます。のちほど横浜で合流しましょう。なんだか約束はできない気もしますが」

中尉の変わりように見とれながら、真柴は言った。

「何とも言いようがないな。武運長久、でもあるまいし」

「そう、こういうとき日本語は不自由ですね。少佐殿、それを言うなら――」、と中尉は真柴に握手を求めた。「グッド・ラック、でしょう」

中尉は笑顔を吹き消すと、大股で部屋から出て行った。

灰皿の上で、真柴は手早く二通の命令書を焼いた。これで、とりあえず何が起ころう証拠はない。そう思い切ると気持ちが軽くなった。

旧式の軍服を着た、謎の将校伝令が届けてくる命令書のとおりに行動し、それを焼き捨てる。つまり、先のことは何もわからず、あとに残されるものは何もない——自分の置かれている不可解な立場が、実はたいへん合理的な作戦のうちにあるように思えた。

「ニューグランドホテルというのは、知っているか」

二十六歳の今日までの過半を軍隊で送ってきた真柴は、無知を恥じながら曹長に訊ねた。

「知っております。召集前に横浜港で荷役をしておったことがありますので。大桟橋のそばの、絹糸会館の並びにあるホテルであります」

大桟橋も絹糸会館も知らないが、それでわかったというふうに真柴は肯いた。

「ともかく、こうしてはおれんな。閣下たちも東部軍に危惧ありと、ようやく気付いたのだろう。出よう」

ポツダム宣言受諾の噂はすでに抗戦派将校も知っている。事態は一刻の猶予も許されなかった。

灰皿の上の燃えがらを手でもみしだき、真柴は廊下に出た。曹長はモーゼルを略刀帯に挟み、中尉の軍装一式を詰めた旅行カバンを提げて後に従った。

二人が階段を下りかけたとき、階下に長靴と軍刀の鞘鳴りが乱れ、一群の将校が駆け上がってきた。踊り場で両者は対峙した。

疑い深げな目つきで進み出たのは、けさがた師団で気勢を上げていた大本営の参謀である。

「真柴、貴様ここで何をしておるのだ」

若い将校たちが背後を固めていた。

「今しがたここに着いたというではないか。それまで、どこで何をしておったのだ」

「偕行社に寄って買い物をしてきましたが、なにか？」

曹長の持つ旅行カバンを指さして、真柴は答えた。

「ほう。命令受領の前に、買い物だと？　その曹長は誰か」

姿勢を正して名乗りかける曹長を制して、真柴は言った。

「陸軍省の使役であります。東部軍の命令により、これから本土決戦用の糧秣を受領に行くところでありますが」

「そんな命令は誰も知らんぞ」

「先ほど、田中軍司令官閣下から直接、命ぜられました」

参謀は軍衣の袖で滴る汗を拭いながら二人の周囲をめぐり、階上を見上げた。

「軍司令官閣下はご不在だろう」

「——電話で、命令を受けました」

「閣下はどこにおられる」

「極秘任務でありますから、これ以上はどなたにもお話しするわけにはまいりません」

「何だと？」

と、参謀は軍刀を抜いた。刃先で真柴の胸を脅かすように叩き、曹長の手元に振り向けた。

「命令だ。そのカバンを開けろ」

「それはできません。自分は東部軍麾下の近衛師団将校であります。指揮官以外の方の命令に従ういわれはありません」

参謀は苦々しげに舌打ちをした。

「では、もうひとつ聞こう。近衛師団長はどこにおられる」

「存じません」

「軍司令官閣下とご一緒ではないのか？　さきほど陸軍大臣室でご両者を見た者がおるのだ。そして、真柴——貴様もだ」

裏切り者、と背後の将校たちが軍刀を抜いた。

参謀の手が旅行カバンに伸びた。そのとたん、曹長は半歩あとずさると、モーゼルを天井に向けて発射した。大理石の館内に銃声が轟いた。

おじけづく将校たちを銃口で制圧しながら、曹長は真柴の背を押した。

「少佐殿、車へ」

一気に階段を駆け下りると、玄関のホールで曹長は何を思ったかぴたりと立ち止まった。旅行カバンを足元に置き、軍刀をかざして迫る追手に向かって巨体を半身に構える。頭上から勢いよく拳銃を振り下ろしたとたん、大上段に振りかぶった参謀の刀身が激しくはじけ飛んだ。

銃声が高い天井にわんわんと余韻を曳き、硝煙と火薬の匂いの中で、人々はみなちぢこまった。

「軍司令官閣下の命令である。賊を取り押さえよ」

呆然と銃剣を腰だめに構える歩哨に向かって、真柴は命じた。とっさに向けられた歩哨の剣先をかわして、曹長は鉄帽を叩いた。

「バカモノ、俺が賊に見えるか。やつらを捕らえろ」

カバンを荷台に投げこむと、曹長は運転席によじ昇った。玄関は我に返った追手と歩哨と、銃声を聞いて駆けつけた軍人たちとで混乱している。

九四式自動貨車は、六輪の轍を高らかに軋ませて走り出した。

「いいですな、新しい車は。こういうとき、実に都合が良い」

 こともなげに速度を上げながら、曹長は赤い頬髭を撫でた。

「すばらしい腕前だな、曹長。あれが投げ射ちとかいうやつか」

ちらりと振り向いた曹長の目は、楽しげにさえ見えた。

「負傷して後方にさがるとき、真剣に考えたものです。脱走して、このまま馬賊になっちまおうかって」

「そりゃいい。良く似合うぞ」

「この際でありますから、ひと言申し上げておきますが――」

と、曹長はモーゼルを略帯の腹に差した。一発の弾丸が彼の心を開いたようだった。

「自分は、軍隊が性に合わんのです」

「なぜだ？　とてもそうは見えんぞ」

いまいましげにギアを入れかえながら、曹長はきっぱりといった。

「自分勝手に死ねないからであります。お国のためとか陛下のためとか、自分の命に理由をつけられるのはたまらんのです。そうは思われませんか、少佐殿」

ビルの谷間に姿を現した涯もない廃墟を見やりながら、真柴はふしぎなほど簡単に、曹長の言葉を理解した。数えきれぬ人間が、自分の命に勝手な理由を付けられて死んでいった。それにちがいないのだ――。

6

〈長キ道、長キ一日ナリ。途中、大森、蒲田区内ノ道路損傷、陥没、甚ダシ。警報三度アリキ。ソノ都度、車ヲ止メ路端ノ壕ニ退避ス。工場地域ナレバ敵機ハ大型爆弾ヲ低空ヨリ使用セリ。艦載機ノ機銃掃射モアリ、壕内ニテモ生キタ心地セズ。二一三〇、漸ク横浜ニ到着ス〉

読みづらい旧仮名づかいの文字をそこまでたどって、丹羽明人はいったん手帳を閉じた。

峠道を駆け上がるバイクのエンジン音が、半世紀前の焼け跡を行くトラックの唸り声に重なった。

「いったいこのじいさん、何者なんだよ」

肘を張って茶碗酒を呷ると、丹羽は近ごろめっきりだぶついた腹を突き出して、ストレッチャーを押した。

「なにしろ偏屈な人でね。年金の受け取りを拒否してたんですよ。それが正当な権利だと言っても、頑として納得しないんです。老いても他人の施しは受けぬ、とこうです」

「うわあ、すげえやつだなあ――でも、何となくわからんでもねえ」

「この体で独り暮らしだから、週に一度は様子を見に行くんですが、いつも何しに来たって顔をするんですよ」

海老沢澄夫は老人に追い返されて帰る道すがら、たぶんそうしたような、困惑した表情を見せた。

「つまり、社会の善意を信じねえってわけだな。しょうのねえジジイだ。なんまんだぶ、なんまんだぶ――で、酒びたりってわけか」

丹羽は冷酒を茶碗に満たすと、枕元の祭壇に供えた。

「いや、それなんですがね……真柴さん、酒はやらなかったんですよ」

「やらねえもなにも、すげえ飲みっぷりだったぞ。水でも飲むみてえに、キューーッ、キューーッと。あれじゃ健康なやつだってどうかなっちまう」

言いながら、いよいよ自分が真柴老人の自殺に加担したような気がして、丹羽は口をつぐんだ。

「実は三日前に、ちょっと見舞いに寄ったんです。ここの六階」

と、海老沢は首をかしげたまま天井を指さした。

「しばらく発作もおさまっていて、退院しても良かったんですけど、正月はぼくらも目が行き届かないでしょう。できれば病院で年を越してもらおうと思って。そしたら、財布を押しつけてね、入院費を払ってきてくれって言うんです。そうじゃなければ、これ以上病院の世話になるわけにはいかないって」

「老人医療費も受けとれねえってわけか」

「そうなんです。入院費って言っても、たった一日六百円でしょう。それを説明するのがまたひと苦労で。あればかりは要らないって言われても、六十五歳を過ぎればそうなるようになっているんだから。そしたらね、だったらあんたの看病代に取っとけ、と」

海老沢は丹羽のそれとお揃いの手帳を指先でつまんで、困ったように額を叩いた。

「もうイヤになっちゃって、はっきり言いましたよ。僕はボランティアで、お金で動いているわけじゃないって。そしたら真柴さん、キョトンとして――つまり僕をずっと、市役所の人間だと思っていたらしいんです」

「わかったぞ。それですっかり反省しちまって、罪ほろぼしにその手帳をよこした、と。なんだかわけのわからんことを言ってたろう」

「ええ。あんたならきっとうまく使ってくれるだろう、なんて。いえ、それまでにもね、ときどき妙な独り言を言うのは知ってたんです。政界のスキャンダルのニュースなんか見ながらね、こいつらじゃあダメだ、こんなヤツらに渡すわけにはいかない、とか。ちょっとボケ気味かな、と思ってたんですが」

丹羽は手を叩いて笑った。老人があたりかまわず妄想を口にしていたのだと思うと、心のわだかまりが晴れた。

読みさしの手帳を開いて海老沢に示しながら、丹羽は言った。

「読めよ、ここ。昭和二十一年度分の臨時軍事費が九百億円。九百億っていやあ、おめえ、今のカネに直しゃいくらだ？」

海老沢も表情を崩して笑った。

「そうですねえ。すごいインフレの時代だから換算するのはむずかしいでしょう——たしか、死んだオヤジが戦時中に大学を出たんですけど、初任給が七十円だったって、口癖のように言ってましたね」

「七十円。大卒の初任給が、七十円か」

丹羽は天井を見上げながら考えた。

今や風前の灯のニワ・エステートには、この春、新聞広告を読んでやってきた不幸な新卒者がひとりだけいる。その初任給が手取り約二十万である。文句も言わずに、いまだにせっせと働いているところをみると、まずは相場と考えて良さそうだ。

丹羽はカード型の計算機を取り出した。

「二千八百五十七倍、だな。とすると、九百億を今の金にすると……あ、ケタが足らねえ。ええと、二千五百億？」

「ちがうでしょう。千倍でも九十兆円だから」

「うわ。二百五十兆円！　おもしれえ！　近ごろ何百億っていうぐらいじゃ刺激がねえけれど、何百兆ってのは、さすがに聞かねえものな」

「国家予算だって七十兆円ですよ」

「ひえー、国家予算の三倍！　――ま、話ってのはでかいほど面白い」

丹羽は笑いながら、被いを取ったままの死体の頬を、手帳でぺたぺたと叩いた。

「じいさんよ。話がでかいのはけっこうだけど、でかすぎて現実味に欠けるんだよな。他人を喜ばせようってのなら、そういう細かいところを計算して書かなきゃ。おいコラ、ジジイ。悪ふざけもたいがいにしろ。死んでなきゃブッ殺すところだぞ。なにがあんたにあげます、だ。一瞬その気になっちまったじゃねえか」

「まあ、そうは言ってもねえ」

と、海老沢は死体の顔をシーツで被った。

「こういうものを見せて、ぼくら若い者とのコミュニケーションをはかりたかった。

そんなふうにしか孤独を紛らわす方法がなかったんじゃないですかね。気の毒な方です」

丹羽は少なからぬ敬意をもって、呆れた。

「まったくおめえは、力いっぱいのボランティアだなあ。気の毒かね、このジジイが。ところで、それ読んだのか？」

「いえ、忙しくって。それに、チラッと見ただけで頭が痛くなったんです」

丹羽は海老沢の手帳を取り上げると表紙を開いた。「自・昭二十年八月十五日」と、ある。つまり、丹羽の持っているものの続篇ということになる。一冊がわずか五日分であるから、日記というより綿密な記録といった方が良さそうだ。

「じいさん、二等兵だな、きっと。俺のオヤジは死ぬまで恨みつらみを言ってたっけ。ビンタもらったり、柱にしがみついてセミになったり、机の上で自転車こがされたりして、そりゃいじめられたそうだから。で、士官学校出身の少佐殿になる夢を見た、と。ま、苦労人の俺としてはわからんでもねえ」

「なんだか、いじらしい感じがしますね」

酔いの回り始めた耳に、夜をめぐる木々のそよぎが迫ってきた。

冷酒をくみ交わしながら、二人は沈黙を避けるようにたわいもない会話を続けた。

はじめは景気の予測や政治批判であったものが、酔うほどにスポーツの話題となり、猟奇的な事件の噂になり、新聞の紙面を一枚ずつめくるようにテレビ番組の話をおえると、あとは個人的な愚痴になった。

二人の社会観はどの分野でもことごとく対立したが、皮肉なことに逃げた女房の話になると、ことごとく意見が一致した。日ごろ他人に言えぬ愚痴はとめどがなく、二人はおおいに意気投合した。

一升瓶が空いたのは一時間の後である。

二人は連れ立って——べつに連れ立って行く必要はないのだが、取り残されるのはたまらないので、連れ立って夜更けの霊安室を出た。

「おかわり、っていうのは、図々しくないですかね」

コンクリートの回廊を歩きながら海老沢は言った。

「なあに、こういう所には菓子折と一升瓶は腐るほどあるもんだ。第一、俺たちはボランティアだぜ。酒の無心ぐらいしたってバチは当たるめえ」

飲んだくれの用心棒のように、丹羽は肩をそびやかして言った。

自動ドアをむりやりこじ開けて、二人は生温かい病棟に入った。灯はすっかりと消えており、非常灯の緑色の光だけが、磨き上げられた廊下を冷たく照らし出していた。

こだまする靴音に気がねしながら長い廊下を折れ曲がると、待合室に出た。そこはまるで、夜道のはてにいきなり現れた、沼のような静けさである。薬局に向いた長椅子が、岸辺の舫《もや》い舟のように整然と並んでいる。

宿直のカウンターから人を呼んだが、返事はなかった。当直の職員は巡回に出たのだろうか。

「しかしエビさんよお。真夜中の病院てのは、薄気味わるいもんだなあ」

と、待合室を振り向いて、二人はギョッと立ちすくんだ。

柱の蔭に、車椅子に乗った人影があった。

なんだか真柴老人が後をつけて来たような気がして、丹羽は後ずさった。

「やあ、おどかしちまったかね」

と、人影は轍を軋ませて振り向いた。毛糸の帽子を脱ぐと、みごとな禿頭がカウンターの灯を照り返した。車椅子の男は、ゆっくりと光の中に現れた。

「なんだ、金原さんじゃないですか――」

海老沢はひどく無愛想に言った。

「なんだたア、ごあいさつだな。真柴さんが死んじまったってえからよ。あんた、世話しとったんだっけ」

禿頭には不釣り合いな、太い長い眉を吊り上げて老人は言った。言葉は尻上がりに唄うような多摩弁である。

「あなたこそ、こうして通夜にやってくるほどの付き合いだったんですか」

海老沢はつっけんどんに言った。

「つきあいもなにもよ、わしのところの店子《たなこ》だがね。家賃をもらってた大家としちゃ、知らん顔もできめえ――いやあ、真柴さんがどかねえもんだから、アパートも建たんでよお、往生してたんだい」

海老沢はチェッと聞こえよがしの舌打ちをすると、丹羽の顔をカウンターの上に呼び寄せた。

「往生してた、だって。まったくひどい言い方をするもんです」

「因業な大家だな。おおかた古家の家賃が固定資産税にも足らなくなって、ヒイヒイ言ってるんだろう。よくあることさ」

金原老人を避けるようにして、海老沢はホールの隅の長椅子に腰を下ろした。丹羽の腕を引き寄せると、実にいまいましげに海老沢は囁いた。

「あれはね、市議を長く務めた大地主なんですよ。地元の権力者で、自治行政の癌。この町が東京のチベットなんて言われるのは、みんなあいつのせいなんです」

「なんだか恨みでもありそうだな」

「ええ。あの男に恨みつらみを言っていたらキリがありません。この町ではどんな法案だってあいつの意のままなんです。たとえば、そこの米軍施設の返還問題にしたって……」

「米軍施設？」

「ほら、何年か前、裁判沙汰になったじゃないですか。この病院の裏山一帯は、いまだに米軍の施設なんですよ」

「ああ、わかったぞ。南多摩弾薬庫の返還訴訟。もめたっけなあ」

「ベトナム戦争が終わって以来、弾薬庫なんて必要ないんです。だから今では米軍家族の保養施設になっています。信じられますか、その家族自体が、もうほとんどいないんですよ」

病院をぐるりとめぐっている思いがけぬ自然には、そういういわれがあったのだ。

「ぼくは原告団の一員だったんです。いくら住民運動をやったって、肝心の自治体が知らん顔なんだから話にならんのですよ。それもみんな、あの金原が議会を牛耳っていたからなんです」

「もう引退したんだろう？」

「娘婿が議席を引き継いでいましてね、いまだに隠然たる権力者ですよ」

金原老人は車椅子に大柄な体を据えたまま、海老沢を睨みつけている。その鋭い眼光には今にも摑みかかってきそうな気迫さえあって、なるほどこいつはタダ者ではない、と丹羽は思った。

「ガードマンが来るのを待ってるのかな。だったら連れてってやろうか」

「冗談じゃない。あいつと一緒に通夜をやるぐらいなら、ぼくは帰りますよ」

金原が何も言い出さないのは、海老沢に対する気まずさがあるからにちがいなかった。

海老沢は少し声を高めて、聞こえよがしに言った。

「安保条約がどうのって言ってもね、そんなことは国政レベルで言うことでしょう。地域住民の代表たる市議会が返還運動に同意しないっていうのはおかしいですよ。あれはきっと地元選出の国会議員のテコ入れがあったんです。ずいぶん金も動いたんだろうって、もっぱらの噂でした」

「まるで悪代官みてえなヤツだな」

「そうこうするうちに土地ブームが来て、返還になっても大手デベロッパーが開発に乗り出すのは目に見えているから、返還運動も意味がなくなった。まあ、当分の間は市民にとって、見せ物の盆栽です。年に何度か、市民に開放してバーベキュー大会とか花見だとかをやりますけどね」

「ま、いいじゃねえか。それだってのっぺらぼうのヒナ壇に造成されて、マンションが建ち並ぶよりはマシだろう」

廊下に光の輪が動いて、警備員が戻ってきた。金原に気づくと、初老の警備員はまったく悪代官にへつらうように、怖れ入った挨拶をした。

「通夜はわしがやる。若え者にァ、けえってもらおうかね」

金原の言い方は、とても善意とはとれなかった。

「なあ、海老沢さん。わしァ少なくともあんたよりは縁が濃いからよ。なにせ真柴さんがこの町に越してきてから四十年も家賃をもらってんだから。ま、わしと朝まで付き合うってえんなら、あんたの勝手だが」

そう言って高笑いをしたことが、いよいよ海老沢の癇に障ったようだった。ふてくされたように椅子に沈みこんで足を組み、海老沢は言い返した。

「金原さん、あんたそんなこと言って、なにか金目の物でもありゃしないのかって考えてるんじゃないですか」

金原はぽかんと大口を開けて、虚を突かれたという顔をした。

「いくら憎まれっ子のわしだって、そこまではしねえよ。いや、この齢になると人に死なれるのが身に応えてな」

「ぼくらが帰ったら、誰もいませんよ。ひとりで朝までいますか？」

金原は言葉を選ぶようにしばらくうつむいて、杖の先を見つめた。その姿が、なんとなく若い海老沢を扱いかねているように見えて、丹羽は口を挟んだ。

「まあ、そう言うなよ。じいさん困っちまってるじゃねえか。年寄りには年寄りの付き合いってのがあったんだよ、きっと」

「ぼくは帰ります」

「そうだ、そうしろ。なんたって父子家庭なんだから。あのじいさんには俺が付き合ってやる。ひとりにしておいて、また心臓マヒなんていったら困るものな」

丹羽には不純な目論見があった。

このあたりは保守的な土地柄から、宅地開発の盲点になっている。市政の実力者で、しかも大地主と聞けば、お近付きになる絶好のチャンスを見逃す手はない。

「な、帰れ。帰って子供にメシ作ってやれ。子供には金をかけるんじゃなくて、手をかけるんだぞ、手を」

しつこく迫る丹羽の下心には気付かず、海老沢は不愉快そうに金原の目をにらみ返した。

「じゃあ、そうさせてもらいます。明日の朝、市役所に寄ってから、また来ます。せいぜい酒の相手でもしてやって下さい。いくら飲ませたって、金原さんの心臓なら大丈夫ですから」

海老沢はぷいと顔をそむけると、玄関から出て行った。

丹羽は警備員を押しのけて、車椅子の把手を握った。

「やあ、すまんな。不自由な体になると、若い者にもバカにされちまう。年はとりたくねえもんだ」

霊安室に向かって歩き出すと、金原は車椅子の背ごしにちらりと玄関を振り返った。

「あれも、いい男なんだがなあ――」

しみじみとそう呟いた言葉のニュアンスは、丹羽にもよく伝わった。ひとかどの人物なのだが、話のわからぬ堅物、というほどの意味であろう。

それは丹羽も同様に感じていたことだった。世間並みの苦労をしてきた人間なら十人が十人、海老沢澄夫をそう評価するにちがいない。

この老人は意外にくみしやすいタイプかも知れない、と、丹羽は希望を持った。

「あんたかね、真柴さんの死に水を取っちまったってえ、運の悪い人は」

「はあ。良くご存じですね」

車椅子を心をこめて押しながら、丹羽はうって変わった標準語で言った。

「いちおう大家のわしが、病院の保証人になっとったからよ――まあ、死んだからどうのってえほどの関係じゃねえが、他に身寄りがねえんだから仕様があんめえ」

いかにも迷惑そうに、金原は言った。ぼってりと着こんだ革コートの肩ごしに名刺を差し出すと、金原はいちど光に透かし見て、「なんだ、不動産屋か」、と呟いた。

なんだとはなんだ、と言い返したいところだが、夜は長い。ちょっとタイミングが悪かったかな、と丹羽は反省した。

自動ドアを押し開けて戸外に出ると、米軍施設の山の深みから、凩《こがらし》が吹き下ろしてきた。

「わしァ糖尿でよ。もう二十年もこの病院にかかっとって、そいでも酒は飲むし飯も腹いっぺえ食っちまあだが。まさか真柴さんの方が先に行っちまあとはなあ。わしよりか、ずっと若えんだぜ」

言いながら、金原の背が空気の抜けるようにしぼんだ。

回廊をめぐると、桜の大樹の枯枝をわさわさと揺らして風が吹きつのった。金原は肥えた体を肘で支えるようにして、ずっとうつむいていた。

「あんたも帰ってかまわんよ。あとはわしがおるから」

霊安室に入ると、灯に瞼をかばいながら金原は言った。

「いいえ、これもなにかのご縁ですから。お付き合いさせてもらいます」

「いいよ、無理せんで」

「ちっとも無理じゃありません。ハハハ」

訝しげに睨みつけられて、丹羽は笑うのをやめた。

ふと、死体に向けて滑らせた金原の視線が、ベッドの上の手帳を捉えた。海老沢が忘れて行ったものである。

「おい、それァ仏さんのだろうが——他人の手帳を覗き見するたァ、あんまりいいこっちゃねえぞ」

「いや、そんなつもりじゃないんですけど。どなたかお知合いの連絡先でも書いてあるかな、と思って」

べつにとがめられるいわれはなかろうと、丹羽は不快になった。

フン、と金原は鼻で笑った。

「そしたら、面白えことが書いてあったろうが」

「え……ええ。何だか良くわからないけど……日記、ですかね」

突然、金原はけたたましく笑い出した。おかしくてたまらぬ、というふうに体を反らせ、息をつぎ、ステッキの柄に顔をうつ伏せた。

「そいつは、わしも見せられた。まったく大ボラ吹きのジジイでよお。読んだか？」

「いえ、それどころじゃなかったですから」

と、丹羽はとっさに嘘をついた。

「ま、くだらねえものだ。わしによこせ。明日、棺桶に入れて一緒に燃しちまうべえ」

丹羽はあわてて手帳を摑んだ。そのとたん、金原老人は笑顔を吹き消して、よろめきながら立ち上がった。獣のような分厚い唇を歪ませて、金原は丹羽を睨み据えた。

「読んだな、あんた――」

7

〈横浜ハ茫々タル廃墟ナリキ。桜木町ノ駅頭ヨリ月明ニ映ユル山手ノ丘マデ遮ル物ナシ。死セル町ナリ。大桟橋ニ輸送船ノ着底シアリ、埠頭ニハ灯火モ無ク、湾内ヲ往ク曳船ノ音、ポンポント波間ニ谺ス。水際ニ白亜ノホテルノ無傷ニテ建チタル様、奇蹟ノ如シ〉

一億の生命と一国の存在を、民族的な同一性のために地球上から消滅させても良いとする抗戦派の論理は、すでに狂気である。

しかしあたりまえのことだが、幼年学校から純粋培養された軍人のひとりである真柴司郎が、彼らの狂気を理解できなかったはずはない。

ヘッドライトに照らし出された行く手には、はてもない廃墟が、おどろおどろしい幻灯のように襲いかかり、身をひるがえし、闇の中へと消えて行った。

無意味な瓦礫の語る壮大な意味を、真柴は目をそむけずにずっと考え続けねばならなかった。

そして、暗い港にぽつんと灯る桟橋の火を見たとき、真柴が軍刀の鎺《はばき》を鳴らして思いついた結論は、やはり自分も彼らとどこも違わぬ狂気の中にいる、ということでしかなかった。

世界中を相手に戦をした「皇軍」が、完膚なきまでに敗れ、敗れることの不条理をなにかで正当化しようとする――そのなにかについて、彼らと自分とではいささかの違いもないのだ。すべては狂気の沙汰であると、真柴は思った。

かつて世界的港湾都市横浜が、震災復興の威信を賭けて建設した「ホテル・ニューグランド」は、廃墟の中に白いたくましい肘を張って、夜の港を睨んでいた。

その誇り高い姿は、やがてこの港にも押し上げてくるであろう敵に立ち向かっているようにも見え、さらに目を凝らせば、もっと大きな不実に対して抗っているようにも見えた。

公園通りを、弾痕の残る壁に沿って曲がる。トラックを人目につかぬ裏通りの、崩れたビルの蔭に止めると、真柴と曹長はホテルの裏口に開かれたアーチをくぐった。

瀟洒《しょうしゃ》な中庭《パチオ》に出た。突然ひらかれた夢の中のような風景に、二人は思わず立ち止まった。

石組みの中央には噴水があり、水辺をめぐる花壇には輝くような彩りの花が咲きほこっている。パラソルを閉ざした琺瑯《ほうろう》のガーデンセットには、今しがたまで夫婦づれの旅行客がすわっていたように思えた。

見上げれば中庭を囲む四方の窓には、優雅な日除けの鎧戸が下りている。静まり返った空間を、月光が斜めに切っていた。

「――なんだか、このなりで入るには気が引けますな」

曹長はそれだけでも場ちがいな赤髭をぐるりと周囲に向けて、軍衣の埃を払った。

「大礼服で来れば良かったかな？」

「いや、それも似合わんでしょう。要するに、軍人の足を踏み入れるような所ではない」

ホテルのたたずまいは、無粋な侵入者をきっぱりと拒否しているように思えた。

「まさか腰の物を預かるなどと言われるんじゃなかろうな」

「長靴もスリッパにはきかえろ、とか」

冗談を言い合いながら中庭を横切り、磨き上げられた真鍮《しんちゅう》の扉を押す。

明るい象牙色と、深いマホガニーの壁で統一された館内は、意外なほど小ぢんまりとしていた。

賓客を迎える仰々しさは感じられず、いかにも海外航路の客船でやってきた旅行客をもてなす、港のホテルである。

天井の低さも、廊下の狭さも、地味な調度類も、すべて桟橋についた旅人のためにあつらえられているように思われた。

ことさら豪華ではないが、その洗練された趣味が、かえって真柴を気おくれさせた。

フロントで出迎えたのは、国民服を着た初老の従業員であった。そのいで立ちすら、真柴たちのためにわざわざ蝶ネクタイを解いて着替えたように見えた。

真柴は思わず肩をすぼめて、海軍ふうの小さな敬礼をした。

「お待ちいたしておりました。どうぞ」

と、老接客係はすばやく曹長の手から旅行カバンを取り、道を開くようにして歩き出した。

正面玄関の回転扉の向こうに、暗い波止場があった。

石造りの階段を昇り、鳳凰《ほうおう》の紋様を織りこんだ藍色の絨毯を踏んで、二人が通されたのは港に面した三階の角部屋である。

広い客間の両脇に寝室のついた、特等の部屋であった。

「ほかに客はいないのですか」

なるべく柔らかい物言いで真柴は訊ねた。

「はい。非常時でございますから。おひとりだけ、小説家の先生がお仕事をなさっておられます。ご存じでらっしゃいましょう」

と、老接客係は少し誇らしげに、著名な作家の名前を告げた。

「ああ、あの『鞍馬天狗』の——」

窓辺に寄ってカーテンのすきまをていねいに埋めてから、接客係は部屋の灯をつけた。

「当節の売れっ子作家の先生には、平時も非常時もございませんそうで」

接客係は超然と微笑んだ。

「なるほど。紅旗征戎《こうきせいじゅう》わがことにあらず、というわけですか」

と、厭味に聞こえぬように、真柴は軍人らしい厭味を言った。

刀帯ごと軍刀をはずすと、体じゅうの筋肉が弛緩した。師団で朝食をとったきり、何も咽を通っていないことを思い出した。

「なにか食う物はあるかな。腹に入る物なら、何でもいいが」

「特別なお食事はございませんが、簡単なものでしたら——すぐにお持ちいたします」

国民服の接客係はホテルマンふうに柔らかく腰を折って出て行った。

「こういうご時世に食い物を所望するとは、ちょっと図々しかったかな」

清潔な室内を物珍しそうに見回しながら、曹長は答えた。

「なに、心配されるほどの物はありゃしませんよ。どうせいずこも同じ馬鈴薯とスケソウダラ。ま、文句は言えませんが」

建物の角を面取りした細長いガラス窓に寄って、曹長はカーテンのすきまから街路を見下ろした。

「そんなことより、中尉殿は無事にこられますでしょうか。ひどい空襲でしたが」

今しがた桜木町を通りかかったとき、たしか電車は動いていた。

白い麻の背広を着て、ひょうひょうと出かけて行った小泉中尉を待っていたものは、いったい何だろう。しかし、命さえあれば必ずここに来ると、真柴は信じていた。

未来のない空白の時間が過ぎて行った。

曹長はここにこうしている理由について、何ひとつ訊ねようとはしなかった。かわりに日に灼けた顔をほころばせて、真柴の緊張を解きほぐすように、支那の空の青さを語った。

「草原に立って、こいつを空に向けて、タアンと撃ちますとね、そのまままっすぐに自分の脳天に落ちてくるんじゃないかと——そんなことを考えさせられるのであります。空というものは、あのぐらい青くて、大きくなければいけません」

曹長の話を聞きながら、ふと真柴は炉端で手柄話に胸を躍らせる少年のように、思いついたままを訊ねた。

「そういう草原で死ねれば、いいだろうな。曹長は、今さらそうは思わんか」

「はあ」、と曹長はモーゼルを愛おしむように撫でながら答えた。

「実は、さきほど軍司令部で発砲しましたとき、それを考えたのであります。ここで斬られてはたまらぬ、と。いや、場所のことばかりではありません。死ぬ理由がわからなかったので、つい」

「そうだな。曹長は任務の内容も知らんのだったな」

「要するに、理由は何でも良いのであります」

「そんなことはあるまい」

「いや、嘘ではありません。自分の死が無駄ではないのだという大義名分があれば、けっこう楽に死ねるのであります。少佐殿にはわかりますまいが、つまるところ自分ら兵隊の戦とは、それであります。何かを信じている者とそうでない者とでは、戦死した死体の相《そう》もちがうのです」

曹長の濁声《だみごえ》には、いかにも肉体がしゃべっているような、強い、簡潔な力があった。

そう言うことで曹長は、任務の内容を訊ねているのにちがいなかった。つまり、彼自身の死ぬ理由について、である。

しかし説明をしようにも、当の真柴さえ何もわかりはしない。せめてわかっていることだけでも話しておこうと言葉を選んでいるうちに、食事が運ばれてきた。

日ごろは決してお目にかかれない、サンドイッチの山である。紅茶のカップが三つ揃えてあるのは、もう一人の客がいずれ到着することを知っているらしい。任務の重大さを何となく察知して、貴重なパンを切ってくれたのだろうと、真柴は思った。

「お手紙が、届いております」

接客係はそう言って、厳重に封印された茶封筒を差し出した。命令書である。

「誰が届けたのですか?」

「側車に乗った憲兵の方が、つい今しがた」

「憲兵、だと?」

「はい。旧式の軍服の上にマントを着ておられました。すぐに行ってしまわれましたので」

かかわりを避けるように、接客係は部屋から出て行った。

ほとんど入れちがいに、汗みずくになった小泉中尉が到着した。後ろ手に錠を下ろすと、窓辺に走り寄って、中尉は街路を見下ろした。

「後をつけられましたよ。横浜駅で車を降りて、ケムに巻いたと思ったのですが――」

窓の外を窺いながら、小泉はいまいましげに背広を投げ、ネクタイをはずした。

仕事をおえ、大蔵省の車で横浜に向かった小泉が、尾行してくる不審なヘッドライトに気付いたのは多摩川を越えたあたりだった。

抗戦派の将校たちかと思って覚悟を決めたが、それにしては何をしかけてくるという様子もない。やむなく横浜駅に車をつけて、公用証で改札に飛びこみ、省線に乗った。ところがまるで行き先を察知されているかのように、桜木町の駅からの夜道を、また怪しい人影がつかず離れずに追ってきた、というのである。

「県庁の前で、逆に待ち伏せてとっつかまえてやったんですがね」

小泉中尉は汗を拭きながら、サンドイッチを口に放りこんだ。

「女なんですよ。縞の標準服にモンペをはいていて、川崎の工場に通っている女子挺身隊員だというんです」

「なんだ、考えすぎか」

と、真柴もサンドイッチを食いながら、皿を曹長に差し向けた。

「そう言い張られてしまえば、こっちも憲兵じゃありませんからね。だが、どうも怪しかった。捕まえたときの身のこなしとか、目付きとか、あれはどうみてもふつうじゃない——おお、うまいですな、これ」

中尉はスパイに尾行されたことよりも、空腹のほうが重大事だといわんばかりに、次々とサンドイッチをほおばった。

「で、どうした」

「どうもこうも、問い質そうとする間に庁舎からゾロゾロ出てきた職員にすがりつきましてね、このおじさん、変なことをするんです、と、こうです。なにしろこっちはこのなりでしょう。いっせいに白い目を向けられましてね。説明するわけにもいかんし、ようやくここまで逃げてきた、と、こういう次第です」

「なるほど、そういう次第か。考え過ぎだよ、中尉」

「しかし、ベッピンでした。目のパッチリした、ちょっと混血児《あいのこ》みたいな……」

混血児と口にした小泉も、聞いた二人も、一瞬、顎の動きを止めた。

「まさか、ね」

小泉は驚愕的な疑念を笑いでごまかして、紅茶をすすった。

腹具合が落ち着くと、小泉中尉は気持ちまで落ち着いたように、タバコを一服つけた。

それから、さて始めようというふうに、手提カバンの中から地図を取り出すと、テーブルの上に広げた。

「物資は——」

言いかけて中尉は真柴と曹長に厚いメガネを向けた。

「そうだ。物資にはちがいない。それで良い」

そう表現するには余りに膨大なものを、中尉は見たのだ、と真柴は思った。

曹長は黙って腕組みをしたまま、地図の上に記された赤鉛筆の跡を目で追っている。

中尉は軍人らしからぬ細い、神経質な爪の先で、まず地図の一点を示した。

「物資は、造幣局の地下倉庫から搬出しました。現在は東京駅の退避線に停車中の貨物に積載されています」

「ずいぶん堂々とやるものだな——」

真柴は眉をひそめた。

「いや、大胆ですが、極めて綿密です。荷役には戸山の幼年学校の生徒隊を総動員しました。他には大蔵省の官吏が数名——これも地方の税務署員です。たがいの名前も知りません。生徒隊長の将校には、本土決戦用の新型の対戦車弾だと説明しました。物資はすべて弾薬箱に入っており、ごていねいに『決号榴弾』と書かれております。

おびただしい量です」

「決号榴弾か、なるほど」

考えたものである。一発で敵戦車を破砕するような決戦用の秘密兵器が、もし本当にあるとするならば、それが思いがけない場所からひそかに搬出されてもふしぎはない。年端もいかぬ幼年学校の生徒や、若い教官がそう説明されれば、ことは完全な極秘のうちに進み、取扱いについても万全の配慮がなされるであろう。

「貨車は明朝未明に東京駅を出ます。東海道線を下って、川崎から南武鉄道に乗り入れ――」

曹長が図上を指さした。

「川崎でまた積みかえるのでありますか」

「いや」、と小泉中尉は爪の先で川崎駅を指し示した。

「南武鉄道は昨年、国に買収されているそうだ。すでに線路は本線と連結されている」

南武鉄道の買収については、陸軍省整備局員であった真柴は、もちろん知っていた。

立川の航空基地や武蔵野の軍需工場群を、京浜工業地帯と直結させることが買収の主眼であった。空襲の攻撃目標となる中央線の迂回路としても、その路線は極めて有効であった。そのために軍は、かつて近在の篤志家の手で作られ、奥多摩の石灰と多摩川名産の梨をのんびり運んでいたこの私鉄を、強引に買収させたのである。

「とすると、行き先は奥多摩か……」

危険な中央線を迂回して、立川から青梅《おうめ》線か五日市《いつかいち》線に入るつもりだろう、と真柴は考えた。

「それが――ちょっと思いがけぬ場所なのです」

中尉の指先は多摩川に沿って延びる南武鉄道をなぞった。ゆっくりと物資を満載した貨物が走るように、その爪の先は東横線との交叉を越え、小田急の登戸駅を通過し、南多摩の丘陵地帯へと上って行く。

やがて終点の立川に向かって多摩川を渡る是政《これまさ》鉄橋の手前で、中尉の指はぴたりと止まった。

「ここです」

それはまったく意想外の場所であった。中尉は丸いメガネの縁を挟むようにして持ち上げ、二人の顔を見つめた。

「ただし、自分はそこまで知らされてはおりません。もちろん大蔵省の者も誰も知りません」

「では、どうしてわかったんだ」

「機関士に聞きました。行き先を知っているのは、ひとりだけなのです。貨車は川崎駅を経由して、南多摩郡小玉村の、陸軍火工廠《かこうしょう》に行くのだ、と」

真柴はあわただしく命令書の封を切った。

〈八月十一日〇五〇〇、南武鉄道武蔵小玉駅ニテ待機セヨ。軍臨貨車到着後、真柴少佐ハ南多摩火工廠本部ニ至リ、廠長ト面談、『三ノ谷』ノ状況ヲ視察スベシ。小泉中尉ヲ自動貨車ニテ横河電機武蔵野工場ニ向ハシメ、同工場長ト面談セシムベシ。以上〉

「お察しの通りだよ、中尉」

真柴はテーブルの上に命令書を投げた。

やり場のない憤りがこみ上げてきた。目に見えぬ意志によって、駒のように動かされている。全容はまったく不明で、なにか自分たちの命が翻弄されているような気がしてならなかった。

「命令は一度で済むだろうに。これではこっちも作戦のたてようがない」

遠目に命令書を一瞥して、曹長が言った。

「お言葉ですが少佐殿。これは賢明な方法ではありませんか」

「なぜだ。正体もわからん伝令にきれぎれの命令を持たせて――なぜこんな手を使わねばならんのだ」

曹長は噛んで含めるように言った。

「ここは戦場でありますから。先のことは、すべてわからないのです」

小泉中尉が補足した。

「つまり、われわれは敵の制空下にあって、しかも軍内部には不穏な動きもある。密偵らしき者も出没しています。この状況下では、たしかにこうした命令下達の方法しかとれないのではないですか」

闇を割って、空襲警報のサイレンが鳴った。反射的に立ち上がった真柴を目で制して、小泉中尉は部屋の灯を消すよう、曹長に命じた。

「ここは安全です。敵はすでに、占領時に必要な建築物は爆撃目標からはずしていますよ」

小泉中尉は真柴の無知を諭すように続けた。

「しかしこの空襲で、鉄道がやられるかもしれんでしょう。火工廠や横河電機が明日まで無事だという保証もありません。だから、こんなきれぎれの命令しか出せんのです」

闇の中で、小泉はじっと真柴の顔を透かし見た。

「ともかく、休みましょう。明日は早い」

曹長は軍装も解かずにそう言うが早いか、長椅子に身を横たえた。

〈頼モシキ部下ナリ。予、己レノ不見識ヲ恥ズ。B二九ノ大編隊、爆音轟カセテ海上ヲ行ク。探照灯ノ慌シク銀色ノ機体ヲ照ラシ上グルモ、対空砲火ハ無シ。同胞ヲ殺戮シ、南方へ帰投スト思ヘバ、切歯扼腕ス。ヤヤアツテ、厚木ヨリ飛来セシカ、海軍ノタダ一機、果敢ニ急上昇シツツ敵機ヲ追尾ス。予等ノ「頑張レ」ノ声援モ虚シク、攻撃シカカルト見ル間ニ、敵機後部ヨリ撃チ出サレタル曳光弾ニ当リテ失速、タチマチ片翼ヲ失ヒテ木ノ葉ノ如ク堕チタリ。予等、声モナク、タダ瞑目スルノミ。二二三〇、就寝。郷里ノ母、夢ニ立チタリ〉

8

市営アパートに帰る道すがら、海老沢澄夫は町はずれのコンビニエンス・ストアの店先に、娘の姿を見つけた。
目の前に車が乗り入れるまで、娘はそれが父であると気付かぬふうであった。

暗い町である。ヘッドライトを消すと、街道にぽつんと佇むコンビニエンス・ストアが、まるで深い海底に沈んだ匣《はこ》のように思えた。子供たちは光に群れる小魚のように、店先にたむろしていた。

「帰るぞ。夕飯は食ったのか」

窓ごしにひとめぐり見渡すと、仲間たちは娘ひとりを残して、散りぢりに逃げ去った。

娘は観念したように立ち上がった。父母に似て背は高い。少なくとも高校生には見えるだろうと、海老沢は共犯者のように店内の人目を窺った。

散らかったタバコの喫いがらを集め、空缶を屑籠に入れる。ここでとがめだてするのは良策ではないと考えていたが、空缶のひとつからシンナーの匂いが立ち昇って、さすがに父は詰問した。

「おまえも、こんなものをやるのか?」

娘は首を振ってはっきりと否定した。嘘ではなさそうだ。

「こんなものをやるんだったら、とうさんの晩酌につき合えよな」

言いわけもできず、悪態もつけずにいる娘を助手席に押しこむ。

「きょうは帰ってこないって言ったじゃん」

と、娘は口を尖らせた。

「とうさんが帰ってこないから、こんなことをしていてもいいのか。それじゃまるで、とうさんがおまえの行動を決めているみたいじゃないか」

「そういうわけじゃないけど――」

「おまえ、まだ中学生だぞ。とうさんはよその家ほど難しいことは言わない。夜中に出歩くには、三年早いんじゃないか」

車を出しかけると、娘は思いついたように店先を指さした。

「あ、ちゃりんこ！」

「あした取りにこい。こんな夜中に自転車に乗ってたら、お巡りさんに捕まるぞ。何て答えるんだ。ボランティアの娘ですって言うのか」

家に向かって走り出すと、娘の素ぶりに落ち着きがなくなった。言葉を探すふうが父親には良くわかった。

「おなかすいたよ、おとうさん」

ファミリーレストランの光が見えた。

「明日は学校だろう。家に帰ってラーメンでも食え」

「おしっこしたい」

やむなくウインカーを出しながら、海老沢はふと思いついた。駐車場には入らずに、車を道端に止める。エンジンを切ると、オレンジ色の街灯が膝を照らした。

「——来てるのか、かあさん」

娘を責めていることになりはすまいかと気遣いながら、表情を窺う。心の中をあばかれた娘は、消え入りそうな声で呟いた。

「もう、帰ったと思うけど……」

腕時計は午前一時をさしている。いくら鬼のいぬ間とはいえ、この時間まで捨てた家に上がりこんでいるはずはあるまい。

「良ちゃんが電話しちゃったんだよ。おとうさんが今晩は帰らないなんて言うから」

「かあさん、ひとりだったか?」

と、海老沢はおそるおそる訊いた。娘は少し考え、「ひとりだったよ」、と答えた。確認したわけではなく、そう信じたいというふうだった。まるで親子で怪談ばなしでもしているようだと、海老沢は思った。

「お肉とかお魚とか、いっぱい買って来たよ。もうすぐお正月だからって。おとうさんのパンツなんかも」

「帰ってくるつもりかな、正月」

海老沢はフロントガラスからオレンジ色の街灯を覗き上げた。言ってしまってから、ずいぶん情けない観測だな、と思った。

「帰ってくるわけないじゃん。お年玉もらったもの。ほら」

娘はジーンズのポケットから、小さな祝儀袋をふたつ取り出した。

「そうか、よかったな」

言ったとたんに、娘は父の肩を拳で叩いた。

「ちっともよかないわよ。あたしと良ちゃんのじゃないのよ、これ。あたしにって、こっちがおかあさんから、こっちがおじさんからだってさ」

とっさの怒りを奥歯で嚙みしめて、海老沢は娘の視線を避けるようにシートを倒した。手を頭のうしろに組んで目を閉じる。ずっと何も気付かぬ子供を装っていた娘が、思い余って口にした怒りは衝撃的であった。

父は言葉を失った。ふと、娘はコンビニエンス・ストアの店先で、自分の帰りを待っていたのではないかと思った。そして、来るはずもない父が、引き寄せられるようにそこにやって来たのではないか。

「おまえ、本当に何も食ってないんだろう」

「食べれるわけないじゃん。さあ食べな、って言われても、半年ぶりよ。アッタマ来た」

海老沢はしみじみと娘の横顔を見つめた。若い時分の妻がそこにいるように思えた。美人ではないけれども、一輪の切り花を置いたような静謐さがあった。

「これ、あたしいらないよ。おとうさんにあげる」

娘は二つの祝儀袋を父の腹の上に置いた。

「いらないよ、そんなもの」

「そう。だったら捨てちゃう」

まさかと思う間に、娘は祝儀袋をもみしだくと、窓の外に投げた。

「よし、帰ろう。ラーメン作ってやる」

弾けるように身を起こすと、海老沢は車を出した。

姿かたちは母親とうりふたつだが、中味は父親ゆずりだと、海老沢は得心した。

市営アパートが見えると、車は速度を緩めた。

男がどこかで待っていやしないかと、要らぬ憶測をしながら、白いクラウンを探した。

いちど妻がその車に男と乗っているところを、偶然みかけたことがあった。そのとき妻は、はっきりと海老沢に気付いたが、運転席の男に告げたふうはなかった。おたがい知らぬそぶりで窓ごしに顔を並べ、やがてゆっくりと、車は離れて行った。

「かあさんは、いずれおまえらをさらいに来る気だな」

そのときはどうするのだと、娘に答えを強要しているような気がして、海老沢は言ったことを悔やんだ。

娘は答えるかわりに、父親そっくりの大きな溜息をついて車から下りた。

家の中は見違えるように片付いていた。

洗濯物の山も消えており、冷蔵庫の中には正月を迎えるための出来合いの食料が詰まっていた。

小学生の息子は、姉と共用の四畳半にこもったままゲームに熱中している。週に何度も登校途中から引き返して、日がなそうしていることも、海老沢は知っていた。叱れば叱るほど自分の殻の中に閉じこもってしまうのだ。

「また『太平洋の嵐』か。それはなかなか飽きないな」

「面白いからね。おとうさんも、やる？」

息子は父の関心をゲームに向けようとでもするように、大げさに笑った。

かたわらの菓子袋を取りあげて、姉が言った。

「これね、日本が敗けるとは限らないんだよ。カリフォルニアに上陸しちゃったりするの」

せがまれるままに買い与えたゲームソフトだが、こうして見ているとあまり好ましい物ではない。

「とうさんは平和主義者だから、こういうのは好きじゃないな」

菓子をほおばりながら、娘が横目をつかった。口をひしゃげた笑い方は母親と似ている。

「また、ひいじいちゃんの話でしょ」

「まいったな。聞きあきたか」

「百回も聞いたわよ。ねえ、良ちゃん」

「百五十回ぐらいだよ」、と弟はさかんに指先を動かしながら相槌を打った。

海老沢の祖父は海運会社に勤めていた。戦時中に輸送船ごと軍に徴用されて、場所もよくわからないような南の海で死んだ。

もちろん遺骨も遺品もなく、全く不明な死であったから、年月の経つうちに話はかえって美化され、いつの間にか一族の伝説になった。遺された子供らが、覚えのない父親を英雄に仕立てあげるのは、むしろ自然ななりゆきだったのかも知れない。

祖父は海軍の軍人で、最後は艦と運命を共にしたのだと、海老沢も長い間そう信じていた。

本当は漁船に毛の生えたような、ちっぽけな輸送船で、しかも祖父は軍人ではなく軍属だったのだと、父から聞かされたときは、少なからぬショックを受けたものである。

もちろん、子供たちには伝説の方を話している。

「重巡羽黒だよね。排水量一万三千トンで、ペナン島沖で沈んだんだ。そうだったよね、おとうさん」

「そうだ。高角砲にロープで体を縛りつけて、そのまま一緒に沈んじゃったんだ」

子供のころに作ったプラモデルをヒントにして、海老沢はそんな伝説のオリジナル・バージョンを息子に聞かせていた。深い理由は何もない。嘘が戦争を風化させるなどとも、考えはしない。

まじめ一方で、寡黙で、出征の儀式すらせずに、「ちょっと行ってくる」という感じで出かけて行ったきり帰ってこなかったという祖父を、そんなふうに語り伝えておこうと考えただけである。

「泳いで逃げちゃえば良かったのにね。救命ボートに乗るとかさ」

息子はいつも同じ疑問を口にする。軍艦と運命を共にすることを、英雄的な行為であると考えるのは、父のひとりよがりなのだろう。そんな古くさいモラルは、重巡羽黒のプラモデルとともに、とっくに時代の海底ふかく沈んでしまったのだ。

「船を捨てて逃げるほど、卑怯者じゃなかったんだよ。男はそうじゃなきゃいけない」

教育的な言い方をすると、横あいから姉がフンと笑った。

「逃げおくれただけじゃないの」

「そんなことはないさ。逃げるつもりなんか最初からなかったんだ」

「見てもいないのに、どうしてわかるの。きっと似てるのよ。ノロマで、要領が悪くってさ。大嫌い、そういうの」

睨み返しても娘はひるまなかった。

「嫌いなら、おかあさんのところへ行けばいい。そうすれば、いやいや飯を炊かなくてもすむし、洗濯もしなくてもいいんだ」

娘は立ち上がって、菓子を袋ごと父の顔に投げつけた。

「ちゃりんこ、取ってくる」

呼び止めるのも聞かずに、娘は真夜中の階段を駆け下りて行った。

「おねえちゃん、気をつけたほうがいいよ」

小さく溜息をつきながら、弟は言った。

「いらぬ心配はするな。とうさんはおまえのほうがよっぽど心配だ」

言われるまでもなく、娘の行状は知りつくしている。学校からも再三の注意を受けているし、近所の噂も耳にはいる。このまま行けばどうなるかという想像もつく。

工場の経理事務は規則的な時間割だが、ボランティアと呼ぶにはあまりに忙しすぎる福祉の仕事に追われ、時間はいくらあっても足りなかった。

都内の土地高騰以来、市の人口も爆発的に増えて、やらねばならぬことは山ほどあった。命にかかわると思われることだけを片付けるだけで、夜も休日も終わった。近ごろでは海老沢の主宰する福祉サークルに、市もまったく依存している。しかし異を唱えようとする間にも体を動かさねばならないのだ。

逃げた女房のことも、髪を赤く染めた娘のことも、気弱で怠惰な倅のことも、何とかしなければと思うままに、月日が過ぎて行った。

ふと真柴老人の飄々とした、鶴のように痩せた姿が思い泛かんだ。身寄りのない、気の毒な老人だと思っていたが、もしかしたらそんな人生もまんざらではあるまい、という気がした。余命を算えるような生き方を、できることならしてみたい。

あるいは——あの金原庄造のように、権力と金の亡者になって生きる。つまるところ幸福な人生の形など、そのふた通りしかないように思えた。

とすると、自分はさしずめ幸福な人間たちのまき散らす不幸を、拾い集めて暮らしている、ということになる。

それにしても、ひどい一日だった。公私にわたる苦悩のすべてが、いっぺんに並べられたような日だった。

「さっき、金原さんて人から電話があったよ」

ゲームを放っぽらかして洗いたてのパジャマに着替えながら、息子は糊の匂いを嗅いだ。

電話の脇のメモ帳に目をやる。父の留守中に、独居老人や市の福祉課や生活保護家庭からかかってくる電話を、几帳面に書き記すことは、子供たちの習慣になっていた。

午後七時三十分から、ほぼ三十分おきに五回も、金原から電話が入っていた。おおかた独り暮らしの店子の死を、ボランティアに押し付けようとしたにちがいない。善意というものなど根っから信じない人間だから、海老沢が病院からの報せをうけてまっさきに駆けつけていようとは、思ってもいなかったのだろう。で、夜も更けてから、やむなく病院にでかけて供養の真似事をし、あわよくばめぼしい遺品でもあったら分捕ってしまおうと——まあ、そんなところだろうか。

ようやくネクタイをくつろげて台所に戻ると、夕食の膳が用意してあった。

「お魚は、チンして食べてって」

灯を消した子供部屋で息子が言った。テーブルの上には、いかにも何かを書きためらったように、白紙のメモとボールペンが置かれていた。

「かあさん、何時ごろ帰ったんだ」

「わかんない。ゲームやってたから。おとうさん遅いねって、帰ってくるのを待ってたみたいだったよ」

「帰ってこないと思っていたから、ゆっくりしてたんだろう」

「そんなの知らないよ。——おやすみ」

勝手にすればいい、と海老沢は大きな溜息をついた。

勝手に生きて勝手に死んでいった真柴老人のように、妻も子供たちも、金原も、それから真柴の死を看取った、あの何か下心のありそうな不動産屋も、みんな勝手にすればいいのだ。

缶ビールの栓を開け、一気に咽をうるおしてから、ふと海老沢は体の動きを止めた。

(通夜はわしがやる。若え者にァけえってもらおうかね)

金原の言葉が甦った。あれほどの強《したた》か者が、何百所帯もある店子のひとりのために、わざわざやってくるなどということがあるだろうか。真夜中に、伴も連れず――。

海老沢は背広のポケットをさぐり、真柴老人から譲られた手帳をどこかに置き忘れてきたことに気付いた。

9

〈八月十一日未明、横浜ヲ発ス。工場地帯ヲ避ケ、間道ヲ走ル。途中、黎明ノ空ニB二九ノ編隊、高々度ヲ北西方向ニ向カフ。ヤヲラ直掩ノP五一数機、急降下シテ機銃ヲ掃射ス。風防ニ笑ヒタル操縦手ノ顔マデモ見エタリ。面白半分ノヤウナリ。敵襲ノ後、夏草ヲ集メ車ニ偽装ス。溝ノ口ヨリ府中街道ヲ下ル。一面ノ梨畑ナリ。数箇失敬シ、渇ヲ癒ス。登戸ヨリ先、徐々ニ山間迫リテ、要害ニ入ルノ心地ス〉

「――まさに要害の地ですね」

朝の駅頭に立って、小泉中尉は目前に折り重なる深い雑木山を見渡した。軍服に吊った図嚢から地図を取り出して見入るさまは、昨夜とは一変した主計将校のそれである。

「飛行場も軍需工場も近いのに、この山のせいで遮蔽《しやへい》が良い。火工廠の立地としては、これにまさるものはありませんね」

ホームの南側に立ち上がる険しい山肌を地図と見較べながら、「ごらん下さい」、と中尉は図上を指さした。

多摩川を挟んで目と鼻の先には、陸軍最大の立川航空基地がある。巨大な飛行場の周囲には、日立航空機、陸軍航空廠、立川飛行機といった生産工場群も密集している。調布飛行場や、中島飛行機をはじめとする武蔵野工場地帯も近い。しかもそれらとは、多摩川の橋梁と、この南武鉄道とで密接に繋がっている。

火工廠の裏山は、そのまま原生林に被われた山地が続き、西は八王子まで、南は町田まで、爆撃目標となるようなものは何もない。

砲弾や爆弾を製造する基地としては、これにまさる立地はまたと望めないだろう。

「おそらくこの火工廠の所在は、敵も知らんのじゃないかな。建物の屋根だけを偽装してしまえば写真にも写らんだろう」

朝靄《あさもや》の中から姿を現した山肌のどこにも、爆撃の痕跡は見当たらなかった。

曹長は線路を横切ってホームによじ登ると双眼鏡を構えた。多摩川に昇りそめた夏の陽が、あかあかと屈強な体を照らした。

午前五時二十分。列車の姿はない。手旗を持った保線員が時計を気にしながら、本線のレールを引込線へと切り換えた。

曹長は苛立つように双眼鏡を下ろすと、ホームの先端まで歩いて軍刀を杖に立った。それはいかにも、度重なる白兵戦を斬り結んできたというような身巾の広い軍刀で、柄には晒木綿《さらしもめん》がきりきりと巻きつけられていた。

「星の数より飯《メンコ》の数、というやつですな。ああしていると、なんだか橘中佐の銅像のようです」

地図をしまうと、小泉中尉は少しあきれたふうに曹長を見、似合わぬ軍歌を小声で口ずさんだ。

真柴はふと、この二人の部下が実は全く相容れない人間であることに気付いた。

曹長は小泉中尉の前でことさら武張って見せているように思え、中尉もそれを承知で、武骨な野戦下士官を内心蔑んでいるように見えた。

もしかしたら――と、引込線の上から遥かな鉄道に目を向けて、真柴は考えた。

もしかしたら、彼らは自分のことも疎んじているのかもしれない。軍隊生活のほかは何ひとつ知らず、その軍隊の中でさえ図面の上でしか戦をしたことのない自分である。二十六歳といえば、平時ならせいぜい中隊長の陸軍中尉で、時勢のままに急造された少佐であることを彼らは知っている。それを態度に表さないのは、おしきせの階級章と、胸を飾る参謀飾緒の威光でしかあるまい。

師団にあっては一万の兵を動かし、中央にあっては数百万の軍隊を動かす参謀の職権が、この場末の駅頭ではむき出しの幻想でしかないことを、真柴は感じた。そして、その幻想すらも消滅する未来が、間近に迫っていた。

鉄路がかすかに鳴った。

不吉な鼓を打つように、轍の音が近付いてきた。

真柴と小泉は敷石を蹴立ててホームに飛び上がった。保線員が白旗を握った。

沿線の草むらから立ち昇るかげろうの中を、獰猛《どうもう》な獣の雄叫びのように警笛を鳴らしながら、機関車の顔が現れた。

正面に掲げられた「軍臨」の赤い文字板を、三人の男たちはそれぞれの双眼鏡の丸い視野の中に、はっきりと認めた。

運命というものがそんなふうに、一直線に向こうからやってくるものだとは知らなかった。

「やあ、ひどいオンボロですな」

双眼鏡を構えたまま、曹長は赤髭を歪ませて言った。

濃茶色の電気機関車は警笛を鳴らし続けている。最後のカーブを切って真正面を向いたとき、三人は同時に声を上げて双眼鏡から目を離した。

運転席には縦横に機銃弾の弾痕が刻まれ、破れたガラスの中に、機関士のうつ伏せる姿が見えたのだ。

「おいっ、止めろ！　やられてるぞ！」

小泉中尉は振り返って、拳を振り回した。保線員は手旗を投げ捨てると、迫りくる機関車に向かって駆け出した。

枕木の上をまっすぐに走り、列車の寸前で身をひるがえすと、保線員は運転席にとりついた。轍がはげしく軋み、列車は連結器をガクガクと鳴らしながら、引込線の車止めのまぎわで、かろうじて止まった。

三人は運転席に駆け寄った。

勇敢な保線員はブレーキの転把《てんぱ》にしがみついたまま、頭を抱えていた。足元には突き倒された機関士が転がっていた。

扉を開けると、真黒な血がどろりと溢れ出た。ホームに引きずり出された機関士の背には、拳のすっぽりとおさまるほどの穴があいていた。

「ゆうべ話をした機関士ですよ」

小泉中尉が顔をひきつらせて言った。

「ともかく、任務完遂だな。たいしたものだ」

終着駅を目前にして艦載機に狙われたのであろう。

真柴は死体の運んできた六両の有蓋貨車を点検した。機関士が列車を止めて退避しなかったのは、行き先が陸軍の火工廠で、積載物が火薬原料か爆薬であると考えたからにちがいない。

最後尾からよろめくように下りてきたのは、若い女の車掌だった。慄えながら敬礼をする娘の肩に、真柴は無言で手を置いた。

思いついて、軍袴のポケットから梨を取り出して車掌の手に握らせた。

「ごくろう。次の列車で帰れ」

死んだ機関士も、この臨時雇いの車掌も、自身がなしえた任務の重大さを知らないだろう。

年老いた駅長が駆けつけてきた。真柴は貨車の積載物が本土決戦用の弾薬であることと、それらを火工廠に集積するのは、軍の機密に属することを、手短に、しかも厳重に伝えた。

駅長は孫のような真柴の命令に姿勢を正し、略帽にきらめく近衛徽章をめずらしげに見つめていた。

「少佐殿」、と小泉中尉が血に染まった軍服を拭いながらやってきた。

「自分は出発しますが」

依然として不透明な命令に対する不安が、中尉の言葉を濁していた。

横河電機武蔵野工場に行き、同工場長と面会する――彼の使命について、命令書にはそれだけしか書かれてはいない。

「行けばわかるのだろう。工場長は軍からの別命を受けているはずだ。俺は火工廠に入る」

「この物資は?」

小泉中尉は六両の貨車を眺めわたした。

「このままにしておくしかあるまい。俺たちだけではどうしようもないしな。なにしろ、一会戦分の榴弾だ」

去ろうとしない駅長に聞かせるように、真柴は言った。駅員を呼集して貨車に対空偽装をするよう命ずると、駅長はようやく立ち去った。

「ははあ、そうか——」と、少し考えてから、小泉は賢そうな笑顔を見せた。

「横河電機に、作業員を貰いに行くのですね」

なるほど、そうかもしれない。命令書には、「自動貨車にて向かえ」と、あった。トラックで行くからには、何かを運んでくるのであろう。それはたぶん、物資の荷役をする作業員にちがいない。

「そうか。そうだな——どうも帝大と士官学校では頭の回転がちがうらしい。俺は全く考えつかなかった」

真柴が笑い返すと、小泉は長靴の足元を指さした。爪先が足踏みをするように、もぞもぞと動いている。昨日から気になっていたことだが、そのもぞもぞとした下半身の動きが、中尉の全体をひどく不安定なものに見せていた。

「実は昨日からずっと、膝頭が合わないのであります。少佐殿は落ち着いていらして、やっぱり士官学校はたいしたものだと思っておりました」

膝頭が合わぬほどの怯えが、決して顔色や言葉に表れないことのほうがたいしたものだと、真柴はかえって感心した。

「俺は脳ミソが慄えっぱなしだよ。頼むぞ」

中尉は新兵のように垢抜けぬ敬礼をすると、線路ぎわのトラックに向かった。

「行ってきます」

と、頼もしい濁声を上げて、曹長は中尉の後に従った。

トラックを見送ると、真柴は山ぶところに聳《そび》え立つ火工廠の煙突を目ざして歩き出した。

太陽は峰にたゆたう朝靄を朱く染めて、八月の空に翔け昇った。

街道に沿ってずっと続いていた梨畑も、このあたりでは青々とした田圃にかわっていた。赤土の道はからからに乾ききって、風が立つと視界は黄色く濁った。ここから切り通しの峠道を越えて川崎街道を下れば、ほどなく郷里の日野である。

南多摩火工廠が建設されたのは昭和十三年のことで、子供のころに仲間たちと足を伸ばしたこのあたりは野兎や猿の出る山であった。もしかしたら、近在の出身であるという理由だけで自分は選ばれたのかもしれない、と思った。

ふと、左手の丘の茂みから子供たちの行列が現れて、真柴はまぼろしを見たようにぎょっと立ち止まった。

学童疎開の子供らにちがいなかった。どれも粗末な身なりで、飢えきった顔をしているが、親元から最も近いこのあたりに疎開することのできた彼らは、むしろ幸運であろう。

痩せた裸の胸を張って小さな敬礼をする少年の手をなだめおろして、真柴は行列をやり過ごした。

街道は山間を切り通す峠にはいった。一歩ごとにひんやりとした森の空気が漂ってきた。山が迫ると田圃はやがて暗い蓮田にかわった。

峠から落ちてくる谷川の水が黄色く淀んでいるのは工場の廃液のせいだろうか。

行く手に四囲を峰に抱かれた陸軍南多摩火工廠の大工場群が姿を現した。谷のあちらこちらに立ち上がった巨大な煙突にも、工場の屋根や壁にも、あたりの木々に埋もれるような対空迷彩が施されていた。

衛門を通り抜け、緩い勾配を登りながら、真柴は火工廠の谷の全域を押し包む、得体の知れぬ凶々《まがまが》しさに暗澹となった。四方からのしかかるような森は茂るにまかせ、まるでそれらを縛《いまし》めるように太い蔦葛《つたかずら》が繁茂している。

おびただしい蔓《つる》のくすんだ幹のいろが、山肌全体の緑を不吉な暗い色に変えていた。風の遮られた谷間には、すえた薬物の混合臭がわだかまっていた。

茂みに身を隠すようにして建つ本部に向かって歩くと、痩せた老将校が広い坂道を下ってきた。後ろ手を組んで、やや前屈みに歩いてくる姿は、いかにも本部で事務をとる老准尉という感じだったが、すぐ近くまできて体をもたげた軍衣の襟には大佐の階級章が付いていた。真柴は愕いて敬礼をした。

「やあ、ごくろう。上から見ておったら、ぴかぴかの参謀懸章が見えたものだからね」

と、火工廠長は人の好さそうな笑顔を真柴に向けた。

「申告はよろしい。ついて来なさい」

名乗りかける真柴を穏やかに制止して、大佐は谷の奥に向かって歩きだした。黙って後ろ手を組んだまま、歩哨の目の届かぬ所まで歩いてから、大佐はあたりをはばかるように言った。

「ゆうべ、坊さんと会った」

「坊さん？——と、申しますと」

訊ね返してから、それが森近衛師団長をさしていることに気付いた。

「ああ、森閣下と……」

「久しぶりで旧交を温めた。私は森さんとは陸士の同期でね。かたや禁裏を守護する近衛師団長、こちらはしがない弾薬工場の番人だが」

大佐は歩きながら、横目でちらりと真柴の表情を窺った。自分らが全く予期もせぬ命令を受けたように、この老大佐も昨夜、唐突に任務を言い渡されたのだろうと、真柴は直感した。

「どちらで、お会いになられたのですか」

探るように訊ねると、大佐は訝しげな顔をしてから、仕方なさそうに答えた。

「府中でお会いしたよ。急に呼び出されてびっくりしたが、ここからは近い」

大佐を呼び出したのは、森中将ではない、と真柴は思った。

府中競馬場に隣接する森の中に「鳩林荘《きゆうりんそう》」という、財界人所有の別荘がある。五月二十五日の空襲で麴町《こうじまち》三番町の参謀総長官邸が全焼したあと、梅津参謀総長はそこを仮官邸として使用していた。鬱蒼たる欅の大樹に囲まれたその邸を、真柴はいちど近衛師団長に随行して訪れたことがあった。

府中でお会いしたと大佐が言ったのは、同期生の森中将と「旧交を温めた」のではなく、それ以上の誰かと面談した事実を、暗に語っていた。

もちろん、真柴に会談の内容を問い質す理由はない。

「大変なことになったなあ」

と、大佐はひとりごつように言った。それは与えられた使命についてというより、ポツダム宣言受諾という、まったく先行きのわからぬ事態に、当惑しているように聞こえた。

「しかし、私にできることなど、たかが知れている」

老頭児《ロートル》という言葉がいかにもぴったりのくたびれた軍衣には砲兵を示す兵科章が付いていた。大佐はそのことだけでも出世の遅れた理由になりそうな、もどかしいほどの足どりで歩き、冗長なしゃべりかたをした。

「貴官らと作業員たちの給養、宿泊、必要な資材の手配――そんなことしかできん。また、してはならんそうだ」

うなじを陽に灼きながら、二人は長い影を踏むようにして歩き続けた。

それにしても外観からは想像もできない、何と広い敷地であろう。いざとなれば一個師団もたてこもれそうだと、真柴は思った。

「公簿で五十万坪ある。実面積にすると、七十万坪。おそらく世界最大の弾薬工場だろう」

大佐は歩きながら、少し誇らしげに続けた。

「広さも広いが、ここのすぐれている点は地形だ。ごらんのとおり、尾根と谷とが幾重にも入り組んでおるだろう」

と、廠長は油じみた軍手の指先で、行く手の工場群を示した。

爆薬を製造する工程は複雑である。トリニトロールと硝酸塩酸を化学合成し、その湿薬を乾燥させ、砲弾に溶塡する。そうした危険な工程を、高い尾根を隔てた各工場で分離作業のできるこの地形は、きわめて好都合なのだと、老大佐は技術将校らしい説明を加えた。

「しかも昨年の十月から、横穴式の地下化工事に着手しておるのだ。遠からず工場の大部分は山腹の奥に収まる」

と、いう予定だった——尻すぼみになった大佐の言葉はそんな虚しい語韻を残した。

それだ、と真柴は思った。

本土決戦に備えて、軍事施設の地下要塞化は、日本中のあちこちであわただしく進められていた。この巨大な火工廠をすっぽりと収める大地下壕が、すでに敷地を取りまく山腹ふかくにうがたれているのだ。

「三の谷は——」

命令書に記されていた、その名称を思い出して、真柴は先を急ぐように訊ねた。

大佐は相変わらずのんびりとした口調で答えた。

「この本谷には、四つの谷が合流している。手前から、東の谷、一の谷、二の谷、とあって、三の谷はその奥——十一時の方向の尾根の突端に松の木が見えるだろう。あの稜線の蔭になる」

「現況は、どのように？」

「一トン爆弾の集積場所に使っている。最も奥深い谷だからな」

地形的に最も安全だから、大型爆弾の貯蔵庫になっている、という廠長の説明は、いささか説得力に欠けていた。

敵の本土侵攻を目前にして、火工廠に集積しておく予備の砲弾などあるはずはなかった。要するに、陸軍の大型爆撃機を使用するような作戦がもはやなくなり、爆撃機の多くも失われた結果、一トン爆弾ばかりが行くあてもなくここに残っているのであろう。

三の谷に分け入る道は、緩い坂道であった。車輛がすれちがえるほどの十分な幅を持ち、さらに道路の脇にはトロッコの軌道が付けられていた。

進むほどに山肌はきわまり、やがて切り立った断崖になった。岩壁にはびっしりと苔が生え、蔦が化物の触手のように、無数にぶら下がっていた。空は狭く、日は届かない。

路上の砂利のすきまからは夏草が生い立っており、この谷が長いあいだ使われていないことをおのずと語っていた。

しばらく登ると、岩壁の際にへばりつくような丸太組みの三角兵舎があった。

「裏に、水道と厠がある」

言いながら大佐は立ち止まって坂道を振り返った。ひとけのないことをいま一度、確認したようであった。

兵舎の先には、細長いコンクリートの倉庫が並んでいた。庇に鉄格子の嵌まった換気口があるきりで、窓も煙突もない。

「中には一トン爆弾が詰まっているが、信管は外してある。焚火でもせぬかぎり、危険はない」

大佐の声と表情が、次第に冷ややかになって行くことに、真柴は気付いた。

いつの間にか行き止まりの広場に立っていた。地の底のような静けさであった。木立に被われた小さな空を見上げる。深山の冷気が心地よく汗を乾かして過ぎた。

「ここが、三の谷だ――」

声は岩肌にわんわんと谺《こだま》した。大佐はやり場のない、思いつめた顔を真柴に向けた。

「それほど大人数が働ける場所ではない。兵舎はあれひとつで足りるだろう。火工廠からは、いっさい人手を出してはならぬということだ」

真柴は肯いた。大佐はおそらく、昨晩の命令を申し送っているのだろうと思った。

「つまり、作業の内容を火工廠の者に悟られてはならぬ、ということだ。糧秣や備品の受領については、トラックの運転手のほかに一名の連絡員を決める。他の者はいっさい、勝手に行動させてはならぬ――誤解をするな、少佐。これらは本官の命令ではない」

「わかっております」

と、真柴は答えた。

大佐は夏草の生い茂ったトロッコの軌道を目でたどった。それは岩肌の縁をめぐって、身の丈ほどの空洞の中へと消えていた。洞窟の入口は朽ちかけた板で封印されている。

「あの坑道だけが、掘削中に岩盤に突き当たった。まさか発破をかけるわけにもいかぬから、内部はそのまま放置してある。広さは十分だ」

入口の脇に、小さな祠があった。

「あれは？」

真柴の問いに、大佐は苦笑を返した。

「工事を始めるときに、秋葉神社を勧請《かんじょう》した。大地下工場の守護神、というわけだがね」

石の祠は荒れ果てていた。廠長が推進してきた地下化工事と、弾薬増産のあわただしさが察せられた。神も仏もないほどの、地獄のような操業を、この老大佐は指揮してきたのだと思った。

真柴は汗と埃にまみれてとうてい高級将校のそれには見えない大佐の軍衣を、自分の威を誇るような真新しい軍服と見較べた。

「本日正午をもって、火工廠は操業を停止する」

吐き捨てるように大佐は呟いた。

「もう弾薬を作っても意味はないからな。徴用工や動員学徒は解散させる。廠内にはわずかな兵しか残らん。頑張ってくれよ、少佐」

谷間を風が吹き抜けると、崖の木立がいっせいに立ち上がった。一瞬、自分が深い地の底に堕ちて行くような気がして、真柴は小さな三の谷の空を見上げた。

10

丹羽明人が黒革の手帳を譲り受けた経緯をありていに述べると、金原老人はでっぷりと太った顎をゆるがせて笑った。

「そいつァ、とんだ災難だったな。くたばる前《めえ》にそんなものを押っつけられたんじゃあ、考えこんじまうのもムリはねえ。もっとも本人はまさか死ぬたァ思っちゃいなかったろうが」

みごとな禿頭をさすりながら、金原は蔑んだ目を丹羽の手元に向けた。

「じゃ、金原さんもこれをごらんになったことがあるんですか？」

「ああ」、と金原は車椅子を操って祭壇に寄ると、ぞんざいな焼香をした。

「あるもねえも、初めて見せられたときァ、いかにわしでも面くらったわい。話ができすぎているしよ。もっとも、口のうまいジジイだったからな。わしがあんまり立ち退きをせっつくもんで、そんなものをもっともらしく書いて、わしの気を引こうとしたんじゃねえのか。なんたって大ウソつきのジジイだ」

大口を蛙のようにめくり上げて、金原はヒャッヒャッと笑った。

丹羽は真柴老人の生前の顔を思い泛かべた。金原の言うような、姑息な印象はなかった。むしろ一流会社を定年退職して、悠々自適の老後を送っている誠実な人物、といえば誰も容易に信じたろう。

「いったい、どういう人生を過ごしてきた人なんですか？」

丹羽は死体を見つめながら訊ねた。

「知るかい、そんなこと。知りたくもねえさ」

「身寄りを探さなきゃならんですね」

「ほっとけ。この不景気で、あんたもそれどころじゃあんめえ。どうせあのボランティアがやるさ。ヒマなヤツに任しておきゃいいんだ」

さすがの丹羽も唖然とした。この老人に対する海老沢の評価は、どうやら正しいらしい。

「真柴なんてえ名前《なめえ》は、そんじょそこいらにあるもんじゃなかろう。日野の生まれだと言うとったから、在所を探しゃ知り合いの一人や二人はいるべえ。なに、たいして面倒なこっちゃねえよ」

何という見下げ果てた男だろうと、丹羽は思った。自分も決して上品な方ではないが、この男に較べればずっとましだ。やはり海老沢の言ったとおり、こいつは世の中に不幸の種をまき散らしながら生きているにちがいない。

威勢のいい時分なら、こんな田舎地主などケツの毛まで抜いてやるのにと、近ごろすっかり弱気になった丹羽は考えた。

「ところで、金原さんはこのあたりでは一番の資産家だとか……」

営業用の標準語を巧みに操りながら、丹羽は話題を変えた。

金原は露骨にいやな顔をした。地上げ屋め馬脚を現したな、とでも言いたげに、丹羽をにらみ据える。

「ほう、わしを知っとるのかね。あんた、ここいらの者かい」

「いえ、世田谷に住んでますけど——お噂はかねがね」

かねがね知るわけはない。海老沢から聞いた話を、かねて知ったように言っているだけである。

「まさかよ、この間までウロウロしておった地上げ屋の一味じゃあるめえな」

その一味である。婉曲に切り出したつもりがもろに疑われて、こいつはたしかにひと筋縄ではいかないと、丹羽は身構えた。

「ハハハ、いや、参ったな——ここいらにも来たんですか、地上げが」

「来たもなにも、おめえ。まるで切り取るみてえにして、梨畑に不細工な建売りをおっ建てやがってよ。景気のいいころにァ、みんなだまされもしようが、近ごろじゃプッツリ売れなくなって、在庫かかえて立ち往生でやんの。ざまみろってんだ」

丹羽はうつむいた。

「考えてもみろや、十五坪の三階建てだあ？　そんなオモチャみてえな家に四千万も五千万ものゼニ出すバカがおるか。誰だってマンションにすらあ。そうは思わねえか、ああ？」

「はあ、ごもっともです」

丹羽はすなおに反省した。

「たかだかクソして寝るところじゃねえか。なにがツーバイフォーだ。そうそう柳の下に何匹もドジョウがいてたまるか。あんな連中はみんなツブれて、首くって死にゃあいい。世のためだ」

言いかえすだけの気力はなかった。言い分はもっともなかった。さんざ打ちひしがれたあとで、丹羽は蚊の鳴くような声で言った。

「金原さんは、土地をお売りになったんですか？」

間を埋めるつもりで訊ねたことが、思いがけずにツボに触れてしまった。丹羽はあわてた。と、金原は正体をあばいたぞ、というふうに爬虫類の目を向けて、丹羽を笑いとばした。

「おめえ、わしのことは何も知らんな。調子くれおって」

いかん、と思っても手遅れのようであった。金原はからめとった人質をなぶるように、へへへ、と悪辣な笑い方をした。

「と、申しますと……」

「わしはよ、丸金総業の金原よ。そう言やあ、おめえも知っとるだろう。ご同業だもんな」

うかつであった。海老沢はなぜこんな肝心なことを教えてくれなかったのだろう。丸金総業といえば多摩地区最大の地元デベロッパーである。しかも土地金融を基幹とした悪徳業者として、業界ではつとに名高い。いわゆる泣く子も黙る手合いである。

「ええっ、マルキン！　あなたが、マルキンの金原！」

金原老人はすっかり恐れ入る丹羽のかたわらに車椅子を寄せた。

「妙な言い方するねえ。なにもおめえを取って食おうとは言わねえよ。食ってうめえほどの肉も残っちゃおるめえが」

「いや、それとこれとは全然はなしが別ですから、きょうはこのおじいさんのお通夜で、いやあ、奇遇ですね、ハハハ……」

「そうあわてるない。丸金を有名にしちまったのァ、やり手の娘婿だ。わしァ、あのバカ息子の後ろダテをしとるだけだし」

丹羽はいよいよあわてた。言葉を詰めれば「やり手の後ろ盾」になるのだから、なお悪い。

金原はさかんに、自分が善人であることを強調し、「やり手の娘婿」を意のままにならぬ悪人であるというようなことを言った。

しかしそれはいちいち、悪人を意のままに操っているというふうにしか聞こえなかった。

「金貸しって言ったって、はじめは無尽の胴を持っとった程度でよ。どだい土地を担保にゼニを借りようってえ方が悪いだ。畑は耕すもの。食い物を作るところだぜ。そうは思わんか、え?」

「はあ、そう、めんと向かって言われますと……」

「な、そうだろう。第一こんな河川敷の、一尺も掘りゃ石ころばかり出てくるような土地によ、坪何百万なんて値段がつく方がおかしいんだ。いいか、梨が名産だとか言ったって、もともと梨しかできねえ痩せた土地なんだ」

丹羽は何とか話を変えようと苦慮した。一代で財を成したこの手の老人は、しゃべり出すときりがない。

「金原さんは、市議をずっとなさってらしたとか」

「ま、それだってよ、昔は村の寄り合いみてえなもんよ。古い農家のオヤジが集まって、ワイワイやってただけだった。それが、アッという間に町になり市になっちまって。人はわしのことをどうこう言うがよ、しかたなかんべい。ここのことは、わしが一番良く知っとるもんな——そっちも今じゃ婿ドノの時代になっとるけんど。あいつはどうか知らんが、わしは悪かねえよ。ちっとも悪者じゃねえよ」

黙って街角に立っていたって悪者にしか見えない魁偉《かいい》な顔をしかめて、金原は勝手に興奮した。

「べつに悪者だなんて言ってやしませんよ」

「あ、そうか。今日は真柴さんの通夜だったたっけな……」

老人は急に思い出したように神妙な顔になって、海老沢が飲み残した茶碗酒の匂いを嗅ぐと、ずるりと啜りこんだ。

「おおかた、あのボランティアのエビ公がよ、良く知りもせんでわしの悪口を吹きこんだんだろう。さっき、こそこそ話しとったろうが」

「いえ、べつにそんな……」

「かまわねえけんどよ。だが、わしァあの男は気に入らねえ」

「でも、立派な人じゃありませんか。それはわかるでしょう？」

金原老人はマフラーの襟元をくつろげると、魔法のようにウイスキーの小瓶を取り出し、「やるかい？」と笑った。

「わかるさ。だがよ、誰が見たって立派に見えることをするのァ、それほど難しいことじゃねえぞ」

茶碗にウイスキーを受け、ひとくち含むと、丹羽の唇は急になめらかになった。

「でもね、その考え方は素直じゃないですよ。自分の生活をさしおいて他人に尽くすっていうのは、やっぱり難しいことです」

「そうかなあ。素直じゃねえかなあ。わしも悪い時代を生きてきたからなあ」

と、金原はふいに素直になった。丹羽はこの老人がまたわからなくなった。

「あのな、社会奉仕ってえ言葉はよ、わしらが聞くと、滅私奉公ってえ昔のお題目を思い出させるのさ――これだけァわかるめえ。イヤな言葉だ」

丹羽の茶碗になみなみと酌をすると、金原はそれだけで強欲な感じのする分厚い唇にポケット瓶をくわえ、ぐびりと飲んだ。いかにも周囲に止められている酒を、そうして隠し持っているというふうであった。

「このジジイは、一年中、花が咲いたの鳥が飛んだのって、ぼうっとして暮らしやがってよ。まったくけっこうな人生だ。で、わけのわからん夢を見て、まわりに迷惑かけて死んじまう、と。気楽なもんだな――うう、寒い」

コートを脱ぎかける丹羽の手を押し返すと、金原老人は何を思ったか、死体をくるんだシーツの端を引き寄せた。

「こんなもん、死人に用はねえ。もう寒くもねえんだから、生きてる人間によこせ」

ストレッチャーごと力ずくで引き寄せ、金原は死体のシーツを剝ぎとると自分の体をすっぽりとくるんだ。

「そりゃ、ひでえよ金原さん」

「なあに、ひでえことがあるもんか。あとは頼んだぜ、若いの。ひと眠りするけんど、わしもこのまま死んじまうかも知らねえしな」

壁に頭をもたせかけ、シーツの中でそう言うと、金原老人はたちまち高鼾をかき始めた。

丹羽明人は再び手帳を開いた。

うつろに読みたどっていた部分を、もういちど見返して、「あれ？」と丹羽は声を上げた。

乾燥した白い壁と天井を見渡す。自分が度重なる偶然によって引き寄せられてきたこの白い部屋のありかを、心の中でもう一度、確認した。

丹羽は立ち上がった。

「溝の口から府中街道を下って……山が迫り……峠を越えれば日野だと？　……おいおい、何だよじいさん。ここじゃねえのか」

シーツを剝ぎとられて仰臥《ぎょうが》する真柴老人の体は、いっそう小ぢんまりとみえた。

11

〈一〇二五、横河電機武蔵野工場ヨリ車輛到着ス。教員一名、生徒三十五名ヲ点呼ス。私立森脇高女ノ第二学年生ニテ、十二、三歳ノ幼キ女子ナリ。工廠内ニハ既ニ、芝浦工学校、八王子中学、立川高女、専修大学予科等ノ年長ノ男女多数動員サレヲルニモ拘ラズ、彼女等ヲ敢テ作業ニ従事セシムル理由ハ如何ナルカ。甚ダ疑問ナリ。幼キ少女等ノ些カモ懐疑心ナキ純情ノ、膂力ニ欠クルニ優ルト判断セシカ。三ノ谷ニテ作業班ノ編成ヲ完結、大休止、早速火工廠本部ヨリ支給セラルルオヤツヲ与フ。甘味ニ喜々トスル様、マサニ群レ惑フ妖精ノ如ク、歓声谷間ニ響キタリ。予、小泉中尉ト共ニ洞窟内ニ入ル〉

坑道の中は思いがけない広さであった。

床も天井もコンクリートで固められ、二人がゆったりと歩いて行けるほどの通路の縁には排水溝も切られていた。

「あのトロッコの線路を引き込むつもりだったのかも知れませんね」

小泉中尉は天井を走るパイプを懐中電灯の先で追って、闇の中に配電盤を探しあてた。スイッチを入れると、壁面にくくりつけられた裸電球がいっせいに灯った。どこか地の底で、モーターの回る音がした。

「これはすごい。地下要塞ですね、まるで」

中尉は驚嘆した。たしかに九十九里の海岸線に急造された防御陣地などとは較べものにならない。むしろ市ヶ谷の大本営地下壕に匹敵する出来映えだと、真柴は思った。

「下の三つの谷には、すでに地下工場が完成しているそうだ。ここだけが岩盤に突き当たって工事を中断したらしい」

と、真柴は廠長に聞いたままを告げた。

通路の左側には、間隔を置いて頑丈な鉄扉が並んでいる。錠のかかっていない一室を開けると、大型の航空用爆弾がぎっしり詰まっていた。

「一トン爆弾だよ。今では無用の長物だが」

軍の無計画さに呆れ果てたように、小泉中尉は爆弾の山を見渡した。

「もっとも今となっては、何もかもが無用の長物ですが」

「こうして見ると、わが軍に空爆という戦術思想があったというのは、ひとつの発見だな。そんな作戦はとうに忘れていた。一式陸攻にこいつを積んで、重慶やマニラを叩いたように、なんであんな合理的な戦を続けられなかったんだろう。アメリカはそのとおりにやったんだ」

「戦闘の決を白兵突撃に求める、と。そうしなければ戦は終わらんと信じていたのでしょう。わが皇軍は城壁に並んで万歳三唱をしなければ気が済まんのです」

たしかに中尉の言うとおりかも知れない。すべては四十年前の大勝利が作り出した幻想にちがいないのだが。

バルチック艦隊を撃滅したように、大艦巨砲による艦隊決戦を求め、旅順要塞を陥とし、奉天会戦で勝利したような、華々しい攻城戦や野戦を挑む。戦とはそういうものであると、誰かが決め、みなが信じていたのだ。

しかし、近代的装備と強大な工業生産力を誇る米軍が、そんな古くさい戦をまともに受けて立つはずはなかった。戦争は航空兵力で決し、敵の徹底した空爆が勝利した。

「なんだか見ているだけで疲れが出ますね」

小泉中尉は先を急ぐように鉄扉を閉めた。おびただしい大型爆弾が二人の背中に向かって、ほれ見たことか、と呟いているような気がした。

「何よりも自分が愕くのは――」

と、小泉中尉は歩き出しながら言った。

「平時の国家予算に数倍するほどの臨時軍事費が、こんなふうに無駄に使われた、ということであります。勝ち負けに関係なく、国民が目前の未曾有のインフレから救われるには何十年もかかります。しかし……」

と、中尉は厚いメガネを真柴に向けて、言い淀んだ。

「しかし、どうした。かまわんよ、ここには俺たちしかおらん」

小泉中尉は長身をくり出して前に出ると、毅然とした表情で振り向き、まるで議会の答弁に立つように、はっきりとこう断言した。

「九百億円の金塊が地の底から湧いて出れば話は別です。その瞬間から、国家と国民生活は救われるのです」

この主計将校が使命に身を挺した理由は、それにちがいなかった。目からうろこが落ちたような気がして、真柴は思わず中尉の肩を摑んだ。

「そうだ。再起のための軍費などではない。閣下たちもそのつもりだろう。少なくとも聖上《おかみ》はそう希っておられるにちがいない」

「とすると、自分らは何としてでも生きねばならんのですね。将来、自分らが軍と官とを代表して、この洞窟の封印を開けねばならんのですね。自分らの使命は、それではじめて全うされるのではないですか」

そこまで考えてはいなかった。しかしこの計画を知る者が、五人の将軍たちと自分たちと、そしてもうお一人しかいない、と考えついたとき、真柴は自分に課せられた使命の重みを知った。任務は物資を隠匿して終わるのではない。そこから、始まるのだ。


地熱のせいであろうか。進むほどに洞窟の内部は蒸し暑くなった。

「日本は、この先どうなるんだろう」

真柴は自分が小泉の明晰さを尊敬していることに気付いた。沈黙し続ける政治家や官僚の群れを押し分けて、若い、新しい時代の叡智が一歩進み出たように思えた。この男の言うとおりに歴史は始まるのだと、真柴は思った。

少し考えてから、小泉中尉は答えた。

「とりあえず、国体は護持されるでしょう。抗戦派がさかんにそれに拘《こだわ》るのは、とりこし苦労というものであります」

「しかし、ドイツは国体も何もなくなってしまったではないか」

「ベルリン陥落まで戦うから、そうなるのです。それに、ナチスの一党支配という政治的背景もありますでしょう。要するにドイツにはわが国のように拘るべき国体というものがそもそもないのです」

考えこむ真柴を諭すように、中尉はゆっくりと歩きながら続けた。

「きのう、ご聖断が下ったと聞きましたとき、自分は陛下の英明さに愕きました。軍も政府も、ドイツの結末にふるえ上がっていた。しかし、陛下だけがドイツと日本の国家構造のちがいについて、はっきりと認識しておられた、ということになります。畏れ多いというより、愕くべきことです。つまり大御心というより、国家の機能が迷うことなく発揮されたのです。いたずらに神格化され、装飾された最高機能の、機能としての本質を、ひとり陛下だけが知っておられた——英明さが正しく理解されるのは、五十年も後のことでしょうが」

「しかし、陛下は自決なされるのではないか」

真柴は狼狽して訊き返した。

「いえ」と小泉中尉は、いま一度かんで含めるように言った。

「ですから、国家機能としてのご自分を認識しておられる陛下が、そういう道をお選びになられるはずはない。すなわちご自身が自害なさるということは、最重要の国家機能を破壊することになりますから。ほら、『朕は国家なり』という古い言葉がありますでしょう。あれを驕慢な施政者の言葉として片付けてはならんのですよ。立憲君主制の合理性を集約すると、その一言に収まるわけです」

「しかし、ニュールンベルグのような裁判が行われたら、陛下は……」

「いや、それもありますまい。アメリカはどう考えるかわかりませんが、立憲君主国たる英国やオランダは、国家の仕組みを良く知っておりますからね。単純にお考えになって下さい。仮に日本がこの戦に勝ったとしたら、イギリスの王室を裁きますか？」

真柴は瞼にしみ入る汗を拭った。通路は折れ曲がりながら、地の涯まで続くかと思われるほど長かった。

「では、共産国家になってしまうというおそれは、ないか？」

小泉中尉は再び、にべもなく答えた。

「その心配もないでしょう。スターリンはチャーチルとトルーマンにうまくやられました」

「どういうことだ？」

「ソ連は不可侵条約を破棄して参戦したでしょう。国民はその恨みを決して忘れませんよ。ちがいますか、少佐殿」

そうかも知れない。裏切りだけは許せぬという国民的感情は根深い。真柴の心の中にも、米国の新型爆弾の使用や無差別爆撃とは異質の、いわばもっと許しがたい遺恨があった。

「ということは、民主議会の決議によって日本が赤化する可能性は、ソ連の対日参戦によって永久に失われたのであります。スターリンはおそらく、貧困な経済事情と照らし合わせて、日本を赤化するより国土の一部を奪う方を選んだ。それ以上の野望は放棄したと見てよろしいでしょう――整理してみましょうか。わが国はまだ政府も議会も機能している。陛下はご健在であらせられ、立憲君主制も維持される。共産国家になる可能性はない。すなわち、国体は護持されます」

目の前がふいに開けたと思うと、通路は突然、広い岩窟に行き当たった。

そこはまるで、鍾乳洞の中によくある、壮大な天然の名勝のようであった。しかし紛うかたなき人工の広場である。岩壁にはあらゆる方向に掘削された爪跡が残り、いかにも予期せぬ堅い岩盤に突き当たって、掘り進める道を探しあぐねたというふうであった。

三の谷の地下工場計画は、この場所で挫折したにちがいなかった。

二人はしばらくの間、呆然と立ちすくんでいた。

「ここですね、少佐殿」

小泉の声は無人の講堂に立ったように、わんわんと谺《こだま》した。

真柴は歩みこんだ通路を振り返った。この岩窟に物資を集積し、唯一の通路をコンクリートで塞いでしまえば、たしかに九百億の金塊はこの世から消えてなくなる。

「どうやら、結末は見えたようだな」

光の届かぬ天井の高みに向かって、中尉は大声で笑った。

「任務は残りますよ、少佐殿」

「そうだ、そうだったな――」

岩窟に放置された石くれや、あちこちから湧き出る清水を見るでもなくながめる真柴の肩を、小泉中尉は力づけるように拳で叩いた。

「なに、物事を難しく考えるのはよしましょう。いずれ少佐殿が新しい国軍の陸相になられて、自分が大蔵大臣になれば良いのです。あとはそのとき考えましょう」

中尉の明晰な声は、高らかに谺した。


再び三の谷の入口に戻ったとき、時間がわずか十分しか経っていないことに真柴は愕き、思わず腕時計の音を確かめた。

まるで一昼夜を歩きつめて帰ったような気分であった。

真午の陽は、ちょうど小さな空の正中に架かっていた。二人はしばらく立ち止まって、目をかばった。

国民服の肩に雑嚢と水筒をたすきがけにした教員が、おそるおそる洞窟の中を覗きこんだ。

「あの、危険はありませんでしょうか」

切実なぐらいに真剣な表情であった。教育者というより、引率者としての責任が、教員の顔を不安で歪めていた。

「心配はご無用ですよ、先生。照明も換気も整っておりますし、一部に弾薬が保管してありますが、すべて信管は抜いてあります」

如才ない調子で小泉中尉が答えた。たぶん真柴が居丈高な軍人口調で答えたら安心はしなかったろうが、教員はホッとした笑顔を泛かべた。

「なにぶん、工場でもたいしたお役に立てないぐらいの、ほんの子供ですので。こうしておりましても、まだ目が離せんのです。羊羹《ようかん》と南京豆を支給していただいたら、あの通り遠足に来たようにはしゃいでしまって……」

教員はそう言って、谷間のあちこちに寄り集まって思いがけぬ加給食をほおばる少女たちに目を細めた。

岩肌に谺する声は、鈴を振るように高く澄んでおり、どの体もまだ一人前の女にはほど遠い。はたして戸山の将校生徒が総動員で担ぎこんだ貨車六輛分の物資を、わずか一学級のこの少女たちが無事に集積しおえるだろうかと、真柴は訝しんだ。いずれにしろ、その作業は向こう数日間を要するにちがいない。しかも、残された時間には限りがある。

「少佐殿、ちょっとよろしいですか」

と、曹長が真柴を岩蔭に誘った。いかめしい下士官の顔は不満げである。

「以後は、もう少佐殿と自分だけでよろしいのではありませんか。小泉中尉殿は原隊に復帰されても」

曹長の言わんとしていることはわかった。彼はほとんど生理的に、軍人だか役人だかわからない小泉中尉を嫌悪しているのである。そして前線での長い経験から、口数も多く、動作も不用意に見える中尉がこの先の任務に携わることに、危険を感じているのである。

長い説明をするべきではないと真柴は思った。

「俺たちには、もう帰る原隊などないんだ。それに——」

と、真柴はたぶん曹長だけがまだ知らぬ厳粛な事実を、小声で告げた。

「戦争は、数日中に終わる。日本は、敗ける」

曹長はとっさに、怒りと愕きとで立ちすくんだ。

「そんな——そんな、バカな」

「それ以上は言わん。聞きたくもなかろう。だが、俺が敗北主義者ではないということだけは言っておく。もちろん、あの小泉中尉もだ」

曹長はそれが命令であるかのように、姿勢を正した。

片足を曳きながら無言でトラックに向かう後ろ姿を見送りながら、優秀な下士官だと真柴は思った。帝国陸軍の強さは、この朴訥《ぼくとつ》で忠実な下士官の強さに他ならない。少なくとも幻想の戦を彼らに命じた、自分たち士官学校出の将校が、軍人として彼らより有能であったはずはない。

「隊長さん、お願いがあります」

おさげ髪の小柄な少女が谷の勾配を駈け上がってきた。鉢巻をしめた額に白い手を添えて招き猫のような敬礼をする。

「友人が、貧血を起こしました。横になっていいですか。許可をいただきたいと思います」

「森脇高女」と書かれた腕章には、級長を示す赤い線が入っていた。少女たちの中でも目立って小柄だが、たしかに聡明な顔をしている。

少し離れた岩壁に、青白い顔色の生徒がもたれかかっていた。

「鈴木さんは以前、肋膜を悪くして、一年間休学したんです。お願いします」

少女はそう言って、ぺこりと頭を下げた。鉢巻には「七生報國」と書かれてあった。

真柴はなるたけ威嚇せぬように、馴れぬ笑顔をつくろいながら病人に歩み寄った。介抱をしていた友人たちは、びっくりして立ち上がった。

「そのままでよろしい。貧血か」

少女は岩壁から背だけを起こして、物を言うのも億劫なように、小さく肯いた。肌の透けるほど白い、ぎょっとするほど美しい娘であった。深い瞳に捉えられて、真柴は思わず目をそむけた。

「申しわけありません」

と、少女はようやく呟いた。まったく申しわけなさそうに、透明な瞳がみるみる涙ぐんだ。真柴は少女の肩を抱くと、夏草の上に横たえた。

「頭を低くして。足を上げればなおいい」

はい、と級長が雑嚢をはずすと、少女のもんぺの足に添えた。

「良かったね、スーちゃん。じきに気分もよくなるよ」

真柴は横たわった少女の美しさに見惚れて、思わず呟いた。

「君は、ずいぶんベッピンだな」

答える気力もない病人にかわって、級長が誇らしげに言った。

「スーちゃん、もとい、鈴木さんのお父様は海軍士官なんです。お母様は華族の出で、将来はピアニストになるんです」

「そうか。お嬢様なんだな。無理をせずに兵舎で休め」

立ち上がりかけて、少女たちの全員が自分を取り囲んでいることに気付いた。いつの間にか何重もの輪になって、心配そうに病人を見下ろしているのであった。

真柴はうろたえた。作業の終了する前に敗戦の報せがもたらされたとしたら、自分はそのときどんな顔をし、何を語れば良いのか、と思った。彼女らは、示された虚構の大義を、最も信じ切った国民にちがいなかった。

「泣かないで、スーちゃん。だいじょうぶ、みんなスーちゃんの分までがんばるからね」

級長がかけがえのない人形を抱くように、病人の耳元で力強く囁いた。

〈一一三〇、作業開始。総員三十五名中、搬入路ノ立哨三名、疾病就寝一名、級長ヲ工廠本部トノ伝令トシ、作業現在員三十名ナリ。各十名宛、三個班ニ編成ス。第一班ハ駅ニテ貨車ヨリ車輌ヘノ積載、第二班ハ三ノ谷ヨリ坑内岩窟マデノ搬入、第三班ハ岩窟内ノ集積ヲ任務トス。物資ハ十サンチ榴弾箱及ビ九十一ミリ軽迫撃砲弾箱ニ分ケラレアリ、生徒等、競ツテ重キ榴弾箱ヲ奪ヒ合ヒタリ。皆、積極果敢、良ク健闘ス。然レドモ有蓋貨車六輛ニ満載セル物資ノウチ、夜半迄ニ集積シ了ヘタルハ僅カ一輛半ナリ。二〇三〇、作業中止。三角兵舎ニ宿営。蚊帳、毛布等ハ充分ニ行キ渡リタレドモ、谷地ニシテ無風多湿、甚ダ寝苦シキ夜ナリ。夕食後、火工廠長「多満自慢」一升ヲ提ゲテ来訪。野口教員モ誘ヒテ痛飲ス。戦況及ビ作業内容ノ話題、皆ツトメテ避ケタリ。恰モ知ル事ヲ恐ルルガ如シ。給養、加給食等ハ本部ヨリ過分ニ支給サレアリ、生徒等モ修学旅行ノ一夜ノ如ク談笑ス。夜更テ漸ク寝静マリタル兵舎ヲ巡回ス。懐中電灯ノ光ノ中ニ照シ出サレタルハ童女ノ顔ナリ。母ノ名ヲ呼ビタル寝言ニ愕キ振リ返レバ、靴モ脱ガズ鉢巻モ解カズニ眠ル者アリ。予、報ユル言葉ヲ知ラズ。寝顔ニ向ヒ、敬礼ス〉

早朝の市役所で、とりあえず遺体を焼却するのに必要な手続きだけを済ませると、海老沢澄夫は病院に向かった。

御用納め当日のあわただしさは、かえって好都合であった。役所も警察も市立病院もすべて官庁にはちがいないから、あわただしさの分だけ手続きは迅速に、しかもふしぎなぐらい正確に進むのであった。

職員たちはまるで一年間の余力を、残る数時間で消費しつくそうとするかのように手際よく、市民のひとりをこの世から消す作業をおえた。

自分も今日で御用納めにしよう――焼場に提示する委任状に判をついたとき、海老沢は大きな溜息をついて、そう思った。

逃げた女房の運んできた食い物などきれいさっぱり捨てて、明日の晩には故郷に向かって車を走らせよう。高速道路の大渋滞は考えただけでもうんざりするが、それも子供たちと共に過ごす貴重な時間のうちだと思えば苦にはならない。

市役所の周辺はようやく区画整理をおえた空地である。景気の後退でビルやマンシヨンの建設計画はことごとく頓挫し、かつて見渡す限りの梨畑であったころよりも、風景はかえって寒々しかった。

運転席のドアを開けかけて、海老沢は溜息が気管にひっかかっているような不快感に気付いた。大きく開けた北の空には、米軍キャンプの雑木山があった。

行きがけに真柴老人の住まいを覗いて行こうと思った。遺品のなにがしかでも、棺桶に納めてやらねばなるまい。

街道の喧噪とはうらはらに、脇道を入った住宅地には、すでに新年を迎える静謐さが感じられた。

金原庄造の豪壮な屋敷と地続きになった一角に、マッチ箱を連ねたような古い借家が棟を並べている。梨畑に面した日当たりの良い一軒が、真柴老人の閑居であった。

雨戸は開いており、縁側に喪服姿の女性がぽつんと座ってこちらを見ている。訃報を聞いて駆けつけた遺族の誰がしかであろうと期待したが、厚い金木犀《きんもくせい》の垣根をめぐって木戸を開けたのは、金原の女房であった。

「ああ、エビさん。どうもご苦労さまです。年の瀬にきて、とんだことになっちまってねえ。なんだか悪いみたいだねえ」

「いや、おたがいさまですよ」

喪服姿の金原夫人が妙に老けこんで見えるのに、海老沢は愕いた。もともとが金原とは年の離れた女房で、世の資産家夫人の例に洩れず、年齢不詳の美しさがこの女性にはあった。句会や水墨画のサークルを主宰し、文化講座にはことごとく顔を出し、青少年の教導にはことさら熱心で――要するに市政のトップレディとして婦人会を仕切る、亭主とは別の意味での権力者である。

「あたしも年だから、応えるわねえ。真柴さんもここは長かったし」

厭味かもしれないが、上品な夫人の口から出ると、そうは聞こえない。むしろ手にした雑巾を見て、海老沢は素直に感動した。

「ご主人、ゆうべ病院に泊まりこみでしょう。大丈夫ですかねえ」

庭先の盆栽棚から手ごろなひと鉢を選び出して、海老沢は訊ねた。

「大丈夫もなにも、言い出したらきかん人だもの。おまえら来んでいいって、タクシー呼んでとっとと行っちまった。八十すぎのじいさまのすることっちゃないやねえ」

夫人は言いながら美しいうなじを雑巾で拭って、「あら!」と小さく叫んだ。ころころと笑い続けるさまは少女のようである。冬の日をうけた髪は、深い紫色に染められていた。

「ふしぎなものだねえって、今も婿さんと話してたの。ご近所、みんな引っ越しちゃったんですよ。来年マンション建てるから」

と、夫人は垣根ごしに伸び上がって、ひとけのない隣家を覗きこんだ。

「つまり、これで万事解決、というわけですね」

「いえいえ」、と夫人は打ち消した。

「みなさんとはちゃんと二年前から立ち退きのお約束はしてましたよ。市営住宅もお世話したもの。でも、真柴さんはねえ、どうしてもコンクリの中じゃやだっていうから。まったく困りもんで、マンションの管理人でもやってもらおうかって、言ってた矢先」

夫人と言い争う気持ちはない。ともかく万事解決にはちがいない、と海老沢は思った。

「ところで、奥さんも焼場まで行って下さるんですか？」

夫人はふと、とまどった顔をした。

「うちの人に、おめえは来んでもいいって言われたんだけんど――それもねえ。やっぱり焼場だけでも行って、見送ってやらにゃと思って、いま着替えたの」

「ちょっと失礼させてもらっていいですか」

海老沢は通いなれた借家の中を覗いた。

「片付けとこうと思って、開けてみたんですけんどね。あんまりきれいなんで、ビックリしちゃった。うちの人にも爪の垢せんじて飲ませたいぐらい」

差し入る冬の日に導かれるように、海老沢は縁側から上がりこんだ。四畳半と六畳の二間に小さい台所のついた、昔ながらの家作である。家具も調度類も、老人が生きて行くために不必要なものは何もなかった。茶簞笥と旧式のテレビ。小さな座卓。それだけである。

「こんなんだったら、ゆうべこっちへ連れてきてお通夜してやればよかったたって、さっきも婿さんと話してたの。でも、もうひと晩、てわけにはいかないんでしょ」

「焼場が終わっちゃいますからね」

なにげなく答えたひと言が非情な言葉に思えて、海老沢は簡素な家の中を見渡した。

飯茶碗と箸が、台所の棚の上にきちんと置かれている。風呂場を覗くと、手桶や簀《す》子《の》《こ》まで、そのまま使ってくれといわんばかりに磨き上げられているのだった。

べつだん死期を悟ってそうしたわけではないことは、海老沢が誰よりも知っている。それは真柴老人の日常だった。いつ訪れても、寛いでいるところを見たためしはなかった。身のまわりを片付けることがまるで自分の仕事であるかのように、いつも何かを磨いていた。

もしかしたら、執拗に年金の受給を拒否し続け、海老沢の善意をけむたがっていた偏屈さは、こうした異常とも思える潔癖さと同じものであったのかもしれない。

「まいったなあ」、と海老沢は思わず呟いた。

梨畑の棚を隔てた金原の屋敷で、クラクションが鳴った。

「おばあちゃん、おばあちゃん」

婿の声が金原夫人を呼んだ。

「はいはい――婿さん、せっかちなところだけはおじいさんにそっくりでねえ。先に行くけんど、開けっぱなしにしといて。少し風を入れにゃね」

「不用心じゃないですかね」

言ってしまってから海老沢と夫人は顔を見合わせて笑った。

「持ってってもらえりゃ、助かるわ」

夫人はころころと笑いながら、お辞儀だけは上品にして庭先から出て行った。

ひとりになると、家の中の簡素さがいよいよ身に迫った。人生から余分なものを削ぎ落としてしまうとこうなる、とでもいうような、いわば標本めいた簡素さである。

押入れを開けた。

いきなり、小さな仏壇が現れた。ためらいがちに扉を開くと、位牌があった。古い白木の文字に目を凝らして、海老沢は愕然とした。

〈真柴司郎之霊位　昭和二十年八月十五日　享年二十六歳〉

忘れかけていた胸の中のわだかまりを吐き出すように、海老沢は何度も息をついた。

位牌に記された美しい筆跡は、いくどか見覚えのある真柴老人自身のものにちがいない。

夢と現実とが海老沢の中で錯綜した。いや正しくは自分でそうと勝手に分別していたものが、ふいに境界をとり払われて混ざり合った。

落ちつけ、と自身に言いきかせながら、海老沢は位牌の提示する意味について考えた。その意味を理解しなければ、真柴老人の遺体を荼毘《だび》に付することなどできないような気がした。

卓上に置かれた古時計の秒針が、結論を強いるように時を刻んでいた。一気に流れを早めた年の瀬のただなかに、取り残されたような気分だった。

ふと、仏壇の上の、やはり古ぼけた桐の木箱が目に止まった。日に灼けた色合いが位牌と対《つい》のもののように思えて、海老沢はおそるおそる手に取った。

色あせた組紐を解き、蓋を開ける。上等な袱紗《ふくさ》に包まれた遺品が姿を現した。

「なんだよ、これ……」

思わずひとりごちて、それが昔の軍隊で高級将校が肩から吊っていた飾り緒であると気付くと、海老沢はまるで生きた蛇でも手にしたように、あわてて投げ捨てた。

差し入る冬の陽の中で、まるで命あるもののように、太く編まれた金糸が輝いた。金色《こんじき》の頭《かしら》が、嘘ではないのだぞ、と囁きかけているように思えた——。

朝早く霊柩車がやって来て、丹羽明人はつかの間のまどろみから目覚めた。

市役所が手配したものであろうか、葬儀屋はこの会葬の事情について、かねてから知っているふうであった。

丹羽にちょこんと会釈をしたきり、お悔みの一言もなく、すばらしい手際の良さで棺桶を担ぎこむ。否も応もない早さである。

「もう一件が昼に出棺だもんで、ちょっと早いけど――ま、早い分にゃいいやね」

だぶだぶの背広を着たアルバイト学生を叱りつけながら、葬儀屋は言った。

高鼾が止まると、頭からすっぽり被ったシーツをかなぐり捨てて、金原老人は寝起きの顔をむき出した。

「おう、葬儀屋。仏にゃちげえねえんだからよ、もうちょっとていねいにやれや。役場がケツ持っとるんじゃ、取りっぱぐれはなかろう」

葬儀屋は、そこに思いもかけぬ地元の名士がいたことに狼狽し、仰天した。

「や、金原さん。こりゃどうも……お知り合いでしたか」

「知り合いじゃねえ。うちの店子だ」

関わりを否定するように、金原は冷淡に言った。

「それは……ご奇特なことでございますねえ。そうですか、こちらの家主さん。まったくそれならそうと、福祉課もひとこと言ってくれりゃいいのに」

「わしが大家なら、扱いもちがうってか。ふん、いいなあ。この不景気に、坊主と葬儀屋だけは客が減らねえ」

金原は厚い唇を開けて、獣じみた大あくびをした。

それにしてもタフな老人である。車椅子の上でひと晩じゅう大鼾をかき、良く寝たというふうにサッパリとした朝の顔で目覚める。さすがは悪名高き地域デベロッパー、丸金総業の大御所だと、丹羽は恐れ入った。

「ところで、坊さんは？」

金原と葬儀屋を交互に見て、丹羽はずっと気にかけていたことを訊ねた。

「そんなものァ、いらねえ、焼場はきょうで御用納めだ」

「いらねえって言ったって……」

太い首をゴキリと音立てて回しながら、金原は蔑むように丹羽を見た。

「おめえさんも、きょうびの不動産屋にしちゃ苦労が足らねえな。景気に浮かれて小金を持った連中が束になってやって来たって、わしァビクともせんぞ」

「しかし、お経ぐらいは上げてやらないと」

「それが甘えって言ってんだ。いいか、あの世とやらを信じているうちは、金儲けなんざできねえぞ」

「いや、それはですね」と丹羽は金原の語勢におしまくられながら言い返した。「それは金原さんの人生観であって、このじいさんとは関係ないでしょう。ここは常識的に考えて……」

「常識だ。あの世なんてありゃしねえ。この世にだって、神も仏もねえんだ。いるのァ悪魔と化物ばっかりで、きれいごとを言うやつから食われて行くんだ。そのぐれえのこともわからずに土地の売り買いなぞできるもんか。そんな甘い根性でやってるんなら、やめちまえ。女房子供が苦労するだけだぞ」

最後のひと言で、丹羽は寄り切られた。感情がもろに顔に出るたちの丹羽を鼻で笑って、金原老人は勝ち誇ったように続けた。

「なに、心配すんな。焼いちまってから寺にもって行って供養してもらわあ。わしァ檀家総代だ。ごうせいな山門だって寄進しとるんだ。坊主にイヤとは言わせねえ」

金原は言いながら、革の半コートの内ポケットから、時代がかった布の巾着を取り出した。輪ゴムでくくった一万円札の一束を抜き出し、「おら」、と葬儀屋の胸元に押しつける。

「領収書はいらねえ。大家からの心づけだ」

葬儀屋はかしこまって金を受け取ると、うって変わった丁重な手付きで、真柴老人の死体を棺桶に納めた。

「どうせ、このじいさんの家財道具はよ、わしが始末せにゃならんからな。いかに独り身ってえたって、そのぐれえにゃなるべえ」

金原は世界中にこんな下品な人間はまたといるまいというぐらい下品に、ガラガラと笑った。

呆れ返りながら、丹羽は真柴老人の遺品を棺桶に入れた。ラクダ色のコート、古い上着、中折れ帽とマフラー。それだけだった。

「おう、そのわけのわからん手帳も入れちめえや」

丹羽はあわててポケットに手を当てた。

「これはせっかくだから、記念にもらっておきますよ」

「記念、だと?」

金原はまた大口を開けてガラガラと笑った。

「何の記念だい。行きずりの老いぼれに、目の前で死なれた記念か? そいつァいい。めったにあるこっちゃねえ。だが——やめとけ」

金原はふいに真顔になった。

「どうして、ですか?」

「事情を知らねえ人間が読んで真に受けでもしたら、おめえ、国際問題にも発展しかねねえぞ」

金原にはいかにも不似合いな「国際問題」という言葉が、冗談には聞こえなかった。むしろ丹羽はぎくりとした。手帳に記された物語がこの病院の裏山の米軍キャンプを舞台としていることを、金原は知っている——すべてを読んでいるのだ、と丹羽は思った。

競馬場の掛茶屋で、手帳を差し出したときの真柴老人の真剣なまなざしが瞼に甦った。泥酔した人間が、あんな切羽つまった表情を作ろうにも作れるものではあるまい。

「ともかく、焼いちまえ。残しておいてためになるものじゃねえ」

金原は手帳にこだわった。言われれば言われるほど、丹羽は頑なになった。

「読みかけっていうのは気になりますからね。最後まで読んだら、ちゃんと処分しますよ」

「おめえらの言うことはあてにならねえ」

「じゃあ、読み終わったら金原さんにお返しします。それでいいでしょう」

金原はまいった、というふうに口をつぐみ、しばらく策を練るように目をつむってから、車椅子を丹羽のかたわらに寄せた。

「おめえ、景気わるかろう？」

「いいわけないじゃないですか。日本国じゅう不景気なんだから」

った。

「なんなら、おめえの景気だけ良くしてやろうかい。ああ？　どうだ。わけもねえこったぞ」

金原の笑顔は、目だけが笑ってはいなかった。丹羽はかたずを呑んだ。

「わからねえかい。わしがおめえさんに、ひと儲けさせたろうっていうんだよ。新宿まで通勤快速で二十五分。こんなけっこうな土地はもうどこにも残っていやしねえぞ。不景気なんざ、クソくらえってんだ」

こいつはただごとではない、と丹羽は思った。

〈八月十四日。火曜。晴。作業モ漸ク貨車一輛分ヲ残スノミニナリタレバ、明朝ニハ帰宅セシムル旨、生徒等ニ通告ス。事故モ無ク、順調ニ作業ノ進捗セシ事、マサニ天佑神助カ、英霊ノ加護シ給フカ。否、偏ニ少女等ノ献身的努力ノ賜物ト言フ可キ他ナシ。タダタダ頭ノ下ガル思ヒナリ。朝礼ヲ終へ、作業ニカカラントスル時、卒然トシテ警報モナク、B二九単機ニテ低空ニ飛来ス。広島長崎ヲ壊滅セシムル新型爆弾ヲ連想シ青ザメタリ。仰ギ見ル間ニ、巨鳥ノ如ク悠然ト立川上空ヨリ来タツテ、夥シキ伝単ヲ撒布シツツ、南東方向ニ去レリ。予、降リ落チタル一葉ヲ読ミ、呆然自失ス。日本政府ノ無条件降伏セリトノ伝単ナリ。政府発表ニ先ンジテ、カクノ如ク国民ニ知ラシムル事、甚ダ不用意、敵国首脳ノ良識ヲ疑フ。国民ハ混乱セザルヲ得ズ、且ツ一触即発ノ抗戦派将校ノ決起ヲ促ス事トナラン。坂下ヨリ伝単一葉ヲ振リカザシツツ、小泉中尉走リ来タレリ。顔面蒼白ノ態ニテ、読ムナ、読ンデハナラヌ、ト大声デ叫ビ、

生徒等ノ手ヨリ伝単ヲ奪ヘリ〉

ポツダム宣言受諾を報じたビラを生徒たちの手からむしりとりながら、小泉中尉は叫んだ。

「読むな！ 読んではならんぞ。これは敵の謀略だ。欺されてはならんぞ！」

朝礼を終え、作業にかかろうとする矢先のできごとであった。十人ずつの作業班に分かれたまま、少女たちはぼんやりと立ちすくんでいた。敵機の撒布した伝単を握った顔は、どれも青ざめていた。

「少佐殿、真柴少佐殿！」

小泉は叱りつけるように名を呼びながら、立ちつくす真柴に駆け寄った。

「何とかおっしゃって下さい。士気にかかわります、時間がないのです」

そうだ、時間がないのだ、と真柴はようやく気付いた。これは謀略ではない。終戦はほんの間近に迫っていた。いや、その前に抗戦派のクーデターが起こるかも知れないのだ。

「よし。集合させろ。もういっぺん訓辞する」

真柴は肚をすえた。一分一秒でも早く、任務を完了せねばならない。敵が終戦を公言してしまった以上、何が起きてもふしぎはなかった。

再び整列した生徒たちに向かって、真柴は力のこもった訓辞をした。

敵の撒布した伝単は謀略である。今まさに本土に来攻しようとする敵の補給線は伸びきっていて、弾薬も食糧も思うままにならない。だから本土上陸の前に、あのばかばかしい四国共同宣言を受諾させようとしているのだ。インディアンと闘ってきたアメリカ人の浅知恵である。本土には二百五十万の精鋭部隊と二千五百隻の海上特攻、五千三百機の航空特攻が、手ぐすねひいて待ち構えている。本土に接近する敵艦隊は袋のねずみも同然で、敵兵は命を捨てるために上陸するようなものだ——。

「こんなものに惑わされて、士気を失ってはならんぞ、いいな」

真柴は力強く言葉をしめくくった。

「隊長殿！」

とびぬけて体の大きい生徒が、質問をするように手を挙げた。右翼に立っていた教員が驚いて言った。

「なんだ松本。まだわからんことでもあるのか」

野口教員はうろたえて、生徒と真柴の顔を見つめた。

「いえ、隊長殿にお訊ねしたいんですけど。アメリカの女学生も今は学校に行っていないのでしょうか」

一瞬、笑い声が起こったが、それはすぐに消えた。真柴は少女の竹刀が面《めん》に打ちかかってきたような気がした。応えねばならなかった。

「もちろんだ。アメリカの学生たちも必死で兵器を増産している。諸君らと戦っているのだ」

「食べる物にも不自由しているのでしょうか。家を焼かれた人も、いるのでしょうか」

真柴は答えに窮して、野口教員をちらりと見た。しかし野口は生徒の質問をとどめようとはせず、黙ってうつむいていた。

「米国は国土が広く、都市も分散しているから、わが国のように焦土になってはおるまい。食糧事情も、われわれほどは切迫してはおるまい。しかし、本土決戦で返り討ちに遭って撤退すれば、たちまち逆転するのだ」

「こんどは、日本軍が攻めて行くのですか」

「そうだ。敵が降参するか和平を申し入れてこない限り、帝国陸海軍は米国本土まで攻めこむ。カリフォルニアに上陸して、ロッキー山脈を越えて、ニューヨークにまで攻めこむのだ」

真柴は話しながら怖ろしくなった。十三歳の少女を言いくるめようとしているのではない。嘘をついているのだ。

真柴の勇壮な回答をいちど受けとめてから、生徒は困惑した顔を、黙りこくる教師に向けた。

「でも、そうすると、大勢の人が死んで……そういう戦のあとにくる平和などあるわけはない、と……」

「そのように教わったのか」

生徒はあわてて教師から視線をはずした。

「やめなよ、マツさん」、と周囲の生徒たちがたしなめた。

「いえ、私がそう考えたんです。日本が巻き返してアメリカに攻めて行けば、もっとたくさんの人が死ぬんじゃないかって。アメリカの女学生も私たちのようなつらい作業をしなければならないんじゃないかって」

「松本、もうよせ」

と、野口教員が足元を見つめたまま言った。きっかりと真柴を見すえる少女の視線は、決して非難しているふうではなかった。少女は多くの国民がそうであるように、何かを信じているのではない。何かをはっきりと認識しているのだ、と真柴は思った。そして、それこそが真理にちがいない。

言い返そうとする言葉が、ことごとく咽にからみついた。とどめを刺すように、少女はきっぱりと言った。

「戦争をやめるのは、決してはずかしいことではないと思います。かりにはずかしいことだったとしても、それでたくさんの人の命が救われるのだから、立派なことだと私は思います」

三の谷は静まり返っていた。少女の声が天から降り落ちてきたように思えて、真柴は空を見上げた。

小さな級長が進み出て、生徒たちに向かって言った。

「みんな、そんなことより任務をまっとうしよう。もう少しなんだから、力を合わせて、がんばろう!」

「よし、かかれ」

小泉中尉が間合い良く言った。生徒たちはそれをしおに隊列を崩した。級長は招き猫のような敬礼をすると、曹長の待つトラックに向かって走っていった。

「級長というのは、やはり頭がいいな。なんだかあの生徒に救けられたような気がする」

「いえ、ご立派でしたよ、少佐殿。自分にはとうていあのような訓辞はできません」

メガネをはずして汗を拭いながら、小泉はほうっと息をついた。

「ところで、中尉。われわれに残された時間についてだが」

小泉は緊張を笑顔でつくろった。

「自分らが市ヶ谷で命令を下達されたのは、十日でしたね。あの時点で外務省からポツダム宣言の受諾通知が発信されていたとすると――もう遅すぎるぐらいです。多少、条件についての交渉があったとしてもね。問題は、それがいつ、どのように公表されるか……」

「そうだな。今晩じゅうに解散するか」

「いや、それはまずい。爆撃は続いておりますし、夜間に解散するのはどういう方法をとるにしろ危険です。明日、横河電機の工場か、高円寺《こうえんじ》の女学校まで送り届けて、解散するべきでしょう」

三月と五月の大空襲を経て、敵の爆撃目標は近隣の小都市に移っていた。しかもほとんどは夜間の焼夷弾攻撃で、艦載戦闘機による無差別の機銃掃射を伴っていた。たしかに作業終了後の解散は危険である。真柴は中尉の意見に同意した。

「発表はどういう形で行われるのだろうな。やはり大本営の報道部から――」

「さあ、それはどうでしょう」

と、小泉中尉はずっと考えていたように、確信を持って言った。

「大本営の命令だけではむずかしいのではないでしょうか。いっせいに軍の作戦行動を停止させ、社会を混乱させぬためには、御詔勅《ごしょうちょく》が必要だと思いますよ」

真柴は中尉の言葉を反芻した。

今や有史以来、最大規模に膨れ上がり、世界を相手に闘っている軍隊をいっせいに停止させる方法。なかんずく抗戦派によるクーデターという最悪の事態を封ずる唯一の方法は、天皇みずからの命令——すなわち「詔勅」をおいて他にはなかった。

「問題は、軍と国民に対してどのくらいすみやかに、かつ正確に詔書を伝達するか、という方法論になります。陛下のご意志を、できうれば全く同時に全国民に対して伝達する方法です。むずかしいですね」

真柴はふと思いついたことを、なかば冗談のつもりで口にした。

「ラジオか？　まさかな」

「いや、そのまさかかも知れませんよ。新聞を全国民が同時に読むことは不可能でありますが、ラジオなら放送時刻の予告をしておけば、あるいはほとんどすべての国民が……」

「ばかな。陛下がマイクの前に立たれるとでもいうのか。電波に乗った玉音を、全国民が同時に拝聴するとでも——」

言いながら、そのあり得べからざる場面を想像して、真柴は凍えついた。

いや、あり得るかも知れない——廃墟にいんいんと響き渡る終戦の詔勅は、いかにもこの途方もない戦の結末として、ふさわしい場面のように思えた。

「失礼しました」と横あいから野口教員がふいに坊主頭をつき入れた。真柴と小泉は表情をつくろった。

「私の教育が行き届かぬせいで……どうか叱らないでやって下さい」

野口は責めを乞うように、形の悪いさいづち頭をじっと垂れていた。

この男はいったいどういう人間なのだろうと、真柴は見ているだけで胸苦しくなるほど誠実な野口を見つめた。教職者としての印象にこれほど欠ける男はいない。生徒たちを監督するどころか、いつもおろおろと、まるで子を探す親猫のようにとまどっている。見ようによっては、女学生の中にひとりだけ不器用な男子生徒が混じっているようにも思えるのだ。与えられた仕事を切ないぐらいに繰り返す少年のような印象が、この教師にはあった。

「いえ、なかなかしっかりした生徒じゃないですか。他に誰も聞いているわけでもなし、そう気になさらんで下さい」

と、小泉はうちしおれる野口を励ますように肩を叩いた。

「あとで、よく言ってきかせます。決して任務をないがしろにするような子供ではありませんから……」

「そんなことは、自分らが一番よく知っていますよ、先生」

野口はおそるおそる真柴に敬礼をして、生徒たちのあとを追って行った。後ろ姿を見送りながら、やれやれというふうに小泉中尉は言った。

「横河電機の工場長に聞いたのですがね――あの教員、特高に目をつけられているんだそうです。自分が行ったときも、工場に憲兵がおりました」

「ほう。危険分子か」

「そうは見えんのですがね。大学時代に検挙されたことがあるんだそうです。だが、あの雰囲気は社会主義者のそれじゃないですな」

「平和主義者、というやつだな」

「まあ、そうでしょう。さっきの生徒の意見からもわかります。べつに、だからどうだというわけじゃありませんが」

「戦時下では平和主義者も危険分子にはちがいないからな。で、工場としては厄介払いをしたというわけか」

「いえ、軍からすでに指定されていたようです。ほかにも理由はあるんじゃないですかね、たとえば私立の女学校だとか、年少の学級だとか、機密を守るには好都合な理由が」

「しかし、ともかく良く働く。その点では、あの先生の教育は行き届いていると思うよ」

「まったくです」

と、小泉は降り落ちてくる蟬の声に眉をしかめた。

「ともかく作業を急ぎましょう。われわれには時間がない」

六輌の貨車からすべての弾薬箱が下ろされたのは、ひとつの時代の最後の一日が昏れようとする時刻であった。

トラックを送り出すと、真柴はただひとりで貨車と引込線の周辺を点検した。作業の痕跡は何ひとつ残してはならなかった。

からっぽになった六輌の貨車も、ひとけのない小さな駅舎も、ひどく無意味な、うち捨てられた玩具のように見えた。

日が山の端に沈むと、示し合わせたように梨畑の油蟬の声がとだえ、かわりに雑木林のあちこちから甲高い蜩《ひぐらし》の声が、群青の空を突くようにカナカナと鳴き上がった。

真柴は路上に細かな目配りをしながら、火工廠に向かうたそがれの道をたどった。任務をなしおえた安堵《あんど》と、行くあての知れぬ不安とで、足どりは枷《かせ》をかけられたように重い。

衛門に向かって、小川に沿った切通しの峠道を登りかけたときである。

背後からヘッドライトが迫ったと思うと、たちまち影を倒して一台のオートバイが真柴の脇に急停止した。側車に人はおらず、低いエンジン音に身を慄わすハンドルを、マントを着た男が握っていた。

男は詰襟の旧式軍衣を着、表情もわからぬほど目深に軍帽の庇《ひさし》を下げていた。

「真柴少佐殿」

憲兵は正面の闇を見据えたまま、敬礼もせず、振り向きもせずに言った。

「命令であります」

差し出された革手袋には、厚みのある角封筒が握られていた。奪うようにそれを受け取って、真柴は自分が内心、憲兵を待ちわびていたことに気付いた。不明な未来を示唆《しさ》するものは、将軍たちのひそかに発令するその命令書をおいて他にはなかった。

「必ず、万が一にも遺漏なきよう実行せよとの、重ねてのお言葉であります」

それだけを低い、重い、彼自身が厳命するような声で言うと、側車は峠道を風のように走り去って行った。

衛門を抜け、闇にぽつんと灯る街灯の輪の中で、真柴は命令書の封を切った。

現れたタイプ文字を一読して、真柴はまずぼんやりと夜空を仰いだ。気を取り直して読み返すと、手が慄えた。


〈八月十五日未明迄ニ物資ノ集積ヲ完了シタル後、以下ノ通リ実行ス可シ。
一、畏クモ正午ヨリ賜ハル玉音放送ヲ、作業関係者全員、坑道前ニテ拝聴ス可キ事。（受信機ハ工廠本部ニアリ）

一、放送終了後、速カニ貴官以下指揮班三名ヲ除ク全員ニ対シ、同封ノ滋養剤三錠宛、同時服用セシムル事。
一、実行場所ハ「三ノ谷」集積壕内トス。
一、服用時、吐瀉スル者、見苦シキ者、若クハ抵抗スル者ノアル場合ハ、拳銃軍刀等ヲ使用ス可シ。
一、状況確認後、坑道ヲ強固ニ閉塞ス可シ。セメント、煉瓦等ノ資材ハ「三ノ谷」資材庫内ニ別途集積シアリ。
一、貴官以下三名ハ以後別命アル迄、相互ノ位置ヲ掌握シツツ各個ニ待機ス可シ。但シ、原隊復帰及ビ直属上官等ヘノ接見ハ之ヲ禁ズ。

以上〉

間近の木立から鳴き上がる蜩の声に、真柴はおののいた。周囲をめぐる闇に、無数の目が潜んでいるような気がした。

一歩ごとに、命令は真柴の心臓を荒々しく捉えはじめた。谷に入る隘路《あいろ》で小泉中尉と行き会ったとき、自分らがあと数時間以内に実行せねばならぬことについて、口に出して説明する勇気はどこにもなかった。

「生徒たちは？」

「全員坑内におります。やっと終わりましたね」

そう言って笑いかける小泉中尉の腕を摑むと、真柴は三角兵舎に入った。丸太を組み合わせ、床を張っただけの簡易兵舎の中は左右もわからぬ闇であった。ぬかるんだ泥の通路をはさんで、二人は板敷の床に向きあって座った。

手さぐりで懐中電灯を探しあて、真柴は黙って命令書を照らした。小泉中尉がそれほど長い間、考えこんだのは初めてである。真柴が口を開くまで、小泉はじっと命令書を見つめ続けていた。

「こういう結末は、考えてもいなかった」

照らし上げた小泉の顔は亡霊のように青ざめていた。

「三十五人、ですよ……」

人数がどうこうと言っているわけではない。小泉の声は三十五個の生命の重みにふるえていた。宿舎の闇には、少女たちの体臭がしみついていた。

「いや、三十六人だ。野口教員も加えねばならんだろう」

「どうなさるおつもりです？」

真柴はほとんど軍人の本能として、それしかないであろうと考えていたことを口にした。

「命令は実行するしかない。だがそうなれば、俺は指揮官として、生きているわけにはいかん」

言い終わらぬうちに、小泉は強い力で真柴の胸を突いた。

「少佐殿は腰抜けでありますか」

怒りに慄える小泉中尉の拳を握り返して、真柴は言った。

「それが軍人の本分だろう。あとのことは貴官に任せる。当然ではないか」

小泉は真柴の手を振りほどいた。

「その、当然だというお考えが、腰抜けだというのであります。軍人は死ねばすべてが片付くと思っている。こんな無謀な戦をしでかして、あとのことは任せるなどと、それでは少佐殿も他の軍人たちと同じではありませんか」

「俺は誰ともちがいはしない。いっさいの責任は俺がとる」

「責任ですと？　――死ぬことが、どうして責任をとることになるのですか。それじゃ責任を回避するために死ぬのと同じことではないですか。少佐殿の使命は、死ねばすむというほど簡単なものではないでしょう。第一――」

と、小泉中尉は返す手で真柴の肩を摑み、目の前で命令書を振った。

「少佐殿が死ぬのは、抗命です。ここには、別命あるまで待機せよと、書いてあるではないですか」

小泉は真柴を突き放して立ち上がると、考え深げに通路を行き来しながら話を詰めた。

「よろしいですか、よくお聞き下さい。われわれの使命について説明しておきます――終戦とともに、おそろしいインフレがやってくるんです。大蔵省は軍に要求されるまま、すでに膨大な前渡金を民間企業に対して支払っております。しかし、資源の不足と設備の破壊により、生産は全く上がらない。つまり、概算三百億もの金が、民間の生産工場に滞貨しているのです。終戦と同時に、これらは国じゅうに溢れ出す。しかも政府は混乱の急場をしのぐために、さらに新たな日銀券を発行せねばならない。現在の日銀券発行残高は三百二億円です。わかりますか、まちがいなく数ヵ月以内に、この残高は倍に膨れ上がります。それらのすべては生産性のない、物の裏付けの何もない金、すなわち、価値のない紙幣です」

そうした異常な社会状況を想像することのできる小泉中尉の声は緊迫し、ほとんど恐怖していた。

「すると――世の中はどういうことになるのだ。俺の頭ではわからん」

「卸売物価は一瞬のうちに数倍にはね上がります。つまり――国家経済の破綻です。国民は生き残るために、もうひとつの戦に突入せねばなりません」

中尉は話しながら、いかにも恐ろしいことを口にするというふうに、メガネの下から瞼を揉み続けた。

小泉中尉の言う「もうひとつの戦」が、真柴の脳裏におぼろげな形を作った。

「それはわれわれが今までに経験した戦より、もっと悲惨な、もっと過酷な戦です。南方の戦線で兵たちが味わった飢餓を、こんどは国家規模で体験せねばならんのです。親も子も友人も、生きるために奪い合うのです」

「餓鬼地獄か……」

小泉中尉は身の慄えを抱きすくめるように腕組みをした。

「はっきり申し上げます。一千万人が餓死します」

「一千万人、だと？」

「自分が中心になって、東部軍経理部が試算した極秘の数字です。今だから申し上げます。本土決戦とは、一千万人が戦死するか、一千万人が餓死するかの究極の選択の上に計画された作戦であったのです」

真柴は衝撃を受けた。五人の将軍たちの顔が瞼に甦った。敵が関東に上陸すれば一千万人の国民が犠牲になると、東部軍司令官は断言した。そのときすでに、小泉中尉は命令のすべてを理解していたにちがいなかった。ポツダム宣言の受諾――陸軍の首脳は選択をひるがえして飢餓への道を選んだのだ。そしてそれを阻む唯一の手段として、九百億にのぼる金塊の隠匿を命じたのだ。

「わかっていただけましたか。国民の命は、この金塊によって必ず救われるのです。

われわれはたった三人で、もうひとつの本土決戦をするのです」

「つまり、神風なんだな。いつの日か封印を開けたとたんに、たちまち戦を終わらせる、神風なんだ」

中尉は通路を行きつ戻りつしながら、生徒たちがこの四日間、寝起きしていた夜具を見つめた。言葉とはうらはらに、なんとか彼女たちの命を救う方法を模索しているふうであった。

「意見具申をなさるなら、今晩中ですよ、少佐殿。それだけは、自分にはできません」

兵舎の闇の中に立っているのは、明日の正午を期して始まる「もうひとつの戦」の指揮官であった。

明日からのことは任せておけ、しかしそれまでのことはあなたの任務だと、中尉は言っているにちがいなかった。

この命令を、将軍たちが何の惑いもなく発令したはずはなかった。意見具申をしてみるだけの価値はある、いやぜひともそうせねばならない、と真柴は思った。

作業が終了したのだろうか、少女たちの華やかな声が遠くに聴こえた。夜風に乗って、それらはやがてひとかたまりの唄声になった。

「出てこいニミッツ、マッカーサー、出てくりゃ地獄に逆落とし……」

真柴は耳を塞いだ。

そのとき、細長い兵舎の奥で何かがうごめいた。二人は愕いて闇に目を凝らした。

顔を見合わせ、足音を忍ばせて近付く。懐中電灯に照らし出されたのは、体の弱い、美しい少女の寝顔であった。

真柴は少女の肩を揺すった。二度三度と突き起こされて、初めて少女は寝惚けまなこを灯にしばたたいた。少女が深い眠りに落ちていたことを、真柴は祈った。

「眠っていたのか？」

おそるおそる訊ねると、少女はけだるそうに肯いた。

「どんな夢を見た？」

少女は灯に目を被いながら、片肘で身を支えて起き上がった。

「父の夢です」

「父上は、ご健在か？」

夢の真偽をただすように、真柴は訊ねた。

「海軍大佐です。今もきっとどこかで戦っていると思います。一緒に食事をしている夢を見ました。こんな大きなおにぎりを、父と食べている夢です……」

少女は透けるように白い掌をかざして、指先で三角の形を作ってみせた。笑顔につられて、真柴も小泉も微笑んだ。

「そうか。父上はきっとご健在でおられる。大きな握り飯をみやげにして、帰ってこられるよ」

真柴は毛布で少女の衿元をくるむと、のめるように兵舎から脱け出した。

歪んだ三の谷の夜空には溢れ落ちるほどの星が瞬いていた。

「出てこいニミッツ、マッカーサー、出てくりゃ地獄に逆落とし……」

近付いてくる生徒たちの唄声に和して、真柴は両手を打ち振り、軍刀をがちゃがちゃと鳴らし、大声で歌った。

14

近在の四市で共同使用する火葬場は、御用納めの大混雑であった。

一行は会葬者で溢れかえるロビーの片隅で長いこと骨上《こつあ》げの順番を待たねばならなかった。その間にも、金原庄造の所在を聞きつけて、ご機嫌伺いにやってくる他の会葬者たちが何人もあった。

それらの誰に対しても、金原は煤けた色のマフラーで顔の半分を被ったまま無愛想に会釈を返し、そこにいるわけを訊かれれば、「店子が急なこってよお」、と不機嫌そうに答えるのだった。

一貫した不遜な態度は、金原のこの近在での威勢を十分に感じさせた。

「いまペコペコしていたのは、隣町の市議ですよ。その前の人は農協の理事長。信じられますか」

海老沢は呆れるように呟いた。

「たいしたものだなあ。やっぱ、人間はカネを摑まにゃならねえ。カネこそ正義だ」

まったく見当ちがいの感動をする丹羽明人にいよいよ呆れて、海老沢は囁いた。

「ところで、丹羽さん。あの手帳、持ってますよね」

「ああ。あんたの分もな。金原のじいさん、そんなもの一緒に焼いちめえって言ってたけど。持ってりゃ不幸の種だって」

「どう思います」

海老沢は背広の胸の上から、指の先で手帳を押した。

「焼く気にはなれねえな。読み物にしたって、相当に面白えし」

「そう。面白すぎますね——いいもの見せましょうか」

と、海老沢はコートのポケットから、スーパーマーケットのビニール袋を取り出した。丹羽の顔色を窺いながら、得体の知れぬ中味を、ぞろりと掌の上にさらした。

しばらく考えてから、丹羽は腰を抜かすほど愕いた。

「これァ……どこにあったんだ」

「真柴さんの家の押入れの中ですよ。自分の位牌と一緒にね」

「ちょっと待て——それじゃなにか、あのじいさんが陸軍の参謀だったたっていうのは
……」

「本当みたいですね。どうやら僕らは、その手帳の内容について、もういっぺん考え

直さねばならないようです」

二人はなるべく平静を装いながらたがいに目を向けて、もしかしたら本当かもしれないことについて、もういちど考え直した。

九百億円の財宝。日本が昭和二十一年度に使う予定であった軍費である。時価に換算して二百兆円を超す、金とプラチナのインゴット。そして宝石。それは極秘のうちにあの病院の裏山にあたる、米軍施設のどこかに埋められたのだ。

「しかし、あのじいさんが昔のえらい軍人だったとしてもよ、手帳の物語が本当だとは限らねえだろう」

丹羽はそう言いながら、ガラスごしに火葬場の煙突を見上げた。どんよりと曇った冬空に、薄い煙が立ち昇っていた。

「でもねえ、丹羽さん。ずっと考えていたんですがね、そういう立場であの時代を生きた人が、こんなことはたとえ冗談にも言えないんじゃないかな。つまり、この品物は、動かしがたい物的証拠みたいなもので……」

丹羽は気味悪そうに、海老沢の手に握られた飾緒を見つめた。

「そうだよなあ。その九百億の出どころにしたって、なんだか妙にリアルだもんなあ」

開戦と同時に日本軍はマニラを急襲する。そしてマラカニアン宮殿の地下から、フイリピン独立のために蓄えられていたマッカーサーの財宝を奪い取る。それらはただちに内地に送られ、大蔵省分室の地下倉庫に隠される。旧憲法下では全く独立した機関であった、軍と行政官庁とが、政府や議会の目を欺いて有事の際の機密費を握った――この話は嘘にしてはできすぎている、と丹羽は思った。

「要するに、大蔵省と軍とがグルだったということか」

「そう。考えてみれば、ああいう先行きのわからない時代には、あり得ることのような気がしませんか」

海老沢は昨夜、そこまで思いついたとたん、まんじりともできなくなったのだ。フィリピンの独立、ということから、海老沢はたちまち「大東亜共栄圏」という古いスローガンを連想したのである。今日では侵略政策の代名詞のように認識されているそのスローガンは、果たしてそれほど野蛮で単純なものであったのだろうか、という疑問をふいに感じたのだった。

わずか半世紀前の話である。同じ日本人がそれほど愚かであったはずはない。もしかしたら「大東亜共栄圏」は、欧米の経済圏から独立して、新たなアジア経済圏を樹立しようとする、壮大な国策ではなかったのか。そしてそれを実現させるためにはまず、東アジアの要衝であるフィリピンを、米国の手で独立させてはならなかった。植民地の独立とその後の自立は、アジアの盟主国たる日本の指導と経済支援によらねばならなかった。

しかし、いったん戦端が開かれると、軍はほとんど破竹の勢いで南進を開始した。戦線はいたずらに拡大し、大東亜共栄圏の崇高な理想は、華々しい凱歌のうちにいつしか見失われた。客観的には「侵略」と呼ぶほかはない勝ち戦であった。そして世界の孤児であった日本はついにどの局面においても、外交的手段によって事態を解決することができなかった。

やがて敗戦は必至と見た軍部は、開戦当初に奪取し、隠匿されていた物資が占領軍の手に落ちることを怖れる。しかしすでに「共犯者」である軍に対して強い不信感を抱いている大蔵省を、どう納得させるか。

そこで考え出された名案が、「昭和二十一年度分の軍事費」の前渡し請求であった。「本土決戦は目前に迫っている。ここで使わねば、いつ使うのだ」、という軍の要求に、大蔵省が抗えるわけはなかった。

こうして物資は、若い忠実な近衛将校と、優秀な大蔵官僚出身の主計将校の手に託された。

――と、そこまで考えれば、この話が真柴老人の作文であるとは到底思えない。

丹羽はわれに返ったように、内ポケットから手帳を取り出した。

「先を、読まなきゃならねえな」

金原が車椅子で人ごみをかき分けるようにして、横合いから海老沢の手を摑んだ。

「おい、なんだこれァ。こんなもの、どこから見つけてきやがった」

「真柴さんの家の押入れですよ」

飾緒を奪い取った金原の顔は敵意に満ちていた。

「盗ッ人みてえなマネをするな。あそこは、わしの家作だ。わしが片付ける」

金原は証拠の品を人目から隠すように、革コートのふところに捻じこんだ。

「クソじじいが。あれほど言ったのに、なんでこんな若い者にしゃべっちまうだ……あれァ、りっぱなボケだ」

飾緒を胸にしまうと、二人を見つめる金原の表情は敵意から困惑に変わった。

「ま、おめえさん方とは、この件についちゃいずれゆっくり話し合うべえ。なあに、悪いようにはしねえ」

「ちょっと、金原さん」、と丹羽はたまらずに金原の脇に屈みこんだ。

「そういう言い方はないと思いますよ。それじゃまるで、この件に関しての権利はあなたが握っているみたいじゃないですか。俺たちはね、はっきり真柴さんに言われたんですよ、これはあなたがたにあげますって。つまり、正当な権利者は、俺たちです。いずれゆっくり話し合いましょう。なあに、悪いようにはしません」

「オッ、おめえ急に強気になりァがったな……まったく、クソじじいめ。よりにもよってバブルの残党なんぞにバラしやがって。いちばんたちの悪いやつじゃねえか。人を見る目がねえにもほどがある」

「良く言いますね。ご同業じゃないですか」

「てめえと一緒くたにすんな。天下の丸金総業はよ、創立四十年のシニセだ。バブルだろうが円高だろうが、ビクともしやしねえ」

醜い言い争いに、海老沢が割って入った。

「ちょっと待って下さいよ。二人とも勝手に権利を主張するけど、この件はそもそも、真柴さん個人の財産じゃないんですよ。もとを正せば公のカネで……」

「きれいごと言ってる場合じゃなかろうが、だからこそこの際ハッキリさせにゃならんのだ！」

「そうだそうだ。早い者勝ちなんだ！」

しめやかな喪服の人垣が三人を取り囲んでいた。

金原はひとつ咳払いをすると、車椅子を軋ませてひとけのない廊下に向かった。

「あのなあ、あんたら。まるで遺産の争いをしてるみてえじゃねえかよ。場所を考えろ、声がでけえんだ」

「なに言ってんだ。あんたが一番でかい声を出したくせに」

丹羽は車椅子の背を押しながら言った。金原はげんなりした感じで二人を振り返った。

「べつにわしァ権利を主張するわけじゃねえがよ。考えてもみてくれ、四十年だぞ。あのジジイは、四十年前の家賃で居座ったまんまだったんだぞ。常識で考えろ、ふた間続きの庭つき一戸建てが、月に八千円。こんな迷惑な話があるか。税金をこっちで払って、タダで住まわせてるようなものだ。タダ同然、いや、タダ以下だぞ。クソ、考えただけで腹が立つわい」

「ともかく、ですね。年もおし迫っていることだし、この件は正月明けにでもゆっくり——なあ、エビさん、それでいいだろう」

丹羽は無精ヒゲの立った顔をほころばせて海老沢に目配せを送った。

とりあえず金原がすでにこの件に介入していることは明らかになった。しかしそれは悪いことではない、なにしろ二百兆円なのだ——丹羽の目はそう言っていた。

金原夫人が小走りに廊下を駆けてきて、骨が上がったと告げた。

「クソばばあが、喪服なんぞ着やがって。わしが店子ひとりのために弔いを出したなんぞと知れてみろ。これから毎日、葬式に出かけにゃならんのだぞ。わしが香典を包むとなりゃ一万や二万じゃ済まねえんだ。あとさきも考えずにめかしこみやがって」

金原は夫人に八ツ当たりをした。

冬の日の差し入る清潔な小部屋で、わずかな会葬者たちはワゴンに載せて運ばれてきた真柴老人の骨を拾った。

「うちのおやじ、あれでけっこう真柴さんとは仲が良かったんですよ」

岳父の弁護をするように、娘婿が言った。

「ああいうエネルギッシュな人ですからね、年寄りとの付き合いがないんです。たまに真柴さんと碁を打ったり、盆栽をながめたり、そんな時だけふつうの老人に戻るんです。私はそういうおやじを見るのが好きだったんだけど……」

丹羽と同年配の、押し出しの利く紳士であった。丸金総業の社長というより、市議会議員としての肩書のほうがふさわしく見える。

「口は悪いけれど、根はとてもやさしい人間なんです。少なくとも私ら家族から見れば、あんないいおやじはいません。おふくろは世界一しあわせな女だと思いますよ」

金原夫妻は寄り添うように箸を伸ばして、真柴老人の骨を拾っていた。

「ずいぶんしっかりしたお骨だこと。やっぱり若い時分に鍛えた方は、ちがうんですねえ」

夫人は感心したように言った。

「ふん。わしアこんなもんじゃねえぞ。良く覚えとけよ、ババア。わしの骨はまちがいなく、これの倍はあるぞ」

「毛が生えてますよ、きっと」

夫人は箸を持ったままの手を口に添えて、ころころと笑った。

「アーア。真柴さん、死んじゃったんですねえ——どうぞ、皆さん。エビさんも秀男さんも。それから、なんだっけ、そこの死に水とっちゃった人」

「丹羽です」

丹羽は憮然として箸を受け取った。

「しかしまあ、ひでえ一年だったなあ。景気は悪いわ、在庫は抱えちまうわ、しまいには他人の骨拾いでやんの。なんまんだぶ、なんまんだぶ」

「そうですか。それは大変でしたね。建売り、ですか?」

ぜんぜん関係のない世間話をしながら、丹羽と婿とは不器用に箸を伸ばしてひとつの骨を拾った。

「自信はあったんだけどねえ。ドイツ製システムキッチンに全室エアコン付き。BSアンテナにケーブルテレビまで付けたんですよ」

「消費者が賢くなりましたからね。設備には欺されません」

「べつに欺そうとしたわけじゃねえけど……社長、けっこうきついですね」

「親ゆずりです——」

婿はそう言って笑いながら、箸を海老沢に手渡した。海老沢はハンカチで瞼を拭った。

「おいおい、まいったな。なにも泣くことはねえだろう」

「ここで泣かなきゃ、人間いつ泣くんです」

それもそうだと、丹羽は思った。箸を動かすほどに悲しみはつのるとみえて、海老沢はしきりに涙を拭い、しまいには声を殺して泣きはじめるのだった。

葬儀屋が残った骨をシャベルで骨壺に納めた。

「いや、面目ない。実はね、真柴さんのことじゃなくって、べつのことを考えちゃったんです。こんなふうに骨も拾ってもらえずに、死んでいった人も大勢いるんだろうなあって。そしたら、急に悲しくなって」

「まったく、力いっぱいのボランティアだな……」

丹羽の脳裏を、手帳に記された物語がかすめた。続きを読むことが怖ろしくなった。

(まさか、やっ、ち、まっ、たわけじゃねえだろうな)

あたりは静まり返っていた。人々はそれぞれに窓の外の冬景色を見つめ、あるいはぼんやりと葬儀屋の手元をながめている。立ちつくす人々の間を縫って、水のように流れる時間の音を、丹羽は聴いたように思った。

金原老人は車椅子の上に両手を広げて、真柴老人の骨壺を迎えた。コートのふところから飾緒を取り出し、故人の肩に懸けるようにくるりと骨壺を巻いた。

「ま、よくやった。みんな、このジジイをほめてやってくれや」

金原は会葬者たちに向かってそう言うと、大口を開けてがらがらと笑った。

〈八月十四日二三三〇、作業終了ス。弾薬箱ノ堆ク積ミ上ゲラレタル壕内ニ独リ立チテ、皇祖皇霊ニ祈ル。神武東征ノ昔ヨリ日輪ト伴ニ勝チ進ミシ皇軍、遂ニ敗レタリ。之ハ日輪ノ遺産ナルカ。三角兵舎ニ戻リテ生徒等ノ寝顔ヲ巡検ス。汗ト埃トニマミレタレド、些カノ穢レモ無キ少女等ナリ。時ハ待タズ。一刻モ早ク命令ノ変更ヲ意見具申セントス。森師団長閣下ハ人格高潔、識見卓越セル軍人ニシテ、カクノ如キ命令ニ異論ナク賛同セルトハ思ヘズ、閣下ヨリ陸相、総長、元帥閣下等ニ願ヒ出ヅレバ、或ハ可ナランカ。深夜、トラックニテ上京、師団司令部ヲ目指ス。首都ノ状況、一切不明ナリ。明正午マデニ予ノ戻ラヌ時ハ、命令ヲ実行スベシトノ後事ヲ小泉中尉ニ託ス〉

北の地平があかあかと燃えていた。

15

夜半にB29の大編隊が高々度を北上して行ったことを思い出し、真柴は唇を嚙んだ。

「明日で戦は終わるというのにな……」

「爆撃部隊には、そんな命令は届いておらんのでしょう。前線の兵にはほんの目先のことしかわからぬものです」

ガラスごしに、燃える地平をちらりと見たきり、曹長は顔をそむけるようにして車の速度を早めた。

真夜中の甲州街道をひたすら上る。道路ぎわに墓標のように建つ明大予科の白い校舎から先は、静まり返った瓦礫の海であった。

新宿からは市電通りをまっすぐに走り、半蔵門を左折して、千鳥ヶ淵のほとりにある近衛師団司令部に到着したのは、午前二時を回ったころである。

司令部の周辺にはあわただしく人や車が行き交っていた。

隊伍を組んだ兵が、乾《いぬい》門に向かって早足で行進して行く。

「ずいぶん騒々しいですな。明日に備えて宮城の警備を固めておるのでしょうか」

衛門の前で車をいちど止め、曹長は不安げに言った。そうではあるまい、何か筋書にない非常な事態が、近衛兵たちの上に起こっているのだと、真柴は直感した。

「俺はまっすぐに師団長閣下にお会いする。十五分たって出てこなければ、引き返せ」

　曹長は月明かりに腕時計をすかし見ると、衛門に向かって車を進めた。着剣した銃を構えて、衛兵が行く手を阻んだ。真柴は窓から顔をつき出し、大声で名乗りを上げながら衛門を乗り打ちした。

　煉瓦造りの近衛師団司令部はすべての窓にこうこうと灯をともし、伝説の鳥のように真夏の夜の闇に赤い翼を拡げていた。玄関に躍りこむと、真柴は一目散に二階の西角にある師団長室を目ざして走った。

　近衛師団に何かが起こっていることは明らかであった。営庭には号令がこだましており、おびただしい軍靴の響きがあたりをめぐっていた。しかしふしぎなことに、司令部の中だけが、周囲の騒擾《そうじょう》とはうらはらに静まり返っている。

　左に参謀室、右に副官室の並ぶ二階の廊下を走り、西翼に折れると、突き当たりの師団長室の扉が開いていた。

「真柴、真柴」、と名を呼びながら、参謀長が真柴の腕を横あいから摑んだ。

「どこへ行く」

　絞るような声で真柴を引き寄せる参謀長の顔色は青ざめていた。

「師団長閣下に急用であります」

　そう言って振りほどこうとする真柴の手を、参謀長は強い力で押しとどめた。真柴は凶事を予感した。

参謀長室からは、大本営の若い参謀が机に両手をついて何かを思案する格好のまま、真柴をにらみつけていた。抗戦派のひとりである。真柴はとっさに、この混乱のおおよそを読み取った。

「真柴じゃないか。貴様、見かけなかったな。どこへ行っておったのだ」

と、参謀は詰問するように言った。真柴の腕を握った参謀長の指が、意味ありげに動いた。

「自分は東宮殿下のお伴をして日光におりました。何でしょうか、この騒ぎは」

とっさに真柴は嘘をついた。

「わからんでもあるまい。近衛師団は決起したのだ」

参謀は机の上に広げた地図から両手を離した。真柴は参謀長を問いただした。

「これは、どういうことでありますか、参謀長殿。師団長閣下はご同意なのでありますか」

参謀長は答えなかった。かわりに参謀が脅すような口ぶりで言った。

「貴様にもやってもらわねばならぬことがある。まず、東宮殿下のご様子を聞きたい。こっちへ入れ」

「いえ、その前に閣下にお会いせねばなりません」

「行ってはならん」、と参謀長は叫んだ。真柴はその手をふりほどいて、光の洩れる師団長室に駆けこんだ。

「真柴少佐、入ります」

答えも聞かずに衝立の蔭から歩み出て、真柴は立ちすくんだ。

そこには、麻の平衣のまま胸を撃たれ、けさがけに斬られた森中将の死体が横たわっていた。折り重なるように倒れたもうひとつの将校の遺体には首がなかった。

参謀が真柴を追って戸口に立った。

「仕方がなかった。時間がなかったのだ。森閣下を説得する時間がなかったのだ」

「時間がないのは、あなた方ばかりではない。みんなが追いつめられているんです」

廊下の先にぼんやりと立ちつくす参謀長の様子は、この出来事がほんの今しがた、しかもかなり突発的にひき起こされたことを物語っていた。室内にはまだ硝煙の匂いが立ちこめており、死体から流れ出る血は絨毯を伝っていた。

目が合ったとたん、参謀は軍刀の柄に手をかけた。真柴は拳銃を抜き合わせた。

「よさんか、真柴。近衛師団は決起したのだ。われらは陛下を奉じて戦うのだ。すでに徹底抗戦の師団長命令は発せられた」

「命令ですと？　いったい誰が発令したのです。あなた方は偽の命令を書いて師団を動かしたのか」

そんなことはどうでも良いのだと、真柴は醒めた頭の隅で考えた。参謀を突き倒して、真柴は師団長室から駆け出した。とっさに、起きてしまったクーデターのことよりも、三十五人の少女たちの命の方が重大事に感じられたのはふしぎなことだった。

東部軍に行こうと、真柴は思った。

エンジンをかけたままトラックは待機していた。真柴を拾い上げるようにして、曹長は車を出した。

「これはクーデターだ。師団長閣下は殺害された」

「では、どういたしますか」

まるで事態を予測してでもいたかのように、曹長は落ちつき払って訊ねた。

「東部軍に行く。田中軍司令官にお会いする」

「しかしこの分では、東部軍も同じ状況ではありませんか」

乾門の周辺はすでに完全軍装の近衛兵で固められていた。濠端の路上には機関銃座が敷かれ、おびただしい兵士たちが門内に溢れていた。装具の触れ合う音が、風の動かぬ真夏の闇を被いつくしていた。

「いいや、東部軍は動かん。動くはずはない」

希望をこめて真柴は呟いた。近衛師団が偽命令にそって動くだけなら、鎮圧の方法はいくらでもあろう。しかし、関東の全陸軍と首都の防衛軍のすべてを指揮下におさめる東部軍が同調すれば、それは誰にもとどめようのない巨大な意志になって、たちまち現実をくつがえす。国家は狂い死ぬ。

濠をめぐって走れば、日比谷の東部軍司令部は近い。

しかしトラックは中央気象台の前まで来て、路上に展開された戦車の砲列に行く手を阻まれた。

一頭の騎馬が蹄《ひづめ》を鳴らして駆け寄ってきた。真柴の身なりに目を凝らすと、近衛騎兵は馬上で挙手の敬礼をした。

「道をあけろ。東部軍に用事がある」

「お通しするわけにはまいりません。宮城の外周は交通を遮断しております」

白だすきをかけた騎兵将校はにべもなく答えた。

「自分は東部軍への将校伝令だ。通せ」

「いえ、この先はどなたも通してはならぬとの師団長命令であります」

戦車の砲身と、路上の機関銃座がトラックに向けられていた。

自分の目的とはちがう理由で行動を阻止される歯痒さに、真柴は思わず窓枠を殴りつけた。

「お戻り下さい、少佐殿」

騎馬の将校は冷ややかに言った。

貴様の受けた命令は偽物であると口に出かかって、真柴は曹長に膝をつかれた。異様な殺気があたりに満ちていた。目の前の騎兵が拍車をひと蹴りして走り去れば、機関銃弾が一斉に集中するにちがいなかった。

「自分は今、東宮殿下の供奉《ぐぶ》から戻ったばかりで状況がわからん。いったいどういう命令が出ておるのか」

騎兵大尉は訝しげに真柴の表情を窺い、少しためらってから軍衣のポケットをさぐって命令書の写しを差し向けた。

トラックに向けられた探照灯の光にかざして、真柴は偽命令を読んだ。

近作命甲第五八四号

近師命令　八月十五日〇二〇〇

一、師団ハ敵ノ謀略ヲ破摧　天皇陛下ヲ奉持　我ガ国体ヲ護持セントス

二、近歩一長ハ其ノ主力ヲ以テ東二、東三営庭及本丸馬場附近ヲ占領シ、外周ニ対シ皇室ヲ守護奉ルヘシ。又、約一中隊ヲ以テ東京放送局ヲ占領シ放送ヲ封止スヘシ

三、近歩二長ハ主力ヲ以テ宮城吹上地区ヲ外周ニ対シ守護シ奉ルヘシ

四、近歩六長ハ……

…………

十、近歩一師通長ハ宮城――師団司令部間ヲ除ク宮城通信網ヲ遮断スヘシ

十一、予ハ師団司令部ニ在リ

近師長　森　赳

真柴は命令書を突き返しながら言った。十一項目にわたる偽命令は、闇の中で起こっている出来事をすべて語っていた。

方向を変え、竹橋の交叉点を折れるまで、騎馬は車の行方を見定めるように付き従ってきた。

「戻ろう、曹長――」

「大変なことになっている。軍司令官閣下がご健在でも、それどころではあるまい」

今や近衛師団は偽造された命令書のもとに、宮城を掌握しているのだった。近衛歩兵一連隊は濠の内側を固め、うち一個中隊は東京放送局を占拠している。第二連隊は吹上地区、すなわち陛下の周囲を遮断している。七連隊は二重橋前から大手の外周を、騎兵連隊は代官町通りを固めている。砲兵隊と工兵隊は出動態勢のまま待機し、

通信隊は師団司令部との回線を除く宮城からの通信網をすべて断ち切った。宮城と天皇は一万人の近衛師団将兵の手のうちにあった。

「二・二六どころではないぞ。近衛師団が陛下を奉じて宮城にたてこもったのだ」

真柴の心に、ある仮定が泛かんだ。

これでとりあえず、政府決定どおりに戦が終わることはあるまい。とすると、終戦を前提としたあの残忍な命令は、無効なのではないか――。

希望と絶望とが、真柴の中で微妙な均衡を保って揺れた。秤に乗っているのは、一億の生命と三十五人の生命であるような気がした。

軍人会館の角を左に折れ、九段坂を登りつめた靖国神社の大鳥居のあたりで、曹長はふいに車を止めた。

ハンドルに被いかぶさり、胸でクラクションを鳴らしっぱなしに鳴らしながら、曹長はしばらく動こうとしなかった。鳴り響く警笛は、左右に分かたれた北の丸と靖国の森に向かって吠え続けた。

曹長の無意味な行為を、真柴はとがめようとはしなかった。

「じきに夜が明けます。どうすれば良いのですか」

曹長が身を起こして警笛が鳴り止むと、あたりは空洞のような静けさに返った。歴史の断崖に、轍《わだち》を半分落として、車が止まっているような気がした。

二人はなすすべもなく座席に身をもたせかけ、市電の線路だけが水銀を流したように続く暗い街路を眺めた。

「いま、ふとこんなことを考えちまったんです」

曹長は赤髭に被われた唇をいちど引き結んで目を閉じた。

「どんなことだ」

「これは、もう戦じゃない、と。こんなふうに国を焼き尽くして、女子供まで駆り出して、あげくの果てに殺してしまえなどというのは、もう戦じゃありませんよ。そうは思われませんか、少佐殿」

歴戦のしわがれ声で、曹長はとつとつと語った。

「実はな、俺もいま妙なことを考えていたんだ。やつらの企てが成功して戦争が継続されたら、俺たちはみんな死ぬ。だが、あす予定どおりに戦争が終われば、あの生徒たちは死ぬ。俺は胸の中で較べようもないものを秤にかけていた」

「戦争も終わって、生徒たちも生きるのだと考えてはいただけないのでありますか。自分には少佐殿がなぜそれほど命令にこだわるのかわかりません」

曹長は抗命すべきだと言っているにちがいなかった。ふしぎなほど冴えかえった頭で、真柴はこう考えた。

自分の使命は、和戦いずれにしろやってくる敵の手から、あの物資を守ることなのだ。作業はまったく隠密裏に行われた。使命は十分に果たした。このうえ作業にたずさわった者たちの口封じをするのは、蛇足ではないだろうか。やがて消息不明になった生徒たちの行方は詮索されることだろう。むしろその詮索から、物資の所在が明るみに出る危険の方が大きいのではなかろうか。

おそらく将軍たちは、敗戦の後に訪れる状況を予測しかねたのだ。彼らに前時代的な、口封じという方法を選ばせたのは、軍隊という感情のない機能の仕業で、個人的には誰ひとりとしてそんな選択を正当だと思っているはずはない。

この戦争がずっとそうした軍と個人との意思の矛盾をひきずりながら今日まで来たことを、真柴は良く知っていた。

心をくくっていた不条理の網のすきまから、道義という言葉が頭をもたげた。

「よし、陸相官邸に行こう。阿南閣下にお会いする」

命令を変更させようという気持ちはもうなかった。軍政の長官たる陸軍大臣と会えさえすれば、回答は簡単に得られると真柴は確信した。大臣ひとりならばそう言うに決まっていた。

「お会いになれなかった場合は？」

車を出す前に、曹長は真柴の意志を確かめるように訊ねた。

「生徒たちは当初の予定通りに解散させる。抗命となるが仕方がない。すべての責任は俺が取る」

大臣の所在は明らかではなかった。市ヶ谷の陸軍省に詰めている可能性もあったが、この状況下では近衛師団参謀の真柴が立ち入ることのできる場所ではない。あとは陸相が官邸にいることを祈るほかはなかった。

車は死に絶えた帝都の夜を駆け抜け、市ヶ谷から麴町へと宮城の外郭を大回りして、三宅坂の陸相官邸に向かった。

「まさか陸相閣下が反乱軍と結託しているということはないでしょうな」

その可能性も、決してないわけではない。

阿南大将は中央の将校たちの信望が極めて篤かった。自身も豪胆にして恩情のこまやかな性格である。それが本意ではないにしろ、たとえば西南の役の西郷隆盛のように、抗戦派たちから担ぎ出される可能性は十分に考えられた。実際、師団内部で企てられていた物騒な計画が、戒厳令を布告したのち阿南を首相に擁立して戦争を続行させるものであることを、真柴は知っていた。

大臣の意志に拘らず、抗戦派は数時間前に挙兵した。そうなってしまえば、阿南大将が少なくとも承詔必謹の一言でかれらを見殺しにできる性格ではないことを、真柴は怖れた。この国の存亡を決定する最後の鍵を、阿南大臣は握っている。

考えれば考えるほど、陸相の姿が西郷隆盛の風貌に重なった。

「なんだか、命がけのスゴロクでもやっているようですな」

麴町の市電通りに出たとき、曹長はいまいましげにそう言った。そこはほんの小一時間前に通過した場所であった。

「まったくだ。だが、ちがうところは……」

「アガリが見えません」

「それもそうだが――他人がサイコロを振っているような気がしないか」

トラックは官邸の前で、武装した兵に制止された。それが近衛兵ではなく憲兵隊であったことは、真柴に大きな希望を抱かせた。

憲兵は真柴の近衛徽章に気付くと、敬礼をするより先に拳銃に手をかけた。

「自分は反乱軍ではない。東宮殿下の供奉将校である。通るぞ」

真柴は銃口を押し戻して、強引に邸内に入った。官邸と呼ぶにはあまりに質素な木造の平屋建てで、不釣り合いにとってつけたような塀と広い庭がなければ、郊外の文化住宅とさして変わりがない。

しらじらと夜の明け初めた庭に足を踏み入れる。廊下の雨戸は半分ほど閉ざされていた。

荒れ果てた縁先の土の上に、将校がひとり呆然と正座していた。帽子もなく、裸足である。暗闇に目を凝らし、その横顔が抗戦派のひとりとみなされていた陸軍省の参謀であることに気付いて、真柴は足を止めた。

　憔悴しきった顔で中佐は振り返った。

「ああ、真柴か。もういい、すべては終わった。兵を引け。夜の明けるまでに、兵を引け」

　うわごとのように中佐は言った。真柴を反乱軍のひとりと思いちがえたのであろう。

「俺たちは夢を見たのだ。真夏の夜の夢だ。そう思って、いさぎよく兵を引いてくれ」

「阿南閣下は？　――」

　胸さわぎを押しとどめながら、真柴は訊ねた。

「われわれを置き去りにして行かれた。すべては終わったのだ」

　土の上に両手を突くと、中佐は肩を慄わせて慟哭《どうこく》した。真柴は靴も脱がずに、官邸の廊下に駆け上がった。

　廊下の突き当たりの壁に向かって、阿南大将はやや前かがみに端座していた。太りじしの上半身がゆらゆらと不安定に揺れ、その動きに合わせて、右の頸筋から鮮血が溢れ出た。

「誰か——」

すでに腹を一文字にかき切り、頸動脈を断った将軍は、ひごろと少しも変わらぬ、むしろ力のこもった低い声でそう訊ねた。

「真柴です……」

答える声の方がうわずっていた。廊下に膝を落とし、帽子を脱いで、真柴は伏し拝むように両手を突いた。

と、将軍の朱に染まったシャツの肩が、気を取り直すように、ぐいと持ち上がった。

「貴様、なにをしに来た。帰れ」

再びがくりとうなじを垂れ、大臣は言った。

真柴はみちみち用意してきた言葉を忘れた。雨戸のすきまから差し入る紫の光が、自分と大臣とを隔てる壁のように、廊下の闇を切っていた。

「自分は、あの命令を……」

ようやく口にした言葉を、阿南大将は一喝して退けた。

「帰れ。任務に戻れ！」

雷鳴を間近にしたように、真柴はひれ伏した。将軍は真柴を脅すような、低い唸り声を上げ続けた。苦痛に体が揺らぐたびに、古い廊下はぎしぎしと軋んだ。

「閣下、ご介錯を」

と、真柴は身を起こして軍刀を引き寄せた。

「無用……」

将軍は細身の短刀を逆手に握っていた。刃先は唸り声に合わせて小刻みに慄えている。

鍛え上げられた将軍の体軀が、確実な死をも拒否しているようであった。死はおそろしく緩慢に迫っている。まるでそうしてより激しい苦痛を味わうことが、正しい死の作法であるかのように、将軍は身を慄わせ、低く唸り続けた。

「真柴」、と、将軍は首だけをゆっくりとねじ曲げた。

「貴様は、人間として生きよ」

血にまみれた将軍の横顔には、びっしりと鳥肌が浮いていた。

「ありがとうございます。真柴、帰ります」

真柴は立ち上がって、長い敬礼をした。

いつの日か、自分も死に際しては、阿南大将のようにできうる限りの苦痛を味わって死のうと思った。万死に値する責めを負おうというのではない。そうすることが、人間として最も尊厳ある死だと、将軍は身をもって教え諭したにちがいなかった。

庭に下りると、真柴はトラックに向かって走った。

門前の憲兵たちを追い散らすように警笛を鳴らしながら、曹長は車を出した。

「阿南閣下は自決された。火工廠に戻る」

「ご首尾は？」

「人間として生きよと、閣下は仰せられた。命令の変更と理解して良いと思う」

そうだ。軍人としての任務は八月十五日の正午をもって終わるのだ。その後は責任ある一国民として生きようと、真柴は思った。

走るほどに、真柴は阿南大将の死にまつわる真意について考え始めた。将軍の自決が、実は陸軍大臣としての思慮ぶかい措置であったような気がしたのである。

有能な陸軍省の参謀たちによって立案されたクーデター計画は、隊付将校らによって起こされた二・二六のそれほど単純ではなかった。ただ体制を破壊しようとするものではなく、国家の意志を合理的に戦争継続へと運ぶ法的な根拠を持っていた。

兵力使用の根拠とは、陸軍大臣の持つ「応急局地出兵権」である。すなわち、終戦の決定が一部の反戦主義者の謀略であると認識すれば、陸軍大臣は独断で治安維持のための兵力を動員することができたのである。

阿南陸相は、天皇が開いた終戦の扉をふたたび閉ざすことのできるもうひとつの鍵を握っていたのだった。抗戦派は陸相を動かして、「応急局地出兵権」を行使しようと図った。

決起した反乱軍を説得する時間は、誰にも残されてはいなかった。そこで将軍は、クーデターの法的根拠を瞬時にして消滅させてしまうために、あわただしく自決の道を選んだのではなかったか。少なくとも八月十五日正午までの間、陸軍大臣が空席となれば、戦争継続のためのクーデターは論理的に崩壊することを、将軍は知っていたのだ。

官邸の庭で慟哭していた参謀が、「すべては終わった」と呟いたのは、陸相の死によってクーデターの法的根拠が失われたことを意味していた。

「死ねばケリがつくのでありますか。それはずいぶん卑怯な話ではありませんか」

曹長はハンドルを握ったまま、苦々しげに言った。

歴史は将軍の死に、おそらくそれと同じ結論を下すにちがいない。とかく過去の事物を愚かしいものだと決めつけるのは、人間の生理でもある。

真柴は答えなかった。阿南陸相はそうした後世の誤解をも承知の上で、ことさら武士の最期を装い、罪人としての死を装ったのだろうと思った。

「阿南閣下は卑怯者ではない。あれほど明晰な、頭の良い人はおらんよ」

たぶん皮肉にしか聞こえまいと思いながら、真柴はそう呟いた。

八月十五日の朝は明けた。

帝国の終焉を彩る日輪は、猛々しく廃墟の空に駆け昇った。

16

それにしても、まったく何という年だったんだ――。

キャタツに乗って窓ガラスを磨く事務員の尻を見るでもなくながめながら、丹羽明人はげんなりと、そう思った。

高利の金を借り回し、ベンツを叩き売り、女房の定期預金をひそかに解約して、とにもかくにも悲惨な年は越える。

「社長。こんなこと言いたくありませんけど、その目線、何とかなりません？」

机の上に雑巾を投げ落として、事務員が言った。

「あ……いや、べつに、見てたわけじゃねえんだ。目の先におめえのケツがあった」

すずめの涙ほどのボーナスを渡したとたん、社員たちの態度はがぜん冷淡になった。冗談も言えない雰囲気が、社内にはみなぎっている。そこにきて不器用な丹羽が言わでもの冗談を言うものだから、空気は冷淡を通りこして険悪になった。

「きょうは何月何日だか、ご存じですか」

　キャタツの上で腕組みをしたまま、事務員は言った。私が言わずに誰が言うのだ、という決意が、創業以来のハイミスの表情をいっそうお局《つぼね》ふうに堅くしている。

「ええと、十二月三十一日」

「それ、何の日ですか」

「ハハハ、知ってたのか。二番目のセガレの誕生日だ。まったく生まれたとたんに親不孝なヤツでよ、忙しかったなあ」

「とぼけないで。十二月三十一日は、どこへ行っても大晦日って決まっているんです」

「あっ、そうだ。そうだったな。ついウッカリしていた」

　事務員は冷ややかに社長を見くだした。

「きのうの晩にやっとこさボーナス出して、きょう大掃除しろはないんじゃないですか。みんな良くやるわよね。私が所帯持ちだったら、とっくにケツまくってるわ」

「そういえば、みんなどこへ行った。初詣でか」

「バカ言わないで下さいよ。大の男が三人も、帰省キップをキャンセルして、売れもしない建売りの掃除に行ってるんです。社長のあなたがボンヤリと女のお尻をながめていて、どうするんです」

「売れもしねえって、不吉なことを言うな。ナニ、来年になりゃ売れるさ」

「来年って、あしたですよ。この半年も塩漬けになっていたものが、あす売れるわけがないじゃないですか。ああ、やだ。極楽とんぼ」

「いや、売れる。売ってみせる。チャンスは自らの手でつかまえるものだ」

「チャンスはもうとっくに通りすぎましたよ。雑巾、ゆすいで下さい」

はい、と素直に答えて、丹羽は雑巾をゆすいだ。

電話が鳴った。電話の音にもいちいち髪の根の締まる思いであった。

「出てくれよ」

居留守を使う相手の名を五つ六つ並べると、事務員は溜息をつきながらキャタツを下りてきた。

「そんなのわかってますよ。出る方を言って下さい。そっちの方が少ないんだから——。ハイ、明るい暮らしのトータルプランナー、ニワ・エステートです」

急によそいきの高い声を使って電話に出ると、事務員は答えもせずに受話器を差し向ける。

「現場」

ほっと息をついて、丹羽は受話器をうけとった。塩漬けツーバイフォーの掃除に行っている社員のあわてふためいた声が、耳にとびこんできた。

〈社長、大事件です。愕かないで下さい〉

「ふん。おまえらの大事件は聞きあきたよ。また暴走族にスプレーかけられたか。それとも火事でも出したか。大事件なんて言葉はな、そのウサギ小屋が一棟でも売れたときに使いやがれ」

〈それ、それなんです。売れちゃったんです〉

「ナニ！　売れた！　て、てめえ、冗談だったら叩ッ殺すぞ！」

　丹羽は受話器を持ちかえながら叫んだ。事務員は呆然と立ちすくんでいる。

〈つい今しがた、みんなでベンツを食ってたら弁当が客を乗せてきて、こいつァけっこうだ、俺にも食わせろ、じゃなかった、ええと、ともかく、お宅拝見と上がりこんで……〉

「落ちつけ、落ちつくんだ。主語と述語を明確にしろ」

〈ですから、マルキン総業の社長がやってきて、これならいいって……〉

「なに！　マルキン！　ダスキンのまちがいじゃねえのか」

〈ダスキンがベンツで営業に来るわけないでしょう。落ちついて下さい、社長〉

「マルキンって、多摩のマルキンか」

〈そうです。多摩のマルキン。マルキンタマ、なんちゃって。ハハハ〉

「笑ってる場合か。もういっぺん聞くぞ。いいか、おまえが当社の営業部長になるか、懲戒免職になるかの瀬戸際だ。はっきり答えろ——マルキンタマか、ダスキンタマか」

受話器のむこうでゴクリとつばを呑む音が聴こえた。かたわらでハイミスの事務員も、ゴクリと喉を鳴らした。

〈マルキンです——〉

事務員は思わず社長の背中に抱きついた。

〈いまそっちへ向かいました。課長が道案内して。課長、あせっちゃって、とても社長に電話する勇気がないから、おまえしとけって。で、しばらくシコ踏んで、柱にテッポウくれてから電話したんです。柱、ブッこわしちゃったけど、いいですよね。給料から引いとくなんて、言わないですよね！〉

「かまわん。何ならもう二、三本ブッこわしとけ。良くやった、良くやったぞ」

〈大晦日だし、おたくも物入りだろうから多少はお勉強してくれますよねって。もちろんですって言っちゃいましたけど、いいですよね。社長、ボーナス下さいね。きのうのきょうだけど、下さいよね！〉

「やるぞ、いくらでもやる。戸じまりして帰ってこい。よくやった。やっぱりチャンスは通りすぎちゃいなかったんだ」

丹羽は目を潤ませて受話器を置いた。

金原の娘婿が二人の秘書を伴ってやってきたのは、三十分の後である。

「やあ、先日はどうも。商売と議会とのかけもちなもので、とうとうきょうまで時間がとれなくって。まだ営業なさってるというから——迷惑じゃなかったですか」

迎える言葉もない丹羽をなだめるように、娘婿は如才なく言った。六棟のパンフレットを、どうでもいいような感じでめくりながら、決して業界人には見えない穏やかな面差しを丹羽に向けた。

「押し迫っておりますことですし——いえ、べつにそういう作戦じゃありませんよ」

「めっそうもない。作戦だなんて……」

「いちおう土地の値下がり分だけ考慮して、二割カットで、いかがでしょう。私も面倒なことが嫌いな性格なもので、その条件でよろしければ当面そちらが必要な分だけは、いま先払いしておいてもかまいません」

面倒なことが嫌いだ、という人間にかぎって、本当は最も面倒な性格であることを、丹羽は経験上よく知っている。

「それは……いや、願ってもないことですが、あんまり急な話だもので……」

「何かご不満でも？」

貫禄十分の知的な目つきで、娘婿はぐいと丹羽を睨んだ。

「ほかに条件がおありなんじゃないですか」

「条件、ねえ――」

娘婿は目配せを送って、秘書たちを退室させた。

「条件といえますかどうか。いえ、うちのオヤジがね、どうしても譲ってもらえって。なにしろあの通り、言い出したら聞かない人ですから。条件というのは、つまりですね――真柴司郎さんのことは、なかったことにしてくれと、そういうことです」

言いづらそうに、娘婿は言った。この男は何も聞かされてはいない。知りもしないのだと丹羽は思った。

「たいへん失礼な言い方ですが、とりあえず越年資金として、一千万でいかがですか」

と、娘婿は早く片付けてしまいたいのだ、というふうに手提げカバンから小切手帳を取り出した。

「はあ。それでけっこうでございますが……うちの信用金庫、貧乏だからなあ」

「おたくの信金を通すんじゃ、越年資金の意味がないでしょう。裏判をついておきますから、きょう中にうちのメインバンクで現金化して下さい。立川ですけど、間に合いますよね」

腕時計を見て、娘婿は言い、金壱阡萬圓也と小切手に書きこんだ。個人の金を立て替えるらしいことは、名義からもそうとわかる。

否も応もなかった。あいまいな事情を糊塗するように、ほんの少しの間ありきたりの景気の話などをし、娘婿はそそくさと立ち上がった。

「ええと、あとのことは……」

と、狐につままれたような気持ちのまま、丹羽は訊いた。

「それは年が明けてからゆっくりと。他に決済等がございましたら、お電話を下さい。三ガ日すぎでしたら、いつでもご用立てします」

「そこまで信用していただくと、何だか心苦しいなあ」

送りに出た丹羽に向かって、娘婿は余裕のある微笑を返した。

「あなたと真柴さんのご関係については良く存じません。また知りたくもありません。私はオヤジの言う通りにするだけです。ただね、丹羽さん――」

と、娘婿は丹羽の腕を引き寄せ、耳元で念を押すように言った。

「オヤジの意志には、さからわない方が身のためだと思いますよ。その小切手を受け取った以上、あなたはマルキンと同じ土俵に上がったんですから。決してオヤジを敵に回しちゃなりませんよ」

丹羽は挨拶も忘れて車を見送った。渡された小切手をためつすがめつ見ながら、事務員が訊ねた。

「うそみたい。あの六棟を？　ぜんぶ？」

「買ってくれるというより、肩がわりしてくれるってわけだ。まったくうそみてえだな」

「二割引って言ったたって、一棟四千八百万。六棟で二億九千万ですよ、社長。二万九千円じゃないんですよ」

「そんなのわかってらあ。ともかくこれでひと息つける」

「ひと息どころじゃないわ。奇蹟の大逆転よ。きょうはみんなで初詣でに行きましょう。ね、社長、そうしましょう」

「そうだ。ちゃんとお礼しとこうな……」

金原にさからうつもりは毛頭ない。しかし、自分なりにもう少し調べてみようと、丹羽は混乱した頭の中で考えた。


海老沢澄夫が唐突に金原夫人の来訪をうけたのは、やはり大晦日の午後——子供たちとともに帰郷しようとした矢先のことである。

荷物を積みおえ、車を出しかけたところへ、ミニバイクのクラクションを鳴らしながら金原夫人がやってきたのであった。

「お里帰り？　やあ、神様が引き止めといてくれたんだねえ。ちょっといいかね、エビさん。五分だけ」

まるで通せんぼするようにバイクを車の前に置き、ヘルメットを脱ぎながら、金原夫人は海老沢を児童公園のベンチに誘った。

「何やかやと雑用が多くて、結局きょうになっちゃったんです。でも、道路はもうすいてますね」

無理難題を押しつけられそうな気がして、海老沢はわざと時計を見た。

「良くやってくださるよねえ、あんたも。うちのおじいさんも、なんだかんだ言いながら感謝してるのよ、エビさんには」

おいでなすった、と海老沢は身構えた。ちょいと持ち上げておいて、手の足らない婦人会の仕事でもおっつけようという魂胆にちがいない。

「僕は五日の晩に帰ってきますから、それからでもゆっくり」

「それがねえ、おじいさんたら思い立ったが吉日で、知らせるだけ知らせてこいって。エビさんにも考える時間が必要だろうから、正月前が良かろう、じっくり悩んでもらうべえって。言い出したら聞かないんだから」

金原夫人はちらりと、車の中の子供らを振り返った。最も触れられたくない話題のように思えて、海老沢は表情を硬くした。

「おせっかいだなんて、思わないでね、エビさん。話っていうのは、他でもないあんたの奥さんのことなんだけどさ」

「それは、おせっかいでしょう」

憮然として立ち上がろうとする海老沢の腕を抱えるように、金原夫人は話を続けた。他人の感情などおかまいなしに、一気に押しこむ口ぶりは亭主ゆずりだ。海老沢は日だまりの中で肩をすくめ、勝手にしろ、というふうにそっぽを向いた。

「八王子の人でね、立川だの桜ヶ丘だのでカラオケバーを何軒もやってる人だけど、うちの婿さんのとこから借金して――おとつい不渡りを出したのよ」

「それは大変でしたね。でも、商売なんだから仕方ないでしょう」

意味もよくわからずに精いっぱいの厭味を言ってから、海老沢はどきりとした。いつだったか多摩川の橋の上ですれちがった白いクラウン。海老沢の妻を助手席に乗せていた、たくましい男のことを金原夫人は言おうとしているのではなかろうか。家を出る前、妻がカラオケに凝りだしていたことを、海老沢は苦々しく思い出した。

「四十すぎの独り者でさ、まあ、ろくな男じゃないんだけど。あんたも噂ぐらいは知ってらっしゃるわねえ」

「さあ。そこまではね。べつに知りたいとも思いませんけど」

海老沢の肚の底を見すかすように、金原夫人は悲しい顔をした。

「担保で差し入れたまま不渡りになっちゃった手形の裏書人にね、武蔵小玉市の海老沢まり子、っていう名前があったのよ。婿さん、ビックリして飛んできた」

海老沢はぞっとした。男に乞われるまま、妻は手形の裏書をしたのにちがいない。連帯保証人ということになる。

「そんなこと、僕の知ったことじゃありませんよ。こっちの事情を知っていて、僕に借金を返せなんて、金原さんもよくもまあそんなこと言えますね」

「そうじゃないって、ちがうのよ、エビさん。なにもあんたにそんなことしろなんて、言ってやしないわ」

金原夫人はもういちど車を振り返ってから、海老沢の手を引き寄せた。

「男は逃げちゃって――まあ、いっときの雲隠れでしょうけど。で、八王子のマンションにね、一緒に住んでた女の人だけがいるっていうから、もしやと思って、うちのおじいさんが出かけて行ったのよ」

「そしたら、家内がいたっていうわけですか。聞きたくないですね、そんな話」

「あのねえ、エビさん――」

と、金原夫人はミンクの襟をかき合わせ、ヘルメットでつぶれた髪に手をあてた。

「奥さん、まだ三十五だっていうじゃない。きれいな方だし、まちがいもあるわよ」

「まちがいですむことかどうか、考えてみて下さい」

「あんただけが、この半年間のことを忘れちまえばいいんじゃない。迎えに行ってやって。何ならあたしも一緒に行くし」

「忘れろ、だって？　あんた何様だ。婦人会の身の上相談のつもりで首をつっこんでいるのかよ。それとも、僕らにヨリを戻させて、二人して借金を返せっていうのか」

「エビさん、何だってそう悪く悪く考えるもんじゃない」

と、金原夫人はひるまずに言い返した。

「こんなことは、どこの家にだって一度や二度はあることよ。表沙汰になるかならないかっていうだけ。だから、子供さんたちのためだと思って」

「子供だって忘れやしませんよ。うまく行きっこない」

「そんなことないよ。親子っていうのは、そういうもんだよ。問題は、亭主のあんたが忘れられるかってこと」

「僕は忘れません。それほど優しい男じゃない」

「忘れられるって。うちのおじいさんだって、二回も忘れちゃったんだから」

きょとんと見返す海老沢にいたずらっぽい笑顔を向けて、金原夫人はフッフッと笑った。

「いい、エビさん。あんたらまだ人生の半分も終わっちゃいないんだよ。意地はってたら、おたがい一生苦労しなきゃならないんだよ。あんたのお里、このこと知ってるの？」

「知るわけないでしょう。みっともない」

「そう。そりゃ良かった。こういうとき一番やかましいのは親類だからね。ともかく、お里に帰ってじっくり考えてきて。あたしは年が明けたら奥さんと会って、よぅく言い聞かせておくから。任せといて、決して悪いようにはしません」

金原夫人の口ぶりには、市のファースト・レディとしての行動力が感じられた。ふと、自分の立場上、この一件を調停できるのは、金原夫人をおいて他にはない、という気もした。

沈黙を了解と決めたように、金原夫人は立ち上がって、力づけるように海老沢の肩を叩いた。

「お金のことは関係ないからね。どうせたいしたものじゃないし。おじいさんはね、あんたらのことを心配してるのよ。この先、エビさんには町のためにやってもらわにゃならんことがいっぱいあるからって。いいね、素直にならなきゃダメよ」

金原夫人は市営アパートの窓に愛嬌をふりまきながら、ミニバイクに乗って去っていった。

「ケバいおばさん。年齢不詳ね」

と、娘が車の窓から顔を出して言った。

「かあさんを、連れて帰ってきてくれるんだそうだ」

言葉を選んでそう言ったとたん、二人の子供はぎょっと海老沢を見つめた。金原夫人の言葉と同じことを、子供らの視線は言っているように思えた。

「仲人してもらえばいいじゃん。ねえ、良ちゃん」

息子は、うんうんと肯きながら、掌の中のゲームに熱中していた。

なんだか冬枯れた広場をめぐるあちこちの窓から、たくさんの目が自分を見つめているような気がして、海老沢はそそくさと車を出した。

間章

その日は突然にやってきた。

誰もが予想もせぬかたちで、まるで天から見わたすかぎりのまっしろな布が舞いおりて、すべてをおおいかくしてしまうように、その日は突然にやってきた。

私たちが作業を始めてから五日目の朝だった。

その朝がいつもとちがっていたことと言えば、若い少佐の隊長さんと、私たちが「赤鬼」と呼んでいた髭ヅラの曹長の姿が見えなかったことだけだ。

作業をやりおえた解放感と、やっと家に帰れるうれしさとで、私たちは前の晩もなかなか寝つかれず、朝はみな起床の前に目を覚ましていた。

舎前で日朝点呼をしたとき中尉さんが、「正午から天皇陛下のお声が放送されるから、謹んで拝聴するように」、と言った。

陛下はきっと、国民を励ますためにマイクの前にお立ちになるのだろう。それはたいそう畏れ多いことにはちがいないけれど、朝になったらすぐに帰れるものだとばかり思っていた私たちは、少しガッカリした。

しかし、溜息はすぐに歓声にかわった。

野口先生が引いてきたリヤカーから、まっしろなメリヤスの肌着と、木綿の開襟シャツがおろされ、ひとりひとりに配られたのだ。おまけに陸軍の星章のはいった手拭と、金平糖をくるんだおひねりまで付いていた。

私たちのために用意されていたものはそれだけではなかった。

火工廠の本部のお風呂を特別に沸かしたから、五日分の垢をきれいに落としてくるように、と中尉さんは言った。

それまでもお風呂は、夜の九時から三十分間だけ使っていいことになっていたのだけれど、まっくらな谷間の道を歩いて本部まで行こうなどとは誰も考えなかったし、第一その時間には、ひとり残らず疲れ果てて寝てしまっていたのだ。

兵舎の脇にある水道で体を拭き、下着を洗って朝まで枕元に乾かしておく。そんな毎日だった。

でも、たいへん充実した五日間だったなと私は思った。少なくとも、工場で飛行機の高度計を作っているよりはずっとましだった。

食事は三食ともお米の握り飯が用意されたし、缶詰やお惣菜も付いた。いや、そんなことよりも、たった一発で敵の戦車をこっぱみじんにする、本土決戦用の秘密兵器を運んでいるという使命感が、私たちを勇み立たせていたのだ。

中尉さんも赤鬼も隊長さんも、一緒に弾薬箱をかついだ。三人とも、私たちの知っている偉そうな軍人とは、どこかちがっていた。だからみんな、すっかり意気に感じて、一生けんめいがんばったのだと思う。

作業は十人ずつの班に分担して進められた。

ひどい貧血のスーちゃんは三角兵舎に寝たきりで、ほかに体調の思わしくない三人は、谷の入口と坑道の前と駅とに立って、見張りをした。

級長の私は誰よりも忙しかった。伝令として谷と駅と火工廠本部との間を、一日に何十回も往復しなければならなかったし、三度の食事は赤鬼と二人で、本部の食堂から運ばなければならなかった。もっとも、私は体がいちばん小さいから、みんなと一緒に力仕事をしてもあまり役に立たなかったと思う。

お調子者のサッちゃんは手ぶらでチョロチョロして、良く怒鳴られていたけれども、小休止のときはまっさきに兵舎に走って行って、たとえ五分でも、一人で寝ているスーちゃんに付き添っていた。案外やさしい子なんだなあと、私は感心した。

マツさんはトラックの荷台から下ろされた細長い榴弾の箱を、大根の束でも背負うみたいにガッシリと肩に担いで坑道に駆けこんで行くのだった。それは二人一組でよろよろと運ぶほどの重さなのだから、隊長さんや中尉さんが目を丸くしていたのもむりはない。隊長さんの命令で、マツさんにだけは握り飯がひとつ余分についた。

「あったりまえよ。あんたらとは働きがちがうんだから」

と、マツさんはどこかのおばさんのように笑った。

みんな本当に良く働いた。十箱を積みおえたときは、これで十台の戦車をやっつけたと思い、百箱めには万歳をした。広い集積壕の壁がうずめつくされるころには、これでアメリカの戦車はもう一台も残らないな、と思った。

弱音を吐く人も、家を恋しがる人もいなかった。午後の大休止のあとで、もう立ち上がることもおっくうなみんなに向かって、マツさんは少しおどけながら、

「出てこいニミッツ、マッカーサー、出てくりゃ地獄に逆落とし」

と、声をはり上げた。あまり上品な文句ではないけれど、その調子にはなぜか呪文のような力があって、疲れ果てた私たちをふるい立たせるのだった。

それを口にするたびに、なぜか私は、明治大学に通っていた従兄が連れて行ってくれた、神宮球場の応援席を思い出した。私たちは私たち自身に向かって、そうして声援を送っていたのだと思う。五日間のあいだ、私たちは何百回その言葉を口にしたかわからない。

その朝——私たちはにしんの干物と牛缶がついた豪勢な朝食をおなかいっぱい食べてから、本部のお風呂をもらいに行った。

私は二列縦隊の先頭を歩きながら号令をかけた。みんなうきうきしていて、足並みはちっとも揃わなかった。誰の腕にも、真新しい肌着とシャツが抱えられていた。

谷の途中までおりかけて、ふと、スーちゃんも連れて行こうと思った。べつに風邪をひいているわけではないし、貧血にはかえって温まったほうがいいんじゃないかと思ったのだ。湿気の多い兵舎に寝たきりでは、体もたいそう汚れているにちがいない。

「あたし、連れてくるね」、とサッちゃんが走って行った。

私たちは金平糖をなめながら待っていた。その間、誰が言うともなく工場の男子中学生たちの噂とか、誰それが付け文をもらったなどという話が始まった。とりとめもない雑談が十分か十五分も続いたと思う。

帰りがあまり遅いので迎えに行こうとしたとき、サッちゃんとスーちゃんは手をつないで谷を下ってきた。

「早く！　みんな待っているんだから」

私がそうせかせても、聞こえているのか、いないのか、二人はなんだか打ちしおれて、とぼとぼと歩いてくるのだった。

「むりしないで、具合が悪かったら寝てなよ。お風呂なら、今晩ゆっくり家で入ればいいんだから」

そのとき、まるで刃物を抜いたみたいにギロリと向けられたスーちゃんの目を、私は決して忘れない。

「ううん。一緒に行く。きれいにしなきゃ」

きつい目付きのまま、今にも消え入りそうな弱々しい声でスーちゃんは言った。

とても静かな夏の朝だった。三の谷から広い本谷に出ると、涼やかな風が山から吹きおろしてきた。

本部に向かう道すがら、ひとりの人にも、一台の車にも行き合わなかった。きょうはお盆で、火工廠もお休みなのかしらんと思ったほどだ。

私たちは二列縦隊のまま、遠足に出たみたいにはしゃぎながら歩いて行った。

本部のまわりにも人影はなかった。食堂に続いた浴場の前に、中尉さんがぽつんと立っていた。そこで初めて私たちは列を整え、ずっとそうしてきたみたいな顔をして行進した。

中尉さんは私たちのことなど気にも止めずに、さかんに時計を気にしながら衛門のほうを見つめていた。誰かを心待ちにしているようなしぐさだった。

「時間は十分にあるから、ゆっくり入れ」

と、中尉さんは言った。

私たちから少し遅れて、野口先生が走っていらした。先生は作業の終わったことがたいそう嬉しいとみえて、にこにこ笑っていらした。

「先生も一緒に入られたらいかがです」

と、中尉さんが言うと、先生はあわてて、

「いや、とんでもない。これでも立派な女ですから」

と、答えた。二人は浴場の前の木蔭に並んで座った。同じ年ぐらいで、二人ともメガネをかけていて、なんだか大学の庭で語り合う友だち同士のように見えた。きっと戦争とは何の関係もない話をしていたのだと思う。

「ゆっくりな」、と中尉さんは振り返って、もういちど念を押すように言った。

お風呂は銭湯のように広かった。床も湯舟も、ザラザラした粗いセメントだったけれど、お湯はきれいで、おろしたての石けんまで用意してあった。

「こんなのだったら、毎日もらいにくればよかったねえ」

と、マツさんはひとりだけ大人の体を、しゃぼんだらけにして言った。

湯舟は小さな私がまっすぐに立つと、肩をひたすぐらい深かった。マツさんがふざけて波を立てると、ほんとうにガブリとお湯を飲んでしまった。

「ねえ、久ちゃん。さっきから思ってたんだけどさ、サチのやつ、ちょっとおかしくないかい」

きっと里心がついたのだろう。サッちゃんはスーちゃんと並んで、湯舟のはしにぼんやりと浸っている。

そばに近寄って、私は声をかけそびれた。湯をすくって顔を洗うのかにみえたサッちゃんが、そのまま顔をおおって泣き始めたのだった。

「どうしたの、サッちゃん」

びっくりしてそう訊ねる私を、スーちゃんが横から怖い目でにらみつけた。ふだん誰よりも明るいサッちゃんが泣き出して、いつもはメソメソとしているスーちゃんが別人のように怖い顔をしていた。私はわけがわからなくなった。

「あっち行っててよ、久ちゃん」

と、スーちゃんは邪険に言った。なんだかスーちゃんがずっと仮病をつかっていたような気がして、むしょうに腹がたった。

そのとき、とつぜん中尉さんが入ってこなかったら、私とスーちゃんはたぶん言い争いになっていたと思う。

みんなあわてて湯舟にとびこんだり、背中を向けたりした。

「なんだ、はずかしがるほどの年じゃあるまい」

中尉さんはそう言うと、シャツの袖をたくし上げ、軍袴の裾が濡れるのもかまわずに、片っぱしから私たちの背中をゴシゴシと洗い始めたのだった。

「帝国陸軍の将校に三助をやらせた女学生は、あとにもさきにもおまえらだけだぞ」

中尉さんは朗らかに笑いながら、委細かまわずひとりひとりの背中を流し続けた。厚いメガネをはずした中尉さんの目は糸を引いたように細く、なんとなく間のびした顔に見えた。

「小泉中尉殿もお入りになればいいのに」

すっかりかまえをといて、誰かが言った。

「おまえらははずかしくなくても、俺ははずかしいよ」

中尉さんが少し照れながら言うと、みんなはどっと笑った。

感心したことがひとつあった。中尉さんは私たちの全員の名前を覚えていて、背中を流しながら名指しで話しかけるのだった。

まる四日間の作業中、誰も名前など呼ばれたことはなかったのに、中尉さんは私たちの胸に縫いとられた氏名をぜんぶ記憶していたのだった。なんて頭の良い人なんだろう、と私はおどろいた。

「松本、おまえだけはもう大人だから、ちょっと気が引けるぞ」

はあ、とマツさんははずかしそうに背を丸めた。

「鈴木はまったく肌が白いなあ。お母上はさぞかし美人だろう」

スーちゃんの透きとおるような背中を見つめる中尉さんの目は、少しもいやらしくはなかった。

「飯塚、どうした。いつもの元気がないいな」

サッちゃんは体を硬くしたまま、まだベソをかいていた。

そんなふうに三十五人みんなの背を洗いながら、中尉さんは最後に私の肩を握った。思いがけずにやさしいてのひらだった。

「おまえは一番よくやった。俺が軍司令官なら、感状を出すよ」

そう言って、ふと手を止めると、中尉さんは消え入りそうな声で、「すまんな」、と呟いた。一瞬、てのひらがふるえて私の肩を摑んだように思えた。

おどろいて振りかえると、中尉さんは洗い場の床に軍袴の片膝をついたまま、うつむいていた。みんなはてんでに騒ぎ始めていたので気付かなかったと思うが、もし私のまちがいでなければ、中尉さんは泣いていたと思う。きつく結んだ唇から、「はあっ」、と奇妙な息を洩らして、中尉さんは身をふるわせていたのだった。

確かめる間もなく、すぐに中尉さんは立ち上がった。

「ようく温まれよ。まだ時間はある」

ありがとうございました、とみんなが口々に言うと、中尉さんはまた元通りの笑顔に戻って風呂場から出て行った。

湯舟につかりながら私はしばらく考え、それからかなりはっきりと、ある予感を抱いた。

きのう、敵機がばらまいていった伝単の内容と、それをけんめいに言いつくろった隊長さんの言葉が思い起こされた。

――そうだ。

日本が敗けたのだ。四国宣言を受諾したのだ。隊長さんと赤鬼が朝からいないのも、スーちゃんとサッちゃんの様子がおかしいのも、中尉さんが泣きながら私たちの背中を洗ってくれたのも、きっとそのせいにちがいない。正午から放送されるという天皇陛下のお言葉は、戦争が終わったことを国民に知らせるためなのだ。

ふっと気が遠くなって、私はザブザブと顔を洗った。

中尉さんに言われるままに、私たちはずいぶん長湯をした。新しい下着に着がえて、生まれ変わったように外に出たとき、衛門からトラックが走りこんでくるのが見えた。

中尉さんは「おおい、おおい！」と叫びながら、なんだか救助の船でも来たようなよろこびようで両手を振った。

トラックは砂利をけちらして急停止した。止まったとたん、精も根も尽きはてたという感じで、運転席の赤鬼はハンドルにうつ伏してしまった。

隊長さんはトラックから飛びおりると、軍刀をガチャガチャと鳴らして中尉さんに駆けよった。その顔は汗と油にまみれ、疲れはてているように見えた。ゆうべは徹夜でなにかをしてきたのだろう。

ちょっと深刻に話しこんでから、中尉さんの表情がパッと明るくなった。きっと戦争に敗けたのじゃなくって、和平になったんだと私は思った。隊長さんと赤鬼はそのしらせを持ってきたのにちがいない。

敵は日本の本土決戦態勢がワナであると気付いたのだ。ちょっと残念な気がしないでもないけれど、ともかく私たちの努力は報われたのだ。

私は手をあげて叫び出したい気持ちになった。

「ありがとうございました。お先にいただきました。女のあとでよろしかったら、どうぞおはいりになって下さい」

私は頭を下げて、隊長さんにお礼を言った。

隊長さんはキョトンとして、湯上がりの私を見つめ、苦笑した。

「女のあと、か。まあ、そうにはちがいないな」

なんてなまいきな言い方をしてしまったのだろうと私は後悔した。

中尉さんは時計を見て言った。

「そうもしておれんでしょう。もうじき放送が始まります」

みんなはまったく貰い湯の帰り、という感じで、てんでに谷への道を戻りかけていた。もしかしたら誰もが、戦争の終わったことをうすうすかんづいているのかも知れない。仲の良い同士が二、三人ずつ、一組になって、いかにもああ終わった、というふうに歩いて行くのだった。

隊長さんと中尉さんと野口先生は、三人で肩を並べてみんなの後をついて行った。それもやはりひと仕事をおえたという感じで、これからの予定について話し合っているふうだった。

私はひとり残って風呂場に戻り、雑巾で床をふいた。命令されたわけではないけれど、五日間のうちにすっかり雑用が身についてしまっていたのだ。

みんなの作業のあとを追いかけて、掃除をしたり後かたづけをしたりすることが、私の習慣になっていた。なんだか、嬉しいような悲しいような、妙な気分だった。

戦争がどうなったのかは別にしても、ともかく私たちは任務を終えたのだ。こんなに一生けんめい何かをしたことは、生まれてからいっぺんもなかったなと、つくづく思った。

赤鬼がねぼけまなこで入ってきて、うなりながら頑丈な下士官用の長靴を脱ぎすてた。そのまま床を踏みならして洗い場に行き、手足と顔だけを乱暴に洗い始めた。

「やっと終わったなぁ——」

と、赤鬼はしんみりと、洗い場にこだまするようなだみ声で言った。その言い方は決して作業が終わったというふうには聞こえなかった。やっぱり戦争が終わったのだと私は思った。

私はずっと、この赤鬼さんと一緒に食事の用意をしたり、雑用をしたりしてきたのだった。

赤鬼はひどく無口で、必要な指示のほかはひとことも口をきかなかった。とても怖い顔をしていて、前線で名誉の負傷をしたにちがいない不自由な足を引きずっていた。おまけに丈の短い曹長刀の柄には白いさらしが巻いてあり、革帯にはいつも大きな拳銃をさしていた。いますぐにでも斬り込みにでかけそうな感じだった。みてくれがそんなふうだから、とてもこちらから声をかけることなんてできなかった。忙しすぎて、話をする余裕もなかったけれど。

「おまえ、家はどこだ」

と、手拭でわさわさと赤ひげを拭きながら、初めて曹長は仕事以外のことをたずねた。

「柏木の親類の家に下宿してますけど、実家はこの近くなんです」

私も少し気を許して、笑いながら答えた。

「ほう。このあたりか」

「ここの裏山の向こうがわで、梨を作ってます」

「多摩の豪農、というやつだな」

いいえ、と私は言ったけれど、深い説明はしなかった。

父は分家で、ろくに家族を養えるほどの畑も持ってはいなかった。若い時分に東京に小僧に出たのだが、その後、事業に失敗し、借金を作って帰ってきたのである。道楽者で、村ではむしろ厄介者あつかいにされていた。だからとても一人娘の私を女学校にやれるような家ではないのだが、私の成績が良かったので本家の伯父が学費を出してくれたのだ。

いずれは長男の従兄と一緒にさせて、本家を継がせようという伯父の考えを、私もはっきりと聞いたことがあった。

いくつになっても道楽のやまぬ父のこととか、はんぱに分けられてしまった畑とか、伯父が尻ぬぐいをした父の借金のことなどを考えると、それは八方まるく収まる方法にちがいなかった。

つまり、聞かれても簡単に説明のできる家ではなかったのだ。本家はたしかに地元の名家だったから、多摩の豪農という言い方は、半分あたっていて、半分ははずれていることになる。

「ともかく、無事でなによりだったな」

言葉は少ないけれど、その分だけ赤鬼の物言いには深い意味が隠されているような気がした。そうだ、ともかく無事だったと、私は思った。

赤鬼は磨き砂を洗い場にまくと、たわしで床をこすりはじめた。いかにもこれが最後の仕事だというように念入りだった。

私は一計を案じた。さりげなく、雑談をよそおって私はたずねた。

「曹長殿は、このさきどうなされるのですか？」

息を詰めて答えを待った。

「俺か――さあ、どうしたものかなあ。俺の家は小作だし、七人も兄弟がおる。二等兵からの叩き上げで、軍隊しか知らんからな」

言い終わったとたん、赤鬼と私はハッと手を止めて見つめ合った。これで、戦争が終わることははっきりした。

私の計略にはまったと気付いても、もうとがめだてる理由は何もない。赤鬼はいかにも、「こまっしゃくれたやつだ」と言わんばかりにまじまじと私の顔を見つめ、黙りこくってしまった。

そのあと私たちはひとことも口をきかず、ひたすら床を磨いた。

「そろそろ放送の時間ですけど」

板の間の柱時計に気付いて、私は言った。

「そんなもの、聴くことはあるまい。聴いて何になる」

と、ぞんざいな口調で赤鬼は言った。

戦が終わるのは、それはたしかにうれしいけれど、終わったぞなどという放送なんて聴きたくないと私も思った。きっと戦死した従兄たちのことや、空襲で死んだ友だちのことなんかを思い出すだけだろうから。

やがて、どこか遠くのラジオから、ひどい雑音と一緒に、唄うような細い声が聴こえてきた。赤鬼はそれをうち消すように、力ずくでタワシをふるいながら、調子っぱずれの軍歌を唄いだした。

女の匂いをすっかり洗い流して日ざかりの戸外に出たとき、なんだか別の世界に立ったようなふしぎな気持ちがした。

私たちは、本当は風呂そうじをしていたのではなく、そうやって世界が変わってしまうのを待っていたのかもしれない。

暑い日だった。あとにも先にも、こんな日は二度とないだろうと思われるほどの、暑い日だった。

私と赤鬼は広場に打ち捨てられたトラックをぼんやりと見つめたまま、しばらく日に灼かれていた。

空襲に逃げまどったことや、工場での日々や、死んだ人たちの顔や、とりわけこの五日間のきびしい作業のことが、走馬灯のように頭をかすめた。赤鬼の胸の中には、もっともっと、その何百倍もの記憶が通りすぎているのだろうと思った。

食べ残しの金平糖をつまんでさし出すと、赤鬼は黙って口の中にほうりこみ、大きな顎でガリッと嚙んだ。

あたりは怖いぐらいに静まり返っていた。

もうすることは何もないのだと思うと、急に悲しくなった。

天からいきなりまっしろな布が舞い降りてきて、世界中を被ってしまったような気分だった。私はこの先の自分の行くえを見失い、今まで生きてきた十三年間の過去もすべて見失い、何もない、ただまっしろな場所に立ちつくしていた。

そこには、音も光も匂いも、何もなかった。真午の太陽だけが輝き続け、蟬の声がひとときの絶える間もなく降り続けていた。

いや、もしかしたら――その太陽すらもまぼろしで、蟬の声は耳鳴りだったのかもしれないけれど。

17

東京の夜景を窓一面に飾る高層ホテルのラウンジで、丹羽明人と海老沢澄夫がおち合ったのは、二月のなかばのことである。

真柴老人の四十九日のつもりで一杯やろう、という丹羽からの誘いを受けたのは、海老沢がまったく同じ理由で電話をかけようとしていた矢先であった。

それが「理由」にすぎないことはわかっていた。どうやら二人は四十九日間に、同じことを考え、同じことをしていたらしい。

恋人たちばかりが肩を寄せ合う窓辺のボックスで、二人の男は冷えた体の緩むまで、黙って酒を飲んだ。冬の灯を足元にちりばめたガラスの外には、風が鳴っていた。

「落ちつきましたか？」

体が温まったか、というつもりで訊ねたのだが、丹羽ははきちがえた。

さ」

「ああ、すっかり落ちついた。あきらめかけていた建売りが売れたんだ。六棟完売

　ともかくも、入口をさぐっていた会話は始まった。

「へえ。すごいじゃないですか。それはきっと、暮れに善行を施したからですよ」

丹羽の表情には、気のせいか暮れに会ったときよりも余裕が感じられる。

「そうさ。まったく、その善行のタマモノっていうやつだ。あの一件がなけりゃ、俺は新年早々、破産者だった」

「まさか、あなた……」

　と、海老沢は訝しげに言った。

「え？——いやいや、誤解すんな。いくら俺だって米軍基地の中から宝物をほじくり出すほど器用じゃねえ」

丹羽は下品に豪快に、業界ふうの笑いを甦らせた。グラスをなめながら、つくづくと言う。

「信じられねえよな、今どき。北斜面セットバック付、私道負担ガッチリで、おまけに隣は墓地だ。大工も呆れてたシロモノだぜ」

「なんだか、すごそうな家ですね——つまり丹羽さんは、そういうムチャクチャな家を、いたいけな市民に売りつけた、と」

海老沢は軽蔑しきった目を丹羽に向けた。

「ところがよ、買ったのはいたいけな市民じゃねえんだ。聞いて驚くな、あの丸金総業がそっくり肩がわりしてくれたってんだよ。多少は値切られたけど、ともかくこっちの首はつながった」

マルキン、と聞いて、海老沢の表情はいっそう険しくなった。

「丹羽さん、あんた妙な取引きはしなかったでしょうね」

「妙なって？」

視線をはずす丹羽の鼻先に、海老沢は手帳を突き出した。

「この件から手を引けっていう条件が、ついたんじゃないですか？」

丹羽は不敵に笑い返して、アタッシェケースの中からもう一冊の手帳を取り出した。

「それらしいことは、たしかに言っていた。だが、法的に有効なわけじゃあるめえ。理由はともかく、くれるというものは黙ってもらっておくのが、俺の主義だ」

不良在庫六棟の肩がわりで手を打ったのなら、丹羽は二度と自分とは会わないはずだ、と海老沢は思った。

「金原ともあろう人が、そんな甘いやりかたをしますかね。これは、何かありますよ」

「そうかな。俺はむしろ善意に解釈したぜ。金原のじいさんは俺の惨状を見かねてだな——」

「善意！　——なんて美しい言葉だ。しかし、そういう言葉は気をつけて使ってもらわなければね。いいですか、金原庄造は少なくとも他人のために何かをしてやるなどという、けっこうな人物じゃありません。この僕が保証します」

言いながら海老沢は、自分の言葉に責任が持てなくなった。金原の「善意」については、海老沢も少なからず思い当たるふしがあったのだ。

正月五日の晩、郷里から戻ってみると、エプロン姿の妻が何事もなかったように立ち働いていた。

おかえりなさい、と妻は言った。金原夫人が一杯機嫌でテレビを見ており、やはり何事もなかったように、おじゃましてますよ、と言った。一家は金原夫人とともに、詫びの言葉も愚痴も叱言もなく、まったく何事もなかったように新年を祝った。

金原夫人の術中に嵌まったといえばそれまでだが、正直のところ海老沢はその戦術に舌を巻いた。性格を読みきられているとしか思えなかった。

改まって手を突かれれば、正義感の強い海老沢は決して許しはしない。何事もなかったかのような状況を捏造《ねつぞう》し、事件を日常の中でうやむやにしてしまおうというわけだ。しかしそうなってしまえば、優柔不断で争いごとを好まぬたちの海老沢が自らの主張をもうやむやにするであろうことは明らかだった。海老沢自身も、もしやり直せるものならば、そんな形で再出発することを望んでいた。その形を、金原夫人はおそらく妻にも意を含めて用意していたのである。

家族はぎこちなく、それでもともかく生活を再開した。何事もなかったように。以来、金原夫人からは何も言ってはこない。家族のひとりひとりが、金原と夫人に救われたことは、今のところたしかである。もしこのまま日常のあわただしさの中で空白の半年間が葬り去られるとしたら、金原と金原夫人は善意を施したということになる。他に解釈のしようはあるまい。

実は、金原の用意した善意らしきものは、それひとつではなかった。

海老沢は少し考えてから、その「もうひとつの善意」だけを口に出した。

「そういえば、例の娘婿の市会議員が、妙なことを言ってきたんです。二、三日前に市役所で顔を合わせたら、エビさん、ちょっととって」

娘婿ときいて、丹羽は興味ぶかげに話の先をせかせた。

「武蔵小玉市福祉協会という、いわば福祉課の外郭団体を作りたい、って言うんですよ。ついては僕に、その法人格の理事長になってくれって」

「へえ。すげえ話じゃないか。実現すればついにあんたも専業の福祉家だな」

「そんなこといきなり言われたって、にわかには信じられませんよね。だってそのビジョンはね、僕がこの十年間、議会に陳情し続けてきたことなんですよ。市の予算の中で、十分な福祉活動ができるようにって。ボランティアという考え自体が、人口の爆発しているこの町では不可能だと、僕はずっと前から言い続けてきたんです。もっともこういう案件は真っ向から否定する人はいないんですけどね。予算がとれないということで、黙殺されていた」

「そんなこと誰も真剣に考えちゃいねえよ。あんたみたいな便利な人がいるんだから」

丹羽は気の毒そうに海老沢を見つめた。現実はたしかにそうだったかもしれない。ともかく、ひとりの力で何とかやってきたのである。

「でもよ、それだったら妙だよな。町が急に財源を確保したのかよ。市の予算で福祉財団を作るなんて、おめえ、実現したら快挙だぜ。それだけでこの町は有名になっちまう」

「その、資金の出どころなんですけどね」

海老沢は怖い話でもするように声をひそめた。

「どう考えても、数十億の基金を提供できる人間は、金原しかいないと思うんですけど」

「ほらな」、と丹羽は愕きもせずに言った。

「やっぱり善人なんだよ、あのじいさんは。私財を投げうって福祉財団を作る。けえっ、泣かせるなあ。いや、やりかねねえぞ。何しろ恵まれない不動産屋に、三億ものカネをポンと投げたんだからな」

「それとこれとを一緒にしないで下さい」

「いいや、一緒かもしれねえぞ」

と、丹羽は意味ありげに、二つの手帳を重ねた。ずっと考え続けてきたことをようやく口にするように、丹羽は目を据えた。

「やっぱり、あんたはこの謎の合鍵を持って来たな」

「合鍵ですか？」

「金原は勝負に出るんだ。あの米軍施設が返還されるのだって時間の問題だろう。そのときは地元の自治体が主役になる。やつは武蔵小玉市をでかいブルドーザーにして、二百兆円を掘り出そうとしているんだ」

「わからない。なぜですか、なんですかそれは」

「わからねえか。もともとあの二百兆円は、旧日本軍がマッカーサーから奪い取ったもので、今となっちゃ誰も所有権を主張できない。なにしろ機密物資なんだ、俺の物だっていう証拠は誰も持っちゃいねえ」

「とすると、もし発見された場合は……」

「発見者と地権者のものだ。あの七十万坪の山林は、昭和十三年に陸軍が二束三文で買い上げている。敗戦の年に、登記上はいったん当時の武蔵小玉村に返されて、その後で米軍が接収した。つまり今後の返還先は武蔵小玉市だ」

せわしなく煙草を吹かしながら、丹羽は調べ続けてきたことを一気に口に出した。

「この間、俺は施設の外をぐるっと一周してみたんだ。すげえ山だ。少なくとも、返還されたあとでの使い途は何もない」

「だったら緑地のまま残せばいいじゃないですか。環境保護運動の、最高のモデルケースですよ。南多摩自然の森、とか――」

「そうだ。その通りになる。いや、それしか使い途がねえ。と、なると、金原の言い出したその福祉財団とやらが、返還後の主導権を握る可能性は十分にある。第一、七十万坪の整地と自然施設化なんて、市の予算じゃどうしようもねえだろう。そこでまた財団が出資するとなれば、工事の請負はどうしたって丸金総業――つまり金原財団の実質的地権の下で、丸金総業が宝を発見しちまうって寸法だ」

金原は合法的に、米軍施設内に眠る二百兆円を奪おうとしている。それは、現在の国家総予算の三倍にのぼる、とほうもない金塊だ。海老沢はめまいを感じた。

「だが、その大プロジェクトを実現させるには、ブレーンが足りねえ。そこで、秘密を知っちまった俺とあんたに、金原は目をつけた。そっくり陣営にとりこむつもりだ。いまはその第一段階さ。俺にゼニを投げ、おまえさんを財団の理事長に据えておいて、一気にとっかかるつもりだ」

海老沢は去年の暮れのあの淋しい通夜から、ずっと夢見心地だった。それは多分、丹羽も同じだろう。

広い劇場の観客席にぽつんと座って、目の前にくり広げられる、スリルとサスペンスに満ちた冒険劇を、じっと見つめているような気分だった。

自分の手には、黒革の表紙のパンフレットがある。そして半世紀前の出来事を演じた一幕目が終われば、自分たちは観客席から舞台に上がって——暗転したその後には、いったいどんなパノラマが用意されていることだろう。

娘婿の市議は、暗い客席に懐中電灯を提げて、「そろそろ出番ですよ」、と誘いにきたのかもしれない。

「僕らは、いったいどうすればいいんでしょう」

「そんなこと知るか。ただ、決して損な話じゃねえ。それだけはたしかだ」

丹羽も海老沢と同様に、このひと月半の間、さまざまのことを調べてきたにちがいなかった。調べ上げた裏付けの、いったいどこから話そうかと、海老沢はとまどった。

「この話はな、エビさん。どこにも嘘はねえぞ。少なくとも俺の調べた限りじゃ作り話なんてひとつもねえ」

「僕も、そう思いますよ。調べれば調べるほど、おそろしくなった」

丹羽はアタッシェケースの中から、折り畳んだ書類を抜き出して、ランプシェードの灯に晒した。

それは古い新聞の縮刷コピーである。

「新聞社でいろいろ調べた。何もかも、この手帳に書いてある通りだった。連日三十度を超す猛暑で、八月十四日、すなわち終戦の前日にポツダム宣言受諾を報ずるビラが、東京一円に撒かれた。その晩に最後の空襲があって、高崎や熊谷や小田原などの近隣都市を一挙に灰にしたのも事実だ。抗戦派のクーデターは、知ってるだろう」

「ええ。有名な事件ですよね。近衛師団がニセ命令で動いて、玉音盤を奪取しようとした。映画にもなりましたっけ」

「そうだ。どうやらあの日は、真柴さんにしてみても〈一番長い日〉だったようだな。近衛師団長が殺されて、陸軍大臣が腹を切った。嘘は何もない」

海老沢はテーブルの上に広げられた古い新聞のコピーを目でたどった。終戦から二ヵ月後、昭和二十年十月の日付である。

トップの見出しはGHQによる五大改革の指令。そのほか政治犯三千名の釈放と、新たに成立した幣原喜重郎《しではらきじゅうろう》内閣の施政に関する記事が紙面を埋めている。

「まったく忙しい時代だよなあ。一日にこれだけの大事件が起こるなんてよ」

海老沢の真剣な視線をうかがいながら、丹羽は二枚目のコピーを開いた。同日付の社会面である。

「ヤミ物資を買わない犠牲」と題して、潔癖な高校教師が栄養失調で死んだという記事が掲げてあった。

「この時代に生きていたら、エビさんもたぶん、こういう運命だな――しかしひでえもんだ。決まりどおりにやっていたら死んじまうんだって。だが、俺たちが注目しなきゃならねえのは、こっちだ」

と、丹羽は片隅に掲載された写真を指さした。ぼんやりとした点画の写真から目を離して、海老沢はどきりとした。

それは、薄汚れた倉庫の中で、三人の米兵が堆《うずたか》く積み上げられた金塊に見入っている写真である。

彼らの腰のあたりまで、ひどく乱雑に、おびただしいインゴットが積まれている。貴金属で溢れかえったバケツが足元にいくつも置かれ、その間をかき分けるようにして、国民服姿の日本人が米兵に何かを説明している。〈軍機密費差押え――総額二億五千万ドル〉そんな見出しが付いていた。

十月九日に、ＧＨＱが大蔵省造幣局東京分室の地下金庫から、莫大な機密物資を押収した瞬間である。

「造幣局の東京分室……」

「そう。小泉中尉が戸山の幼年学校生徒を指揮して物資を運び出したのも、ここからだったよな」

二億五千万ドル——混乱した頭の中で、海老沢はとっさに計算した。猛烈なインフレに見舞われていた当時のその金額が、果たしてどう評価できるかは疑わしい。しかし単純に、一ドル三百六十円の旧レートに換算すると、それは約九百億円になる。

「金額のわりには、ずいぶん簡単な記事ですね。まるでひとごとのようだ」

「簡単に書くしかないんだろう。おそらくこの写真の枠の外だって、見渡す限りの黄金の山さ。何しろ、今の物価に直して、二百兆円の財宝だ」

「ちょっと待ってよ丹羽さん。それじゃ、貨車で運んだものは、いったい何だったんだ」

丹羽は興奮を静めるように、水割りをひとくち飲んだ。

「俺も最初はそう考えて、真ッ青になったよ。機密費と偽って、軍は何かもっとすごいものを匿したんじゃないかって。どうだ、怖い想像だろう」

海老沢は首をひねった。

「こういうのはどうです。運び出したように見せかけたのは陽動作戦で、実はひそかに他の場所に移動するつもりだった、と。それが急な終戦で、匿すチャンスを逃した」

「ずいぶん深読みだな。だが、俺はそのどっちもちがうと思う。この写真を一日中ながめて、妙なことに気付いたんだ」

丹羽は爪の先で、写真の一点を示した。

米兵に説明をする国民服の男の足元に、ひとかかえほどの大きさの木箱が、打ちすてられるように置かれている。

「うちの下請けの大工の隠居で、関東軍の自称精鋭だったじいさんがいるんだ。会うたんびにシベリアでの苦労話を聞かされるのには閉口していたんだが、ふと思いついて、そのじいさんにこれを見せた。金塊を入れるにしちゃ、ずいぶんお粗末な箱ですねえって、カマかけてな、そしたら――」

丹羽はそのときの興奮を思い起こすように、声をうわずらせた。

「じいさんは言ったよ――ああ、こいつは榴弾の箱だ。みてくれは悪いが、これならどんな重てえ物を入れたって、ビクともしやしませんよ。まちがいありません。なにせ満州事変からずっと、こいつを担ぐのが私の仕事だったんだから。へえ、考えたもんだなあ、って」

「ということは？」

海老沢はおそるおそる訊ねた。

「GHQがこの日に押収したのは二億五千万ドルだが、実はこの地下倉庫にはもともと——五億ドルの財宝があったんじゃねえのか」

「五億ドル！　千八百億。いや、四百兆円！」

「だって、この弾薬箱は、ここで移動作業をした証拠だろう」

海老沢は暗然とした。敗戦を目前にした造幣局の地下倉庫で、軍の首脳と大蔵省の高官が、ひそかに協議をする情景が瞼に泛かんだ。

「わかるか、エビさん。マッカーサーの財宝はいったんここに収納された。やつらはそれを山分けしたんだ。軍はそれをとっとと山に隠した。ところが作業能力のない官庁はどうすることもできずに敗戦を迎え、占領軍に見つかっちまった。どうだ、この推理は。ありうるだろう」

すべては闇の中であった。しかし、丹羽の推理は手帳の記述とどこも矛盾しない。彼は手さぐりで、少なくとも十分に説得力のある彼なりの結論を引き出したにちがいない。

「あるぞ。二百兆円は、あの山の中に埋まっている」

「米軍が掘り出していなければね」

壁につき当たったように、二人は息をついた。希望をこめて、丹羽は言った。

「登記所で調べたんだが、米軍施設の外周の山林はほとんど金原が所有している。昭和三十年代から買収を始めて、今ではやつの土地が柵の外を取り囲んでいるんだ。ヒヨウタンからコマって、いうのかな、結局その後の地価高騰で、そいつが丸金総業の経営基盤になった」

「昭和三十年代？」

「そう。金原はそのころから財宝の所在を知っていたことになる。金原がいまだに土地の買収を続けているのは、米軍が発見していないという確信があるからじゃないのか。いざ返還となったときには、外周の山林をすべて所有している金原の権限はいよいよ絶大だ。自信があるから、やってるんだ」

「ということは、金原にしてみれば僕らの登場はまったく予期せぬことだったわけですね」

丹羽は足元にちりばめられた都会の灯を見下ろしながら、おかしそうに笑った。

「誰だって、戦争が終わってから半世紀も占領軍が居座ろうとは思わねえものな。真柴のじいさんは間近に迫ったその日のために、金原を引きこんだんだ。それが昭和三十年代。おめでたい話さ」

「ところが、金原はヒョウタンからコマで、買収した土地が高騰して大金持ちになった、と」

「真柴のじいさんにしてみりゃ、おだやかじゃねえよな。自分は相も変わらぬ借家ぐらしでジッと待つしかねえんだから。で、体を悪くして、もう先行き長くはねえと思ったじいさんは、とうとう俺たちにバラしちまった、と。要するに、俺たちは選ばれたわけでも何でもねえんだ。じいさんにしてみりゃ、金原へのツラ当てさ」

海老沢はふと、遠い昔に真柴と金原が密談を交わしている様子を想像した。その姿は、たぶん同じ年頃であったろう自分と丹羽の語り合う様子に重なる。ラウンジの暗い窓には、ランプシェードに照らし上げられた二人の、緊迫した顔が並んでいた。

妄想をふり払って、海老沢は訊ねた。

「ほかに、何かわかったことはありますか？」

コピーをたたみながら、丹羽もちらりと窓ガラスに目をやった。

「あんたの方は？」

「調べれば調べるほど、真柴さんが気の毒になりましたよ」

「うん」、と丹羽は肯いた。

「五人の将軍のことだろう」

「ええ。真柴さんがおろおろとするさまが、目に泛かぶようで」

丹羽はナフキンを広げると、ボールペンで一文字、「森」と書き、すぐに大きなバツで消した。

「近衛師団長は反乱軍に殺された。それから――」

丹羽はちょっと思いがけぬ上手な字で、「阿南」と書き、これも消した。

「腹を切りましたね。あとは――」

「田中静壱《しずいち》」、と丹羽は書いた。

「八月二十四日に自決した。濠ばたの第一生命館にあった、東部軍司令官室で」

「そう。偉い人だったみたいですね。抗戦派を説得し続けて、すべてを押さえこんでから死んだ。阿南陸相との絶妙のコンビネーションで、反乱を鎮圧したことになります」

名前を消してから、丹羽は「杉山」と並べて書いた。

「これは何日だっけ」

「九月十二日です。降伏調印が終わって、残務を片付けてから、市ヶ谷の第一総軍司令部で拳銃自殺したんです」

良く調べているな、というふうに丹羽は微笑して、杉山元帥の名前を消した。

「つまり、だ。八月十五日の深夜と早朝、二十四日、九月十二日と、五人の将軍のうち四人までがバタバタと死んじまった。真柴のじいさんがうろたえて走り回るさまが、目に泛かぶようだ」

海老沢の脳裏に、それぞれの事情と立場から死を選んだ将軍たちの姿が、映画のスチール写真のように浮かび上がった。

　終戦前夜の師団司令部で、血気にはやった将校に斬り倒された近衛師団長。官邸の廊下を朱に染めて割腹した陸軍大臣。そして戦の終わった司令部の一室で、静かに銃口をこめかみに当てる、軍司令官と元帥。彼らはみな、その末期《まつご》の瞳に、遺児のような真柴少佐の顔を思い泛かべたにちがいない。

　そして次々に訃報を聞いた真柴が、なすすべもなくうろたえて廃墟をさまようさま。

　彼らがあの暑い夏の終わりに、一様に聴いた蟬の声が、海老沢の耳の奥に甦った。

「もうひとり、いる」

　たぶんそのとき、真柴も自らを励ますように、そう呟いたにちがいない、と海老沢は思った。

「梅津」、と、少し大きめに丹羽は書いた。

「これは、生きていた。死ぬことを許されなかった。男としては、一番同情するな」

「降伏調印式の陸軍全権ですからね。最後の軍使として戦争の幕を引かねばならなかった。会えたのかな、真柴さん」

「さあ。せめて、生きて会えたと思いたいけどなあ。このまま五人ぜんぶに会えずじまいじゃ、真柴のじいさんがあんまり気の毒だ」

「だが、A級戦犯でしょう、この人は」

梅津美治郎《よしじろう》という名前には、一軍人というより、歴史上の人物としての印象があった。それは彼が日本軍の全権として、ミズーリ号上での降伏調印式に臨んだからにちがいない。彼はその屈辱的な任務を果たすことで、たしかに歴史上の人物になってしまったのだ。

「でも、真柴さんが巣鴨プリズンに面会に行くわけはないしね」

「終身刑の判決を受けたんだが――その先はまだ調べていない。極東軍事裁判が終わって、歴史はひと区切りがついたから、ふしぎなぐらいその後の戦犯たちについての資料がないんだ」

グラスの氷はすっかり溶けていた。ぼんやりと夜景をながめながら、二人は思い出したように水っぽい酒を飲んだ。酒は腹の底を灼くばかりで、酔いは少しもやってはこなかった。

「ところで、もうひとつわかったことがあるんですけど――これだけは僕しか知りませんよ」

海老沢は口にしたくないことを話さねばならなかった。

「丹羽さんとは、興味の角度がちがうみたいですね。僕にとっての最大の関心事は――」

「子供らのことだろう」

丹羽は笑い返した。

「そう。三十五人の証人です」

海老沢はグラスの酒を一気に呷った。

「森脇高女を訪ねてみたんです。娘を連れて志望校訪問するみたいに。今は森脇女子学園といって、名門の進学校ですよ。うちの娘の偏差値じゃ、とても無理ですけどね」

「へえ。で、何がわかった。生き証人のばあさんにでも会えたか」

丹羽はグラスをくわえながら訊ねた。ためらわずに海老沢は答えた。

「校庭の隅にね、立派な石碑が建ってました」

「石碑？」

丹羽の表情から笑いが消えた。

「昭和二十年八月十四日に、勤労奉仕に出ていた一クラスが、熊谷の空襲で死んだんだそうです。B29の大編隊による夜間爆撃で、全市が灰になり、六百人の死者が出た。生徒たちはたまたま工場から軍の徴用作業に出ていて、退避していた壕が直撃弾を受けたのだ、と」

丹羽はいまいましそうに、唇の端でタバコを嚙みつぶした。頭を抱えこんで、海老沢は呟いた。

「名前までちゃんと彫ってありましたよ。今でいうなら中学二年生――うちの娘と同じ年です」

〈八月十五日。運命ノ夜ハ明ケタリ。火工廠ヘノ帰途、府中郊外ニテトラックノ燃料尽ク。手分ケシテ近在ヲ訪ネ歩キ、漸ク京王線ノ車庫ヨリガソリン一缶ヲ持チ帰ル。車庫ノラヂオハ「本日正午ヨリ重大放送アリ」トノ予報ヲ繰リ返シ言フ。トモカクモ、反乱ノ不成功ニ終ハリシ事ハ明ラカナリ。車掌、運転手等、玉音ノ内容ニツイテ予ニ尋ヌ。「ミナ頑張レトノオ言葉ヲ賜ルノデアラウ。謹ンデ拝聴スル様ニ」ト答フ。燃料ヲ入レタレドモエンジン不調ナリ。ラヂエーターヨリ水洩ル。応急補修ス。既ニ肚ヲ括リタレバ、心澄ミ渡リテ怖ルル物ナキ気分ナリ。曹長ノ口ズサム愛馬進軍歌ニ唱和ス。街道ハ静マリ返リテ行人モナシ。蒼穹ニ機影ナク、光ノミ満ツ。帝国終焉ノ朝ヲ実感ス〉

ようやく火工廠にたどりついたのは、日も高い時刻であった。

18

衛門をくぐると、本部の方角から小泉中尉が走ってきた。シャツの腕をまくり上げ、帽子も冠らずに両手を振りながら、中尉はボンネットにしがみつくようにして車を止めた。

「いかがでした」

一夜にしてめっきり年をとったような顔を運転席につき入れて、中尉は尋ねた。

「玉音を拝したのち、生徒たちを学校まで送り届ける。何か変わったことはなかったか」

中尉の顔が、殻を割ったように明るんだ。

「それは、命令でありますか」

「公式ではないが、阿南閣下が了解された。俺が責任を持つ」

中尉をドアの外に乗せたまま、車は浴場の前に止まった。

風呂上がりの少女たちが芝生の上ではしゃいでいる。野口教員が木蔭から不安げに立ち上がって敬礼をした。

「もう、それでいいだろう、中尉。みんな良くやった」

「それでよろしいかと思います」

ふりしぼるような声で、小泉中尉は言った。おそらく昨夜はまんじりともせずに、悩み続けていたのだろう。もし仮に、自分が戻ってこなかったとしても、小泉中尉は命令を実行はしなかっただろうと、真柴は思った。

「ところで、何だ、そのなりは」

「はあ」、と小泉中尉は長身を折り曲げて首筋をなでた。

「三助をやっておったのです」

「三助？」

「いても立ってもいられなくって、あいつらの背中を流しておりました」

曹長はハンドルに顔を伏せたまま、髭づらを歪めてニタリと笑った。

「どうなるにしろ、体だけはきれいにしておいてやろうと思いまして。本部が肌着とシャツを用意してくれました」

本部舎屋からは、兵隊たちが書類を運び出していた。本谷の煙突から煙が上がっていた。

「大佐殿は？」

「さあ。さきほど本部を訪ねましたら、ずいぶん思いつめているふうでしたが。どういたしましょうか、お会いになりますか」

老大佐は自決するだろうと、真柴は思った。

「べつに俺が思いとどまらせる理由はあるまい。軍人はそれぞれが身の処し方を考えるほかはなかろう」

もし自分がこの使命を与えられていなかったらどうしたであろうかと、真柴は考えた。

多くの軍人がその道を選ぶのと同様に、やはり自分も自身の始末をつけたかも知れない。師団の抗戦派たちに同調していただろうか。あるいは抵抗して、師団長らとともに斬り殺されていただろうか。いずれにしろ生きてはおるまい、と思った。

今しがた走り抜けてきた街の風景と同じふしぎな静けさが、あたりを被っていた。それは目に見えぬ空気だった。ほんの一部の人間たちだけが知らされている終戦の事実が、すでに壮大な予感になって、日本中を被いつくしているようだった。

野口教員がためらいがちに歩み寄って、配給された衣料と、風呂の礼を述べた。表情に漂う安らかさは、任務を終えたというより、やはり終戦を予感しているからにちがいない。

「ごくろうさまでした。放送が終わりしだい、学校までお送りします」

野口教員はほっと眉を開いた。

何かを言い出そうとして口ごもり、真柴が車から降りるのを待って、野口教員は唐突に言った。

「私は、子供たちに詫びなければならないんです。もし事故でも起こったらどうしようかと、ずっと思いつめていました。ありがとうございます」

「詫びる、とは？」

はあ、と野口はまた口ごもった。かわりに中尉が言葉を継いだ。

「先生は特高ににらまれておられるそうです。だから、生徒たちまで妙な思想を吹きこまれているんじゃないかと疑われて、それで危険な作業につかされたんだろうと、ずっと悩んでらしたそうです」

「そんなことはありませんよ」

と、真柴は野口に向かって笑い返した。

ハンドルにもたれて居眠りをしていると見えた曹長の目が、ふいに見開かれて真柴を見つめた。本当はそうだったのかもしれない、と真柴は思った。

一瞬、つなぐ言葉を失った真柴にかわって小泉中尉が言いつくろった。

「いや、先生の学級が一番まとまっていると、横河電機の工場長が推薦したんです」

「はあ、そうでしたか……ちょっと言いわけをするようですけど」

と、野口教員は誠実そうな顔を上げた。

「私はそんな大それた者じゃないんです。皆さんたちとはちがって、苦学して夜間大学をやっとこさ卒業した、代用教員みたいなものなんです。子供たちに平和を説き続けたことが、あらぬ誤解を招きました。特高にはアカ呼ばわりされましたけど、本当はマルクスだって読んだことはないんです」

「もういいんですよ。先生がいて下さって助かりました。まったく良い教育をしておられる。内心、敬服しておりました」

野口教員の性格はわかりきっている。そのぐらい純粋な男である。

戦とも世相とも関係のない短い講話を、この不器用な若い教師は寸暇を惜しんで語り聞かせていた。わずかな小休止の間にも、そのまわりにはいつも生徒たちの輪ができていた。

ぎこちない敬礼をして野口が立ち去ると、小泉中尉は少しあきれたように呟いた。

「あれは、確信犯ですな」

「確信犯？――共産党員か」

「いや、確信犯的な教育者です。まったくそのことしか頭の中にない。軍人が戦をすることしか考えていないように、子供らを育てることしか考えていないんです。実はさっきもそこで、教育改革について講義されました。男子に伍して社会に貢献する女性を作るんだと――そういえば、たしかにあいつらは男まさりだ。うん」

湯上がりの少女たちに目を細めながら、小泉は言った。おそらく小泉は、少女たちの運命を握ったまま、野口の夢のような教育論を聞かされていたのだろう。そしてとうといたたまれずに、三助に変身したにちがいない。そうするしか他になすすべもなかったそのときの小泉の気持ちを、真柴はありありと想像した。

生徒たちはひとりずつ真柴の前にやってきて、ていねいに礼を言うと谷に向かって帰って行った。ただのひとりもそれをなおざりにしなかったことは、男たちをつくづく感心させた。

「少佐殿」

充血した目をしばたたかせて、曹長は車から降りた。

「自分は、風呂そうじでもしてまいります。どうも放送を聞く気にはなれん。よろしいですか」

了解なぞいらぬというふうに、曹長は風呂場に入って行った。

支那事変から十年以上もの泥沼の戦を続けてきた彼らにだけは、終戦の詔勅は蛇足にちがいなかった。片足を曳きながら、憮然と去って行く曹長の筋肉の軋みが聴こえるようだった。

三の谷の祠《ほこら》の前に受信器を据えて、一同は終戦の詔勅を聴いた。

甲高い抑揚をもった天皇の肉声は、雑音のあい間にわずかに聴き取れるほどで、真柴にさえその内容はわからなかった。

谷間の狭い空を被いつくす蟬の声に縛《いまし》められながら、玉音は長く続いた。

しかし、時おり明瞭に響く声は、決して国民を鼓舞するものには聴こえなかった。

それが深い哀しみを表し、何かを諭しているにちがいないことは、誰の耳にも明らかであった。

命令ではなく、説諭《せつゆ》に聴こえることが、真柴を打ちのめした。

初めは興味ぶかげに放送を聴いていた生徒たちも、何となく内容を理解すると、水を奪われた花のようにひとりずつしおたれていった。

少女たちがあえて解説を待つまでもなく敗戦の事実に気付いたことは、少なからず真柴を安堵させた。彼女たちに説明をする自信はない。またそうする資格もあるまい。このまま暗黙のうちに解散することが最善の方法であろうと真柴は思った。

ともかく、生きることだと、真柴は打ちしおれる少女たちのひとりひとりを見つめながら、彼女らの未来について祈った。

そのときふと、両脇を友人たちに支えられて列の端に立つ少女と目が合った。貧血を起こして寝ていた、人形のように美しい娘である。

色のない唇をきつく結び、黒目の勝った大きな瞳を見開いて、少女は真柴を睨んでいる。頑ななほど、目を外らそうとはしない。

少女が海軍士官の娘であることを、真柴は思い出した。厳格な家庭に育った彼女だけが、打ちしおれて泣くことを潔しとしないのであろう。何というまばゆい目だろうと真柴は思った。

放送が終わった。真柴は気を取り直して、どうしても言わねばならぬことを生徒たちに告げた。

諸君らが今日までの五日間、苦労して完遂した任務は決して無駄ではない。この爆薬はわが科学技術の精華であり、魂のない鬼畜のごとき敵兵の手には、断じて渡してはならないものなのだ。遠からず敵はわが国に進駐してくるだろう。秘密兵器の行く方を、血まなこで探すかもしれない。だから諸君は、今後たとえ親兄弟といえども、諸君のなしえた作業の内容について語ってはならない。すべては平和のためである――と。

「いいな。三の谷で見たものは、すべて忘れろ」

真柴が力強く念を押すと、少女たちはうつむいたまま「はい」と声を揃えた。片隅の美しい少女だけが口をへの字に結んだまま、真柴をじっと睨み続けていた。

「出発は十三時とする。学校に到着したのちは、すみやかに帰宅すること。ごくろうだった」

そのときふいに、ひとりだけ黙りこくっていた美しい少女が口を開いた。弦を弾くように澄んだ声であった。

「私たち、帰ってもよろしいのですか」

真柴は心臓を摑まれたような気がした。脇に立っていた小泉中尉が、顎を向けて言った。

「もちろん、帰ってよろしい。任務はすべて終わったんだ」

小泉は真柴に向けて目をしばたたいた。少女の言葉にべつだんの他意はあるまい。命令に反して彼女らを帰そうとする自分の良心がおののいているだけだと、真柴は自らに言い聞かせた。

少女はそれ以上、何も訊こうとはしなかった。

風呂そうじに出たままの級長にかわって、野口教員が号令をかけ、隊列はうなだれたまま解散した。

雑嚢と水筒をたすきがけに掛け、おそろいの鉢巻をまいた頭を寄せ集めながら、少女たちはあちこちで泣き始めた。

「肝を冷やしましたよ、少佐殿」

坂道を下りながら、小泉中尉が囁いた。

「ああ、びっくりしたな。やはり軍人の子供はちがう。ひとりだけ納得がゆかんのだろう」

生徒たちが帰宅してからも決して作業について語らぬよう、もういちど野口教員に念を押しておく必要があった。平和のため、という理由は、野口教員の口から諭せばいっそう効果的であるにちがいない。

坂下の兵舎まで下りて、真柴は大声で野口教員を呼んだ。野口は晴れやかさを嚙み殺すような難しい顔で走ってきた。

「あとは坑道を塗り固めるだけですから。自分らだけで十分ですよ。ごくろうさまでした」

少女の疑問に今さら答えるように、小泉中尉は言った。

「申しわけありません。鈴木はひとりだけ作業に加わっていなかったものですから、みんなの前でちょっと気負って見せたのだと思います。ふだんは大声も出せぬようなやつなんですが」

そうかも知れない、と真柴は思った。十三歳の子供の考えとしては、むしろ自然だろう。

三角兵舎の中はきれいに掃き清められ、毛布やゴザも兵舎のそれのように、きちんと積み上げられていた。

三人は自分たちの寝場所になっていた入口近くの床に膝を寄せて座った。

「ただいま生徒に言ったことは、先生からも重々、念を押して下さい。これは軍の機密に属することですから」

軍という言葉を口にしたとき、真柴はすでにそれが、ひどく空疎な響きしか持たぬことに気付いた。軍の機密——何というおぞましい言葉だろう。ひからびた感触だけが、喉の奥に残った。

「万が一、敵に詮索されるようなことがあったら、生徒たちの身に累が及ぶかもしれません。忘れるように言って下さい。よろしいですね」

野口教員は何かを質問しようとしたが、生徒たちの身、という言葉におじけづくように押し黙った。

真柴は小泉中尉の顔を窺った。それでよい、というふうに中尉はひとつ肯くと、野口の緊張をときほぐすように微笑みかけた。

「いや、べつに堅苦しく考えるほどのことではありませんがね、この先どういう世の中がやってくるかわかりませんから、やはり厳重に言い含めておいて下さい。生徒らはずっと今日まで三鷹の横河電機にいた、と。それでいいじゃないですか」

出発を午後一時としたのは、敗戦に打ちのめされている火工廠から逃げるように立ち去るのは気が引けたからである。生徒たちもひどく落胆しているようだし、少し気を落ちつけてから出発しようと、真柴は言った。

野口教員の表情はむしろ明るかった。二人の手前、戦の終わった喜びを口にすることはなかったが、言葉は自然と饒舌になった。

しばらくの間、三人はこのさき起こるであろう出来事について、かなり無責任な意見を交換しあった。

個人的な社会予測など、思っていても口にできぬ日々が続いていたせいか、そんな会話はむしろ快く、とめどがなかった。

占領軍の狼藉《ろうぜき》や略奪を懸念する真柴を、中尉と野口は左右からたたみかけるようにしてなだめた。アメリカもイギリスも良識的な国だと、二人は口を揃えて言った。

「鬼畜米英」という国家的スローガンを、知識階級は誰も信じていなかったというのは、真柴にとって愕くべき発見であった。

野口教員はずっと考え続けていたように、深刻な表情で言った。

「それよりも、怖るべきは経済状態でしょう。兵隊は帰ってくるし、占領軍もやってくるし、食糧はいよいよ不足します。子供たちが地方に疎開するのは、むしろこれからじゃないでしょうか」

小泉中尉は他人事のように目をそらして言った。

「なあに、何とかなるものですよ。ともかく生き残ったのですから、ここで飢え死にしてなるものですか。みんなで頑張って……」

そらとぼけるように兵舎の中を見渡して、突然、中尉は「あっ」、と叫んだ。メガネの奥の安穏とした表情が、みるみる凍えついた。

中尉は長靴のまま床に躍り上がると、壁際に置かれた自分の雑嚢を摑んだ。

「ない。ないぞ――少佐殿、処分されましたか」

中味を床にぶちまけて、中尉は狼狽した。その手が命令書を包んでいた油紙をもみしだいたとき、真柴も血の気を失った。

「知らんぞ。そこに入れてあったのか」

「命令書を焼いたとき、この紙に包んで入れておいたのです——雑嚢の紐が、ほどけていた」

小泉と真柴は、畳み上げられた毛布の山を突き崩し、兵舎の隅々を探し回った。

「何でしょうか……」

野口教員が不安げに訊ねた。中尉は言葉をつくろいながら言った。

「大事な物が——特別に給与された栄養剤なのですがね。見かけませんでしたか、紙袋に入った、白い錠剤です」

「薬、ですか」

野口は通路の床下を覗きこんだ。土間をはいながら、ふいにぎくりと打たれたように身を起こすと、野口はひびの入った丸メガネの目を、二人の将校に向けた。

「それは、栄養剤、ですよね……」

野口の表情は凍えていた。

いったん幕が下りたかに見えた現実が、思いがけぬ形に暗転したことに気付き、三人は身じろぎもせずに立ちすくんだ。

おびただしい蟬の声が薄暗い兵舎を包みこんでいた。

次の瞬間、三人は戸口から駆け出した。日ざかりの坂道を走った。追いつけぬ者を追っているように、足が宙に浮いた。これは夢だと、ふしぎなくらい確信的な予感の中で真柴は考えた。

三の谷の広場に人影はなかった。消し忘れたラジオが、白布を敷いた卓の上で虚しく鳴っていた。

祠の前に、きちんと並べられた雑嚢を、真柴はぼんやりと目で数えた。三十四個を数えると、腰が抜けるように真柴はその場にへたりこんだ。

「やめろ！　やめんか、戻ってこい！」

小泉中尉は大声で叫びながら、祠の脇に口を開いた坑道に飛びこんで行った。やめろ、やめろと奈落の底に落ちて行く中尉の声を追って、野口教員はよろよろと壁を伝って消えて行った。

真柴は夏草の上をはい回り、激しく嘔吐した。

音も光もない空白の時がやってきた。真柴は腹の底に澱《よど》んでいた不条理のすべてを吐き尽くすように、軍刀を曳いて地べたをはい回った。懸命に支えていた空が崩れ落ちてきたような重みに、真柴は押し潰されていた。立つことも、身を起こすこともできなかった。

砂利を蹴立てて、トラックが止まった。

「少佐殿……何か……」

曹長の影が指先を被った。小さな級長が手拭を差し出しながら、真柴の肩をさすった。

答えるかわりに、真柴は石くれを摑んできちんと並べられた雑嚢の列に向けて投げつけた。

曹長のたくましい手が、真柴の胸ぐらを摑み上げた。顔を合わせるほどの力で真柴の首を引き寄せながら、曹長は怒鳴った。

「何をした。何をしたんだ！」

抗う力は体のどこにも残ってはいなかった。

「何もしてはおらん、何も……」

「卑怯者ッ！」

と、曹長はそのまま腰車に背負うようにして、真柴の体を地面に投げ落とした。

「玉音を拝して、覚悟を変えたのですか」

「ちがう」

と、真柴は体じゅうで否定した。「何がどうなったか、俺にもわからん。薬が、なくなっていたんだ」

なくなったのではない。誰かが故意に盗み出したのだ。いったい誰が、何のために。そしてなぜ、毒薬の存在が知れていたのだ。

真柴の思考はそれきり停止した。説明のつかぬ巨大な力によって、少女たちは洞窟の中へと導き入れられたのだ。

悲鳴を上げて駆け出そうとする級長の小さな背を、曹長は羽交いじめに抱きすくめた。

銃声が地の底に響いた。真柴はきつく目を閉じた。

ためらいがちな間を置いて、銃声は数発鳴った。

級長を抱き寄せたまま、曹長は略帯の拳銃を摑んだ。

「何ということを……」

「やめろ、曹長。しかたがなかったんだ。中尉のせいじゃない」

真柴はようやくそれだけを言った。

やがて小泉と野口は呆けたように坑道の闇から姿を現した。中尉の右手にはだらりと拳銃が提げられていた。

「すべては、自分の責任であります……あれは青酸カリです。全員が同時に服用したようで……苦しんでいる者は、やむをえず処置いたしました……」

中尉はうつむいたまま、切れ切れに言った。

真柴は体の慄えを自らの手で抱き止めた。結局、命令書の通りになったのだ。あの命令には、人間の力の及ばぬ呪いがこめられていたのだ、と思った。

「すべては、自分の不注意であります」

青ざめた顔を上げて、中尉は曹長の腕に抱きかかえられた小さな少女を、悲しげに見つめた。

「残念ですが、もう命令を遂行するほかはありません」

虫の息の少女たちを今しがた手にかけてきた中尉の決意を、真柴は止めることができなかった。中尉は銃口を腰だめに慄わせながら、小さな級長に向かって言った。

「言うことを聞いてくれないか。みんな、待っている」

曹長が少女の前に立ちはだかった。

「それは、なりません」

モーゼルの銃把に手をかけたまま、曹長はきっぱりと言った。

「どけ、曹長。もうこれしかないんだ」

「どきません。中尉殿は狂っている」

小泉中尉がこのうえもなく正気であることは、誰もがわかっていた。その痩せた長身の背には、目に見えぬ巨大な意志が加担しているのだった。

少女を腰にかばいながら、曹長は気圧《けお》されるように後ずさった。

「自分が、ようく言ってきかせます。決して何もしゃべらせはしません。それでよろしいでしょう。少佐殿、それでいいじゃないですか」

曹長は真柴に向かって懇願した。

真ッ白になった頭の中で、相反する二つの結論がせめぎ合った。

たとえ一人でも助けねばならない。しかしその一人を抹殺してしまえば、命令は完遂される——。

真柴に結論を選択させたのは、野口教員のひとことだった。

「お願いします、少佐殿。久枝は頭の良い子供です。ちゃんとわかっていますから」

真柴が肯くと、小泉中尉は魔が落ちたように拳銃を投げ捨てた。

野口教員の顔に、ほっと安堵のいろが泛かんだ。それから、まるで決められていることのように小泉の拳銃を拾い上げると、野口は真柴に向かってていねいに頭を下げた。

「先生」

と、級長は言い、立ちつくす大人たちをおろおろと見渡した。

「だいじょうぶだ、久枝。おまえなら、ちゃんとやっていける」

野口はそう言って何度も肯いて見せた。

「私が、楽にしてやってくれとお願いしたんです。中尉殿を責めないで下さい。ご面倒をおかけしました。私の教育が、どこかまちがっていたようです」

従容《しょうよう》と落ち着き払って、野口は言った。

「どうなさるおつもりですか」

真柴はようやくそれだけを訊ねた。野口教員はしっかりとした足どりで歩き、十字に背負った雑嚢と水筒を、少女たちのそれらに並べて置いた。

「私ですか——私は、生徒たちを引率せねばなりませんから」

野口はそう言って、さりげなく時計を見た。

敬礼をしかけて、真柴は帽子を取り、頭を下げた。子供の時分から、それが世界で一番誇り高い職業だと信じていた軍人というものの卑賤さを、真柴は思い知った。

洞窟の入口で、野口教員は三の谷の小さな空に翔け昇った日輪を見上げた。

「久枝——よかったな」

教え残したすべての知識を、そのひとことに集約するように、野口は生き残った少女に向かってそう言った。

少女は曹長の腕から放たれてもその場に立ちすくんだまま、たとえば恋人の乗った艀《はしけ》を波止場で見送るように呆然と、坑道の闇に消えて行く野口の姿を見つめていた。

あとには、まばゆく降り注ぐ日盛りの中に、三人の軍人と一人の少女が残った。

彼らはそれぞれにうなだれて、弔鐘を聴くように、一発の銃声を待った。

〈昭和二十年八月十五日一三二〇、命令ハ遂行セラレタリ。イツノ日カ坑道ノ開カル時、コノ財宝ノ私サル事ナク、恒久ノ平和ト国家ノ大計ノ為ニ活用セラルベシトノ祈リヲコメテ、遺骸ハ倒レシママニ放置セリ。坑道ヲ煉瓦トセメントデ封印シ、草花ヲ摘ミテ手向トス。曹長ハ黙禱ヲ拒ミ、独リ三ノ谷ニ立チテ慟哭シツツ、拳銃ヲ空ニ向ヒテ撃チ上グ。蒼穹遥カナリ。戦サ終ル〉

海老沢澄夫は、手帳を閉ざす丹羽の表情を窺った。

古ぼけた革表紙をしばらく見つめてから、丹羽は酔いざましの水をボーイに注文した。

「じいさん、俺たちに宝物のありかを教えたわけじゃねえな」

そうかもしれないと、海老沢は思った。半世紀もの間、誰にも語ることのできなかった悲劇の一部始終を、そのまま秘して死ぬことができなかったのだろう。

初めて金原にこの手帳を見せたときも、真柴老人はきっと、切ないほど純粋な気持ちだったにちがいない。こういう事情なのだから力を貸してくれと必死で懇願する真柴の姿を、海老沢はありありと想像した。

「でも、金原はこんないきさつなんかに頓着しなかったんですよ。宝物のことしか考えずに強引な工作を始めた金原を、真柴さんは決して快く思ってはいなかったはずです。そこへきて、自分の命がタイム・リミットになった。金原へのつらあても含めて、戦を知らない世代の僕らに伝えておこうと考えたんでしょう」

「だとすると、この手帳を新聞社にでも持ちこんじまうのが、真柴のじいさんの遺志に叶うってことか――いやだね、俺は」

と、丹羽は脅すような目で海老沢を睨みつけた。

「そんな目で見ないで下さいよ。なにもそうしようと言ってるわけじゃありません」

仲たがいはよそう、というふうに丹羽は微笑んだ。

「しかしまあ、子供たちは何でまたこんなことをしちまったんだろう。同じ年頃の娘を持つ親としちゃあ、たまらねえな」

「さあ、それぱかりは今の人間の頭で考えてもわからないでしょうね。いや、もしかしたら、その場に居合わせた人たちにも、よくわからなかったんじゃないですか。少なくともこの手記を見た限りでは、真柴さん自身もわかっていない」

「うん、そうだな。じいさんの意見というものは、何ひとつ書いてないもんな。どうしてほんのわずかの時間のうちに、大勢の子供たちがこんなことを決意しちまったんだ」

「謎ですよね。正午に玉音放送があって、それからほんの一時間たらずの間でしょう——もしかしたら、子供たちはそういう計画を持ってたんじゃないかな。敗戦に気付いていて、玉音を聴いたあとみんなで死のうというのが、あらかじめ決まっていたんじゃないですか」

「寒い話だよなあ」

と、丹羽はせわしなくタバコを吹かした。

「こういうのはどうだ——自殺したように見せかけて、本当は誰かが殺しちまった。栄養剤だと偽って、いっぺんに薬を呑ませちまった」

「まさか……」

しかし、それもありうる、と海老沢は思った。三角兵舎で議論をしていた三人以外の誰かが、「命令」を実行した——。

「アリバイがない人間といえば、赤髭の曹長？　いや、火工廠長の老大佐？」

「真柴さん以外のみんながグルだった、ということもあるぞ。たとえば曹長が薬を呑ませて、小泉中尉がとどめを刺しに行く」

「それを言うなら――野口教員だって怪しいですよ。従順な生徒たちに自殺を命じておいて、自分は何くわぬ顔で軍人たちをつなぎとめている、と」

「それは動機がないだろう」

「八月十五日の心理なんてわかりませんよ。みんなふつうじゃなかったんだから」

手帳の中の登場人物のひとりひとりについて、海老沢と丹羽は考え直さねばならなかった。手記の中の人物像はすべて真柴の主観にすぎない。そして真柴は最後まで、真実を知らなかったのかもしれないのだ。

「待てよ……」

と、丹羽は思いついたように唇を嚙んだ。

「え？――どういうことです？」

「つまり、全員がグル。少なくとも、真柴と小泉、あるいは曹長も加えた軍人たちの間で話はできている。みんなで殺しておいて、実はこういういきさつだったのだと、作文しちまった。そろそろ施設が返還されて、事件がバレるかもしれないからな」

「手帳も真柴さん自身のアリバイ工作だということですか」

二人はしばらくの間、黙りこくって提起されたいくつかの仮定について考えた。誰かが、少女たちを殺した。もしくは、自殺するように仕向けた。さまざまな推理が、二人の頭の中で化物のように膨れ上がった。

「財宝のことはともかくとして、このことは真面目に考えなきゃならねえぞ。少なくとも、子供たちの骨が今もあの山の中にあることは確かなんだ。想像でもいいから、真面目に考えてやらなきゃ、こいつらは泛かばれねえ」

海老沢は足元をうずめつくす夜景に目を凝らした。かがやかしい夜の底には、空襲で粉みじんに吹き飛ばされ、焼きつくされた無数の骨が今も眠っているだろう。

窓の外に渦巻く風の音が死者の呟きにきこえて、海老沢は話題を変えた。

「ところで、丹羽さん。ちょっと不謹慎な気もしますけど、話を二百兆円の財宝に戻しませんか」

丹羽は妄想から覚めたように目を向けた。

「あれはね、やっぱりないんじゃないかと思うんですよ。とっくに進駐軍が掘り起こしちゃったんじゃないかな」

そんなはずはない、というふうに、丹羽は笑った。

「実は、武蔵小玉市の市史を調べてみたんですけどね、その中に〈火工廠の終戦処理〉という記載があって——」

「おい、あんまりガッカリさせるなよ」

「いえ、財宝のことは何も書いてありません。ただ、軍の命令で、兵器弾薬は進駐軍に引き渡し、土地建物や資材は小玉村と国とに、いったん無償で返還せよ、ということになったんだそうです。しかし現実には、二十年の九月十日に進駐軍がやってきて、すべてを押さえた」

「九月十日？――ミズーリ号上での降伏調印式が九月二日だから、その一週間後に火工廠は占領されちまった、というわけだ」

「そう。その日にちが問題だと思うんです。マッカーサーが東京の第一生命館に司令部を定めたのが九月十七日。つまり本隊が東京を占領する前に、いちはやく南多摩火工廠を押さえたことになりますよね。米軍のこの行動は不可解ですよ」

「バレていた、ということか」

「たぶん。マッカーサーが厚木飛行場に到着して、例のバターン号のタラップでコーンパイプをくわえながら、『メルボルンから東京までは長い道のりだった』、という名文句を口にしたあと、どういう行動をとったか、知っていますか？」

「横浜だろう。税関に司令部を置いたんだ」

「そうです。それが八月三十日。宿泊先に指定されたのは、あのホテル・ニューグランドです。そして二週間あまり後の九月十七日に、濠端の第一生命館――つまり旧東部軍司令部に移動している。真柴さんたちがたどったのと、そっくり逆のルートをマッカーサーはさかのぼっているんです。とても偶然とは思えません」

丹羽は両手を頭の後ろに組み、何かを思い出そうとするように目を閉じた。

「ああ、たしかにそうだな。うっかり読み落としていた。終戦史っていうのは、あんまり面白すぎて――そうだ、偶然じゃないのかもしれない」

「マッカーサーは、探していたんですよ。日本軍に奪われた財宝を。それはフィリピン独立のために、父親から引き継いだ大切なものですからね。たぶん、ワシントンも国防総省も知らない、彼の秘宝です」

「考えただけでゾクゾクするなあ」

と、丹羽はナフキンで顔の脂を拭った。

「待てよ――」

指の間から目だけを出して、丹羽は言った。

「もしかしたら、あのバカバカしい戦争は、その財宝が巻き起こしたんじゃねえのか」

「それは考えすぎでしょう、丹羽さん」

「いや、エビさんの推理をもう一歩すすめれば、そうなるぞ。話としちゃ面白え。日本軍がめざしたのは、実はパールハーバーの太平洋艦隊でも、インドネシアの油田地帯でもなかった。マニラの地下金庫に眠っていた、一国の独立資金。しかもそいつは、大東亜共栄圏の理想をおびやかす財宝だからな」

海老沢の頭の中に、大東亜共栄圏というとほうもないビジョンが、ふいに合理的な必然性をもって映し出された。

植民地の独立は、たとえあの戦争がなかったとしても歴史的な必然にちがいない。植民地の存在自体が、欧米のリベラリズムと矛盾しているのだから。だとすると、いずれ避けることのできないそれらの独立を、経済的支援という形で推進させ、その見返りとして利権は旧来どおりに呪縛しておく。これはむしろ定石だろう。

マッカーサーは親子二代にわたって、フィリピンの実質的な王であった。しかもそこは、当時アメリカ合衆国が持っていた唯一の巨大植民地であり、極東における軍事拠点である。

そのことだけを考えても、彼は他者の追随を許さぬ権威を握っていたはずだ。独立後の植民地を永遠に呪縛する方法は、ルーズベルトやトルーマンの政策にはなくても、卓越した軍政官であるマッカーサーは考えていたかもしれない。

欧米の経済的呪縛のもとにアジアの国々が独立して行けば、日本は永久に孤立する。大東亜共栄圏の夢は、そうした未来の状況を阻止する唯一の道ではなかったのか。

日本軍はまっさきに、マッカーサーの秘宝が眠るマラカニアン宮殿に向かって突進したのだ。

ふと、あのおそろしい戦争をへだてて、見知らぬ十三歳の少女たちと、ダグラス・マッカーサーとが対峙しているように思えた。

「ないよ。丹羽さん、どう考えても、やっぱりない。マッカーサーはフィリピンを落ちのびてから、オーストラリアで軍を立て直して、カネを奪い返しにきたんだ。メルボルンから南多摩をめざして、まっすぐにやってきたんですよ」

「出よう」

と、急に思い立ったように丹羽は言った。

「これから金原の家に行ってみようじゃないか。あいつは少なくとも、何十年にもわたってこの件にかかわっているんだ。なにか確証があるからこそいまだにこだわっているんだ。この際、はっきりさせておこう」

テーブルの上にちらかった資料をそそくさとアタッシェケースに収って、丹羽は立ち上がった。

二人は現実の世界に逃げ戻るようにラウンジから出た。明るいエレベーターホールに立つと、悪夢から覚めたような気分だった。

いずれにしろはっきりさせておかねばならないことだ。しかし、めんと向かって金原を問いただすとなると、海老沢はおじけづいた。あの奸物を怖れるのではない。怖るべきものは、都心からわずか二十キロ先に横たわる、くろぐろとした七十万坪の闇であった。

エレベーターの階数表示を見較べながら、丹羽は突然、思いがけぬことを口にした。

「俺は、マッカーサーを見たことがあるぞ」

「え？　本当ですか」

「ああ。たぶん、それが俺の一番古い記憶だ。家の近くの都電通りで、おやじに肩車をされて、マッカーサーの乗ったリムジンを見送ったんだ。星条旗の小旗を振ってな。おやじはたしかこう言った。『マッカーサー元帥はアメリカに帰って、大統領になるんだ』って」

「見えましたか」

「ちらっとな。だが今もよく覚えている。なんだか人間ばなれした、デカい顔だった」

マッカーサーの解任は昭和二十六年である。物心ついたばかりの少年の記憶に、その華々しい送別の光景が焼きつけられていたとしてもふしぎはない。

そしてその年の暮れに、海老沢はマッカーサーの指令によって解放された、東北の農村で生まれた。

丹羽は父の背で見た歴史的一瞬を思いたどるように、遠い目をした。

「しかし、あの男はいったい何をしにきたんだ。何をして帰ったんだ?」

扉が開かれた。二人はめくるめくほどの光に溢れた無人の匣《はこ》の中に、足を踏み入れた。

20

一九四五年八月三十日──。

それは一点のかげりもない青空が、四方から太陽を支え上げるような、光輝く日であった。

気温は朝早くから三十度にかけあがっていたが、秋の匂いのする乾いた風が長かった夏を吹きさますように、飛行場の草を薙《な》いで翔け抜けていた。

草原のあちこちに立つ人影は、どれもぼんやりと空を見上げて、何かを待っている。まるで突然に終わってしまった物語の、空白のページ上に立ちすくむように。

「まったくいいお日和ですね。台風一過、というやつでしょう──ところで、きょうの暦をご存知ですか」

長いこと見つめていた青空から目を離すと、マイケル・エツオ・イガラシ中尉は、かたわらの日本軍将校に訊ねた。若い将校の腕には「通訳」と書かれた白腕章が巻かれている。煤けた色の海軍の夏衣には、当然のことだが軍刀も拳銃も帯びてはいない。

米軍先遣隊の中尉の口から、ふいに浴びせかけられた流暢《りゅうちょう》な日本語に面くらって、通訳の将校はきょとん、とした。

「――暦、と申しますと？」

米軍の戦闘服に包まれた肌の色が、自分たちと同じであることに気付いて、通訳は日本語でそう訊き返した。

「暦ですよ。まさか、仏滅じゃないでしょうね」

「ああ……それでしたらご心配なく。今日は大安です。台風が仏滅の到着予定を、大安の日に変えてくれました」

将校の物言いが柔らかなのは、自分と同様に民間から徴用された通訳要員だからだろう、とイガラシ中尉は考えた。

「プリーズ、よろしかったら」

ラッキーストライクをくわえ、一本を勧めると、通訳将校はちょっと周囲を気にするようにしてからそれを受け取った。

滑走路の脇に立つ日除けテントの下には、物々しいなりの将官や高級将校が居並んで、二人のやりとりを見つめている。

「日本語、お上手ですな」

掌の中でマッチの火を受けると、通訳は声をひそめて言った。微笑は決して社交的なそれではない。彼にとっては米軍将校よりもテントの中の上官たちの方がよっぽど苦手なのだろうと、イガラシは思った。

「ごらんの通り二世です。純血の日本人ですよ」

「へえ、それはまた皮肉なめぐり合わせですね。いや、大変なお役目です」

「こっちで中学まで出たんです。祖父が手放さなかったものでね。父母のあとを追って渡米してから、カリフォルニアのカレッジを卒業しました。めずらしいでしょう」

「どうりで日本語が達者なはずだ」

イガラシは通訳の背を押して、上官たちのいるテントから遠ざけながら囁いた。

「いまだに英語よりは自信があるんですよ。しかし、おたがい苦労なことですね。こんなことなら勉強などせずに、トラクターを運転しているべきだった」

「同感です」

差し出したイガラシ中尉の掌を、通訳は遠慮がちに押し返した。「まだシェイク・ハンドには早すぎます」

テントの中ばかりではなく、あちこちからの視線に気付いて、イガラシは差し出しかけた手で首筋の汗を拭った。

「ああ、そうでした。調印までは禁止されていたんでしたっけ」

二人の将校は左右に一歩ずつ離れて、タバコを吸った。どちらも内心は、ついタバコを勧め、つい受けとってしまったことを後悔している。しかし、軍律なぞは何も知らないのだという開き直りと、自分たちが最も重要な任務を帯びているのだという自負が、二人の臨時雇いの将校の口から、臆面もなく煙を吐き出させているのだった。

怪訝な視線を向けるばかりで、誰もとがめようとしないのは、彼らの開き直りと自負がこの場合、たしかに正当だからである。

なにしろ四年間も続けてきた大砲や機関銃の会話が、きょう初めて言葉になるのだ。

通訳将校は周囲に対していくぶん聞こえよがしに言った。

「こういう歌を知っていますか――出てこいニミッツ、マッカーサー、出てくりゃ地獄に逆落とし……」

「いや、知りません。しかし、それはすごい。ブロードウェイで唄ったら、ロングランまちがいなしです」

「さて、どっちが出てくるかと思ったら、マッカーサーの方でしたな」

通訳がいくぶんの敵意をこめてマッカーサーを呼び捨てたことに対して、異を唱えるほどの忠誠心を、イガラシは持ち合わせてはいない。

少し考えてから、イガラシ中尉は答えた。

「マッカーサー将軍が出てきた理由は簡単ですよ。ニミッツ提督はルーズベルトの腹心でしたからね。彼が急死して、どさくさまぎれに大統領に就任したトルーマンにしてみれば、ニミッツを英雄にするわけにはいかない。で、ルーズベルトとは犬猿の仲だったマックにこの任務を与えたんです」

通訳は興味深げに肯いた。これからの打ち合わせでもするように、滑走路に向かって歩きながら、イガラシは続けた。

「トルーマンは暫定政権のようなものですからね。次の大統領選挙にこの戦争の英雄が立候補するのは最大の脅威ですよ。万が一、ニミッツが共和党にかつがれでもしたら、あなた」

「へえ、そんなこと有りうるのですか。それじゃアメリカが理想とする文民統制《シビリアン・コントロール》とかいうのは……」

「そんなものはニューディーラーたちのお題目ですよ。国民は常に英雄を待望しているんです」

「でしたら、マッカーサーだって立候補するかもしれないじゃないですか」

イガラシはいかにも冗談はよせ、というふうに大声で笑った。

「マックが大統領？──あの誇大妄想の、神がかりの将軍が？　そんなことになったら、あなた、アメリカは西部劇に逆もどりです。いや、ホワイトハウスはハリウッドに引っ越しだ。なにしろマックは、いまだにウィスコンシンの開拓者の血を誇りにしていて、ロバート・リー将軍が合衆国を作ったんだと信じているんですからね」

あたりをはばからぬ中尉の大声に、通訳の方が思わず尻ごみをした。イガラシ中尉は先遣隊の米軍将校たちに蔑むような目を向けながら続けた。

「たしかにおっしゃる通り、『マッカーサーを大統領にする会』というものは、全米各地に存在します。だが、それはハースト系の反動新聞がでっち上げた、最低のジョークです。もっとも当のご本人は、パロディだともジョークだとも気付いちゃいないんでしょうが」

イガラシはおかしくてたまらぬ、というふうに笑いながら、息をついた。イガラシの饒舌に、日本軍通訳が辟易しているのは明らかである。

しかし久しぶりで口にする母国語の心地よさは何物にも替えがたい。しゃべるほどに口の中がさわやかな風でいっぱいになるような気がする。なんてすばらしい言葉なんだろうと、イガラシ中尉は今さらのように考えた。

「マッカーサーのことを面白がるジャーナリズムにも困ったものです。先日、ワシントンポスト紙のインタビューで、マックが何と言ったと思いますか。例の騎兵隊長みたいな仏頂面で、『本官の相談相手はもはや二人の人間にしぼられた。それは、ジョージ・ワシントンと、エブラハム・リンカーンだ』だって。トルーマンはさぞ頭にきたでしょう。しかしこれには、全国民が腹を抱えて笑った。退役軍人とウィスコンシンの選挙民以外はね」

「はあ……何とも明るいお国柄ですな……」

「要するに、マッカーサーは米国民にとって、ジョー・ディマジオやベーブ・ルースのような英雄なんです。ま、常識で考えても、四八年の大統領選挙に軍人が出馬するとしたら、勝ち目のあるのはヨーロッパのヒーローの方じゃないでしょうか」

「と言うと、ノルマンディー作戦の？」

「そう。ドワイト・アイゼンハワー。彼はけっこうリベラリストですからね。少なくともアメリカを十九世紀に逆戻りさせたりはしないでしょう」

　通訳は貴重な情報を耳にして、真顔になった。

「でも、アイゼンハワーはかつてマッカーサーの部下だったのでしょう？」

「おや、よくご存じですね。フィリピンでは一時、参謀長としてマックに仕えていました。しかし彼らは士官学校《ウエスト・ポイント》の同期生でしてね。アイクは第一次大戦の戦功でマックに後れをとったが、ライバル意識はいまだに強烈です。アイクはマッカーサーのことを『すばらしい演技者』と酷評してはばからないし、マックはそれに対して、『アイクは最高の事務員』と応酬したんです。このやり合いには、米国中が沸きましたよ。どうです、おかしいでしょう」

イガラシ中尉は半長靴《はんちょうか》のかかとでタバコをもみ消しながら、クスクスと笑い続けた。

「いったい、どんな人物なんでしょうな。マッカーサーというのは……」

格納庫の前には軍楽隊が勢ぞろいしていた。クラリネットのロング・トーンに合わせて調律をおえると、勇ましいスーザのマーチが人々を愕かせて飛行場に響き渡った。

北の空にかすかな機影が現れた。世界はあわただしく動き始めた。

「ご安心なさい。彼は少なくとも、あなたがたに危害を加えるような人間ではない。つまり、決死の先遣隊に、トランペットとドラムを積みこませるような人物ですよ。じきに、わかります」

と、イガラシ中尉は親指を立てて、呆れたように軍楽隊を見やりながら言った。

ダグラス・マッカーサーと彼の幕僚団《バターン・ギャング》を乗せた専用機は、護衛戦闘機の一機すらも従えず、ゆっくりと厚木の空に天下ってきた。

午後二時五分。ファンファーレが鳴り響き、ドラムがロールを打った。

バターン号の後部ドアが開くと、その男はまずタラップの上で立ち止まり、悠然とカメラに対してポーズを作った。

待ち受ける日本の軍人たちの想像をことごとく裏切る、連合軍最高司令官の出で立ちであった。

略服の襟に五つ星の階級章が付いているだけで、元帥の威厳を表す装飾は何ひとつなかった。くしゃくしゃの軍帽をやや斜めに冠り、濃い色のサングラスをかけ、のみならず長い柄のコーンパイプをくわえていた。

一時間半ほど前に沖縄から到着していた、第八軍司令官のアイケルバーガー中将が、何人かの先遣隊将校とともに出迎えた。

マッカーサーは答礼をするでもなく、まったくそっけないそぶりで飛行場を見渡している。

「行きましょう。われわれの仕事が始まる」

イガラシ中尉は、あっけにとられる日本軍通訳の肩を叩いて歩き出した。

マッカーサーはバターン号のタラップを降りると、少し不機嫌そうに、歴史的な第一声をアイケルバーガーに向かって語りかけた。

「メルボルンから東京までは長い道のりだった。だが、ボブ。どうやらこれでペイ・オフだな」

プロペラが止まるのを待ってそう言ったように、マッカーサーの良く通るバリトンは、出迎える誰の耳にもはっきりと聞きとることができた。

おそるおそる近寄ってきた日本の新聞記者が、二人の通訳の間に首をつっこむようにして、この第一声の意味を訊ねた。

とっさに日本人将校は、「PAY・OFF」を「すべては終わった」と訳した。

しかしイガラシ中尉は横あいから、「勝負はついた」と言いかえた。

たぶんマッカーサーのニュアンスは、まったく直訳どおりの「支払いが済んだ」にちがいないのだが、その下品な言い回しをまさか敗戦国民に伝えるわけにはいかないと、二人の有能な通訳は考えたのである。

マッカーサーがカメラを意識していることは、誰の目にも明らかであった。しかし、一メートル八十センチの身丈を、まるで旗竿を背に入れたように凜と伸ばして歩くハンサムな風貌には、ふしぎなくらいそうした芝居気あふれる動作が良く似合った。

誰もが圧倒されていた。彼が日本の年号で言う明治十三年生まれの、六十五歳の老人であるとは、誰ひとり考えてもいなかった。

マッカーサーは滑走路の夏草を踏みわけて大股で歩きながら、彫像のように冷淡な表情を決して崩そうとはしなかった。アイケルバーガーがうやうやしく勝利の喜びを述べても、その晴れがましい笑顔に答えようとはしなかった。

笑顔のかわりに、きっぱりと言い返した一言は、アイケルバーガーや取り巻きの幕僚たちを沈黙させた。

「大勝利《トライアンフ》だと？　ちがうな、ボブ――これは明白な宿命《マニフエスト・ディスティニィ》だ」

日本軍に対しては勇敢だが、マッカーサーに対しては臆病な彼ら側近たちは、この不用意きわまりない言葉に腰を抜かした。誰もが心の中で、この歴史的な瞬間に、彼らの偉大なボスがそれ以上の途方もない台詞を吐かぬことを祈った。

間髪を入れずにイガラシ中尉が引き出されたのは、そのためである。彼はアイケルバーガーから、「適切な通訳」をするために厳選され、任命された重要なスタッフであった。

「わが第八軍が自信を持って推薦する日本語通訳を紹介いたします。マイケル・イガラシ中尉。バークレー出身の秀才です」

アイケルバーガーは小さなイガラシを引き寄せて、誇らしげに言った。

マッカーサーは立ち止まって、イガラシをサングラスの底から見据えた。多くの米国人がそうするような、黄色い肌に対する侮蔑が感じられないのはふしぎなことである。ほんの一瞬だが、元帥の口元に浮かんだ温かみのある微笑みを、イガラシは見逃さなかった。

「ハロー、マイケル中尉。いや、マイクと呼ぼうか。生まれは、どこだ？」

「コウベです」

と、イガラシは少しはにかむように答えた。

「そうか。それはけっこうだ。ワシントンの生まれでなければいい。南部の出身なら、なお良かったな」

そのとき、草原を渡ってくる風やブリリアントな大空が、元帥の運んできたものだと感じたのは、イガラシ中尉だけであろうか。それまで彼が信じ、また多くの人々がそうと信じているダグラス・マッカーサーの印象を、イガラシは考え改めねばならなかった。

いいや、これは神だと、イガラシは巨《おお》きな影の下で思った。

「君は私の幕下《ばくか》の将軍たちの誰にも増して、重要な役割を果たすことになるだろう。私は命じない。神がそう決めたのだ。わかったな、マイク」

「イエス・サー！」

イガラシ中尉は不動の姿勢をとって敬礼をした。

有能な通訳を得たマッカーサーは、記者団を引きずるようにして早足で歩き出すと、まるで用意した原稿を読み上げるような速さでしゃべり出した。

「おい、ぼんやりするな」

と、アイケルバーガーがイガラシの背を叩いた。自分の仕事がいきなり始まったことを知って、イガラシはうろたえた。

「諸君らに対して二度とは言わない。まず、軍事力の徹底かつすみやかな解体。次に代議制政府を作り、女性に参政権を与える。政治犯の釈放。農地の解放。自由な労働運動を認め、自由経済を奨励する。警察の強権を廃止し、公平な、責任ある新聞を作る——さて、これらを実現することは、この国にとって奇蹟だ。しかし、私は奇蹟を起こす。そのためにメルボルンからやってきた」

マッカーサーの言葉をたて続けに同時通訳しながら、イガラシはこの野戦の英雄がまちがいなく一個の天才であると確信した。待ちうける任務の重みが両肩にのしかかり、イガラシはいったん滑走路に立ち止まって、膝頭の慄えを押さえねばならなかった。

日本側の用意した軍事的な儀礼は、マッカーサーのあからさまな意思によって、ことごとく無視された。それは、降伏した軍隊はもはや軍隊ではないと言っているのも同じであった。

早足で歩き続ける彼の周囲には、日本軍将校の姿はひとつもなく、かわりに記者団とカメラの砲列がひしめいていた。

付き従う歴戦の幕僚団《バターン・ギャング》たちにとって、それは怖ろしい光景だった。彼らの偉大なボスは、マイクロフォンの端末が全世界に、とりわけホワイトハウスに直結していることを知っているのだろうか。いや、たぶん知っているからこそ、尚さら怖ろしいのである。

マッカーサーは決して笑わぬ、いかめしい軍人の顔で、彼一流のとめどない台詞を連発している。バターン号の通路を檻の中のライオンのようにうろうろと歩き回りながら、あるいはシートにもたれて寝たふりをしながら、彼はずっと台詞を考え続けていたにちがいない。それがいまや、一気呵成に溢れ出しているのだ。側近たちにとっては最悪の事態と言えた。

「おい、通訳。何をぼんやりしているんだ。早く行って何とかしろ、世界が破滅するぞ」

バターン・ギャングの実力者のひとりであるチャールズ・ウィロビー少将が、険のある筋肉質の顔をひきつらせて、イガラシの腕を引きたてた。

「もう手遅れですよ、チャーリー。だから言ったじゃないですか。さっきまで落ち着いているように見えたのは、発作の前兆だったんです。私は知りませんよ、どうなっても」

そう言ってイガラシのもう一方の腕を摑んだのは、やはりマッカーサーの側近である、コートニー・ホイットニー准将だった。ウィロビーとは対照的な丸顔から、日ごろの如才ない表情は消えていた。

「おまえ、人前で俺のことをチャーリーと呼ぶのはやめろ。何べん言ったらわかるんだ」

小柄なイガラシ中尉を引きずりながら、ウィロビーはホイットニーを睨みつけた。

「仲たがいをしている場合じゃないでしょう。ともかくボスを何とかしなければ。私はいやですよ、日本軍を指揮してアメリカと戦うのは」

「……そうだな……そうだった、ニミッツの艦隊がそこまできているんだっけ」

「ニミッツばかりじゃありませんよ。ヨーロッパの戦争はとっくに片付いちまってるんです。アイクの落下傘部隊が降下して、パットンの戦車団が上陸してきたら、私らひとたまりもありませんやね。わあ、どうしよう、最悪だ」

「カミカゼはあと何機ぐらい残ってるのかな」

ウィロビー少将は額の汗を拭いながら、冗談とは思えぬ真顔で言った。

「ニミッツの軍艦の方が多いですよ。さっき見たでしょう。サガミ湾がまっくろに見えた」

彼らがやり合っている間にも、マッカーサーの歌うようなバリトンは、まるでご託宣のように朗々と響き渡っていた。

ホイットニーは丸い顔をイガラシの耳元に寄せて囁いた。

「いいか中尉。こうなったら最後の手段だ。ボスが車に乗ったら記者団に言え。ただいまのはマッカーサー将軍の非公式の言葉であるから、いっさいの掲載はならぬ。ジョークだよ、と」

「イエス・サー」

イガラシ中尉は気を取り直して言った。

バターン・ギャングの一団は、最も肝心なこの場面で統一性を欠いていた。それはもちろん、戦争という共通の目的が失われたせいでもあるが、主たる原因は彼らの個性をしっかりと束ねていた参謀長が、ある個人的事情で実務能力を失っていたからである。

マッカーサーの忠実な代弁者であり、いわばご託宣を人々に伝える司祭であり、同時に米国軍事史上最大のイエスマンであったサザーランド参謀長は、こともあろうにオーストラリア人の女秘書に手を付けたかどで、権威を失墜していたのである。彼は偉大なるボスの逆鱗に触れ、ほとんど失脚して、部下たちの後ろからとぼとぼとついてくるだけであった。

当然のなりゆきとして、ウィロビー少将とホイットニー准将は、ナンバー・ツーの座をめぐって競《せ》った。この競り合いに勝てば、三年後に控えた大統領選挙の後に、大統領首席補佐官の椅子か、うまくすれば副大統領の地位が転がりこむのだと、まじめに信じていた。

（戦争の犬《ファイティング・ドッグ》どもめ……）

事情を何となく察知して、イガラシは心の中でそう呟いた。

「ともかく、当分は休戦だ。いいな、ホイットニー。俺たちはボスを英雄にしなければならん。アイクにもニミッツにも、いやトルーマンにも負けぬ英雄にするんだ」

「わかってますよ、チャーリー。だが、ボスはもう十分に英雄です」

「チャーリーと呼ぶなと言ってるだろう。時と場合を考えろ。ここはマラカニアン・パレスの庭じゃないんだぞ、世界を相手に戦った東洋の偉大な帝国だ。われわれは征服者としての誇りを持たねばならん」

ホイットニーは歩きながら、軽蔑しきった目をライバルに向けた。

「いやな言い方だな……何だか近ごろ似てきましたよ、ウィロビー閣下」

「え？　そうか。まずいな、やはり日曜は教会に行こう。うん、そうしよう」

二人はマッカーサーに追いつくと、護衛の兵たちに命じて記者団を引き退がらせた。

滑走路の端に、黒塗りのリンカーン・コンチネンタルが一台。それだけは少しましだったが、後に続いている乗用車は、どれも年代不明、国籍不明のオンボロであった。

パイプをくわえたまま、マッカーサーの口元が呆れたように緩んだ。

「ボブ。やはりルーズベルトの対日禁輸政策はまちがっていたようだな。せめて車だけは売ってやるべきだった」

「イエス・サー」

と、答えたなり、アイケルバーガー中将は直立した。部下たちの中でただひとり、地獄の沖縄戦を勝ち抜いたこの指揮官は、苦労の分だけ誠実だった。冗談と真意との判別ができぬほど誠実だった。

「横浜まで、どのくらいある。このポンコツでは百マイルとは走れまい」

「いえ、将軍《ゼネラル》。横浜までは二十マイルです」

「二十マイル！　われわれは何というちっぽけな国と戦争をしたのだろう。信じられん。疲れが出た」

従兵がうやうやしくリンカーンのドアを開けた。アイケルバーガーは、しゃべりながら卒倒してしまうのではないかと思われるほど緊張して、車の来歴を告げた。

「このリンカーンは、陸軍大臣の専用車だったそうです、将軍」

「ほう」、とマッカーサーは満足げに肯いた。彼にとって車の由緒ただしさは、性能よりも大事なことであった。

「阿南将軍は地下鉄で通勤しているのか」

「いえ、自殺しました。ハラキリです」

「ハラキリ……たまらんな」

マッカーサーの端正な口元がわずかに歪んだ。

「もっとすばらしいいわれをお教えしましょう。この車は阿南大将の前には、山下将軍の持ち物でした」

アイケルバーガーはこのとっておきのエピソードに、ボスの笑顔を期待していたのだが、マッカーサーは笑わなかった。それどころか、山下という名を聞いて、むしろ表情を堅くした。

「なんだと、ヤマシタ？――虎将軍《ハリマオ》の車か。ところで、ヤツはハラキリはしておるまいな」

「はい、投降しました。ルソンの山奥から、虎のように出てきたそうです」

「よし、腹を切らせてはならんぞ。ヤツには聞きたいことが十ダースもある」

マッカーサーは後部座席に深々と座ると、革張りのシートを感慨ぶかげに撫でた。

車の元の主人に対する、どんな名文句を口にするのだろうと、誰もが耳をそばだてた。しかし、この天才が呟いた言葉は、凡人たちの予想をはるかに越えていた。

「ホイットニー、至急クライスラーのリムジンを取り寄せたまえ。どうもこのリンカーンという車は、あのニューディーラーどもの匂いがする。私の性に合わない」

車にはアイケルバーガーが陪乗し、マイケル・イガラシ中尉は助手席に乗ることを許された。バターン・ギャングの一味と将校団は、日本政府と軍が八方手を尽くして狩り集めた二十五台の乗用車に次々と乗りこんだ。

十台の無蓋トラックには、そのために選ばれたとしか思えぬハンサムな兵士たちが、ぎっしりと整列して乗った。

「司令部は横浜税関に定めました」

「いや」、とマッカーサーはアイケルバーガーの言葉を遮った。

「ホテル・ニューグランドに行く」

「ニューグランド？」

アイケルバーガーは愕いた。先遣隊と日本側の準備委員が取り決めた予定をくつがえす理由は何だろう。

彼らの間では、ボスの意思を二度にわたって問い質すことはタブーだったが、警備の安全を考慮して、この誠実な部隊指揮官はあえて訊ねた。

「ホテル・ニューグランドに、なぜです？」

マッカーサーはシートに沈んだまま少し考え、部下の質問をとがめるかわりに、低い、正確な声で呟いた。

「私とジーンが、ハネムーンで泊まった思い出のホテルだ。ほかに理由はない」

21

携帯電話の呼音で、海老沢澄夫は我に返った。

車は首都高速四号線を、あやういぐらいの速度で走っていた。ハンドルを握ったまま、丹羽明人は背広の内ポケットから電話機を取り出し、ひとことふたこと不機嫌そうな受け答えをすると、メインスイッチを切った。

「こんな時間まで仕事の電話ですか」

「いや、女房からだ。なんて言うか、その——所在確認っていうやつだな」

「所在確認？」

丹羽は恥じらうようにルームミラーを覗きこみ、スピードを落とした。

「年の離れているわりにゃ、嫉妬ぶかい女でな。もっとも亭主は女が原因で二度も離婚しているんだから、疑うなという方がムリだろうけど」

「うらやましいご身分ですね」

海老沢に他意はないのだが、厭味に聞こえたらしく、丹羽は苦笑した。

「今は女遊びどころじゃねえもんな。だが、近ごろ妙に勘ぐりやがる。あんたは変わった、挙動不審よ、だって。変わりもするよなあ、なにせ去年の暮れから仕事も家庭もほっぽらかしだ」

周囲から見れば、自分もやはり挙動不審に見えるだろうかと、海老沢も思った。毎晩のように、買い集めた資料に埋もれ、週末ともなれば図書館にいずっぱりである。大学受験のときですら、これほどまじめに勉強はしなかった。

そして、以前にも増して複雑になってしまった家庭の事情が、彼をその作業にいっそう没頭させているのだった。

「カミさんが、帰ってきましてね」

告白めいてそう言うと、丹羽はポカンと口を開けて、海老沢を振り返った。

「そりゃあ……ま、けっこうなことじゃねえか」

「さあ、どうでしょう。この不景気で男の会社がパンクしたんだそうです。そんな帰宅理由を聞いたんじゃ、いくら僕だって手放しで喜べるはずはありません」

話しながら、殺し続けていた怒りがこみ上げてきた。

「勘弁してやれよ。子供にとっちゃそれが一番なんだから」

「勘弁するとかしないとか、そんな問題じゃないんです。非常識ですよ、ごめんなさいのひとこともなくって、まるで僕や子供らが悪い夢でも見てたんだとでも言うみたいに」

「その、ごめんなさいが言えねえんだよ。事実が重たすぎて」

「じゃあ、僕はどうすりゃいいんです。あやまれ、って言いますか」

「それもなあ……」

そんな悩みは時間が解決する、と言おうとして、丹羽は口ごもった。

べつに珍しい話ではあるまい。しかし海老沢澄夫の四角四面な性格を考えれば、めったなことは言えないのだ。

「俺は、自慢じゃねえけどその手のゴタゴタにかけちゃプロだよ。つごう母親が三人、ガキが五人だからな。考えてもみろ、月々百万円の仕送りと、父親参観日の恐怖に比べりゃ、そんな悩みはへでもねえ」

「ずいぶんな言い方ですね。だが、あいにく僕はあなたほどタフじゃない。二十六年生まれの僕らは、食い物の争いをしたことがないんです」

適切な比喩に丹羽は噴き出した。たしかにその通りだ。

団塊世代のピークにあたる丹羽の年齢は、どこの家でも鼻たれの子供でひしめいていて、三度の食事はさながら早い者勝ちのバトルロイヤルであった。

しかし、生まれ年がわずかに四年さがれば、それは平穏な、高度成長期の申し子の世代である。彼らは一様におっとりしていて、サンドバッグにはもってこいの、永遠の弟分であった。

良くも悪しくも、海老沢はその典型である。

もし自分が海老沢の立場であったら、出戻りの女房など迷うことなく半殺しに叩きのめし、指輪も親権も奪い去って、そのうえ相手の男にねじこんでしこたま慰謝料をぶんどっているだろう、と丹羽は思った。たしかに海老沢はそれほどタフではあるまい。

同時に、こんなことを考えた。わずか四年の間に、別人種のように人格を隔ててしまうほど、日本は変わったのだ。まさに奇蹟的な復興であったにちがいない。

兄貴分の余裕を見せて、丹羽は言った。

「贅沢は言うな。あんた、少なくとも俺よりは幸せだ。育ちがいい分だけ体力がない。それだけのことさ」

「そうかな。僕は僕なりの地獄を経験しているつもりですけど」

「地獄？　——おい、そんな言葉は簡単に使うなよ。バチがあたるよ」

叱りつけるように丹羽が言うと、海老沢はまったく素直に、吊るされたサンドバッグのように押し黙った。

「そうでしたね。実は調べものをしながら、自分でもそう言い聞かせてきたんですよ。失言でした。こんな恥を晒したりして、僕はどうかしている」

ふと丹羽の心に、海老沢の体験している「地獄」の様子が映し出された。

食卓の上には、昨日までとは比べようもない豪華な手料理が並んでいる。子供たちは失われた時間を取り返そうとするように、母に語りかける。母は多分に媚びを含んだ子供らの声を、少しもないがしろにせずに聞き、答え、笑う。そして時々、家族は決して話に加わろうとはしない父親の顔色を窺う。食事を終えると父は寝室に入って、黙々と資料を読み始める。子供たちが寝入ってしまうと、妻は寝酒を盆に載せて持ってくる。夫は振り返ろうともしない。やがて妻は、詫びる言葉を呑み下して部屋から出て行き、子供部屋に蒲団を敷いて寝てしまう。押し殺したすすり泣きに、家族はそれぞれの耳を被う。

「どうりで、調べ物がはかどったはずだな」

海老沢はふと気色ばんだが、すぐに寛容な笑顔に戻った。

「まあ、言われてみればその通りです。丹羽さんもずいぶん勉強したみたいですね」

「だが、俺は現実から逃避していたわけじゃねえぞ。片付けなきゃならんことはいくらだってあるんだ。でも、こいつばかりはなあ」

「何しろ二百兆円ですからね」

海老沢は多少の軽蔑をこめてそう言ったのだが、逆に睨み返した丹羽の目が自分を蔑んでいるように思えて、言葉を呑んだ。

「はじめは俺も目がくらんだよ。だが、金原が不良在庫の面倒をみてくれたとたん、急に欲がなくなった」

「それは、タフな丹羽さんらしくもないですね」

「力が抜けちまったんだ。どだい俺の器量は、建売り六棟分がせいぜいだと思った。ということは、俺にとっちゃ三億も二百兆も、たいして変わりはねえってことだ」

「じゃあ、なぜこだわるんです？」

丹羽はネクタイをくつろげると、やっと言うべきことにたどりついたように、はっきりと呟いた。

「欲がなくなったとき、こいつは宝さがしの物語じゃねえと気付いたんだ。つまりだな、これは国生みの神話だ」

高速道路の高みから望む一面の夜景の上を滑るように車は走った。

梨畑の闇の中に聳え立つ金原庄造の邸は、まるで濠に囲まれた城郭のようである。

土地の高騰で立派に建て替えられた家の目につくこのあたりでも、これだけの構えはまずあるまい。

門前に車を止め、沈丁花《じんちょうげ》の匂う小径を歩くと、畑の縁に沿って何棟かの借家が並んでいた。どの窓にも灯はない。

「あの左の端が、真柴さんの家だったんですよ」

「へえ。本当にお邸の庭つづきなんだな」

「昼間だと、ちょうどこの畑の棚の上に、火工廠の山が見えます。ほんのすぐそこに」

月のない闇夜であった。猟犬が鎖を鳴らして、激しく吠えた。

玄関の前に、高級車が乗りつけられていた。

「や、まいった。婿ドノが来てるな――なんだかバツが悪い。このあいだ頭を下げたばかりだから」

「いいじゃないですか、べつに。それはそれ、これはこれです」

「でもなあ――」

それとこれとがちっとも別ではないことは、当の丹羽が一番良く知っている。隠居の金原だけならまだしも、あのとっつきにくい娘婿がいるとなれば、敷居はまたぎづらい。

ためらう間に、海老沢は玄関の広いたたきに立って、呼鈴を押した。

寝入りばなの子供を抱いた女が出てきた。それが金原の娘であることは、造作の大きな、押し出しの利く面《おも》ざしからも、ひとめでそうとわかる。

「あらまあ、海老沢さん」

「夜分とつぜん、すみません。お父さん、いらっしゃいますか」

奥の間の笑い声が止んだ。

「はい、いますけど。何か？」

金原の娘は同行者の顔を闇に透かし見た。海老沢は来訪の理由を、実に彼らしく述べた。

「今しがた、二人で真柴さんの四十九日をやっていたんですがね、飲み食いだけじゃ何だか気が引けるから、こちらでお線香のひとつも上げさせてもらおうと思って」

意味がわからずにとまどう娘の背後に、ぬっと金原が姿を現した。広い廊下の中央に杖をついて、二人の来訪者をしばらく睨みつけてから、金原は酒で上気した顔をほころばせた。

「妙なこともあるもんだな。いま、わしも身内の者でその四十九日をやっとったんだ。あがれ」

もちろん今日がちょうど四十九日というわけではなかった。そういう名目で二人が会い、なりゆきでやってきた金原の家で、同じ名目の酒宴が開かれていたのだ。丹羽は背筋が寒くなった。

「真柴のじいさんも仕様がねえなあ。どうあってもおめえさんたち若え者と話がしてえらしい」

　二人を座敷に導き入れると、金原は娘に、「おめえはもう寝ろ」と命じた。

　広縁に面して、八畳二間が続いた広い座敷である。立派な金箔の仏壇には灯明が灯っており、古ぼけた位牌が光にゆらいでいた。黒檀に螺鈿《らでん》を細工した座卓の下座に、娘婿が座っている。

　娘婿は二人に向かって、「やあ」と手を挙げた。地味な背広の襟に、きょうは議員バッジが輝いている。

　老夫人が愛想をふりまきながら、盃を運んできた。気のせいか襖の蔭でしばらく中の様子を窺い、機を見て入ってきたように思える。笑いながら夫人は、落ちつかぬ目で二人の来訪者を見た。

　夫人が退がるのを待って、丹羽は舅と婿の両方に頭を下げた。

「その節は、どうも」

「それァやめろ。今日は真柴のじいさんの法要で、商売の話は抜きだ。頭はいっぺん下げりゃいい」

　金原は座椅子から身を起こすと、ひとりずつに酌をした。海老沢の酒を受けながら、金原はしみじみと言った。

「おめえさんからこうして盃を受けるたァ、思わなんだな、エビさんよ」

「真柴さんが仲を取り持ってくれたんでしょうか」

海老沢は単刀直入に、福祉財団のことを訊こうとした。しかし金原の鋭い目はすでにそれを察知しているように、きっかりと海老沢の唇を制した。

「わしのすることにゃ、まちがいはねえ。少なくとも、おめえら若え者よりァ確かだ。ずっと、そうしてきた。これからもだ」

自分が不死身であると信ずるように、金原はぐいと盃をあけた。

この供養の席で、本来かたられねばならぬ真柴老人のことについて、金原は容易に話し出そうとはしなかった。しびれをきらして丹羽がその名前を口にすると、金原は投げやりに、

「そう言ったって、あのクソジジイには偲ぶほどの遺徳なんて、ありゃしねえもんな」

と、言った。

それからひどく遠回しに、そうした手順を踏まねば話が行きつかぬとでもいうふうに、金原は戦後の小玉村の風景や、寄合いのような草創期の議会のことや、私鉄の支線を誘致した苦労談や、毎年農民たちを悩ませた大水のことを、とつとつと語った。

それらの多くは娘婿にとっても初めて聞く話のようであった。事業の後継者である彼は、時おり適切な質問をまじえて、岳父の話に聞き入っていた。

金原は決して言葉巧みではなかった。むしろ粗野で朴訥《ぼくとつ》で、要領を得ない語り口であったが、それはいちいち、老いた肉体が語るような強い説得力を持っていた。

広縁の外の闇には、まるで終戦直後の荒廃した農村の風景が広がっているような気がした。時代の切り口の、すべてが死に絶えたような夏の闇。収穫期の梨畑の中に点在する農家は、男たちの復員と戦死公報を、息を詰めて待っていた。

金原はふと、話すことのうまく言葉にならぬ歯痒さを呪うように、広縁の闇に目を向けた。太い首だけを捻じ曲げたまま、卓の上に置かれた指先を神経質にうごめかせている。

長い沈黙であった。老人は明らかに、越えてはならぬ領域に踏みこもうとしていた。

再び座を見返った金原の、打って変わった気弱なまなざしに誰もが愕いた。追憶から逃げ帰ったように、金原は深い溜息をつき、ぼそりと呟いた。

「人殺しって言ったって、戦争だもんな。ここいらの家だって、どこも一人や二人の若え者は殺されてるんだもんな。わしだって、いってえ何十人殺してきたかもわからねえが、それもこれも、戦争だもんな」

「そんなこと、誰も責めていやしませんよ」

口に出してしまってから、何でこんなことを言うのだろうと、海老沢は悔いた。金原の顔が歪んだ。

「あんたら、真柴さんがいい者で、わしを悪者だと決めつけとろうが」

「そりゃ、考えすぎだよ、金原さん」

と、丹羽が言葉を挟んだ。

「いいや、そう思ってるにちげえねえ。あんたらみんな――おめえもだ」

と、金原は娘婿にまで歪んだ顔を向けた。

「おとうさん、ちょっと酒が過ぎやしませんか」

婿は穏やかに笑顔を返した。しかし金原は獣めいた唇に酒を流し込んで、いよいよ言葉を荒らげるのだった。

「わしも人殺しだが、野郎だって立派な人殺しだがね」

「誰もそんなこと聞いてやしませんよ。さあ、おとうさん、もう休みましょう」

差し伸べた婿の腕を、金原は激しく払いのけた。瞳は力なく据わっている。

「飲むぞ。わしァ、飲む。これが飲まずにおられるか」

海老沢は立ち上がりかける娘婿の袖を引き寄せた。

「聞かせてもらいましょう。あなたにとっても決して損にはならない」

巨体を揺らしながら、金原はからの銚子を振った。

「ババア！　酒がねえぞ。酒もってこお！」

舌打ちをすると、金原は襖ににじり寄って、もういちど廊下の闇に濁声《だみごえ》をはり上げた。

「おおい、酒だ。寝ちまったのか、久枝！」

22

「わしは食うや食わずの小作の倅でよ。尋常小学校を出て読み書きだけ習や、あとは小僧に出て手に職をつけるしかなかった。だから、年がいったら軍隊に行くべえと、ガキの時分からずっと考えとった。幸い体だけはごらんの通り図抜けとったしな。

軍隊で小金でも貯めて、いずれ国に帰って煙草屋でもやるべえ、と――、ま、そのころの若え衆《し》の誰もが考える人生のビジョンてえのを持っとったわけさ。戦争の始まる前のこって、世の中ひでえ不景気でよ。そこいらは今の食いっぱぐれた若え者が自衛隊を志願するのと大した変わりはあんめえ。

まさか日本がよ、あんなひでえ戦をするたァ思ってもいなかったし、よしんば支那かソ連と一戦まじえたって、負けるわけねえと誰もが思っとったよ。むしろそうなりゃ手柄を立てて、出世もしようから、やるべえ、やるべえって――おめでたい話さ。

わしァ、今になってつくづく思うんだけんど、兵隊の、とりわけ志願してきたやつらの境遇なんて、どれもわしと似たようなものだった。口汚ねえ言い方をすりァ、帝国陸軍は百姓の軍隊だったんだ。人生に何の希望もねえやつらが集まって、てめえらにァもともと一等にあわねえ、もともと大嫌いな争いごとを商売にしてたんだ。軍隊のおかしな習慣とか、へんてこな言葉づかいとか、がんじがらめの規律とか、そんなものはみんな、無知で無教養な百姓の倅どもを兵隊に仕立て上げるために考え出されたものさ。いや、自然にそういうものができあがったのかも知らねえ。

教育さえまともなら、世の中しあわせなんだ。わしが教育長や校長らに文句をつけて嫌われるのも、みんなその信念のせいさ。そうだ、学問さえまともに身につけりゃあ、だいじょうぶなんだ。なにが起こったって。

陸軍曹長って階級はよ、そんなわしらが夢にまで見る最高の位よ。少尉から始まる士官学校出のエリートたちが大将をめざすのと同じに、二等兵で入営したわしらは、いつか曹長になるのを夢に見るのよ。

わしァ負けなかった。誰にも負けなかった。射撃だって、銃剣術だって、他のやつらに負けたこたァいっぺんだってなかった。その自信がわしを生き延びさせたんだ。鉄砲の玉だって、みんなわしをよけて通った。

人間のツキってのは面白えもんで、わしァ何べん戦に出ても、自分が死なねえのと同じで、部下もまず殺さなかった。部隊じゃ有名な、まあ今ふうに言うなら、ラッキーボーイだな。

内地の新聞が噂を聞きつけて記事にしたことだってあった。『不死身の曹長』だと。百回討伐に出て、百回生きて帰ったとな。鍾馗様《しょうきさま》のような無敵の下士官だと書かれたのが気に入って、わざわざ鍾馗様みてえな髭を生やしたっけ。それがまた、わしを部隊の名物にした。

あのとき、わしが選ばれて任務についたのも、たぶんそんな噂を上の連中が信じたからにちげえねえ。

だがな、正直のところイヤな感じはしていたんだ。ほれ、この足に一発くらって内地に還ったあとだったしな。討伐に出た先の露営地の谷間を、八路軍《パーロ》に包囲された。高い場所から手榴弾を投げこまれて、機関銃をバリバリ撃ちこまれて、小隊のほとんどが死んだ。わしにとっちゃ初めての敗け戦だった。おおぜいの部下を殺しちまったのは、こたえたな。

わしァ、死ぬのなんてちっとも怖かなかった。いつかは八路の弾に当たって死ぬんだと思っていたから。だが、そんな覚悟なんてあるはずもねえ若いやつらが死んじまったことが、ひどくこたえたんだ。

わかるか——三鷹の工場に作業員を迎えに行ったときのわしの気持ちが。ちょうど一個小隊分の子供らを前にして、わしァ、ぞうっと鳥肌が立った——」

化物のような夕日が、多摩の山なみに沈もうとする、風の凪いだ川原であった。二人の将校と一人の下士官と、十三歳の小さな少女は、黒煙を上げて焼け崩れるトラックを遠巻きにして佇んでいた。

川原は色紙をかけたような夕日のいろに染まっており、すさまじい炎は昏れなずむ晩夏の空を焦がしていた。

三人の男はうつむき、少女だけがぼんやりと顔を上げていた。

トラックの荷台には、おびただしい数の雑嚢が積まれていた。幌が爆ぜて火柱が吹き上がると、雑嚢のひとつひとつに収われていた少女らの下着や衣類が、羽を焼かれた鳩のように、ひらめきながら舞い上がった。

「これからのことを、考えねばならんな」

川原から土手に登りかけて、真柴はそのことがやり残した最もむずかしい仕事であるように言った。

「自分は、いったん役所に戻ろうと思います。やらねばならぬことはいくらでもありますから」

小泉中尉がメガネの煤を拭いながら言った。

「そうか――それにしても、申し合わせはしておかねばならん。とりあえず俺の実家に行こう。おふくろ一人だし、食い物と寝る場所はある」

土手道を川上に向かって歩きながら、まるで尾羽うち枯らした落人《おちゅうど》のようだと、曹長は思った。

とりあえず、その行動は賢明だろう。いや、それしかあるまい。申し合わせておかねばならないことが多すぎた。とりわけ最も重要な問題は、彼らが彼らの最後の良心において救った一人の少女を、どのように言い含めるかということであった。

三人の男はいつの間にか、少女を中に挟んで護るように歩いていた。どうしても護り通さねばならぬ、かけがえのないものであると、誰もが考えていた。長い戦の、すべてを焼きつくし、すべてを失った果てに、ただひとつだけ残されたかけがえのないものが、少女の姿を借りてそこにあるように思えるのだった。

どう言い含めるべきかと、男たちはそれぞれに苦慮していた。

「私、なにもしゃべりません」

歩きながら、はっきりと少女は言った。その毅然とした物言いは、決して命乞いには聞こえなかった。むしろそうすることが自分の使命であり、自分はすでに三人の大人たちと同じ立場にあるのだと、決意しているようであった。

「野口先生がそうおっしゃったから。私、みなさんのご迷惑にはなりません。もし敵に捕まって問い質されたら、舌を嚙んで死にます」

少女はそう言って二、三歩すすみ出ると、大きな前歯で舌を嚙むまねをした。

野口教員の言ったとおり、たしかに利口な子供だと、曹長は感心した。万事に機転がきき、目から鼻に抜けるような手際の良さを、曹長は作業の間にすっかり認めていた。

しばらく考えるふうをして歩きながら、真柴が訊ねた。

「そうは言ってもおまえ、われわれがいったい何をしたか、知っているのか」

少女はにべもなく答えた。

「わかりません。でも、大人になればきっとわかると思います。いまわかるのは、みなさんがとても大事な任務を負ってらしたということだけです。だから、隊長さんがもういいとおっしゃるまで、私は先生のことやみんなのことは忘れています。そうしろと言われるのなら、嘘もつきます」

男たちは同時に、ほうっと息をついた。小泉中尉は少女の前に立つと、長身を折るようにして小さな肩を摑んだ。

「おまえなあ……その、思い出していい日がいつになるかわかるのか。十年後かも知れんし、二十年後かも知れんし、五十年も先の、おまえがばあさんになるころかも知れんのだぞ。そんなに長い間、おまえは自分を偽って生きて行く自信があるのか」

「あります」

と、少女は中尉の目をまっすぐに見た。

「陛下が我慢なさるのだから、生き残った私たちはみんな我慢しなければいけないと思います。日本がなくなるわけじゃないんだから、五十年たっておばあさんになって、それからみんなのご供養をしても、決して遅くはないと思います」

少女はまるで演壇から意見を述べるように、小泉と背後の男たちに向かってそう言った。

「おまえなあ……」

と、小泉中尉は言いかけて喉を詰まらせた。そしてたぶん、言おうとしたこととまったくちがうことを言った。

「野口先生は、ご立派な方だったたな。あんなすばらしい教育者を非国民よばわりした連中は大馬鹿者だ。軍人がみんな腹を切っても、あの先生にだけは生きていて欲しかったな」

少女は耐え難いことを耐えるように、きつく唇を噛んだ。それから、これだけはどうしても言っておかねばならない、というふうに声をうわずらせた。

「私は、野口先生のことを、とても――」

小犬の鳴くように少女は呻き、まるで目の前の小泉を罵るかのように小さく叫んだ。

「とても、尊敬していました。わかっていただけて、ありがとうございます」

初めて少女が泣いた。涙を拭おうともせずにうつむき、唇を嚙みしめ、声を押し殺して泣いた。

「もういい、わかった。中尉、もう何も言うな」

真柴はそう言って、秋虫のすだき始めた土手道を、先に立って歩き出した。そのまま一時間も歩けば、故郷の日野であった。

ふいに、四人の影が路上に延びたと見る間に、ヘッドライトをこうこうと灯したオートバイが背後から走ってきた。

曹長は手びさしをかざして振り返った。川岸の湿気が虹色の光の輪を作っているばかりであった。やがてくっきりと、オートバイを操縦する軍人の姿と、はね上がるように従う側車の形が浮かび上がった。曹長はとっさに、少女を背のうしろに隠した。

オートバイは光の中にもうもうと埃を舞い立てて、一行の前に停止した。旧式詰襟の軍服の上にマントを着、拳銃と図嚢をたすきがけに掛けた憲兵将校が降りた。

ヘッドライトを日裏にし、顎紐をかけた軍帽の庇を深く下げているせいで、表情は見えない。

「これは、どういうことでありますか、真柴少佐殿」

憲兵は詰め寄った。

「なんのことだ」

真柴は長靴を軋ませて向き直った。

「その娘のことであります」

と、憲兵は暗い顔の中の光のない目を、曹長にかばわれながら後ずさる少女に向けた。

「ああ、その生徒は伝令要員だ。敵がやってきて、われわれの身柄が拘束された万一の場合に備え、手元に残したのだ」

とっさの答えには無理があった。果たして憲兵は不本意そうに顎を振ると、腰の拳銃を抜いた。

「命令は完遂していただかなければなりません。念を押したはずでありますが」

「貴様に命ぜられるいわれはない。さがれ」

緊密な時間が刻まれた。モーゼルを収めた雑嚢に手を伸ばそうとする曹長の胸に、憲兵は銃口を向けた。

「おい、どかんか。娘を渡せ」

曹長は少女を腰にかばったまま、立ちはだかっていた。

「どいて下さい、どいて……」

少女は曹長の腰を細い手で押し返しながら言った。

憲兵の白手袋に握られた拳銃がきっかりと胸に照準され、引き金がしぼられたとき、曹長は少女の両腕を摑み寄せながらきつく目を閉じた。

一瞬の間をついて真柴の体が闇に舞ったのはそのときだった。

いちどうずくまるように腰を沈めた真柴は、同時に軍刀の鯉口《こいぐち》を切って、そのまま刃を憲兵の腋《わき》に向けてはね上げた。肩口まですうっと切り抜いて一歩ふみこむと、返す切っ先を右から左になぎ払った。

一秒の何分の一かの動作が、誰の目にも舞い上がる埃の動きと同じぐらい緩慢に見えた。

人々が我に返ったとき、真柴は軍刀を正眼に構えて残心を示していた。それからゆっくりと、道場でそうするように切っ先を振って血を払い、軍刀を鞘に収めた。

少女を抱き寄せながら、曹長はぼんやりと自分を見つめる若い少佐の顔を、見知らぬ人間でも見るように眺めていた。

足元には憲兵の右腕と首が転がっていた。胴体はしばらくの間、不自由そうにうごめいていた。

真柴は何事もなかったようにオートバイに歩み寄ると、側車の中にあった憲兵の軍刀を草むらに放り投げた。

「これを使えばわけもないな。何とか四人で乗って行こう。曹長、運転してくれ」

振り仰ぐ火工廠の山は、昏れ残る茜の西空に隈取られていた。書類を焼却する煙が、煙突や敷地のあちこちから、夜空に立ち昇っていた。

行く手は墨を撒いたような闇であった。


「あれには愕いたな。日野の実家にたどり着くまで、子供を膝に抱いて側車の中に座っとるのが、見知らぬ怖ろしい人間のような気がして仕方がなかった。このわしが、人におびえたなァ、後にも先にもあの一度きりよ。真柴さんは居合の達人だった」

金原老人は話しながら、すっかり酔いも覚めたようにそう言った。初めから酔ってなどいなかったのではないかと、海老沢は思った。

「日野へ行って、それからどうなすったんですか?」

金原がそのまままた黙りこくってしまいそうな気がして、海老沢は話の先をせかした。

「それからか――二日ばかり、真柴さんの実家におったよ。おふくろさんは何も訊ねようとはせず、かいがいしく世話をしてくれた。何でも女手ひとつで息子を三人も育て上げて、惣領を海軍兵学校、下の二人を陸士に入れた軍国の母でよ。もっとも二人の兄貴はそんときァもう、写真になって鴨居にかかってたがな」

身も心もぼろぼろになった四人が、農家の夜の戸口にたどりついた様子を、海老沢はふと思い泛かべた。

（司郎です。ただいま帰りました）

真柴はきっと、そう言ったにちがいない。老いた母は愕きを笑顔で隠して出迎えたことだろう。真柴の母という人の姿や顔だちまで、海老沢はありありと想像することができた。

「さぞびっくりなすったんでしょうね」

「と、思うがな。そこまでは良く覚えちゃいねえ。そう言やあ、ひとつだけ訊かれたっけ。そのお嬢さんは？　ってな。とっさに真柴さんは、ゆうべ埼玉の空襲のさなかに救けたんだって、ぼうっとして口もきけないから連れてきたんだって、そんなことを言ってたなあ」

真柴の不器用な嘘を思い出したのか、金原は懐かしげに笑った。

「ところがよ、翌朝、駐在所からおそるおそる女学校に電話したらよ、愕くじゃねえか、嘘がまことになっちまってたんだ」

「嘘がまこと、ですか？」

「そうさ。生徒が大勢、十四日の晩の熊谷の空襲で死んじまったと、大騒ぎをしてやがるんだ。いま死体が届いたところだと」

黙って金原の話に聞きいっていた丹羽が、たまらずに声を上げた。

「うわ、死体が届いた。何ですか、そりゃ」

「おおかた軍の車が、黒こげの死体を、いいかげんにみつくろって届けたんだろう。そんなもの空襲のあとにはそこいらじゅうに転がっていたもんだ。しかし考えてみりゃ、ひとつ多かったはずだけんど……」

海老沢はたちまち、森脇学園の校庭の隅に建っていた慰霊碑を思い出した。刻文には第二学年の一学級全員が、八月十五日未明の熊谷大空襲で死んだと、確かにそう記してあった。

「真柴さんはとっさに、前の晩おふくろに言った嘘を思い出したんだろう。電話口で迷わずに告げた。生徒たちが直撃弾をくらった防空壕から、ひとりだけ小用に出ていて助かった子供がいる。焼跡でぼんやりしているところを、巡察に出ていた自分が見つけて保護した、と。だいぶとり乱していて、口もろくにきけなかったものが、今ようやく名前と学校を思い出したので、連絡をしたのだ、とな。それきり女学校はやめた。わしが小玉村に連れ帰ったとき、おやじやおふくろや本家の連中は、いったん死んだと聞かされていた娘が帰ってきたんだから、そりゃ大変な喜びようだあな。わしを命の恩人だと言って引きとめ、結局、梨の狩り入れどきに男手が足らんものだから、本家の下働きみてえに居座っちまってよ。もっとも内心、俺はあいつのことを信じきれなかったんだ。落ちつくまで、しばらく見張っていなけりゃと考えてた――ま、そりゃここだけの話だが」

金原はそう言って、廊下の闇にちらと目を向けた。

「他のかたは、それからどうなすったんですか」

ずっと黙っていた娘婿が興味ぶかげに訊ねた。金原は少し眉をひそめて、何だおまえもいたのか、という顔をした。

「小泉さんは、やらにゃならんことが山ほどあるとか言って、役所に戻って行った。真柴さんは、さてそれからどこで何をしとったのか、ぶらりとわしを訪ねてきたのは、何年たってからだっけなあ」

「何年？　ということは、金原さんはそのままこの町に居ついちゃったんですか」

訊き返した海老沢に向かって、丹羽は「バカ」と呟いた。

金原は海老沢の真剣な顔に目を細めて、おかしそうに笑いながら、人さし指で卓を叩いた。

「この町に居ついちまったんじゃねえ。この家に、だ」

23

横浜までの道のりは、たしかに二十マイルたらずだったにもかかわらず、百マイル分の時間を必要としたのは、彼らがこの国で体験したまず最初の誤算であった。敗戦国が苦労してかき集めた二十五台の乗用車《セダン》は、次々と炎天下にエンジンを灼き、一行は隊列を整えるために、たびたびの大休止を余儀なくされたのである。

後続の車が停止すると、クラクションを鳴らして前の車に知らせ、全隊を止める。安全の保証など何もない敵地を、彼らは開拓者の幌馬車隊のように、おっかなびっくり進んで行かねばならなかった。

マッカーサーの座乗するリンカーンに停止の合図を送ると、後続の幕僚たちは車を飛び出して、彼らのボスをなだめに駆けつけた。

なにしろ、ロバート・リー将軍と同じくらい勇敢なボスは、日本軍に包囲されたコレヒドールの要塞でも、山頂《トップ・サイド》に仁王立ちに立ったまま鉄甲さえ冠ろうとしなかったし、闇に紛れてバターン半島を脱出したときも、ＰＴボートの甲板でただひとり救命具を身につけようとはしなかったのだ。零戦の二十ミリ弾が頭上をかすめてもまばたきひとつせず、高波にあおられる甲板では、直立不動のまま吐いていたのを、誰もが知っていた。

幕僚たちがよほどうまく時間を稼がなければ、リンカーン一台でも横浜に向かって突っ走るに決まっていた。

そのとき、いつものようにマッカーサーが駄々をこねなかったのは、幕僚たちの説得が功を奏したからではない。

沿道に置かれている日本の乗合バスや乗用車が、どれも背中にストーブをしょった代燃車であることに彼が気付いたからである。

いかにポンコツとはいえ、敗戦国が誠意をもって二十五台のガソリン車を供出したことが、彼の粗暴な勇気を押しとどめたのだった。

煙突からもくもくと煙を吐き出しながら行き過ぎる車をあんぐりと見つめて、マッカーサーは呟いた。

「愕いたな、チャーリー。車がマキで走るなんて、エジソンだって考えつかんだろう。日本の技術者はデトロイトの連中とは違う特異な才能を持っているようだ。将来きっと、珍しい車を作るにちがいない」

「イエス・サー。どんな車でしょうね、楽しみです」

「そうだな、必要は発明の母というから、油田を持たぬ彼らは——たとえば一ガロンで五百マイルも走る車とか……」

「ちっぽけな家に大人数で住んでおりますから、九人家族がいっぺんに乗ってキャンプに行ける車とか……」

現実にマキをくべながら、それでもたしかに走っている車を見送って、ウィロビー少将は真剣な顔になった。

「こういうのを目のあたりにしますと、カミカゼなんて、べつに驚くことではありませんね……早いとこ終わって良かった」

ウィロビーの言葉に肯いて、アイケルバーガー中将が相槌を打った。

「そうだよ、チャーリー。オキナワでは、女子供までタケヤリを持って突撃してきたんだ。スキとかクワも」

「タケヤリ？　何です、それは」

横あいからホイットニー准将が訊ねた。

「竹でできた槍だよ。先っぽを斜めに切って尖らしたやつ。それを握ってワァーッと突っこんでくるわけだ」

「刺さったら、痛そうですな……」

ゴクリと参謀たちの喉が鳴った。

ただひとり日本の民兵と戦った経験を持つアイケルバーガーは、怪談でもするようにおそろしげな目を向けた。

「まったくヒロヒトの決断は、われわれにとって幸いだった。やつらはタケヤリがなくなれば……」

「タケヤリがなくなれば？　……」

幕僚たちは口々に呟いて、歴戦の第八軍司令官を見守った。アイケルバーガーは期待に応えるように、低い声で言った。

「たぶん、噛みついてくる」

また一台の代燃車が、彼らをあざわらうようにパタパタと通り過ぎて行った。征服者たちは脂汗を拭いながら言葉もなく、たしかに煙を上げるリヤ・エントツを見送った。

部下たちの不可知のものに対する恐怖心を吹き飛ばすように、マッカーサーはお得意の、あまり上等でないジョークを口にした。

「今年のクリスマスには、サンタクロースも大変だな」

少し間を置いてから、参謀たちは笑った。将軍のジョークは彼らを思慮ぶかくするのに有効だった。

しかし実際は、懸命に考えてやっと理解しても、中味はぜんぜん面白くないものだから、それでも笑わなければならぬ部下たちにとってはひどい迷惑であった。将軍のジョークは彼らの社交性を高めるためにも有効であった。

そうこうするうちに、隊列は百マイル分の時間をかけて、ようやく横浜の町にたどりついた。名高い港湾都市が真ッ白な瓦礫の海に変わっていることに、誰もが言葉を失った。

「ポンペイだな、まるで」

笑う者はいなかった。

ホテル・ニューグランドの正面玄関に車をつけると、ダグラス・マッカーサーはクレオパトラのもとに向かうシーザーのように、威厳をもって階段を駆け昇った。従兵たちがライフルを構えながら後に続いた。

広い階段の上は吹き抜けになったロビーである。将軍たちは立ち止まって、空間を飾るみごとな意匠に目を丸くした。

オフ・ホワイトとマホガニーを基調としたシックな内装は、彼らがかつてどこで見たものよりも洗練され、典雅で、センスに溢れていた。焼け跡を走ってきた彼らは奇蹟を目のあたりにしたように、「ワンダフル」を連発した。

「どうだね、わかったろう。われわれはインディアンを平定したわけではないのだ。これからの仕事を、甘く見るな」

サングラスを外して装飾に目を凝らすボスの言葉に、幕僚たちは「イエス・サー」の合唱で答えた。

「しかも、われわれはこのホテルのシンボルマークについて考えねばならない。これだ」

と、マッカーサーは短靴の爪先で、藍色の絨毯に描かれた、東洋的な紋様を示した。

「不死鳥《フェニックス》――わかるか、諸君。この国では不死身の精神がホテルのシンボルマークになるほど尊ばれているのだ。日本は死なない。常に復活する。われわれはこの国を復興させ、なおかつ復活と戦うためにやってきた。それを肝に銘じておけ」

幕僚たちは再び「イエス・サー」と声を揃えたが、実は誰もが将軍の言葉を単なる警句だと考えていた。この国の復活などもはやあるはずはないと、一様に確信していた。

マッカーサーは絨毯の紋様や壁のレリーフや、照明器具の細工やステンドグラスにまで巧みに図案化された不死鳥の意匠を、ためつすがめつ見つめていた。

「将軍《ゼネラル》、お言葉ですが」

と、階段の途中に立っていたイガラシ中尉がいきなり言った。

「これらは不死鳥ではなく、東洋の伝説にある鳳凰《ほうおう》という鳥であると思います」

マッカーサーは階段の上でパイプをくわえ、腰に両手を据えてイガラシを見下ろした。

「ほう。どうやら私は、私の占領政策について初めての抗議を受けたようだ。では逆に訊ねよう、マイク。——その鳳凰という鳥は、死ぬのか？」

イガラシは黙った。この神がかり的な野戦の英雄に対抗できる者は、世界中のどこにもいないだろうと思った。自分の進言が、実はボスを取り巻くバターン・ギャングたちの間では怖るべき禁忌であることを、イガラシはただならぬ沈黙の中で知った。

「以後、私の前で私見を述べることを禁ずる」

「イエス・サー！」、とイガラシは新兵のような敬礼をした。

マッカーサーはかつて知ったように階段を昇り、港を見下ろす三一五号室に入った。

今や彼の両腕であるチャールズ・ウィロビー少将と、コートニー・ホイットニー准将の二人、そして通訳のマイケル・イガラシ中尉だけが入室を許された。

案内をしてきた、というより、言いなりに従ってきたホテルの支配人と老接客係も、ともに部屋に残るように命ぜられた。

マッカーサーはみずから部屋の錠を下ろし、波止場に面した窓のカーテンを引いた。

わけもわからぬまま、二人のホテルマンはスイートルームの長椅子に座らされた。ウィロビーとホイットニーはテーブルを挟んで、両側の椅子に腰を下ろした。彼らの表情は険しかった。

マッカーサーはパイプをくわえたまま、室内を大股で歩き回った。一直線に窓に向かって歩き、回れ右をするとまたドアまで引き返す。せわしなく同じ動作をくり返すマッカーサーは、すばらしい集中力で物を考えているように見えた。

イガラシ中尉は二人の日本人の後ろに立って、ボスの言葉を待った。マッカーサーはちらりとイガラシを見ると、歩きながら突然、しゃべり出した。

「まず初めに言っておく。私がこれから訊ねることについて、君らは誰にも口外してはならない。国籍、役職を問わず、誰にもだ。諸君のホテルマンとしての良識に期待する」

マッカーサーは強い調子で言い、イガラシが通訳を終えるのを待ってから、おもむろに正面の椅子に腰を下ろすと、今度は少しも威圧的でない、むしろ懇願するような口調で訊ねた。

「教えてもらいたい。八月十日の夜、この部屋にやってきた客について、知っていることをすべて」

二人の日本人は緊張しきった顔を見合わせた。彼らが声をひそめて記憶をたぐり合う間、マッカーサーは戦線に立つような鋭い目を、じっと二人に据えていた。

支配人が背筋を伸ばして言った。

「八月十日の前後と言えば、逗留されていたお客様は、この並びの三一八号室に小説家の先生がおひとりいらしたきりだと、記憶いたしております」

支配人の様子があまりにも毅然としていることに、イガラシは愕いた。二人の日本人は、それが決められたマナーであるとでもいうふうに、旅行客に対する以上の敬意を払おうとはしなかった。

イガラシの正確な通訳を聞くと、マッカーサーは不審げな顔をした。

「小説家だと？　――小説家が何をしていたのだ」

支配人は少し誇らしげに、かたことの英語で答えた。

「もちろん、お仕事でございます。将軍」

ウィロビーは気難しそうな顔をいっそうしかめ、ホイットニーは肩をすくめて、冗談はよせ、という顔をした。

「もういちど言う。私は諸君らを訊問しているわけではない。協力を求めているのだ。良識ある回答をしてくれたまえ」

ソファの背ごしにイガラシが通訳すると、支配人はちょっと困った顔をして、日本語で答えた。

「いえ閣下。もとより隠しだてするようなことではございません。ジロウ・オサラギ先生は、戦前より当ホテルを仕事場としてお使いになっておられます」

マッカーサーは二人の幕僚を呆れ顔で見やった。八月十日の前後といえば、日本政府の決意を促すために、猛烈な空爆と艦砲射撃が昼夜わかたずに加えられていたはずである。

「マイク、私見を述べることを許す。彼らの回答にはすでに虚偽があると思うのだが、君はその小説家とやらを知っているかね」

イガラシ中尉は支配人の言葉を支持した。

「はい、知っております。『鞍馬天狗』という大ベストセラーの作家で、今日この国で最も高名な小説家のひとりです」

「神よ！」、とホイットニーは十字を切った。

「まったくこの国は理解しがたい。原子爆弾を二発もくらって、都市がこんな有様になっても、締切に追われている小説家がいるのか。なにかね、その『クラマ・テング』というのは。ぶきみな題名だ。空想科学小説かね」

「いえ、ホイットニー閣下。それは百年前の京都を舞台にしたチャンバラ物で——そうですね、ロビン・フッドみたいなものです。たしか新聞の連載で……」

「ああ、神よ！」

三人の将軍は同時に声を揃えた。

「まさにクレイジーですな。この国では百万人の連合軍が上陸してきても、沿岸の陣地には夕刊が配達されるらしい」

「小説家はB29の一トン爆弾よりも、空襲の間を縫ってやってくる原稿とりの記者を怖れるのか」

混乱する二人の部下をなだめるように、マッカーサーは気を取り直して言った。

「どうだ、わかったかね。私がマニラからずっと、口をすっぱくして諸君らに言い続けてきたことが。この国をわれわれの常識で教化しようとするのは、クレムリンを改心させるよりもっと難しいのだ」

「やっぱり……ニミッツに任せるべきだったかな」

ホイットニーは冗談めかして、丸い目をしばたたかせた。

「いや、あのワシントンべったりの船乗りにできるわけはない。それこそスターリンの思うツボだ——ああ、何の話をしていたのだっけな」

「八月十日の来訪者について、です。将軍《ゼネラル》」

と、ウィロビーは胸のポケットから手帳を取り出した。

「そうだ。そうだった――いいかね、もういちど冷静に考えてみてくれたまえ。八月十日、金曜日だ。その晩、ロビン・フッドのほかに、このホテルに泊まった客がいるはずだ」

支配人と老接客係に物事を隠しだてしているふうは見受けられなかった。自分たちは日本人でもアメリカ人でもない、ホテルマンだ、とでも言うような全世界共通の公平な態度である。その様子は信頼に値する。

「ああ、思い出しました。陸軍の軍人さんが――」

イガラシがあわてて通訳をすると、マッカーサーは、「それだ！」、と叫んで接客係を指さした。

「金曜日は私の当直ですので、言われて思い出しました」

「マイク、その晩のことを詳しく聞いてくれ。やってきた軍人の所属、階級、氏名、そして人相も」

マッカーサーはそう言うと、二人の部下にメモを取るよう命じた。

イガラシ中尉はマッカーサーのおだやかな口調をまねて、接客係に訊ねた。

「そう、あの晩、陸軍省から急な電話を受けまして、これから三人の軍人がそちらへ行くから、上等の部屋をひとつ用意してくれ、と言われました。もちろんお断りする理由は何もないのでお受けいたしました。支配人には翌朝、三人の方が出発なさったあとで報告いたしました」

「そうだったな、たしかそんなことがあった」

と、支配人もようやく思い出したように言った。

「まずお見えになったのは、お二人だけでした。夜の九時、いや十時ごろでしたか。お名前は存じあげません。その点につきましては翌る日、支配人からもお叱言を頂戴したのですが、何かただならぬ感じがいたしまして、宿帳にお名前をいただくことが憚られたものですから」

イガラシが同時通訳をする間、老接客係は困惑した目をじっとマッカーサーに据えていた。

「所属と階級は、思い出せますか」

「おひとりはガッシリとして強そうな曹長、いや軍曹でしたか。立派なお髭をはやしていらっしゃいました。所属部隊までは、うかがっておりません」

意見を求めるマッカーサーに向かって、ウィロビーが答えた。

「日本の軍曹《サージャント》は、みなガッシリとして強そうで、ひとり残らずヒゲを生やしていますよ、閣下」

話にならん、というふうにマッカーサーは改めて訊ねた。

「下士官ではない。将校がいたはずだが」

「はい。たいへんお若い感じのする方で、参謀懸章を吊っておられました」

イガラシ中尉はとっさに単語の翻訳ができず、手ぶりで肩に懸かる飾緒の形を示した。

「ああ、わかった。一年じゅう観兵式のような、あの馬鹿げた金モールのことだな。他には？」

接客係は記憶をたどるように天井を見上げた。

「戦闘帽に、たしか近衛の徽章が」

「近衛の徽章？」

イガラシ中尉は訊き直した。神戸そだちの彼は、近衛兵というものを見たことがなかった。

「近衛師団の方は、軍帽に星を桜の葉で囲んだ徽章を付けているのです。天皇陛下をお守りする方々ですから。階級は思い出せません」

イガラシ中尉は通訳をした。マッカーサーは、しめた、というふうに眉を開き、考えこむウィロビー少将に意見を求めた。

「チャーリー、近衛師団というのはどの程度の規模かね」

極東米軍の情報担当者であるウィロビーの答えは再びマッカーサーの表情を暗くさ

せた。

「困りましたな。近衛師団といっても、ヒロヒトの親衛隊というわけではありません。事実上は虎の子の精鋭師団というほどの存在で、東京と京都の他に、決戦用に編成されたものもあります。たしか南方に派遣されている師団もあったな――いずれにしろ、どう少なく見ても五、六万人はいるでしょう」

「そうか……ヒゲの下士官を探すのとたいして変わらんな」

「それに、わざとそのような服装をして、カモフラージュしていたとも考えられますし」

接客係は少し気の毒そうに将軍たちの困惑した表情を見つめて、促されるまでもなく話を続けた。

「お二人をこちらの部屋にお通しして、しばらくしてから、正面玄関に側車を付けたオートバイが止まりまして、マントを着た憲兵将校が入って参りました。大きな封筒のようなものを託されまして、届けてくれ、と。どうぞお上がり下さいと申し上げましたら、急ぐからとかおっしゃって行ってしまわれました。ひどくぶっきらぼうな方で、怖い感じがいたしました」

「それが三人目の男、というわけではなさそうですな」

ホイットニーは腕組みをして呟いた。

「おそらく伝令だろうね。何かの命令を届けたのでしょう」

ペンを走らせる手を止めて、ウィロビーが言った。

「それから、ほとんど入れちがいに、もうお一方が入ってらっしゃいました。なんだかとてもお急ぎになっているふうで、回転扉の外でキョロキョロとあたりを窺っておられましたっけ。背の高い、厚いメガネをかけた方です。白っぽいモダンな背広に、パナマ帽を冠ってらっしゃいました。鼻筋の通った、神経質そうなお顔立ちでした。部屋の番号だけお訊ねになると、階段を駆け昇って行かれて――」

通訳を受けると、マッカーサーは身を乗り出して訊いた。

「そのとき、トラックが一緒に来なかったかね、一台じゃなく、何台も。あるいは船から下りた様子は？」

「さあ……何台ものトラックなどは、見当たりませんでした。船、ですか？　船は――さてどうでしたか。桟橋には、あるいはあったかも。私はそのかたが息せききって走っていらしたことしか気に止めておりませんでしたので。ああ、そう言えばビックリいたしましたのは、その紳士は翌朝早くにお立ちになるとき、陸軍中尉の軍服に着替えてらしたんです。なんだか赤穂浪士がソバ屋の二階から討入り装束に改めて駆け下りてきたことなどを思い出しましてね、ビックリしたものです。主計の徽章を付けておいでになりましたよ。そう――お出になるとき、小泉中尉、と呼ばれておりました。小泉というのは兵隊にとられたベルボーイと同じ名前でしたので、記憶に残っているのです」

赤穂義士のくだりを省略して、イガラシは通訳をした。

はたして、三人の将軍は互いに背き合いながら顔を見合わせた。

彼らは緊張していた。まるで何はさておき、敗戦国のホテルマンに対して、戦争の原因を糾問《きゅうもん》しているようだった。

「それは捜し出せそうだな、チャーリー」

マッカーサーはおもむろにパイプの火を入れた。

「背が高く、メガネをかけたコイズミ主計中尉。オーケー、ボス。これならハリウッドでゲーリー・クーパーを捜すより簡単でしょう」

「至急調べてくれ。他に気付いたことは？」

話しながら、二人のホテルマンはようやく自分たちの証言の重大さに感づいたようだった。関わりを避けようとするように、二人は黙った。

マッカーサーはいったん訊問をやめ、彼らの気持ちをときほぐそうとでもするように、やさしく語りかけた。

「ご協力に感謝する。ところで、私は空腹なのだが、サンドウィッチはあるかね？」

支配人は立ち上がりながら、誇り高い笑顔を将軍に向けた。

「あいにく手前どものパン職人《ベーカリー》は、先日通勤の途中で閣下の艦載機に撃たれました。簡単なランチでよろしければ、すぐにご用意いたしましょう」

「サンキュー。お願いしよう」

二人が解放されたあとで、ウィロビーとホイットニーは声を合わせてボスに進言した。

敵地に乗りこんで間もないというのに、食事を所望するというのはあまりに軽率である。横浜税関に入った司令部の糧食を取り寄せましょう、と。

しかしマッカーサーは、まるでそうすることが勝者の正当な権利であるとでもいうように、部下たちの意見を退けた。

「インディアンの饗応をうけるのは、インディアンに対する礼儀だ。今さら私に毒を盛ってどうなるというのだね」

やがて、ワゴンにのせて運ばれてきた料理を前にして、彼らの言うところの懸念も礼儀も、どこかに吹き飛んでしまった。一同は湯気を立てる正体不明の料理に目をみはった。

「どうやら、毒ではないようですな、将軍」

「ああ……そのようだな。キミ、これがホテル・ニューグランドのランチかね？」

支配人はナフキンを手に掛けて姿勢を正したまま、こともなげに答えた。

「はい。手前どもは創業以来、お客様には国籍や地位を問わず、同じメニューをお出しいたしております。これは手前どもが世界に誇る名料理長《グラン・シェフ》、S《エス》・ワイルの考えでございます。あしからず」

皿の中はスケソウダラの干物とゴボウの炊き合わせであった。

「これは……木じゃないのかね。日本人はとうとう木まで食い始めたのかね……」

ホイットニーは思わず口を押さえながら言った。

「いえ、閣下。それはゴボウと申しまして、わが国固有の野菜でございます。どうぞご賞味くださいませ」

おそるおそる口に運んで、ウィロビーはフォークを投げ出した。

「やっぱり木じゃないか。こっちの魚は何だ、この匂いは……腐っているな」

「いいえ、閣下。それはスケソウダラと申しまして、わが国固有の保存用魚肉でございます。十分に塩抜きをいたしてありますので、どうぞ、ご遠慮なく」

「べつに遠慮はしておらん」

マッカーサーは勇敢にスケソウダラを口に入れた。コレヒドールを脱出したときも、おそらくそれほどの勇気を必要とはしなかった。

「おお……これはなかなかいけるぞ。諸君らも食え……どうした、食えといったら食え……命令だ」

ホイットニーとウィロビーは目をつむり、息を止めてフォークを口に運んだ。

「わかったか、諸君。これが、この先われわれの立ち向かって行く仕事だ。諸君の勇気と情熱に期待する――ありがとう、退がってくれ、支配人」

イガラシ中尉だけが、通訳もそこそこに懐かしい母国の味に舌つづみを打ったことは言うまでもない。彼は将軍たちの苦渋に満ちた表情には気付かず、支配人に伝えた。

「将軍はたいへんお気に召したようですよ。できれば毎食、このメニューを出していただけませんか」

支配人は晴れやかな微笑を返した。

「手前どもには勝者も敗者も、日本もアメリカもございません。このメニューはオサラギ先生もことのほかお気に入りでございます。おもてなしできて光栄です、閣下」

イガラシは平和がやってきたことを初めて実感した。

「この料理はロビン・フッドも大好物だそうです」

「なるほど、ウェールズの田舎料理の趣きがある。ねえ、チャーリー」

「チャーリーと呼ぶな……うむ。たしかに正義の味がする。さあ、悪党どもをこらしめに行こうな」

ホイットニーとウィロビーはほとんど泣きながら、ガツガツと食っていた。よほど腹がへっていたのだろうと、イガラシ中尉は思った。

「おかわり、は？」

と、中尉は訊ねた。二人の幕僚は感動の涙をうかべて遠慮した。

ていねいに頭を下げて退室しようとする支配人を、マッカーサーは耐え難い悪臭にむせ返りながら呼び止めた。

「支配人、誤解のないように言っておくが――こちらのベーカリーを殺したのは私の部下ではない。ニミッツの艦載機だ。あの食い道楽の提督がここにやってきたら、ぜひこのすばらしい料理を食わせてやってくれないか。きっと泣いて喜ぶことだろう」

「かしこまりました将軍。では、大盛りで」

支配人の唇がふと親しげに、自分に向けて微笑みかけたように、イガラシ中尉には思えた。

24

「ばあさん、ちょいと窓を開けてくれや。空気が悪い」

金原に言われて、夫人は縁側のサッシ窓を開いた。澱んだタバコの煙がかきみだされ、座敷はたちまち、澄んだ冬の夜気に浸された。

馥郁《ふくいく》たる香りが鼻を突いて、丹羽明人は振り返った。縁先に枝ぶりもみごとな老いた紅梅が咲いている。

「いいところでしょう。梅が散ると辛夷《こぶし》が咲いて、桜が散っても梨が真ッ白に咲くんです。一年中、花が絶えないんですよ、このあたりは」

小柄な夫人は縁側にちょこんと座って、うっとりと夜の庭を見つめている。

「まったく、いくつになっても小娘みてえなばあさんでな。年が親子ほども離れとるもんで、すっかり甘やかしちまった。もうどやすのにも疲れたわい」

「おかあさん、たまには——」

娘婿が盃を勧めると、義母は「はい、そいじゃ」と、両手で包むように酒を受けた。

「金原の家は千人同心の流れを汲む旧家なんだが、どういうわけか代々男の立たん家でよ。これの親父は道楽が過ぎて、戦後すぐに酒びたりで死んじまったんだ。この本家にしたって二人の倅がおったんだけんど、下は南方で戦死して、上はシベリアに抑留されたまんまとうとう帰ってこんかった」

「まったくねえ……」

と、夫人は肩の力を抜いた。

「本家の親父さんてえ人も、若い時分に胸を患って、体の弱え人でよ。そんまんま放っておきァ遠からず家が絶えちまァだろうし、わしァ納屋の二階に寝起きしてよ、一生懸命に荒れた畑を耕した。その間にも毎月のように舞鶴まで出かけて、引揚船を待っとったよ。妙な下心なんて、これっぽっちもなかった。どだいわしァ、軍隊がなくなりゃ帰る家もなかったかんな。作男でも、食って行けりゃいいと思っとった」

昼を酒でしめらせて、夫人が夫を弁護するように言った。

「そのうち、シベリアの収容所にいたっていう復員兵がひょっこり訪ねてらしてね。本家のにいさん、死んじゃってたんですよ。おじさんのがっかりしたことといったら、そりゃもう、見るのも気の毒なくらいで。お骨もないまんま子供二人のお墓を建てましてね、そのあとでおじさんはこの人を呼んで、久枝をもらってくれろ、金原の家も継いでくれろって。この人、ほんとうに良くしてくれたしね。ねえ、おじいさん——真柴さんがぶらりといらしたのも、そのころだったかねえ」

金原は古い記憶をたどるように、しばらく考えた。

「ああ、そうよなあ。二十三年、いや四年だったか。春先の梨の受粉のころだった。そのころはここいらも一面の梨畑でよ。花の季節になりゃ、誰も桜なんぞに目が行かねえぐれえ、それこそ村じゅう真ッ白な敷布を広げたみてえになったもんだ」

金原は見果てぬ花を見るように、遠い目をした。

満開の梨棚を見下ろす小川の土手道を歩いてくる人影が、真柴にちがいないと、はるか遠くから確信したのはふしぎなことである。

金原庄造は長い間、それを心待ちにし、また同時に怖れてもいた。

「久枝、おめえ家に帰ってろ。おやじにゃ何も言うんじゃねえぞ」

祝言を終えたばかりの幼い妻は、受粉の筆を休めると、夫の視線を追って表情をこわばらせた。久枝にはその来訪者を待つ理由は何もなかった。

「でも、あいさつぐらいしとかなきゃ」

真柴は進駐軍の払い下げらしいぶかぶかの外套を着、粗末な鳥打帽を冠っていた。

る。

風呂敷包みを小脇に抱えて、ときどき立ち止まっては訪ねる家を探すしぐさをしている。

どう呼んだものかととまどった末、庄造は「おおい！」と叫んで手を振った。

真柴は土手道にはい上がった庄造の姿を認めると、鳥打帽を脱ぎ、遠くから深々と頭を下げた。ずいぶんな苦労をしたのだろうと、庄造は思った。

「やあ」、と真柴は歩み寄って、懐かしげに庄造の手を握った。

「ご連絡がないもんで、ごらんの通りすっかり百姓になっちまいましたよ」

庄造は頬かぶりを取って笑い返した。

「君がまだここにいると耳にしたものだから――」

真柴は力のない声で言った。めぐりあいの言葉はどちらも矛盾だらけであった。おたがい生きるために精いっぱいだったのだ、と、二人は目の中で了解しあった。

「こんにちは」、と久枝が花の下から顔を出した。真柴は頭を下げ返してから少し考え、「ああ、君は」、と目をみはった。

「見ちがえるな。いい娘になった」

「村の若い者はみんな兵隊にとられて、手が足らんものですから」

庄造は嘘ともまことともつかぬ言い方をした。やつれ果てた真柴を前にして、婿に入ったなどとはとても言えなかった。

頭の良い真柴がどこまで事情を理解したのかはわからない。かつて見せたことのない柔和な笑顔を向けて、真柴は風呂敷包みを久枝に手渡した。

「これ、つまらんものですが。PXに出入りしている知り合いがいるもので。パイナップルの缶詰です」

豪勢な手みやげに久枝は目を丸くした。

「思い出したよ。あの顔は変わらんね」

と、真柴は庄造に笑いかけた。

「帰ってろ。話はここでするから」

庄造は久枝に向かって言うと、梨棚の下から霜よけの古畳を担ぎ上げて、土手道に敷いた。久枝は所在なく花の下に立っていたが、もういちど夫に促されると、おじぎをして走り去って行った。

「梨畑にパイナップルを持ってくるなんて、まったく俺は世間知らずだよなあ」

真柴はそう言って古畳の上に座ると、春色に染まった火工廠の山肌をぼんやり眺めた。

「すまんな。この通りだ」

真柴は畳に両膝をついて、頭を下げた。そのことを言いに訪ねてきたのだと知ると、庄造はたまらなく哀れになった。こうした実直さが今の世の中で、どのくらい不利益なものであるかは良く知っている。

「連絡しようにも、命令がこんのだから仕様がない」

「小泉中尉殿は？」

庄造も真柴と肩を並べて座った。

「さあ。どうしているのやら。何度か大蔵省に問い合わせてみたのだが、人の出入りが激しいのと、公職追放なんかのゴタゴタで、ちっとも要領を得んのだ。こっちもおっかなびっくりだしな。たぶん、役所にはいないと思うが」

「そろそろ連絡はありますよ。ここも、真柴少佐殿のご実家も知っておられるんですから」

真柴はふっと淋しげな目を、足元の梨棚にすべらせた。

「その、少佐殿というのはやめてくれよなあ」

横顔を見つめながら、庄造は改めて真柴の変わりように愕いた。闇市をさまよう多くの男たちと同じ、飢えた、精気のない、抜け殻のような顔であった。たどってきた道筋を訊くことは憚られた。

「実はな、命令を解除しようと思ってやってきた。それだけはしておかんと、あなたも心が重かろうと思ってね。小泉さんにもそのことを伝えたいのだが」

「命令の解除、と申しますと？」

「うん。はっきりしたからな。もう上からの命令はありえんのだ」

魂の抜けたように、唇だけで真柴は言った。命令を待ち続け、そのまま立ち往生してしまった困惑が、年よりも十も老けて見える横顔にありありと泛かんでいた。

「話したかな、命令の発令者のことは」

「聞いてはおりませんが、何となく耳にしておりました。お名前だけでもすごくて、自分などにはピンときません」

「そうだよな。俺だって、あれは夢だったんじゃないかと思うことがある」

真柴は橙色《だいだい》の「光」の箱を取り出すと、庄造に勧めた。唇にからむ刻み葉をいらいらと吐き出しながら、真柴は煙に顔をしかめた。

「みんな、死んじまったんだ。阿南閣下、森閣下、田中閣下、杉山閣下……」

庄造は聞きながら指を折った。小指が余った。

「もうお一人、おられるはずです」

真柴は肯いた。煙をほうっと吐き出しながら、いっそう苦渋に満ちた顔を庄造に向けた。

「知っているのか、その一人がどなただか」

「さて、なにぶん雲の上の方々ですから」

「梅津閣下だよ。参謀総長の、梅津大将だ」

庄造はつなぐ言葉を失った。極東軍事裁判の被告人の中に、その名前があったことを思い出したのである。

「しかし、絞首刑はまぬがれたのでは」

「うん。終身禁錮だ。まさか梅津閣下が戦犯に指名されようとはな。地味な軍人だったし、むしろ陸軍がしでかした事件の後始末ばかりしてきたような方なのに」

「降伏調印式での全権でしたね」

「ああ。だが昔のことを言えばそればかりじゃない。二・二六の後の陸軍次官。ノモンハンの後の関東軍司令官。そして終戦の時の参謀総長だ。気の毒な方だよ、責任ある人間がみんな自決してしまったものだから、法廷に引きずり出されたんだ。員数《いんずう》合わせだな、つまり」

そんないきさつもあったのか、と庄造は溜息をついた。

「びんぼうクジを引かされた、というわけですか。たまりませんなあ」

「言ってしまえば、そういうことになる。陸軍省にいたころ、何度もお目にかかった。他の将軍たちとは、ちょっと毛色がちがうんだ。抜群の実務家だよ。だから終戦処理にはどうしても必要な人物だった。やるべきことが多すぎて、自決さえ許されなかったんだよ、あの方は」

真柴は小石をつまんでは、意味もなく土手道に投げ続けた。

「しかし、禁錮刑ならばいずれ釈放されることもあるのでは」

「うん。そのうち新憲法の発布とか、講和条約の締結とかがあれば、恩赦ということもあると思う。だがなあ……」

真柴はやつれた顔を無念そうに青空に向けた。

「死んじまった」

「え、死んだ？」

「ついこの間のことだ。何も言わず、知らん顔をして死んじまったんだ。だから俺は、俺たちの使命もこれで終わったんだと思う。そう考えるしかあるまい」

「そんな……」

庄造は思わず、真柴の肩を摑んだ。忘れかけていた感情が時を踏みこえて甦った。

「それじゃあ、あ、あいつらは、いったい何のために。そんなバカな話がありますか」

真柴の痩せた体は、庄造の力にゆらゆらと揺れた。

「ではどうしろというんだ。火工廠は米軍に接収されたままで、あ、あのことは他に誰ひとりとして知らんのだぞ」

「待ちましょうよ。やつらが出て行くまで、五年でも、十年でも」

「待ったからどうなるというんだ。いつか接収が解除されたとしても、こんな俺たちだけで何ができる」

真柴は立ち上がると、古ぼけた長靴で石を蹴った。

「できるもなにも、やらなきゃいかんでしょう。自分は頑張ります。金を稼いで、あの山をそっくり買ってやる。ねえ、少佐殿。世の中どう変わるかわからんのです。頑張りましょうよ」

「あんたは、本当にいい男だなあ」

と、真柴はつくづく庄造の顔を見つめた。

「せめて、焼いてやればよかった。なんであのままにしてきたんだろう」

「そんなことじゃない。自分らがやらねばならんのは、そんなことじゃない」

と、庄造は真柴の体を揺すりたてた。真柴はすり抜けるようにして、土手道を歩きかけた。

「おとつい、おふくろが死んだ」

真柴はぽつりと呟いた。ただひとりの身内に死なれて方途を見失ったのにちがいない、と庄造は思った。影を踏むようにして立ち去ろうとする真柴の背に向かって、庄造は濁声をはり上げた。

「わし、久枝を嫁に貰ったです。ずるがしこいやつだと思わんで下さい。久枝を抱いたとき思ったです、こいつは一生飢えさせせんと。いや、わしはこの村の百姓も一生飢えさせせんです。少佐殿の食いぶちぐれえ、何とでもしますから、ほれ、そこに家作を建てとるんです。引っ越してきて下さい」

真柴は悲しい顔で振り返った。言葉が真柴を傷つけたように思えて、庄造は言いつくろった。

「わしら、軍人ですから。戦をして負けたんですから。生き残った者を守ってやらにゃならんと、わし、そう誓ったです」

金原老人は話しながら、肥えた体をねじって仏壇の小ひき出しを開けた。厚いグラフィック誌を取り出すと、ページを繰り、戦を知らぬ三人の男たちの前に差し向けた。

そこには映画の一場面のようにドラマチックなカラー写真が、大きく掲げられていた。

「先頭の軍人が、梅津大将だ」

昭和二十年九月二日、東京湾に投錨した戦艦ミズーリ号上での、降伏調印式のひとこまである。

誰もが一度は目にしたことのある、おそらく報道史上もっとも有名な写真のひとつにちがいない。

甲板にも砲塔にも、この歴史的一瞬に居合わせた幸運な連合軍将兵が鈴なりである。彼らの目は上甲板に整列した降伏使節団に注がれている。

「こっちが政府全権の重光外相。これが、陸海軍全権の、梅津大将だ」

金原老人の指さした梅津参謀総長の顔を、男たちは甲板の隅から覗き見るように、緊張して眺めた。

それほど苦渋に満ちた人間の顔はなかった。ほかの随員たちは、直立不動の姿勢で画面にはないある一点――おそらく演説をするマッカーサー元帥を注視しているが、梅津全権だけが拍車のついた長靴の片方を前に投げ出し、両手を腰のうしろに組んで立っている。

軍服の襟には陸軍大将の階級章が輝き、胸にはおびただしい略綬と、金色の飾緒が飾られている。しかし、その表情は葬列の中にあるように暗く、うつろだった。

「日本の写真はみんな白黒のピンボケだけんど、アメリカの撮った写真はこの通り、今日びのものとどこも変わんねえ。これひとつ見たって、かないやしねえ戦争だった」

金原の言う通り、梅津をはじめとする全権団は、この鮮やかな色彩の傑作写真の中で、永遠に人類の晒しものになるしかなかった。

表紙を閉じると、金原は続けて物語の終幕を開くように、静かな声で言った。

「命令を解除する、てえのは、つまりこの件はなかったことにしよう、というこった。ひどく無責任に聞こえたんだが――しかし真柴さんが無責任な男じゃねえことはすぐにわかった。あの人は、梅津大将に会っていたんだ」

「会っていた？　梅津美治郎に、ですか。どうやって……」

海老沢は身を乗り出した。梅津美治郎はA級戦犯として終身禁錮刑を言い渡されている。終戦処理を終え、GHQに逮捕されるまでのわずかな時間の間隙をついて、真柴は梅津大将と接触することに成功したのであろうか。

「真柴さんの話を聞きながら、わしァつくづく、士官学校出はてえしたもんだと思ったよ。食って行くだけで精いっぺえのあの時代に、よくもまあそこまでできた、とな。真柴司郎てえ人間は、まったく骨の髄まで軍人だった」

金原老人は時折不確かな記憶をたどるように目を閉じた。

極秘命令を発した五人の将軍は、ひとりひとり、まるで申し合わせてでもいるように歴史の舞台から消えて行った。

森赳《たけし》近衛師団長は終戦前夜、血気にはやる抗戦派将校によって斬殺された。その数時間後、阿南惟幾《これちか》陸軍大臣は官邸において割腹した。田中静壱東部軍司令官は、米軍の厚木到着を数日後に控えた八月二十四日の深夜、第一生命館内の東部軍司令官室で拳銃自決した。軍の長老、杉山元《はじめ》第一総軍司令官は九月十二日、市ヶ谷台上の総軍司令部において、四発の拳銃弾を老いた胸に撃ちこんだ。

そうして、巌《いわお》のように寡黙で無表情な、修行僧のように孤独でストイックな、最後の参謀総長、梅津美治郎だけが生き残った。

ダグラス・マッカーサーが横浜から東京へ司令部を進めたのは、終戦からほぼ一ヵ月が経った九月十七日のことである。

その日、西日本には枕崎《まくらざき》台風が上陸して死者行方不明者三千八百人に及ぶ猛威をふるっていたが、殺戮《さつりく》と破壊に麻痺した国民は、さほどの衝撃を受けなかった。おそらく戦時中にも増して人命は軽く感じられ、他県の被害は他国のそれのように感じられていた。国家という概念は国民の意識の中では確実に失われていた。

忘れられた死者たちの怨嗟の声のように、廃墟の空は鳴っていた。雲は低く流れ、横なぐりの雨がしぶいていた。

当初の占領計画によれば、ＧＨＱ司令部は本郷の東京帝国大学構内に置かれるはずであったが、総司令官は予定をくつがえして、日比谷の第一生命ビルに入った。以後、都内では五十七の官公署、二百二十九の会社法人、三百六の個人建物が接収され、占領軍の使用に供された。これらは空襲で焼け残ったためぼしい建築物のすべてと言っても良かった。

マッカーサーは六階の旧東部軍司令官室に入ると、サングラスをはずして殺風景な室内を見渡した。

「誤算だったな――」

将軍は古い革張りの回転椅子に腰を下ろし、唇の端でコーンパイプを嚙みしめた。

「タナカが自殺するとは思わなかった。彼は外国生活が長かったし、駐米武官のころには私とも面識があった。リベラルで、グローバルな軍人だ。戦犯に指名されること もなかったろうに、なぜ死に急いだのだろう」

二人の幕僚はマッカーサーの沈鬱な表情を息をつめて見守っていた。

「まったく彼らの考えることは良くわからん。忠実であることと不忠であることの区別がつかぬとしか思えぬ。軍人が死ねば死ぬほどヒロヒトの立場は不利になるというのに。降伏することがそれほど不名誉なのか？　私がパーシバルとウェーンライトをミズーリ号に呼んだのは、彼らの健闘を讃えるためだったが」

「降伏したうえ捕虜になった将軍たちを調印式に出席させた閣下のお考えは、たぶん日本人には理解できなかったでしょう。ショーとしか見えなかったのではないですかね」

ウィロビーは六階の窓から、雨に煙る皇居の森をめずらしげに眺めた。

「つまり、彼らには降伏という行動の様式がそもそもないのでしょう。状況のいかんにかかわらず、それは罪悪なのです」

ホイットニーが丸い顔を不満そうに膨らませた。マッカーサーは革椅子の肘掛けをいらいらとはじき始めた。それが不快を表す癖であることを知っている二人は、何とか話題を変えようと目配せをしあった。

元帥は膨れあがる感情に耐えきれぬように、革椅子の肘掛けを両手で叩いた。

「そういう単純な言葉でこの国を理解しようとしてはならぬ」

叱責された子供のように、二人の将軍は姿勢を正した。元帥は思いがけなく繊細な感じのする掌を机の上で組み合わせた。

「私の父、アーサー・マッカーサー将軍は日露戦争の観戦武官だった。将軍は戦後、副官であった私にこう諭したものだ。『いいか、ダグラス。合衆国の未来を脅かすものは、このちっぽけな東洋の帝国だ。決して油断してはならん。肝に銘じておけ』、と」

「しかし、われわれは日本に勝ちましたよ、閣下」

空気を和ませようとでもするように、ホイットニーは朗らかに言った。

「そうだ。われわれは勝った。しかしこんな敗け戦は、彼らの長大な歴史書の中ではほんの一行の出来事にしかすぎない」

ウィロビーはなにげなく窓の外に目を向けた。皇居の森は豊かな緑に被われているが、その周囲の数マイルは一木一草も残らぬ廃墟である。

「トルーマンもチャーチルもスターリンも、諸君らと同様、物事を簡単に考えすぎている。二千六百年も続いた単一王朝について、われわれはもっと深く、もっとも緻密に思いめぐらせねばならぬ。二千六百年——気の遠くなるような時間だ」

「将軍はその二千六百年の王朝を初めて降伏させました。歴史的な偉業です」

ウィロビーに向かって、元帥はゆっくりと首を振った。

「私が屈服させたのは、ほんの一瞬この国を支配した軍閥とおろかな政治家どもだ。そんなものはこの国の一部分でしかない。わかるか、チャーリー。日本を太古の自然が造り出したダイアモンドだとするなら、われわれは石炭だ。たしかに良く燃える。だが、われわれが焼きつくしたものは、ダイアモンドをつかのま包んでいた、価値のないパッケージにすぎない」

部下たちはまるで演説のような、ごてごてと装飾された元帥の言葉を理解しかねた。マッカーサーは窓の外を指さして椅子から立ち上がった。

「要するに、彼らの精神は完成されている。ダイアモンドのように硬く、もはや変えようも変わりようもないのだ。いいか、カミカゼもハラキリも、決して思いつきの愚行ではないのだぞ。彼らの完成された精神が、たとえばダイアモンドの天然の輝きのように、そうした行動をとらせるのだ。私は彼らを怖れている。あのリベラルでグローバルなゼネラル・タナカが、いとも簡単に彼自身の知識や才能や人格を投げ捨てて、死んでしまったのだ。たとえ合衆国が敗れても、私は死ぬまい。命を捨てるに足る理由がないのだから。しかし、タナカは死んだ。日本の精神は個人の意思など入りこむ余地のないほど、硬く、緊密に、不変に完成している」

二人の部下はしばらくの間、マッカーサーの言葉に呪縛されていた。頭ではとうてい理解できぬ言葉の真意を、彼らは何となく体感し、戦慄した。

「田中将軍の遺品については、すべて調べましたが、それらしいものは、なにも」

ウィロビーは無念そうに、話を現実に引き戻した。彼はマッカーサーの「耳」であった。

「タナカが関与していたのはまちがいないと思うのですがね。スパイの報告によれば、やつらは陸軍省を出てから、まっすぐにここへ来ています。そして少なくとも数時間、この部屋にいた。タナカが作戦に関わっていた何よりの証拠です」

「田中大将は同席していたのですか」

メモ帳を見ながらホイットニーが訊ねた。ウィロビーはライバルに向かって頑丈な顎を振った。

「それは、わからない。わかっていることは、そのうちの一人が平服に着替えて大蔵省に向かったところまでだ」

「コイズミという主計中尉ですね」

「そう。やつは大蔵省で何かをやり、その晩、横浜で他の二人と落ち合った」

「肝心なところがわからんのでは仕方がありませんな」

ホイットニーはウィロビーの情報の不備を非難するように言った。

「文句ならニミッツに言ってくれ。あの日、よりにもよってこのあたりで残弾処理さえしなければ、コイズミの行動はすべてわかったんだ。俺はあの日、虎の子の日系スパイを七人も総動員していた。ベストを尽くしたんだ。それがニミッツの一トン爆弾で、三人も殺された。もしかしたらあいつら、マッカーサー軍のスパイを狙って爆撃したんじゃないか」

「それは、不運というしかないな、チャーリー」

良く響く声で、マッカーサーは言った。

「しかし、君の部下はよくやった。肝心なところはわからなくとも、ともかくやつらの足どりはつきとめた。やつらは陸軍省からここへ来て、さらに横浜に行った。さて、そこからどこへ消えたか、だ——ホイットニー、君の調査をチャーリーにも公開したまえ」

ホイットニー准将は、やたらと修飾語の多い、抽象的な散文詩のようなマッカーサーの言葉を、巧みに標準語に変換する特異能力を持っていた。もちろん、その逆もできた。

占領政策の要である民政局長のポストは彼をおいて他には考えられなかった。マッカーサーのご託宣を人間の言葉に翻訳して語り、人間たちからの祈りを、尊大で繊細な神経に障らぬような祈禱文に変えて奏上する。コートニー・ホイットニーはＧＨＱに欠くべからざる司祭であった。

「現在まで取り調べた軍人や官僚たちの中に、やつらの行動を知る者は一人もおりません。近衛公爵も東条大将も、八月十日のアリバイがある。すなわち、この計画はごく一部の者たちの手で、完全な隠密裏に実行されたらしいのです」

ウィロビーは肯きながらソファに腰を下ろすと、いかにも目下の者にそうするように、ホイットニーに向かいの席を勧めた。

「その、ごく一部の人間についてだがね。君はだれがクロだと思う、ホイットニー」

ウィロビーは鷹のような鋭い目を据えた。ホイットニーはぽつりと答えた。

「まず確実なのは、山下奉文と本間雅晴」

ウィロビーはけたたましく笑った。

「何がおかしいんです、チャーリー」

ホイットニーは気色ばんだ。

「いや――すまん、すまん。その二人が知っているのはあたりまえだ。なにしろマラカニアン宮殿の地下壕から、ボスの財宝を盗み出した張本人なのだからな。しかし、ヤマシタもホンマもその先は知らんよ。しょせん野戦の将軍だ。東京で起きていることとは何ひとつ知らない」

言ってしまってから、ウィロビーは失言に気付いて青ざめた。おそるおそる、「ワシントンで起きていることを何も知らない野戦の将軍」を振り返った。

元帥は聞き流すように、黙って目を閉じている。

マッカーサーは一九三七年以来、一度も米国の土を踏んでいない。目に入れても痛くないほど溺愛しているひとり息子は、生まれてこのかた祖国を知らないのである。

「かまわんよ、チャーリー。君の言う通りだ。ヤマシタもホンマも、私の財宝の行方は知るまい。至急、軍事裁判の用意を進めたまえ。吊るす理由など何でも良い。あの二人に生きて祖国の土を踏ませてはならぬ——続けたまえ、チャーリー」

冷淡にマッカーサーは言った。

「はい。私が考えるのには、まず陸軍大臣であった阿南大将。そして侍従武官長の蓮沼大将、終戦内閣の鈴木貫太郎首相、それを引き継いだ東久邇宮《ひがしくにのみや》……」

ウィロビーは驚くべき記憶力で、多くの要人たちの名を挙げた。ふと、マッカーサーの彫像のように冷淡な顔が、軋むように歪んだ。

「チャーリー……君はアデレードで羊の数でも勘定していたのか」

「は？……」

マッカーサーは立ち上がると、話の腰を折られてとまどうウィロビーの肩を叩き、パイプの柄を聡明な額にあてがいながら、大股で歩き始めた。一直線に歩き、回れ右をして一直線に戻る。二人の部下は息を殺して「お告げ」を待った。

「諸君らが有能な軍人であることは良く知っている。しかし、あいにく日本の軍人の頭は、諸君らほど複雑ではない。羊の数を勘定するのも、たぶんチャーリー、君の方が早くて正確だと思う。やつらはおそろしく単純で、情熱的で——そして、おそろしく誠実だ」

歩きながら、マッカーサーは、雨に煙る皇居の森を眺めた。

「ここはヒロヒトの国だ。偉大なエンペラーと、実行隊長たるひとりの将校——例の近衛師団の若い将校との間をつなぐ、一本のパイプだけを考えれば良い。ほぼそれでまちがいはない」

ウィロビーとホイットニーは顔を見合わせた。

「まだわからんかね。この国の軍事システム、そう、プロシアのように大時代な軍事機構の特徴について考えてみたまえ。私の財産を隠したのは、そのシステムだ」

日本の軍事機構の最大の特徴——天皇と部隊将校を結ぶ一本のパイプ——有能な二人の幕僚の間に、「帷幄上奏権《いあくじようそうけん》」という言葉が泛かび上がった。同時に彼らは、偉大なるボスを改めて心の底から尊敬した。

「天皇ハ陸海軍ヲ統帥ス——大日本帝国憲法の第十一条だ。この条文によって、軍と天皇は政府や議会など関係なく、直接むすばれている。軍は帷幄上奏権という、玉座につながる直結パイプを持っている。われわれのいう文民統制《シビリアン・コントロール》などくそくらえのシステムだ。パイプの一端をヒロヒトが持ち、その一方は軍令のトップ、すなわち戦争の最高指揮官たる一人の将軍が握っている。ヒロヒトが使ったのは、そのパイプだ」

「戦争の最高指揮官——参謀総長！」

ウィロビーが立ち上がった。やっとわかったかというふうに、マッカーサーは肯いた。

「そうだ。この国の参謀総長はワシントンのマーシャルのように、いちいち議会の顔色を窺わなくても良いのだ。天皇から近衛将校につながるパイプは、すばらしい素材でできていて決して音が洩れない。三分間だけ時間をやろう。五人の人間の名を挙げてみたまえ。これだけヒントを与えてもわからなければ、アデレードに帰って羊飼いでもすることだな」

「イエス・サー」

と二人は感嘆して言った。ウィロビーは日本陸軍の指揮系統図を頭の中でたどった。

「参謀総長の梅津。そして第一総軍司令官の杉山元帥」

ホイットニーが後を続けた。

「その麾下《きか》の東部軍司令官、田中大将。そして、近衛師団長のうちの、誰かひとり」

「そうだ。その四人に、たぶん陸軍大臣の阿南が加わった。陸軍省と参謀本部は同じ建物の中にあり、参謀たちもたがいの役割を兼務している。阿南を除くわけにはいくまい。それに軍政の長たる陸軍大臣が関与しなければ、移動に際しても、隠匿場所についても、なにかと不自由だ」

マッカーサーはコーンパイプに火を入れて、立ちすくむ部下たちを見つめた。

「諸君らは優秀なスタッフだ。羊飼いにするのはもったいない——いいか、梅津将軍を殺してはならん。まず、その方法を考えよ」

「至急、警護を厳重にします」

「ノー！」とマッカーサーは激しく首を振った。「どれほど警戒しても、ハラキリを防ぐことはできぬ。彼らにとって自らの口をとざすことは、食事をするより簡単なのだ。東条を見よ、MPの目の前で拳銃を撃ったではないか。そんなことではだめだ。即刻、戦犯として逮捕せよ。スガモ・プリズンに拘禁してしまうのだ」

「お言葉ですが、閣下」

と、ホイットニーが丁重に反問した。

「梅津には起訴事実が見当たりませんが。戦時中はずっと関東軍総司令官として奉天におり、戦犯といえるようなことは何ひとつ……」

マッカーサーはホイットニーの背後に回りこむと、パイプを握った拳でゴツンと頭を小突いた。

「君のこのバカでかい頭の中味は、バージニアのさわやかな空気でいっぱいのようだな——メモを取れ。いいか、一九三四年三月五日より一九三五年八月一日までの支那駐屯軍司令官、すなわち華北四省の侵略的接収と何応欽《かおうきん》政府の樹立についての罪。次に、一九三六年三月より一九三八年五月まで陸軍次官。すなわち中国に対する一連の侵略行動に関する罪。そして、関東軍総司令官として満州国傀儡《かいらい》政権を指導し、参謀総長として、連合軍の俘虜を不当に虐待した罪だ。訴因の詳細は中国人と俘虜から聞き出せ。要するに理由は何でも良い。梅津を戦犯として拘禁することだ」

ホイットニーはメモを走り書くと、神を見るようにマッカーサーを仰ぎ見た。

「イエス……サー……」

「ただし、裁判の行方には気をつけたまえ。まちがっても絞首刑にしてはならんぞ。終身禁錮刑がベストだ。急ぐことはない。その間じっくりと、私の財宝のありかについて訊き出すのだ」

マッカーサーは百八十度の回れ右をすると、あらためて二人の部下に命令を下達した。

「チャールズ・ウィロビー少将。貴官は梅津元参謀総長の訴因を調査し、A級戦犯として逮捕拘禁せよ」

ウィロビーは命令を復唱した。

「コートニー・ホイットニー准将。貴官は小泉主計中尉なる人物を捜索し、司令部に連行せよ」

二人の部下は敬礼をして廊下に駆け出すと、大声でそれぞれの副官を呼んだ。

それからひと月がたった十月なかばの午後、大蔵省の大臣室では熱い議論が戦わされていた。

テーブルに書類を積み上げて弁舌をふるっているのは若い主計局員で、大臣、次官、局長以下数人の高級官吏が、その周囲をものものしく取り囲んでいる。

大蔵大臣渋沢敬三は、十月九日に成立したばかりの幣原喜重郎内閣に大きな期待を担って入閣した、財界のプリンスであった。

「しかしね、小泉君。軍需工場に対する支払いを停止するというのは、食糧どころか消費財の生産までも止めることになるよ。戦に負けたから金が払えんというのは余りにも乱暴だ。米がない上に物がないでは、国民生活はめちゃくちゃになる」

小泉主計局員は書類を指し示しながら言い返した。

「それは承知の上です、大臣。しかしこのまま軍需産業に対する未払金の支払いと、損失補償を続ければ、たいへんなインフレを招きます。この三ヵ月の間に、二百六十六億の金が国庫から払い出されました。よろしいですか、支那事変の開始から終戦まで八年間の臨時軍事費特別会計の総合計が一千三百九十億。つまり八年間の軍事予算総計の五分の一を、この三ヵ月で払い出したことになるのです。これがどれほど深刻な状況かお考え下さい」

「しかし君、ではいったいどうしろと言うのだね。まさか占領軍の軍票で支払えとでも言うんじゃあるまいね。それではわれわれが一番おそれた直接占領になってしまうではないか。今や自主的経済だけが国家の自立を証明しているのだぞ」

「その、まさかでよろしいと思います」

小泉がぽつりと言い返すと、周囲はどよめいた。

「ばかな——小泉君、われわれが守らねばならぬのは、国家経済だぞ。暴論はつつしみたまえ」

「いえ、われわれが守らねばならぬのは、国民経済です。すなわち、円を守るのです。円の実力を失墜させぬことだけを考えるのが、日本と日本人を守る道です。大臣も次官も、円のメンツにこだわるあまり、経済の本質を見誤っておられます」

小泉局員はひるまずに言った。

「では、こうしてはどうか。臨時軍事費の支出を止めて、日銀からの貸し出しに転換するというのは。それでも生産力は維持できるだろう」

と、主計局長が口を挟んだ。小泉は不満げに振り返った。

「同じことではありませんか。いや、もっと悪い。その需要に応えるためには、日銀券を乱発するしかないでしょう。しかもいったん日銀が介入したとなれば、占領軍は駐留費のすべてを要求しますよ。政府はその要求を拒否できません。民需と占領軍のすべての要求に応えれば、数ヵ月以内に日銀券の発行残高は二倍になります。三百億が、六百億になります」

六百億という数字を聞いて、周囲はしんと静まり返った。日銀券発行高六百億円という驚異的な数字が、いったい何を意味するものか、彼らのうちに知らぬ者はなかった。

「物価指数が、倍になるな……」

人垣のうしろで誰かが不安げに呟いた。

「ちがいますね。物価の実勢はすでに倍以上です。しかも、ほんの一部の物だけが公定価格で取引きされ、その市場価格が倍になっているのです。つまり、現在ではヤミ値が国民から見た実質的な物価です。ということは、いま日銀券の発行高が倍になれば――」

と、小泉は脅すように一同を見渡した。

「半年で物価は十倍になります。国民生活の破綻です」

しばらく室内は沈黙し、やがて徐々に、声にならぬ吐息が広がっていった。官僚たちは追いつめられていた。

「小泉君――どうやら君の言うことは正しいようだ。しかし、政府にもわれわれにも事態を打開する力はない。GHQに直接、君の意見を述べてくれないか。幸い民政局長のホイットニー准将はなかなかの経済通だ。肚を割って話せば何か良い方法が見出せるかもしれない」

次官の口からGHQという言葉が出ると、小泉は誰にもそうとわかるほど表情を固くした。

「私が直接、ですか……」

「人材がいない。君の頭の中を代弁できる人間は、どこにもいないんだ。しばらく軍籍にあった君にしてみれば不本意かも知れんが、代理でつとまるほど君の考えは単純ではない」

「あまり自信はありません……それに私のような若い局員の意見をGHQがまともに聞くとは思えませんが」

「いや、現に君はこれだけの専門職を納得させたじゃないか。君の炯眼《けいがん》と主張はマッカーサー元帥も認めるはずだ」

次官は居並ぶ官僚たちを見渡し、同意を求めるように、大臣に向かって言った。

「いかがでしょう、大臣。小泉君から直接、説明させるほかはないと思いますが。この混乱した経済事情を解読しているのは、彼しかおりません」

大臣は肘掛けに置いた手を瞼にあて、しばらく黙考した。

「軍票の使用はまずいよ。それだけは、まずい――」

日銀券を発行せずに米軍の軍票を流通させてしまえば、国際通貨としての円の権威は失墜するというより、むしろ温存される――渋沢蔵相は小泉局員の考えを読み取っていた。

そして、「もうひとつの通貨」である軍票の経済下でじっくりと産業の立て直しを図り、頃合いを見て新円を発行すれば良い。面子《メンツ》にさえ拘《こだわ》らなければ、確かにそれは最善の方策にはちがいないのだが。

「私はべつに軍票の使用に拘るわけではないのです。ただ――」

と、小泉はふしぎなほど確信的な表情を大臣に向けた。「ただ、国民をその間、飢えさせたくないのです。講和がなって、米軍が完全に撤兵すれば日本は必ず復興します」

「米軍が撤兵すれば、とは？――それはどういうことかね」

蔵相は首をかしげた。明晰な理論を展開していた小泉がいきなり口にしたことは、誰にとっても不可解であった。

米軍が撤兵すれば日本が復興する――いったいその根拠は何だろう。

二十五年前の大震災から帝都がみごとに甦った経緯を知っている多くの人々にとって、「復興」という言葉は魅惑的だった。しかし、この焦土からの復興には、期待できる経済的支援は何もあるまい。日本は世界を相手にして戦い、しかも関東ばかりではなく全国の産業が壊滅しているのだ。

「ともかく、米軍に接収された土地がすべて返還されれば、日本は必ず復興するのです」

答えるかわりに、もういちど同じことを小泉は確信を持って言った。

「おいおい、神風とか大和魂みたいなことを、今さら言わんでくれよ。君らしくないぞ」

緊迫した空気を和ませるように次官が言った。小泉はひとりだけ笑いもせずにうつむき、しばらくの間、みずからに決断を強いるように黙りこくった。かつて軍務についていた彼がGHQに頭を下げる気にはなれないのだろうと、誰もが思った。

もちろん、小泉をためらわせていたものは、そんな卑小な自尊心ではない。彼はマッカーサーと会うことを怖れていた。

やがて小泉は、周囲の督励に応えるようにゆっくりと顔を上げた。

「私は、GHQに行きます。行って、インフレを回避する道を協議します。やはり、それだけは、何としてでもやらねば……」

小泉局員の顔は青ざめていた。

衛兵司令から面会者の氏名を提示されたとき、コートニー・ホイットニーは心臓を摑まれたような気持ちになった。

何度も深呼吸をして胸の高鳴りを押さえながら、通訳のマイケル・イガラシ中尉を呼び、ひそかにこう訊ねた。

「マイク、妙なことを訊くが。コイズミという名前は、日本ではどの程度オーソドックスなのかね」

副官室のソファで居眠りをしていたイガラシは、連日のハードワークで寝不足の目をしばたたきながら、天井を見上げた。

「小泉？　ああ、例の一味ですね」

ホイットニーは笑みを絶やさぬ地顔をしかめて戸口を振り返った。

「簡単に言うな、バカ者が。ボスの前でそんな言い方をしたら、殺されるぞ」

「え？　ああ、失言でした。コイズミ……そうですね、珍しいというほどではありませんが、そこいらにいる、というわけでもありません」

「ううむ……答えになっとらんな。マイク、もう少し具体的に説明せよ。私は完全を望む」

肥えた腹をそりかえらせたホイットニーのしぐさを見て、イガラシはクスッと笑った。

「閣下、その言い方はボスにそっくりですよ」

ホイットニーは言葉を取り返そうとするように、咳払いをした。何だか父親の真似をする子供のようだと、イガラシは思った。

このマッカーサーの腹心が、GHQの内部で人気がないのは、ボスのそぶりや口癖をいちいち真似ているからなのだ。もちろんボスを尊敬するあまりそうなったのだが、それらはマッカーサー本人以外の人物にゆだねられれば、ひどく陳腐な、厭味な、軽薄なポーズとしか受け取られなかった。ことにホイットニーの場合、そのでっぷりと太った体や、ハロウィンのカボチャに似た丸い大きな顔が、ことさら陳腐で厭味で軽薄に見えた。

(将軍のマネなんて、誰にもできやしない。できてたまるか)

と、マイケルは今や地上で彼が最も尊敬するダグラス・マッカーサーの雄姿を思い泛かべながら、そう思った。

「では、具体的にお答えします。少なくとも『ホイットニー』や『ウィロビー』よりは当たり前の名前です。マンハッタンの盛り場を例にとるなら、バスの中に必ずいるとは限りませんが、地下鉄の乗客にはたぶん、一人いるでしょう」

ホイットニーは納得したように肯いたあとで、小さな通訳を見くだした。

「いい答えだな、マイク。ボスにとって君ほど得がたいスタッフはいないだろう――だが、そういうたとえは、マンハッタンを見てから言え。皿洗いの働き口ならいくらでもある」

ダグラス・マッカーサーは六年に及ぶ東京での任務の間、膝をまじえて語った日本人といえば天皇と吉田茂だけだと言われるほど超然としていた。民衆の歓呼に応えるのは好きだったが、その声に直接耳を傾けることは決してしなかった。どれほどの実力者であれ、国家的な廟議《びょうぎ》の結論であれ、民政局長のホイットニーを通さなければマッカーサーの耳に意思を伝えることはできなかった。ホイットニーが人々から蔑まれるのは、司祭としての宿命であったのかもしれない。

――その男を応接室に導き入れたとき、ホイットニーはまるで闇夜で敵の斥候に遭遇したように愕いた。予感がまぎれもない事実であることを確信したのだった。コイズミは日本人としては目立つほどに背が高く、厚い丸メガネをかけていたのだ。

ホイットニーはまず来訪の趣旨を訊ね、なるたけ平静を装って随行者の二名を別室に遠ざけた。二名とも年齢からいって小泉の上司らしかったが、「代表者の口からしか陳情はうけつけない」、という理由をこじつけて、実務担当者である小泉だけを彼の執務室に隔離することに成功したのだった。

ただちに帝国生命館の憲兵司令部から、武装した一個分隊のMPを呼び寄せ、廊下に待機させると、ホイットニーは司令官室に躍りこんだ。

「ボス！　すばらしいおしらせがあります。大変な人物がやってきましたよ」

ホイットニーは動悸を押さえながら、仏頂面で書類を繰るマッカーサーに向かって言った。

「ほう、誰かね。ついにトルーマンがやってきたか。貢ぎ物は何だ。スコッチを一ダースも持ってきていれば、会ってやってもいいぞ」

ホイットニーの言う「大変な人物」にはあきあきしているマッカーサーは、目も上げずに答えた。実際、毎日のようにホイットニーを通じてやってくる「大変な人物」の中で、マッカーサーが確かにそうと認めたのは、九月の末にひょっこり現れたヒロヒト天皇ただひとりであった。

「いえ、ボス。トルーマンだったら追い返していますよ。——あいつが、いきなり向こうからやってきたのです」

マッカーサーはようやく書類から目を離し、短い精神訓話をした。

「愕くことはあるまい。運命とはいつも、いきなり向こうからやってくるものだ。決して後ろから襲いかかりはしない。ところで、あいつとは誰のことかね？」

ホイットニーは将軍の耳に囁いた。

「コイズミが……」

マッカーサーはどんな時でも、動揺を表情に表すことがなかった。コレヒドールの山頂《トップ・サイド》で空をうずめつくす零戦の大編隊を見上げたときのように、敵意のこもった、勇敢な顔をしばらく窓の外に向けただけであった。

「探しても見つからぬはずです。大蔵省の役人だったとは……」

「いや、木は森に隠せというイギリスの古いことわざもある。祖父母が早くに亡くなられたのは、君にとって不幸なことだったな、ホイットニー。ともかく、神に感謝したまえ――よし、私が会おう。連れてこい」

ホイットニーが退室すると、マッカーサーは皇居に面した六階の窓を引き開けた。乾いた空気が、茫々たる廃墟をかけぬけて吹き込んできた。草色の都電が青い火花を散らしながら眼下を通りすぎて行く。デッキにまでしがみついた人々の顔は、どれも深まり行く秋におびえていた。

メルボルンからの道のりは長かった。しかし、これでやっとペイ・オフだと、マッカーサーはいつか希望と祈りをこめて呟いた言葉を、このとき初めて確信した。

ホイットニーが、彼よりも背の高い背広姿の日本人を連れて入ってきた。少し遅れて、通訳のイガラシ中尉も来た。

小泉の顔をひとめ見てマッカーサーは、この男は取引きにきたのだろう、と思った。そのぐらい鷹揚に、不遜に見えたのである。敗北者の卑屈な態度が、その男にはまったく見受けられなかった。

落ちつき払ってマッカーサーの前に立つと、小泉は正確な英国ふうの発音で挨拶を述べた。その極めて適切な、敬意を払いながらも堂々とした言葉づかいに、マッカーサーは感心した。

元帥が日本人と握手を交わしたのは、ホイットニーが見た限り、ヒロヒト天皇に続いてそれが二度目である。

「お会いできてうれしい、ミスター・コイズミ。ところで英語はどちらでマスターされた」

「帝国大学《インペリアル・ユニバーシティ》です、閣下」

小泉は誇り高く、母校の名をそう翻訳した。

「すばらしい。ハーバードでは日本語を学ぶことはできない。もちろん、士官学校《ウエスト・ポイント》でも」

「しばらくロンドンに駐在しておりました。お聞き苦しい発音でしょうが、あしからず」

かつてこれほどまっすぐに自分を見つめた人間がいただろうか、とマッカーサーは思った。お得意のジョークは何ひとつ思い泛かばなかった。

「いや、たいへんけっこうな発音だ。アメリカにおいでになったことはあるのかね」

「残念ながら、機会に恵まれませんでした。いちどウォール街を見物したいと考えております」

「そうか。マンハッタンは世界経済の中心だ。ぜひ来たまえ、いい勉強になる」

ホイットニーは二人が長い間、握手したまま語り合うさまを、愕いて見つめていた。

少なくとも、マッカーサーはミズーリ号上での降伏調印式のときより緊張して見えた。ボスにとってはこれからが本当の式典なのだろう。

「……どうやら、私の出番はありませんね」

と、イガラシ中尉が、陽気で少し軽薄なカリフォルニアの若者まる出しで肩をすくめた。

「いや、マイク。陪席を許す。今後のためには、君も聞いておかねばなるまい」

小泉にソファを勧めながら、マッカーサーは言った。

一同はまったく平静を装ったまま、小泉の説明する経済の現況と今後の見通しについて、耳を傾けた。その内容は極めてわかりやすく、かつて軍人たちが独立前後のフイリピンで得ただけの知識でも、十分に理解することができた。小泉の発音の格調の高さと専門語彙《ごい》の豊かさに、イガラシは舌を巻いた。

ひととおりの説明を聞きおえると、マッカーサーはパイプに火を入れて言った。

「君の言わんとすることは、実に良くわかった。このことを私に理解させることのできる人間は、地上に二人といないだろう。で、私は何をすればいいのかね」

小泉は事務カバンの中から一冊の書類綴を取り出し、テーブルの上に置いた。

「私の要求はすべてここに書いてあります。とりまとめて言えば、第一に、連合国の戦時補償の打ち切りをお願いしたい。第二に、わが工業生産を復元させるためには、復興金融公庫の設立が不可欠ですが、その財源は復興債券のようなものに頼るしかありません。しかし、これをわが日銀が受けていたのでは、生産水準の向上と引きかえにインフレ・ギャップを拡大する結果になります。債券の一部、もしくは大部を、米国に引き受けていただきたいのです」

小泉の考えは、軍票の使用という単純な発想を、一歩おし進めたものであった。米国に復興債券を発行させ、新たに設立する金融公庫を通じて工業生産を復活させよう、というのである。

「投資するに足るだけの将来性が、わが国の企業にはあると思いますが」

こいつは天才だ、とホイットニーは思った。日銀券を発行せず、軍票も使わず、すなわちインフレの抑制をしながら経済を自立させる錬金術を、こいつは発見したのだ。公庫を設立してその財源を米国に求める。零戦や戦艦大和を造った工業技術に対して債券を引き受けようとする企業や財閥は、世界中にいくらでもあるだろう。いや、もしかしたらこの案は、米国の議会を通過するかもしれない。こいつはたったひとりで、この国を立て直そうとしている――。

マッカーサーの表情も、すでにそれに気付いていた。自分の主張が相当に理解されたことを見透かすように、小泉はマッカーサーの急所を突いた。

「いずれ米国が世界の恒久的な平和を実現することは明白です。自由主義社会の盟主としての使命を、あなたのお国は担っている。このさき未開発の国や新しい独立国に、有効な援助をするための、これは格好のモデル・ケースだと思われませんか」

マッカーサーは英文タイプ数十枚におよぶ書類に目を通してから、ひとりごとのように言った。

「どうやらこのシビリアンはたいへんな人物のようだな。さすがは選ばれた者だ」

マッカーサーの暗喩に、小泉は気付かなかった。

「もうひとつ、お願いがあります。至急、米国から金融財政のエキスパートを呼んでいただきたい」

ホイットニーが書類を覗きながら答えた。

「それは気の早いことだな、ミスター・コイズミ。だが、順序がちがう。復興債券が万一、議会を通ったら、という先の話だろう」

「いえ、その件とは別に、単一為替レート設定のための協議をしていただきたいのです」

マッカーサーとホイットニーは顔を見合せた。

「単一為替レート？　そんなことをしたら現在の円の実力からいって、輸出入はめちゃくちゃになってしまうぞ」

ホイットニーの知識を信じるように、小泉は続けた。

「それで結構なのです。今の日本にはしばらくの間、経済的鎖国が必要なのです。一ドル四百円、いや三百五十円でもいい。そうなれば産業は内需に応えるしかありません」

「将来の国際的発展を阻害することになる」

「いえ。私は日本の企業の勤勉さを信じています。彼らは必ず、いつの日か必ず、与えられた環境の中で世界に出て行きます」

「バカな。一ドル三百五十円のレートで、どうやって物を輸出するんだ」

「すべては努力です。私は多くの尊敬すべき実業家や技術者を知っています。彼らはたとえ一ドルが二百円でも、いや百円でも立派なメイド・イン・ジャパンを輸出するでしょう」

ホイットニーは肩をすくめた。

「やってられませんな、閣下。やっぱり日本は神の国です」

言いながら元帥の横顔を見て、ホイットニーの両手は宙に浮いたままになった。マッカーサーはかつて見たこともないような鋭い目を、小泉に向けているのだった。小泉もひるまずに、瞬きひとつせずに元帥を睨みつけていた。

「彼は偉大だ。まず国民を飢えさせぬことを考えている。いや、実はそれしか考えていない」

呪文のように、唇だけで元帥は呟いた。

「光栄です、閣下」

二人はゆっくりと身を乗り出すと、額を突き合わさんばかりに睨み合った。

「まわりくどい言い方はもうやめよう。ミスター・コイズミ」

「ご賢察、おそれ入ります、閣下」

「これは、取引きだな」

「復興金融公庫の債券を、閣下がすべて引き受けて下さるとおっしゃるのなら」

「隠し場所を教える、というわけか」

「考えた末の結論です。私は一日も早く国民を救いたい。こうしている間にも、子供は飢えて死にます」

「抗命になるぞ」

「承知の上です。ここには軍も議会もありはしません。閣下と私とで決めることです」

「ノー、と言えば」

「宝は永久にお返ししません」

「日本はそれほど広くはない。閣下の軍隊も、それほど多くはないぞ」

「私がノーと言えば、君は生きては帰れんぞ」

「交渉が決裂すればその場で腹を切るのが、われわれの古い伝統です」

「隠し場所には自信がありそうだな」

「これ以上の対話は無益です、閣下」

小泉は身を引くと、マッカーサーを見据えたまま低い声で言った。

「イエス・オア・ノー」

秋風が空を鳴らして、窓から吹き入った。

マッカーサーは椅子をゆるがして立ち上がると、冷ややかにテーブルの上の書類綴を指さした。

「答えは、ノーだ。私は必ず、私の財産を探し出す。君の天才的な意見は、議会に報告しておこう」

小泉は厚いメガネの底で目をつむり、体じゅうの空気を吐きつくすほどの溜息をついた。

「残念です、閣下。ノーとおっしゃられた理由をお教え下さいますか」

「簡単なことだ。君らが奪った財宝は、本来君らの国のために供されるものではない。イエスと答えれば、私は敗北を認めたことになる」

マッカーサーは気持ちを入れかえたようにパイプをくわえながら室内を歩き始めた。

夢から覚めたようにマイケル・イガラシ中尉は顔を上げた。焼け残った議事堂の上に、巨大な夕日がただれ落ちようとしていた。

ホイットニーがひと声叫ぶと、廊下に待機していたMPがどっと駆けこんできた。M1ライフルの銃口が三方から小泉を囲んだ。

「もう少し落ちついて話をしようではないか、ミスター・コイズミ。私は君をどうこうしようとは思わん。拷問にかけても白状するような男ではあるまい。そこでひとつ提案がある――どうだ、私と一緒に新しいアメリカを作ってみないか。クレムリンにも、ニューディーラーたちにも負けぬ、強いアメリカ合衆国を」

小泉はゆっくり立ち上がると、厚いメガネのフレームを指で押し上げた。

「光栄です、閣下。しかし私は、あいにく閣下のご期待に添えるほどの人間ではありません」

マッカーサーは説得するように、小泉の肩に手を置いた。

「君にこの廃墟は似合わない。マンハッタンの夜景のほうがずっとふさわしいぞ。私は生れて初めて知恵と勇気とをあわせ持った人間にめぐり会った。力を貸してくれないか、ミスター・コイズミ」

銃を下ろすようにマッカーサーは命じた。小泉は後ずさるMPたちの顔をひとつずつ見つめ、元帥の意思とはまったく関係のないことを、ふいに口にした。

「子供らを殺す権利が、いったい誰にあるのです。しかし、あいつらには生きる権利があった。それは、確かなことです」

「戦争だ。誰の責任でもない」

「ちがう」

と、小泉はマッカーサーの胸を押し返した。

「自分に責任がないと言い切れる者は誰もいない。われわれが戦をしたのは確かなのですから。教科書も、歌声も、美しい母国の言葉さえも奪われたあいつらが、飼いならされた小鳥のようにいつも唄っていた歌を、あなたはご存じですか」

小泉は窓辺に歩み寄ると、室内を振り返って突然、大声で唄った。

「出てこいニミッツ、マッカーサー、出てくりゃ地獄に逆落とし――こんな醜い歌を、あいつらは姿勢を正して唄っていたんだ。まるで、国歌でも唄うみたいに」

元帥を正面から見据え、ざれ歌を繰り返す小泉の輪郭は、窓辺のあざやかな夕日にくまどられていた。

「パールハーバーを零戦が襲うことは永遠にありません。しかしマンハッタンには、いつの日か、必ず――」

室内になだれこんだ夕日に目を射られて軍人たちが踏みこたえたとき、小泉の体は背中から空宙に飛んでいた。

ホイットニーは窓辺に飛びつくと、はるかな路上を見下ろし、立ちすくむＭＰに振り返って命じた。

「すぐに死体を始末しろ。日本人の目に触れさせてはならん。これは事故だ」

呆然とパイプを握ったまま、マッカーサーはオレンジ色の夕日に染まっていた。別人のように力のない声で、将軍は言った。

「ホイットニー、その書類を至急ワシントンに送れ。起草者は、ダグラス・マッカーサーだ。ウィロビーは、チャーリーはどこへ行った。梅津から、聞き出さなくては……」

26

　真柴司郎にとっての戦後は、時計の秒針を見つめ続けるような、長い、耐え難い年月であった。

　庭先の畑を耕し、闇物資の運び屋をしながら、真柴は毎日、何かを待っていた。一日ごとに、時はいっそうその刻みを緩めて行くように思われた。

　犬の吠え声に目覚め、足音におののき、町に出れば十歩ごとに振り返ることが、彼の習性になった。

　怖れながらも、いつも何かを待っていた。まるで孤島の密林に置き去られた兵のように、自分の所在がわからなかった。わからない分だけ、すべてのものを怖れねばならなかった。

　初めて自分自身の消息を知ったのは、敗戦から三年余りも経った年の瀬のことである。

新宿の闇市で鰯を食っていた真柴は、隣の屋台からウドンの鉢を抱えて近付いてきた男に声をかけられた。

しばらく横顔を覗きこむようにしてから、男はためらいがちに言った。

「真柴、だよな……」

男が言いためらったのと同じ時間、真柴もまた考えねばならなかった。世の中が変わった分だけ、人間の表情もまた変わっていた。

「やあ、しばらく」

名前は思い出せないが、士官学校の同期生であることにまちがいはない。ひどく目立たぬ、おとなしい生徒であった。

士官学校の五十二期生は、二十代なかばの働き盛りで大戦に突入し、その多くは前線の指揮官として戦死していた。出会いを懐かしむより先に、生き恥を晒しているというしろめたさが、おたがいを躊躇《ちゅうちょ》させていた。

男はまるで言い訳でもするように、ルソンでひどい戦をした末、武装解除されたのだと、問わず語りに話した。

「ジャングルをさまよいながら、妙なことを考えたよ。もっと勉強しておけば良かった、って」

「何だ、それは」

男は鉢を啜り上げると、何となく恨みがましい目で真柴を見つめた。

「貴様のように首席で卒業して、一選抜で陸大に合格すれば、まさかこんなことにはならなかったろうってな。考えてみれば、勉強しなけりゃ殺すぞ、というのと同じだ」

男は痩せた歯茎を剝き出して笑った。

「しかし、こうして生き残ってみれば、勉強しただけ損だぞ。陸大で学んだことなど、もう何の役にも立たん」

「まあ、それもそうだが――ところで、貴様たしか陸軍省勤務だったな」

「いや、最後は近衛師団にいた」

言ってしまってから、真柴はあわてて口をつぐんだ。

「そうか――近衛師団といえば、八月十五日にずいぶんゴタゴタしたそうじゃないか。貴様もその一味か」

「いや、俺は優柔不断だから、何だかわけのわからんうちにすべては終わった。おかげでこの通り、闇市の鰯を食っている」

話を変えようとして、真柴は闇市の店主が読む新聞を箸の先で指した。初老の店主は、見るだに寒々しいスフの上着を重ね着して朝刊を読んでいた。一面の囲いの中に、極東軍事裁判の判決が大きく掲載されていた。

「読んだか」

「ああ、やっと終わったな」

男は今さら興味もない、というふうに魚を焼く鉄板で手を焙った。

「絞首刑は七人だそうだ」

「だからどうだということもあるまい。勝手にしろと言いたいね」

男の手は石膏のようにひび割れていた。いまわしい記憶を打ち払うように、男は悪い咳をし、タバコに火をつけた。煙にむせかえりながら新聞を見つめ、男は言った。

「しかしなあ、広田《ひろた》弘毅《こうき》がいったい何をしたんだろう。軍人の言いなりになっていただけじゃないか。いいかげんなものさ。その軍人にしたところで、ほら参謀総長だった梅津大将。なんであれが戦犯にされるんだろう。むしろ戦を終わらせた功労者だと思うがな」

梅津という名前を耳にしたとたん、真柴はひやりとした。

二十五名の判決を箇条書きにした最後に、元参謀総長梅津美治郎の名前はあった。六十七歳。終身禁錮刑である。

「面識はあったのか？」

真柴は語りたくないことを、しぶしぶと答えた。

「良くは知らんが、見かけたことはある。いつも口をへの字に結んでいて、決して笑わん人だった」

「体の具合が悪くて入院しているらしいな。じいさまばかりだから、裁判するにも大変だ」

トタン屋根の庇が凩に鳴った。

「入院、だと？」

「ああ、いつだったか新聞に載ってたな。巣鴨の寒さが応えて、何人も病気になっちまったらしい。もっとも、大方は仮病かも知れんがね」

真柴は希望を抱いた。病気ならば刑の執行停止ということもありうる。拘置所に行くよりも、ずっと安全に面会ができるかも知れない。

「どこの病院だろうな」

「そりゃあ、戦犯なんだから、米軍に接収されている病院のどこかだろう――なんだ、見舞いにでも行くのか。よせよせ、へたに顔を出して痛くもない腹をさぐられたらばからしいぞ。細かいことを言ったら誰だって戦犯なんだ」

店主は新聞をたたむと、屋台の前で立ち話をする二人に迷惑そうな視線を向けた。

「いずれ、また会おう」

「ああ、縁があったらな」

二度と会うことはあるまい。

真柴は無愛想に手を上げて別れを告げると、たちまち闇市の雑踏に紛れ入った。男もべつだん呼び止めようとはしなかった。

士官生徒であった輝かしい時代が、明け方の夢のように思い起こされた。そんなものを記憶にとどめておく理由は何もないのだと、真柴は歩きながら思った。

梅津大将の入院先は容易に判明した。帰りがてら新聞社の支局に立ち寄って訊ねると、ヒマそうな若い記者があちこちに問い合わせてくれたのだった。誰もが自分のことで手いっぱいな割には、妙な連帯感のある時代だった。

本所蔵前の同愛病院は、米軍に接収されて三六一病院と呼ばれていた。

真柴は一日千秋の思いで年を越した。正月ならば面会者についても寛容だろうと考えたからである。

思い定めて、ようやく買い出しの人々も減り始めた電車に乗ったのは、正月四日のことであった。

世話になった上官の見舞いに行くのだと言うと、病床の母は、手みやげに干大根を持って行け、と言った。母の病は篤く、それらは軒下に吊るされたまま正月を迎えていた。

同郷の者を装う小道具に使うつもりで、荒縄で束ねた。虚偽の筋書を考えながら、電車の中で悪臭を嗅いでいるうちに、それは次第に心づくしの手みやげのように思えてきた。

かつての参謀総長に干大根を差し出すなど、仮に小道具にしろ畏れ多い気もした。受け取るときの将軍の顔がどうしても想像できなかった。そのぐらい無表情で、無口で、若い部下たちにとっては、とっつきにくい人物であった。

二〇三高地の屍の中で時間が止まっているような軍人。明治人の傲岸《ごうがん》さと、実務家の明晰さがふしぎなくらい調和した男。若くして妻に先立たれ、男手ひとつで二人の子供を育て上げた律義者。たとえば封建時代の頑固で潔癖な国家老の印象を、梅津大将は持っていた。

いつであったか、本土決戦用の戦備品の決済をとりに行ったとき、慎重に書類を読んでから、ふいに黙想してしまったことがあった。五分もじっと目を閉じてから、「いいでしょう」と一言、参謀総長は呟いた。

そのときの異常なほどの思慮ぶかさと、軍人らしからぬ口ぶりとが、ずっと真柴の記憶に残っていた。きっと裁判の席でも、あの笑いも怒りもせぬ白皙《はくせき》の仏頂面で、ひとことも口を利かなかったのだろうと思った。

両国駅のホームから眺めた下町は、明らかな復興の中にあった。バラックや露店は相変わらずひしめいていたが、あちこちに建前の棟が競い立っていた。

震災記念堂の四重塔の隣、ちょうど蔵前橋の東詰のあたりに、米軍三六一病院はあった。

川面を渡ってくる北風に身をすくめながら、真柴はまっすぐに病院を目ざした。

安田庭園の荒れ果てた土壁の脇に、ジープが一台止まっていた。幌をはずし、風防まで倒したむき出しの座席に、二世らしい米兵と派手な身なりの日本人の女が座っていた。

米兵は女の肩に手を回し、女は軍服の胸を飾る略綬を指で弄んでいる。

やりすごそうとして、女と目が合った。女は不敵な目付きで真柴を睨みつけ、ぶら下げた干大根の束を指さして、けらけらと笑った。

干大根の来歴を笑われたように思えて、真柴は立ち止まった。

「君は、沢庵を漬けないのかね」

女は笑うのをやめ、正体の現れる感じで厚化粧の目尻を吊り上げると、タバコを路上に叩きつけた。

「ふん、あいにくビフテキには合わないからね」

声まで荒れすさんでいた。こんな時、こんな所で売笑婦に文句をつける自分はどうかしている、と思った。もともとが決して短気な性格ではないのだが、戦後のこのかた、見知らぬ人間と口論をすることがしばしばあった。生きるために、すべての人間が殺気だっていた。

二世の米兵が女の袖を引き、穏やかな笑顔で中に入った。丈の短い軍服にＧＩ帽を冠った、目元の涼しい男だった。

「や、失礼――ご面会ですか？」

流暢な日本語であった。中尉の階級章に気付いて、真柴はどきりとした。

「こちらに、以前たいへんお世話になった方が入院されていると聞いて……」

中尉はちらりと干大根を見た。

「日本人の方ですか？」

米軍に接収されている病院なのだから、入院患者は米兵とその家族ばかりなのだろう。肚をくって、真柴は答えた。

「梅津美治郎という人が入院されているはずなのですが」

チューインガムを嚙む中尉の顎が止まった。訝しげな視線が真柴の風体をなめるように見渡した。

「あなたは――？」

「郷里で世話になった者です。ご病気と聞いて矢も楯もたまらずに、大分からやってきたのですが」

あどけなさの残る小造りな笑顔をすぐに改めて、将校はむしろ気の毒そうに言った。言葉のはしばしに関西ふうの訛が残っていた。

「やあ、それはご苦労様です。しかし、お会いになるのはちょっと無理だと思いますよ。まずスガモ・プリズンに行って許可証を貰わなければ。それにしたところで、親族以外の方には、なかなか」

簡単に面会できようなどとは、もとより考えてもいない。しかし真柴には、何としてでも会おうという決意があった。

「英語はおできになりますか？」

「いえ、あいにく不調法で」

中尉の質問は、事情によっては面会も可能である、というふうに聞こえた。関係者を説得する語学力があれば、何とかなるのかもしれない。この、人の好さそうな二世通訳を頼ってみようと、真柴は思った。

旅の疲れがどっと出たというふうに、真柴は大きな溜息をつき、途方にくれて荒れた安田庭園の楠の大樹を見上げた。

しばらくそうして、中尉の言葉を待った。

「しかし、九州からわざわざおいでになったんじゃ……ちょっと交渉してみましょうか。ついてらっしゃい」

中尉はふてくされる女の頬に接吻をすると、真柴を誘って歩き出した。

同愛病院は総四階建ての立派な建物である。その壁はいかにも接収されたものらしく、白いペンキで不細工に塗りたくられていたが、窓枠や庇には隠しおおせぬ焼けただれた痕跡が残っていた。

隅田川の堤防に沿って、複雑な形の病棟が入り組んでいた。中尉は歩きながら、まるで弁解をするように、自分は神戸出身の純血の日本人である、と言った。自分よりさらに小柄な、厚いフラノ地の将校服に包まれた米軍中尉の人生について、真柴は少し考えた。

おそらく本人以外は誰にも理解できぬほど有為転変の末に、この若い中尉は敗れた祖国に帰ってきたのであろう。そして今こうして、自分自身すら知らぬうちに、母国の存亡の鍵を握らされている。いったいどのような数奇な星の下に生まれた男なのだろう、と真柴は思った。

蔵前通りに面した通用口のようなところから病棟に入る。天井にむき出しのパイプが雑然と走る、ひどく暗鬱な廊下を歩きながら、ふと陸軍省の半地下の廊下を歩いているような錯覚を起こした。これから参謀総長に会うのだと思った。

薄暗い急な階段を四階まで昇りつめると、冷えびえとした廊下のあちこちにカービン銃を背負ったMPが立っていた。重要な病舎に違いなかった。

鎖《とざ》された鉄扉の前に屈強な下士官が立っていた。精勤章のぎっしりと付いた腕を挙げて、下士官は敬礼をした。頭ひとつも身丈のちがう小柄な中尉を見おろしながら、下士官は丁重に面会証の提示を求めた。中尉は手ぶりで鉄扉と真柴とを指し示し、何ごとかを説明した。

「いま上官の許可をとってきます。なに、何とかしますよ、ちょっと待っていて下さい」

人なつこい微笑みを泛かべて中尉は言い、鉄扉の向こうに消えた。下士官は真柴の周囲をうろうろと歩き回りながら、疑わしげな目で干大根の束を睨んでいた。目が合うと、下士官は鼻をつまんで顔をしかめ、いったいそれは何なのだ、という感じで「ホワット・イズ・ディス」、と言った。

真柴は身振りで茶碗を持ち、飯を食うしぐさをした。とても信じられん、というように下士官は肩をすくめた。

中尉は長いこと戻ってこなかった。歪んだ窓ガラスごしに中庭を見下ろしながら、真柴はこの先のことを考えた。

仮に面会が許されたにしろ、梅津将軍と二人きりで会うことはできないだろう。言葉を解さぬＭＰだけなら良いが、もしもあの二世通訳が立ち会ったとしたら、肝心のことは何ひとつ口にできまい。長い時間と苦労をかけてようやくたどりついたその場所で、真柴は立ちすくんだ。

十五分もたって、ようやく中尉は戻ってきた。満面にたたえた笑みが、中尉をいっそう子供っぽく見せた。

「オーケー。許可がでました。ただし時間は五分。みやげ物はお預かりします」

中尉はそう言って干大根の束を真柴の手から取り上げた。

「まさか大根に毒が仕込んであることもないでしょうけど、一応、きまりですから――それから、病室には私が立ち会いますよ」

真柴は暗然とした。

重い軋みをあげて、鉄扉が開かれた。下士官が大声で面会を告げると、長い暗い廊下の奥に向かって、機械じかけのように次々と扉が開かれていった。自分と将軍を隔てていた禁断の扉が、突然次々と押し開かれて行くさまに、真柴はたじろいだ。歩き出す中尉を引きとめるほどゆっくりと従いながら、真柴は唇を噛みしめ、拳を握りしめて、この方法しかないと信じたことを口にした。

「私が先ほど申し上げたことは、嘘です」

中尉は半長靴のかかとを鳴らして、コルク床の上に立ち止まった。

「ホワット？　どういうことですか？」

真柴はまっすぐに中尉の目を見つめた。

「自分は軍人です。かつて陸軍省の参謀でした」

中尉は前後を振り返って、MPたちとの距離を測った。

「――そんなことを言われたって、あなた……いったいどういうつもりなんです？」

真柴は面の中でそうするように、気魄をこめて中尉の顔を見据えた。

「梅津将軍に危害を加えることはありません。あなたや、あなたの上司に迷惑もおかけしません。あなたを日本人だと信じています」

二人はしばらくの間、切っ先をまじえるように睨みあった。たぶん今しがた、遠来の客のために上司を説得してくれたのだろうこの若者の善意を、こんなふうに逆手に取ることは辛かった。もし中尉が黙って見過ごしてくれたとしても、自分は生涯、この卑劣な手段を悔いるだろうと思った。

「理由をおっしゃって下さい。無理を通した以上、私には私の立場というものがあります」

中尉の立場――それは異国に忠誠を誓わなければならなかった日系二世の立場に違いなかった。

言葉は無力であった。真柴は床に膝をつき、中尉の足元に土下座をした。

「要するにあなたは――私に勧進帳の富樫《とがし》になれと、そうおっしゃる」

ふり落ちてくる中尉の声は悲しげだった。お願いいたします、と真柴はくり返し何度も声をしぼった。

「およしなさいな。世界を相手に戦った軍人じゃないですか。そんなことしてはいけない。スタンド・アップ。お願いです、立って下さい」

ＧＩ帽の額に手を当てて困惑しながらも、中尉は誠実に、真柴の事情を理解しようとしているふうだった。

「どうやら私の思いすごしだったようだな、マイク」

病室の隅に立てた間仕切りのすきまから目を離して、ウィロビー少将は囁いた。

「そのようですね。物腰も言葉づかいも、たしかに九州の農村青年です」

「私の勘もにぶったようだ。てっきり例の一味だと思ったんだが……」

「だから言ったじゃないですか。いくらなんだって、こんな所までのこのこやってくるはずはないって」

「ノイローゼだな……梅津に死なれたらお手上げだから」

ウィロビーは溜息をついて、椅子の上に置かれた干大根の束を見つめた。

「いま、何をしゃべっている？」

「去年の台風で稲がやられたと嘆いています。あとは、郷里の人々の消息とか」

「ひとことも聞き漏らすなよ。何か暗号のようなものを使うかもしれん」

病室の扉は二重の金網で仕切られていた。警護のＭＰが窓際からベッドを移動させ、面会は金網を隔てて行われていた。

「面会人の顔を見たとき、ほんの一瞬だが、梅津はハッとしたようだったな。これはまちがいないと思ったんだが」

ウィロビーはあきらめきれぬ、というふうに間仕切りから片目を出した。

「この有様を、郷里の若者などに見られたくはなかったのでしょう」

「おや……あの面会人、泣いてるぞ」

「事情をお察し下さい、閣下。郷土の英雄が罪人になって、おまけに癌であと数日の命なんです。誰だって泣きますよ」

それもそうだというふうに、ウィロビーは椅子に背をもたせ、腕時計をみた。

「あと五分、延長してやれ。なんだか親父の死に際を思い出した」

「イエス・サー。閣下のお慈悲は天にも届くことでしょう」

「そういうおべんちゃらはボスに言ってくれ。きっと喜んで十字を切るぞ」

イガラシ中尉は間仕切りの蔭から出ると、ＭＰに時間の延長を告げ、病人と面会者を隔てる金網の窓を開いた。

「将軍。どうぞ、心おきなく」

老将軍はふと、枕から痩せた首をもたげて、消え入りそうな声で言った。

「ありがとう、イガラシ中尉」

た。

「いえ。トガシ、と呼んで下さい」

中尉の意味ありげな目配せを、梅津将軍は考え深く見返した。それから、間仕切りの向こうの人影と、警護のＭＰをちらっと見やり、初めて面会者に向かって口を開いた。

「おまえの無事な姿を見て、何も言い残すことはない。よく来てくれた」

「閣下、自分はこのさき……」

「長生きせい。おまえの任務はそれだけだ」

将軍は枕の下をさぐると、真柴の口を封ずるように枯木のような手を差し延べた。指先には紙片が握られていた。面会者は奪うように紙片を手にとった。

「ノー、いけません！」

中尉は小さく叫んだ。間仕切りの向こうで半長靴が軋み、ＭＰが舌打ちをした。

「将軍、そういうことは、許可できません」

中尉は真柴の手から紙片を奪うと、掌の中でもみしだいた。一瞥した面会者の顔は、青ざめて見えるほど落胆しきっていた。

「ありがとう、中尉。日本国民になりかわって、君にお礼を言う。この男をどうか詮索しないで下さい」

もういい、というふうに将軍はＭＰを見返った。寝台が窓際に戻され、金網が閉じられた。

将軍は深く息をついて目を閉じた。表情が別人のようにやわらぎ、まるで長い軍歴をなつかしく思いたどるように安らぐさまを、イガラシ中尉は見た。

「お帰りなさい。九州までは遠い。日が昏れますよ」

と、金網の外に悄然と佇む面会者に向かって、中尉は言った。扉は外から鎖《とざ》された。

重い足音が廊下を立ち去ると、ウィロビー少将は間仕切りの蔭から出てきた。イガラシ中尉の手からあわただしく紙片をとり上げると、首をかしげて訊ねた。

「おい、何だこれは」

「よくわかりませんが」

と、イガラシはそこで初めて、紙片に書かれた五文字の漢字の意味を考えた。

「暗号じゃないのか。なにかの指示じゃないだろうな」

「いえ、そうではありません……たぶん、遺言のようなものでしょう。日本の知識人は、しばしば臨終に際して名文句を残す習慣があるのです」

「何と書いてある？」

イガラシはまず日本語で音読した。

「幽窓無暦日《ゆうそうれきじつなし》——さて、どういう意味でしょう。監獄の格子窓の中には、月日などないものだ、というところでしょうか」

ウィロビーはいかめしい鷲のような表情をゆるませて、ぽかんと口を開いた。

「さて、暗号じゃないとすると――日本人はそういうわけのわからん遺言をするものなのかね？」

「はい。いっけん無意味に思える言葉から、深い意味をくみとるのが、正しい遺言の作法なのです」

「なんだと。それじゃやっぱり暗号ではないか」

それ以上の説明に困って、イガラシはベッドの将軍に目を向けた。

「日本では寡黙こそが美徳であると信じられているのです。出すぎた忠告のようですが、当事者たちの口から宝のありかを訊き出すのは、不可能だと思いますよ、閣下」

ウィロビーはいまいましげに病人を見下ろした。それから思いついたように間仕切りの裏に戻り、干大根の束を片手につまんで出てきた。

「ところで、マイケル。この怖ろしい物はいったい何かね。梅津将軍を毒殺しようとしたものとしか、私には思えんが」

「毒ではありませんよ、閣下」

「そうかな。私は今にも倒れそうだが……おい、これを何とかしろ」

いきなり干大根を投げ渡されて、ＭＰは地獄のような異臭に悲鳴を上げた。

「タクアンという、文化的食品の素材です。こんどお持ちしましょう、きっとお気に召しますよ」

イガラシ中尉はMPの腕から干大根を取り返すと、後ずさるウィロビーの目の前で母国のなつかしい香りを嗅いだ。

幽窓に暦日無し――

そのときマイケル・イガラシは、はっきりと将軍の遺言の真意に気付いた。監獄の格子窓の中に月日はない。使命という監獄の孤独にただ耐えよ、と、将軍は命じたにちがいなかった。

「肝に銘じておきますよ、将軍」

美しい母国語で、イガラシはそう呟いた。日系二世という永遠の檻の中で、自分は生きて行かねばならないのだから。

〈正月七日、梅津閣下ノ訃ヲ知ル。中瀬ニ取リ残サレタル心地ス。母ノ襁褓ヲ替ヘ、井戸端ニテ余命ヲ算ヘツツ、遥カ多摩ノ横山ヲ眺ム。火工廠跡ハ既ニ進駐軍ニ接収セラレアリ、財宝ノ無事ヲタダ祈ルノミ。小泉中尉ノ音信ハ未ダ不明、久枝ノ身辺ニ在リテ時ヲ待ツ曹長ニ、命令ノ解除ヲセンカト思フ。深夜床前ニ「幽窓無暦日」ト認タメ、耽想ス。此ハ遺言ニ非ズ、待機命令ト識ル。酷キ命ナリ。若キ米軍中尉ノ情ヲ想ヒテ暗澹タル気持ヲ鼓舞ス。何レノ日カ其ノ厚情ニ報ユルガ予ノ任務ナリ。冀《こひねがわ》クハ二百万ノ英霊、天祖万物ノ精霊、我ニ味方セヨ。
正月九日未明〇四三八、母死ス〉

瞼の開いたような春であった。

米軍南多摩キャンプに向かう桜並木の坂道を登りながら、街道を行き交う車から見

27

れば自分たちはどんなにか幸福な家族に見えることだろうと、海老沢澄夫は思った。

二人の子供はふざけ合いながら親たちの先を歩いており、小川とガードレールとに挟まれた狭い歩道では、一歩ごとに妻の肩が触れた。

満開の桜の枝が頭上を被っている。左右に迫る山々は、花と若葉の綾なす春のいろである。

向かい側の歩道を、同じ年頃の米兵の家族が、海老沢たちに愛嬌を振りまきながら追い抜いて行った。

「あっちがホストで、俺たちがゲストというわけかな」

手を挙げて笑顔を返しながら、海老沢は言った。

「それは考えすぎよ。みんなでお花見をしましょうっていうだけのことじゃない」

花に誘われるように、市営アパートから米軍キャンプまでの道を歩き続けてきた。久しぶりで取り戻した夫婦の会話も季節のたまものである。もちろん和解をしたというわけではないが、とりあえずそれはさておき、というふしぎな力が、この一瞬の季節にはあるのだった。

ゲートには〈WELCOME〉と書かれたアーチが掲げられていた。

「ほら見てみろ。やっぱりウェルカムだよ」

妻は呆れたように夫を見つめ、昔のままの笑顔でおかしそうに笑った。

「日米フラワーフェスティバル」と銘打った大がかりな花見である。老人と身障者が主役だから顔を見せてくれなければ困ると、金原市議からのたっての誘いがあった。

海老沢が福祉財団への回答を未だに保留しているのは、金原への疑念からではない。財団に参画することになれば、立場上、基地返還運動をあきらめざるを得なくなる、と思ったからだ。金原の過去を知ることで、その人となりはある程度理解したが、市内に基地を温存しようとする金原の考えは、まったく不明瞭なままであった。

市の福祉課が企画して老人や身障者を招待し、そこに海老沢も顔を出すということになれば、福祉財団の関係者が一堂に会することになり、海老沢の意思に拘らず暗黙の了解ができ上がってしまうような気がする。

どう考えてもこのパーティは、土地価格の安定とともに再燃するであろう返還運動の、懐柔策の匂いがする。福祉と環境保護を全面に掲げ、親睦の場を設けて何となく馴れ合ってしまおうという、いかにも地域的な目論見が隠されているように思えるのだ。

しかし結局、家族の絆を探し求める気持ちが、あらゆる矛盾に優先した。断りきれない、という理由をつけて、海老沢は妻と子を誘い、妻は仕方がないわね、と言いながら弁当を作った。

ゲートをくぐった広場でクラクションを鳴らされて振り返ると、ワゴン車の運転席から丹羽明人が顔を出していた。

助手席には若い女房が、面白くもおかしくもない顔で赤ん坊を抱いており、後ろの席には大小とりまぜた子供たちがてんでに座っている。この奇妙なメンバーがどういう関係で、また何の目的でここにやってきたかは一目瞭然である。

「金原のセガレから、誘われてよ。このチャンスをのがしたら、もう二百兆円にはお目にかかれねえだろうと思って」

あたりを憚らぬ大声で丹羽は言った。「これ、うちの女房。娘じゃねえよ」

海老沢が頭を下げると、面倒でしかたがない、というふうな愛想のない会釈が返ってきた。

「いらぬ節介かもしれないけど、ちょっと強引なんじゃないか、丹羽さん」

窓ごしにそう囁くと、丹羽も海老沢の家族をしげしげと眺めた。

「それは、おたがいさまじゃねえか？」

「え？――うちはちがいますよ。家族全員の総意に基づいてやってきました」

「だったら我が家も同じだ。いつかはこうやって面通しをしなけりゃならねえんだから。桜の花の下なんて、入学式みてえでいいじゃないかよ。なあ、ケイ子」

若い女房は答えずに満開の花を見上げて、いいかげんにしてくれというように溜息をついた。

「というわけで、ついに積年の懸案であった五人兄弟の対面だ。おふくろどもも誘ったんだが――それはちょっと無理があったな」

「あったりまえじゃないの」

と、女房がとうとうこらえきれずに言った。

駐車場に車を突っこむと、丹羽は複雑な一族をほっぽらかして、海老沢たちと一緒に歩き出した。

ネクタイを外して会うのは初めてのことである。歩きながら二人は、おたがいの似たようなトレーニングウェアをさかんに軽蔑しあった。

「そうは言ってもなあ――まったくいい機会だったよ。一番上の娘は高校生だろ、もうぼちぼちタイムリミットだもんな。よかった」

冗談を言いながら急に真顔になって、丹羽はつくづくと言った。

「へえ。いい子じゃないですか」

父親と笑顔の良く似た娘は、赤ん坊のバギーカーを押しながら、あまり年のちがわぬ義母と話し始めていた。

「子供の性格からすると、うまく付き合わせる自信はあるんだがな。なにせ俺の子供だから、どいつも性格はこなれている。ところで――そっちは和解成立か？」

「さあね。だがたしかに、これは我が家にとってもいい機会でしたよ。息が詰まって死にそうだったから」

山裾をめぐって、緩やかな勾配の道が延びていた。人の流れに沿って歩いて行くと、春色に染まった山あいに、巨大な煙突が一本、また一本と姿を現した。

旧火工廠本部の古い木造舎屋は、クラシックなビジターハウスに塗りかえられていた。

真柴老人の手帳にあった、不吉で沈鬱な弾薬工場の印象はどこにもない。あたりは光と花に満ちていた。

「ねえ丹羽さん」、と海老沢はトレーニングウェアの袖を引いた。

「父親としてここへ来ているのって、何だか情けない気がしませんか？」

「そんなこと言ったってしょうがないじゃねえか。俺たちは現実に、これだけのものを引きずっているんだ。そればっかりじゃねえぞ、傾きかかった会社とか飢えた社員たちとか――」

「妙な福祉財団とか、わがままな年寄りとか」

「そうだ。そういう現実を、まず何とかしなきゃならん。つまり、任務だな」

丹羽は大声で笑い出したとたん、笑いきれずに切ない溜息をついた。

それにしても、何という完全な公園だろう。海老沢はこの数ヵ月の間ずっと考え続けてきた暗い物語が、春の光と風の中で揮発《きはつ》してしまうような気分になった。

どのように資料を調べ、この先の可能性をどれほど考えても、結局のところ話は治外法権の柵の前に頓挫するしかなかった。そのうえ手記と証言とをどうつなぎ合わせても、不明なことはあまりに多すぎた。

少女たちはなぜ死んでしまったのか。財宝はその後、どうなったのか。小泉中尉はどこに消えたのか。

時価二百兆円という、想像を超えた数字とともに、彼らの推理はそれ以上進むことのできぬ壁につき当たっていた。

「しかしまあ、あきれるぐらいいいところですね」

「まったくね、ウソみてえだな」

丹羽の言葉には実感がこもっていた。

咲きほこる桜の合い間に、みごとな枝ぶりの樅《もみ》の木が聳え立っている。クリスマスの季節には、その枝のすべてに光のデコレーションが飾られて、金網ごしに街道を行く車の目を奪うのだ。

広場には絨毯のように刈りこまれた洋芝が敷きつめられ、道端や土手には菜の花やレンギョウや雪柳が、とりどりのお花畑を作っている。注意して見ると、あじさいの株やつつじの植込みや、夾竹桃《きょうちくとう》の並木もあって、どの季節にも花の絶えることはあるまいと思われる。

これらがすべて米軍家族の保養施設として提供されているのだと思うと、海老沢は感心するより先に嫉妬を感じた。

「七十万坪ですよ、これが。信じられますか」

丹羽も呆気にとられたように周囲を見渡している。

「うまく作りすぎちまって、返すのがもったいなくなったんじゃねえのか。もっともこんなに足回りのいい場所じゃ、返還されたとたんに荒らされちまうよ――子供らのためには、このままの方がいいだろう」

「米軍の子供たちのためだけに、ですか」

バカ、という感じで丹羽は睨み返した。丹羽の言った「子供ら」が、米軍家族のそれを指しているのではないと気付いて、海老沢は口をつぐんだ。

惨劇の手ざわりが心に甦って、二人はそれきり押し黙った。

ゲートで渡されたイラスト・マップを見る。

広大な敷地は三つの峰の裾に、細長く延びている。テニスコート、プール、キャンプ場、乗馬クラブ、野球場、展望台――レクリエーション施設として不足しているものは何ひとつないといって良かった。

小高い三つの峰からは緑に被われた支稜が伸びており、その間には深い谷が刻まれている。それらがかつては、東の谷、一の谷、二の谷、三の谷と呼ばれた工場地域であったことを、海老沢は思い出した。

「三の谷、っていうのは——ああ、ずっと向こうの、あの桜の山のあたりかな」

イラスト・マップと見比べながら、丹羽が遥かな行く手を指さした。春霞の中にひときわこんもりと花をつけた、色絵壺の柄のような丸い山が望まれた。谷間に突き出る古煙突を数えて行けば、おそらくその奥が三の谷と呼ばれた場所であろう。

「あとで、行ってみましょうか」

そう誘いかけると、丹羽は「ああ」、と気の進まぬ返事をした。

野球場の中央には、籠のついた気球が上がっており、子供用の即製の遊具が設けられていた。露店やバーベキューコーナーには、すでに大勢の人だかりができている。米軍の支援車輛やスクール・バスにまじって、テレビ局の中継車まで止まっていた。見覚えのある若手の落語家が、マイクを持って花見客の間を走り回っていた。グラウンドを囲んだ桜の森のあちこちには青いシートが敷かれ、肌の色のちがう家族たちが車座になっている。

子供らはテレビ中継に気付くと、われさきに落語家の背に回ってピースサインを送った。いっぷう変わったこの花見の様子は、電波を通じてワイドショーのスタジオに送られているらしい。

「えー、ごらんになれますでしょうか。桜の木の間に立派な樅の木が並んでましてね

――」

落語家の指先を追って、テレビカメラは森に向けられる。

「――冬になって桜の葉が落ちますと、樅の木の枝にイルミネーションが灯るんだそうです。このあたりの演出は、まさにアメリカという感じで……」

経済摩擦が問題となっている今日、日米の家族が入りまじったこの花見の一景は、たしかにニュースになるだろうと、人垣をやりすごしながら海老沢は思った。

おそろいのトレーナーを着たアメリカン・スクールの少女たちが、人々の間を歩き回ってビールやピザ・パイを勧めていた。

「サンキュー・ベリマッチ」

と、不器用に言って、丹羽は缶ビールを受け取った。

「おおい飲むぞ。おまえ、帰り運転してけよな」

若い女房はうんざりと肯いた。

来賓席らしいテントの下で、金原老人が杖を振った。

何だか場ちがいな感じのする黒の礼服を着ており、胸には大きな菊の飾りがつけられていた。

「エビさん、あんたその格好じゃまずかったんじゃねえのか」

金原の周囲を取り巻いている市の職員や議員団や、制服姿の米兵たちに気付いて、丹羽は訊ねた。

「僕は関係ないですよ。遊びに来ているんだから」

「だが、どうもそんな雰囲気じゃねえぞ。みんながこっちを見ている」

折良く野球場のバックネットを背にして、軍楽隊の演奏が始まり、人々はそちらに向かって集まり始めた。

金原は夫人に介添されて、足を曳きながら歩みよってきた。娘婿が車椅子を押して後に従っている。

「やあ、よく来た。ゆっくりして行ってくれや」

金原がそんなふうに笑いかけたのは初めてのような気がした。この壮大なイベントのどさくさにまぎれて、一気に言いくるめようというのであろうか。

「金原さん、私は――」

言いかける海老沢を、年季の入ったしわがれ声が制した。

「面倒なこたア言いなさんな。飲んで食って花を見て、楽しくやってくれりゃいい。今日だけは、この中のどこをどう歩こうが勝手だ。ただし――花を盗んだり、土を掘ったりしちゃならねえ」

春の光に老いた目を細めて、金原は花ざかりの山々を見渡した。

28

焼跡の夜は深い水底のように静まり返っている。ときおり野良犬が鳴き、省線の轍がいまわの心臓の音のように微かに闇を打つ。

連合軍最高司令官ダグラス・マッカーサーとその家族の宿舎である米国大使館の廊下で、二人の将軍が立ち話をしていた。

給仕の手からグラスを受け取ったそれぞれの顔には、疲労のいろが濃い。

午後十時から大食堂で始まる映画のために、五十人もの軍人や大使館員が集まりだしていた。

マッカーサーが疲れた部下たちのために用意したレクリエーションは、彼らにとって儀式のようなものであった。誰もが喜んだのは最初の三晩ぐらいなもので、毎夜のこととなればどの顔にも娯楽を享受するふうはない。

「ひとつ提案なんですがね、チャーリー」

と、ホイットニー准将は疲れた瞼を揉みながら言った。「せめてわれわれは一日交替にしませんか。毎晩、夜中の十二時まで勤務するというのは、どうもね」

ホイットニーの使った「勤務」という言葉は、冗談には聞こえなかった。ウィロビー少将は頭痛をこらえながら言った。

「その件は以前、こっちからも提案したじゃないか。僕の番のときに君が出てくるから、また毎日になってしまった」

「いや、私の番のときにあなたが出てきたんです」

もうよそう、というように二人は同時に息をついた。

GHQの幹部たちにとって、日本での生活はまるで修道院のようなものであった。誰もが一日に十五時間は働いていた。タフでストイックで超人的な彼らのボスの時間割に合わせていると、自然にそういうことになった。

「近ごろどうも、ジョン・ウェインが嫌いになった。今晩あたり縛り首にならないかな」

「ヒーローが死んでしまっては西部劇になりませんよ。万が一、そんな映画を作ろうものなら、ボスは迷わずハリウッドに砲撃を加えるでしょう」

「それはまずいな。ジェロニモに電話してみるか」

「そうですね。ま、映画の中でジョン・ウェインを殺すんだったら、デイビー・クロケットの役でもやらせるしかないでしょう。たぶんそれなら、ボスは納得します。見たか諸君、彼こそが英雄だ、ってね」

映画は日曜を除く毎晩、上映された。しかし楽しんで観ている者は、マッカーサー元帥とジーン夫人と、土曜の夜だけ参加を許されるアーサー少年だけであった。

「たまにはビビアン・リーとか、イングリッド・バーグマンとかを観たい。心から拍手を贈るぞ」

「同感です。しかし残念ながらボスの趣味ではありませんね。第一その手の映画では、精神訓話の材料にはなりませんよ」

始まったとたんに結末の知れる西部劇は退屈だったが、闇の中で居眠りをしていれば良かった。一番の苦痛は、騎兵隊の大勝利に興奮したボスが、灯をつけたあとでえんえんと始める訓話だった。それは時として一時間あまりにも及んだ。

「きょうはムダ話はせんよ。ボスは悩んでいる。あんな顔を見たのは、零戦がマニラに現れたとき以来だ」

ウィロビーは安心しろというように、ホイットニーの丸い肩を叩いた。

大蔵省造幣局の東京分室から、莫大な量の金塊が発見されたのは昨日のことである。これで「ペイ・オフ」だと、誰もが思った。

しかしその総額が二億五千万ドルと報告されたとき、マッカーサーは拳を振り上げて、「なぜだ！」と怒鳴った。「なぜ私の財宝を、日本と私とが山分けにしなければならない」、と。

占領政策は順調に進んでいるにも拘らず、マッカーサーのストレスは頂点に達していた。

一九四四年のウィスコンシン州予備選挙で、彼は本国に不在のまま、屈辱的な敗北を喫した。しかし自らの敗北を認めようとしないマッカーサーは四八年の大統領選挙に再び共和党から出馬する決意を固めていた。

状況は不利であった。ヨーロッパでの役割をおえたドワイト・アイゼンハワーはすでに英雄としてニューヨークに凱旋し、予備選に向けて大車輪の活動を開始している。一方のマッカーサーには、日本でも東アジアでも、なすべきことが多すぎた。

出馬宣言をした以上、もう後戻りはできない。負ければワシントンの報復は目に見えている。

ストレスのあまり、マッカーサーは被害妄想に陥っていた。ワシントンは選挙の前に自分を失脚させようとしており、クレムリンの放った刺客が自分をつけ狙っていると、真剣に考えていた。

いざというときは、日本には「幕府」という制度がある——そうウィロビーが進言すると、マッカーサーは本気でそのことを考え、歴史書を勉強し、学者を呼んで意見を求めた。

「半分はもう使ってしまったんじゃないかな。このさき探せと言われても……」

ウィロビーは疲れ果て、困り果てていた。

「しかしね、チャーリー。使うといったって、二億五千万ドルですよ。軍の極秘命令で半分が運び出されたのは、終戦の数日前なんです。どこかに、誰かが隠したに違いありません」

どこか、をつきとめることは不可能であった。そう考えて地図を広げれば、日本は思いがけずに広かった。

鉄道網はおそらく世界で最も精密に張りめぐらされており、終戦までの間にそれらを隠すことのできる候補地は無限であった。意表を突いて、支那の占領地や台湾や朝鮮という可能性も考えられぬわけではない。

財宝を取り返す手だてはただひとつ、計画に携わった誰かを探し出すことである。

首謀者と思われる将軍たちのことごとくは死に、ただひとり生き残った梅津参謀総長は頑なに口を閉ざしたままである。思いがけなくやってきた実行者のひとりは、司令部の六階から飛び下りて、死んだ。

「おそらく、もう梅津の口から訊き出すことは無理だろうな。どう思う、ホイットニー」

ホイットニーは太い首を絶望的に振った。

「あの将軍は、すでに死んでいるのと同じです。ミズーリ号の上での、やつを覚えていますか。降伏文書にサインをしたとき、やつは死んだのです。あれからあと、梅津の声を聴いた者はいない。日記も手帳も、メモの一枚すら残してはいないんです」

二人は廊下に立ちつくしたまま、毒のように酒をあおった。

マイケル・イガラシ中尉が、愛嬌のある童顔を大食堂から突き出した。

「映画の用意ができましたよ。お入りになって下さい！」

二人の将軍は互いをなぐさめるように見つめ合い、退屈な闇の中に向かった。

抜群の語学力で、すっかりマッカーサーの私設副官のようになってしまったこのおしゃべりな二世を、将軍たちは快く思ってはいない。

「マイク、君は日本軍に志願しなくて良かったな」

ウィロビーは少なからぬ嫉妬をこめて、中尉を睨みつけた。

「それはもちろんですよ、閣下。私には腹を切る勇気なんてありませんからね」

マイケルは甲高い声で笑った。

「なんて節度のない男だ。コウモリだな、まるで。だが、日本軍に入らなくてよかった。君ではつとまらん」

と、ウィロビーは胸を合わせて、小さな中尉を見下ろしながら、顎の先をつまんだ。

「俺の目を見ろ、マイク。日本人の美徳とはなんだ？」

「……ええと、捕虜にならないとか、最後の一兵まで戦うとか……」

「そうではないよ、マイク。いいかね、日本の軍人の最も尊ぶものは、沈黙だ。少しは参謀総長を見習いたまえ」

中尉の略帽を目の下まで引き下ろすと、二人の将軍は急に楽しげな顔をつくろって大食堂に入って行った。

（犬どもめ。おまえらなんかにボスの偉大さがわかってたまるか）

イガラシ中尉は元の笑顔を取り戻すと、マッカーサーを呼びに走った。

マイケル・イガラシ中尉はすっかりマッカーサーのとりこになっていた。何の打算もなく、心からボスのすべてを尊敬していたのは、GHQの幕下中、彼ひとりであった。

一日の仕事をおえ、溜池通り《エムバシイ・ストリート》をはさんで米国大使館の向かいにある将校宿舎《ピアレス・クラブ》のベッドに入るとき、イガラシはカーテンをいちど開けて、「おやすみなさい、将軍」、と最敬礼をした。

華族会館を接収した宿舎は豪華で快適だった。王朝風の彫刻の施された鏡に全身を映して、イガラシはパイプをくわえ、サングラスをかけてポーズをとった。

「おはよう、チャーリー。さあ仕事を始めようか。憲法の草案は進んでいるかね？」

「ホイットニー、少しはダイエットしてはどうだ。なにも難しいことではない。ヒロヒトと同じ食事をすれば良いことだよ。私は肥えたエピキュリアンを、誰よりも軽蔑する」

ボスの口ぶりをまねて、しばしばそんな独り言も言った。

ベッドの枕元にはマッカーサーから払い下げられた市松人形が飾られており、毎週月曜日に書くカリフォルニアの両親あての手紙は、マッカーサー将軍への賛辞でうめつくされていた。


「将軍、映画の仕度ができました」

執務室で、マッカーサーは目に入れても痛くない一人息子のアーサーと遊んでいた。まったく別人のような父親の顔で、将軍は息子に言った。

「今日は土曜日だね、軍曹《サージャント》。では、君にも映画を見ることを許可しよう。あすはちゃんと教会に行くと約束をするなら」

「はい、将軍」

と、九歳の少年は軍曹のような敬礼をした。父は息子に接吻をすると、小さな手を引いて廊下に出た。

マッカーサーは老いてから授かったこの息子に、自分の父と同じ名前を与えていた。彼自身が最も尊敬するインディアン討伐隊長、スペイン戦争の英雄、フィリピン総督の、アーサー・マッカーサーという名誉ある名前である。

父ダグラスがアーカンソー州リトルロックの兵営で生まれたように、息子アーサーもまた、灼熱のマニラで生まれ、まだ一度も母国の土を踏んだことがなかった。

マッカーサーは幼い日の自分と同じ境遇に生まれたアーサーを、やはり父と同じように戦場をかけめぐりながら育てた。マニラでもコレヒドールでもメルボルンでも、ずっと一緒だった。

毎朝ひとつずつのプレゼントを与え、クリスマスには十五分おきに与えた。本国からしょっちゅう送られてくる謎の荷物の中味は、膨大な量のおもちゃとスポーツ用品だった。

謹厳で冷淡な将軍が、敗戦国の子供たちにだけは笑顔を向け、頭を撫で、時には抱きすくめたりするのは、決して施政者としてのポーズではないことを、側近たちはみな知っていた。将軍はどんなに機嫌の悪いときでも、しらみだらけの髪やはなだらけの顔を厭うことはなかった。

イガラシ中尉はアーサー少年と戯れる元帥の姿を見るたびに、なにか寓話の世界に迷いこんだような、ふしぎな気分になるのだった。それは比類なきヒーローである元帥が、たまさか人間に戻る一瞬であった。

しかし、その晩のマッカーサーはいつもと少し様子がちがっていた。実際の年より二十歳も若く見える将軍が、その夜に限って年齢どおりの疲れた老人そのものに見えたのである。

背中は曲がっており、首はうなだれ、足どりは重かった。手をつないで長い廊下を歩いて行くマッカーサーと小さな息子は、どうみても祖父と孫だった。

「将軍、少しお疲れなんじゃないですか」

おそるおそる、しかし気持ちをこめてイガラシ中尉は訊ねた。

振り返って口元をほころばせたマッカーサーのひどく人間的な表情は、今や彼の最も熱心な崇拝者となったイガラシ中尉を失望させずにはおかなかった。まるで退役軍人のようだと、イガラシは思った。

「疲れているのは、君も同じだろう、マイク」

やはりしわがれた、老人の声に聴こえた。

「いえ、私は疲れてなどいません。将軍がお命じになるのなら、これから重装備で宮城《パレス》を一周してきます」

へたくそなたとえだ、というふうにマッカーサーは鼻を鳴らした。

「その、うさぎのような目で、か？」

イガラシは思わず目をしばたたいた。マッカーサーの表情は慈愛に満ちていた。

「幕僚どもにこき使われて、君が日夜グリーンベレーのような働きをしていることは知っている。しかし決して弱音は吐かん。疲れているときほど朗らかに、良くしゃべる。君がウエスト・ポイントではなく、バークレーを選んだのは、合衆国にとっての損失だったな」

「光栄です、閣下」

イガラシは感動に身慄いしながら言った。叱られることは日に何度もあったが、誉められたことは初めてなのだ。

ゆっくりと廊下を歩き出して、マッカーサーは諭すように続けた。

「軍務とは、恐怖と飢餓に打ちかつことだ。それこそが勇敢なる軍人なのだ。しかし今や彼らは死に絶えた。ヨーロッパの戦線で、レイテで、オキナワで、硫黄島で、みな死んだ。呼吸をしているのは、おじけづき、疲れ果てて塹壕に隠れていた卑怯者だけだ」

「将軍はちがいます」

「そう。私はちがう。そしてマイケル、君もだ」

マッカーサーはそう口にすることで、疲れきった自らを督励しているのだろうと、イガラシ中尉は思った。

「あのダイアモンドと黄金は――」、とマッカーサーはイガラシの肩を親しげに抱き寄せて呟いた。

「私のものだ。私がいつかホワイト・ハウスに入るために、そして私の愛するフィリピンを独立国家にするために、私の偉大なる父、アーサー・マッカーサー総督が遺してくれたものなのだ。彼のなしえなかったことを、息子に成就させるためにな。しかし、今やその半ばは失われた。私は父の愛を裏切り、そして父と同じだけの愛を、自分の息子に贈ることもできない。わかるかマイク、この絶望が」

将軍は誰にも打ち明けることのできぬ悲しみを語っているのだと、イガラシは思った。

「そういう事情がおありだったとは知りませんでした。でもなぜ、私などに」

マッカーサーは深いまなざしを中尉に向けた。

「それは、君が寡黙な軍人だからだよ」

「私が？」

「とぼけることはない。自分の性格は自分が一番良く知っているものだ。誰よりも軽薄で饒舌な君は、実は誰よりも思慮ぶかく、忍耐づよく、寡黙なのだ。私はずっとそれに気づいていた。そしてそれはおそらく――君の体に流れる日本人の血のせいだろう」

マイケルは胸がいっぱいになった。敵国の二世として差別され続けた日々の記憶や、母国を焼き、同胞を殺した悔悟が悪夢のように甦った。

決して口にすることのできなかった苦悩が、まるで懺悔の言葉のようにマイケルの唇を慄わせた。

「極東軍での初めての任務はB29の搭乗でした」

「空軍《エア・フオース》？」

「体験搭乗だと言われて乗り組んだのです。私は神戸を焼きました。幼なじみや、親類や、恩師の住む私の生まれた町を。機長に命ぜられて投下コックを引きました。べつに寡黙なわけではありません。そんなこと、誰に言えるものですか」

マッカーサーは立ち止まってイガラシ中尉を見つめた。

「君は、私を恨んでいるかね？」

「とんでもありません閣下。そんな命令は閣下のご存じないことです。それに――日本人は将軍にもひどいことをしたのですから」

イガラシ中尉は口に出かかった「おたがいさまです」という言葉をかろうじて嚙みつぶした。言葉を呑み下すと涙がこみ上げてきた。

マッカーサーは大人たちの会話を少しでも聞きとろうと、賢そうな顔を上げる息子の顔を撫でながら言った。

「ひどいことだって？　これは戦争だよ、マイク。そして戦争とは利益と利権の奪い合い、いわば究極の外交手段なのだ。日本は卑劣なのではない、強いのだ。彼らの強さを本当に知っているのは、半生にわたって日本を仇敵とし、そして戦い、敗れ、かつ勝利した私だけだろう。彼らは世界で一番、勤勉で、勇敢で、優秀な民族にちがいない。この焦土を見れば誰も信じはすまいが、私は今も彼らを畏怖している」

「将軍、日本は敗れたのですよ。マッカーサー軍に完膚なきまでに打ちのめされたのです」

「冗談はよせ、マイク」

と、マッカーサーは腰に手を当てて、中尉の前に立ちはだかった。

「君もまた多くの日本人と同様に、自分のうちに眠るおそるべき力に気付いていない。日本人の不幸は、この現実ではない。この現実を作り出したエネルギーに気付いていないことこそが不幸なのだ。良く考えてみたまえ、この東洋の、何ひとつ資源もない島国が、世界を敵に回して四年間も戦ったのだぞ」

そう吐きすてると、マッカーサーは恐怖を打ち払うように首を振り、笑顔をとり戻してアーサーを両手に抱きすくめた。

その夜の出し物は、やはり退屈な西部劇だった。ニュース映画が終わり、表題が写し出されると、人々はみな闇に紛れて寝入ってしまった。

マッカーサーは最前列に据えられた籐のロッキング・チェアに座って、葉巻をくゆらせていた。その膝を背もたれにしてスクリーンを見上げるアーサーの肩を抱きながら、将軍は黙って、悪が滅び正義が必ず勝つ知れきった物語を見つめていた。

イガラシ中尉は眠らなかった。映写機の乾いた回転音の中で、それの繰り出す光の帯のほとりにうずくまる老将軍の後ろ姿を、一時間半の間じっと見つめ続けていた。

29

軍楽隊のファンファーレが山々にこだまして、丹羽と海老沢は振り返った。

勇ましいドラムロールの鳴り響く中、ひとりの年老いた米国軍人が演壇に上がった。

立派なカーキ色の軍服を着、ひさしに金色の刺繡がついた軍帽をかぶり、濃い色のサングラスをかけた堂々たる将軍である。

「おい、見ろよエビさん。どこかで見たようなやつが出てきやがった。シャレかな」

丹羽は焼鳥の串をくわえたまま、呆気にとられた。将校団の栄誉礼に挙手して応えると、将軍は話し出す前にパイプをくわえて、満足げに、グラウンドを埋めた群衆を見渡した。

「うわ、本当だ。寸づまりのマッカーサーですね、まるで」

来賓のご祝辞を賜ります、ご注目下さい――日本語と英語で場内放送があった。あたりの喧騒が静まるのを待って、来賓が紹介された。

「ここでご来場の皆様に、すばらしいゲストをご紹介いたします。元合衆国極東軍総司令官であらせられ、現在はカリフォルニア州選出の上院議員としてご活躍中の、マイケル・エツオ・イガラシ閣下です」

拍手と喚声と、悪意のないブーイングが湧き起こった。

「驚きましたね。ジャパン・バッシングの急先鋒ですよ。どうもテレビや新聞社が多すぎると思ったら、狙いはあいつだ」

海老沢は信じ難いものを見たように、缶ビールを握ったまま呟いた。

「これは、デモンストレーションだな。おい、市は気付いてるのか、問題になるぞきっと」

案の定、演壇の下にはマイクロフォンとカメラが殺到した。イガラシ退役中将はいかめしい軍服の胸をことさらせり出して、しばらくの間カメラマンのためにポーズをとった。

やがて、台詞を語るようなドラマチックな抑揚をつけて、将軍の口を出た言葉は、流暢な日本語であった。群衆の愕きがひとつの声になった。

「親愛なる日本の皆さん。そして世界平和のために母国を離れている、米国軍人とそのご家族の方々――」

少し音量を落とした英語の同時通訳が流れた。

「びっくりしたな、通訳が逆だぞ」

「聞きましょうよ、丹羽さん」

と、海老沢は人ごみをかき分けて前進した。

演説は正確な美しい日本語で続けられた。それは唄うような、詩を吟ずるような、ふしぎな呪文のような演説だった。

「私は純血の日本人を父母に持つ、米国人であります。今から半世紀以上も前、運命の糸にたぐり寄せられて太平洋を渡り、米国のカレッジを卒業し、あのいまわしい戦争によって、軍人としての道を歩み始めました。そして極東米軍の将校として、その軍務のすべてを、アジアと日本において過ごしてきたのであります。私は誰よりも――あるいは日本に生まれ育った皆様の誰よりも、日本を理解し、かつ愛しておりまず。そして、世界で最も勤勉で、勇敢で、優秀な日本人を深く尊敬しております。さて、皆さん。どうか瞳をめぐらして、この美しい春景色をごらん下さい。ここは私たち在日米軍が〈平和の谷《ピースバレイ》〉と呼んでいる場所です。かつては旧日本軍の弾薬製造基地として作られ、朝鮮動乱とベトナム戦争の時期には、極東軍の弾薬庫として使用されておりました。しかし現在は、米軍家族の保養施設として使わせていただいておりまます。遠からず――そう、私に残されたわずかな余命と同じぐらい近い将来、この場所も皆さんのお手元に返還されることでありましょう。私はここが永遠に、ピースバレイパークとして保存され、記念されることを深く念じております。はるかな時空を超え、国境も肌の色も言葉も越えて、人類が永遠に平和を祈念する場所とし、またそうせねばならぬという信念のもとに、私はこの谷を守り続けて参りました。その間、内外よりさまざまの誤解をうけ、私もまたその誤解を十分に解くことのできなかったことは、私の長い軍人生活の中でも最も苦痛とするところでありました。しかし、きょうこうして皆さんとともに満開の桜の下に集い、私の頑なに守ってきた信念の正しかったことを痛感し、かつ誇りに思っておる次第であります――」

そこまで語ると、イガラシ将軍は一瞬、不快な表情をして放送席を睨みつけた。婉曲な言い回しの日本語を、懸命に同時通訳する将校に向かって「ノー」、と手を振り、将軍は早口の英語でみずから通訳をした。

内容よりも、群衆はその器用な語学力に喝采を贈った。

「ずいぶん達者なやつだなあ。あんなのもいるんだなあ」、と丹羽は感心した。「よかったな、エビさん。近いうちに返してくれるんだってよ」

海老沢はむずかしい顔で壇上を見つめている。

「どうした、気に入らねえのか」

「いえ、そうじゃない。あの将軍の言っていることは、ちょっとおかしいと思いませんか」

「そうか？　俺、ちょっと酔っぱらってるからな。なかなかけっこうな話だと思うけど」

「──なんでここが、永遠に平和を祈念する場所なんです。なんであの男が、ここを守り続けてきたんです。ピースバレイって、いったいどういう意味なんです？」

冷水を浴びせかけられたように、丹羽の顔から酔いが引いた。

「ピースバレイ……」

「あいつは何かを知っているんです。達者な日本語を言い回して、妙ないいわけをしている。この群衆の中に、あのことを知っている人間がきっといるにちがいないと考えて、いいわけをしているんだ」

イガラシ将軍は、英語の翻訳をひととおりおえると、再び日本語で演説を続けた。

「もしかしたら、あれは翻訳じゃないかもしれない。英語と日本語はぜんぜん内容がちがうんじゃないですか？」

「おい、黙って聞こう」

二人の男は一言も聞き洩らすまいと耳をそばだてた。

「私はかつて、人類史上もっとも偉大な、最も神に近い、ある高名な軍人の薫陶を受けました。その偉大さには及ぶべくもないが、私は彼の教えをみずからの理想として、朝鮮で、ベトナムで、戦にあけくれて参りました。そしてついには、彼と同じ極東米軍総司令官の軍職に就き、彼と同じように日本とアジアを愛してきたのです。私はこれからアメリカに帰国します。おそらく生きて再び、母国日本の土を踏むことはないでしょう」

そこまで言うと、将軍はサングラスに山々を映しながら、ひとめぐり春のピースバレイパークを見渡した。

それから突然、テントの前に整列する米軍将校団に向かって正対し、威厳に満ちた、硬質の英語でこう結んだ。

「私はいま日本を去るにあたって、諸君らにあの偉大なる英雄、ダグラス・マッカーサーの最後の演説を、もういちどリフレインしよう。――『老兵は死なず、ただ消え去るのみ』。そうだ――神が与え給うた光の照らすまま、私もまたひとりの老兵として消えて行こう。誇り高く勝ち、そして敗れた、あの英雄のように。グッド・バイ」

30

ウィロビーとホイットニーが血相を変えて司令官室に飛びこんで来たのは、桜の花が満開の春の朝のことであった。

マッカーサーは日本中から殺到するラブ・レターをマイケル・イガラシに読み上げさせているところだった。

朝の日課を何の前ぶれもなく中断させられた将軍は、言葉より先に両手で机を叩いた。

雷に打たれたように直立不動になった二人の部下を指さしながら、マッカーサーは低い声で諭した。

「あわてるな。愕くことは何ひとつない。百個師団の共産軍が攻めこんできても、私の軍隊は負けない」

「イエス・サー・ゼネラル！」

と、二人は声を揃えた。

「もちろんです将軍。そんなことでしたら、われわれもべつに愕きはしません。しかし——」

ウィロビー少将は筋肉質の顔をひきつらせて新兵のように気をつけをしたまま、たしかに愕くべきことを言った。

「閣下の財宝が、発見されました」

マッカーサーの表情の動きに、全員が注目した。しかし将軍は彼らの期待に反して、笑いも愕きもしなかった。端正な顔をいちど、こくりと肯かせただけだった。

「それはすばらしい。で、どこにあった？」

ホイットニーが答えた。

「陸軍の南多摩火工廠です。集積弾薬の処理に当たっていた工兵隊が、偶然発見しました」

「現在はどうなっている。工兵隊員は？」

と、マッカーサーはたたみかけるように言った。

「いっさいの作業を中止して、警備にあたっています。ご指示を」

「よし、すぐに出かけよう。移動作業はその工兵隊だけにやらせる。終わったら全員即刻帰国させ——いや、マニラに向かわせよう。その間、日本人や他の部隊の者とのいっさいの接触を禁止させる。隔離するのだ」

花冷えの朝であった。

マッカーサーは軍服の上に、分厚いフラノ地のトレンチ・コートを着、襟元を白いマフラーで被った。

「護衛はいらない。マイク、君の同行も許可する。運転をしたまえ」

クライスラーの使用は避けられ、ただちに一区画はなれた輸送隊本部から、何の変哲もない幌つきのジープが司令部の裏口に回された。

助手席にマフラーとサングラスで顔を隠したマッカーサーが座り、ホイットニーとウィロビーは狭いリア・シートに詰めこまれた。

車はうなりを上げて、復興し始めた市街を突っ走った。マッカーサーは長いこと、黙って地図を睨んでいた。

「考えたものだな。こんな近くだったのか。松代の地下壕も富士の洞窟も、寺も神社も、まったく見当ちがいだったというわけだ。幸運だった」

「まったくの偶然です、閣下。日本軍はすべての弾薬を処理し、建物や機械類は政府に返納しておりました。もともとへんぴな場所ですし、あやうくただの山になるところでしたよ」

窮屈そうに体をかがめながら、ウィロビーが言った。

「で、その偶然の幸運はどうやって訪れたのだね？」

「なんでも、ＴＮＴの溶解剤がいまだに川を濁らせていて、付近の住民から訴えがあったのだそうです。そろそろ田圃に水を入れる時期ですからね。そこで、工兵隊がでかけて行って川上をたどってみたら、接収を免れた工場の廃屋があった、というわけです。聞けば元は弾薬工場だというので、いいかげんな処理をされたらどんな事故が起こらんとも限らんでしょう。で、敷地内を徹底的に調べた、という次第です」

「なるほど、そうしたら、わけのわからん物が発見された、と。どうやら正義の神に偏見はなかったようだな」

地図から目を上げたマッカーサーの顔には、しばらくの間わすれられていた輝かしい闘志が満ち溢れていた。


それからほぼ一時間後に起こったおぞましい出来事は、マイケル・イガラシ中尉の人生を決定的に変えた。

いや、勢いこんで駆けつけた将軍たちのすべての世界観を根こそぎくつがえし、彼らを永遠の恐怖と苦悩の底に叩き落としたのだった。

そこは多摩丘陵の山ぶところの、切り通しの峠道に沿った谷間だった。うっそうと雑木の繁茂した山肌は暗く、不吉だった。

荒れ果てた工場が建ち、どんよりと風の動かぬ、モノクロフィルムのような風景の中に、巨大な煙突が何本も魔物のように佇んでいた。無人の衛門をくぐり、緩い坂道を一マイルも走ったところで、工兵隊長が車を出迎えた。

砂利道はそこから左に折れ、両側に険しい山肌ののしかかる狭い谷間を上っていた。しばらく行くと、道ばたに崩れかけた三角兵舎が一棟、うらめしげに建っていた。なんといういやな場所だろうと、ハンドルを握りながらイガラシは思った。

岩壁に囲まれた、壺の底のような広場に行き着いた。ジープのステップに立って先導してきた工兵隊長は青ざめた顔つきで説明した。

「そこのコンクリートの倉庫に、信管を外しただけの一トン爆弾が残っておりまして、その撤去作業の最中に、たまたま地下壕への入口を発見したのです」

ほの暗い広場の奥に小さな石の祠が建っており、ちょうどその背面に、ぽっかりと等身大の空洞が開いていた。

「この神社が珍しくて眺めていたら、あちらに別の台座があることに気付きまして。誰かがコンクリートの台座をわざわざ外して、ここに移動させたのだろうと。それで何となく崖をつついていたら、真うしろの壁があのとおり、落ちたのです」

工兵隊長の唇はわなわなと震えていた。ようやくそれだけを言うと、隊長は総司令官の前であることも忘れたように、水筒の水を音をたてて飲んだ。

「ともかく、ごらんになって下さい、閣下」

工兵隊長の狼狽ぶりを危惧したウィロビーは、洞窟に向かって歩き出しながら言った。

「少佐。ここで見たものは、誰にもしゃべってはならんぞ。いいな」

工兵隊長は土気色の顔で、ウィロビーを睨み返した。

「しゃべりはしません。いったいこの有様を誰に、どうしゃべれとおっしゃるのですか」

マッカーサーはコートのポケットに両手を入れ、パイプをくわえたまま振り返った。

「口数が多いぞ少佐。工兵は沈着でなければならぬ。私も工兵隊の出身だ。誇りを持ちたまえ」

すべての人間が不吉な予感を抱いていた。何かがある。手放しでは喜べぬ、何かが。

一行は軍靴をこだまさせて洞窟に歩みこんだ。通路には裸電球がこうこうと輝いていた。地の底のどこかから、動力のうなる声が響いた。

隊長のほか、工兵隊員は誰もついてこようとはしなかった。壕内には生温かい地熱が澱んでおり、空気は腐っていた。

長いコンクリートの通路を、上官たちの後に従ってたどりながら、ふと何十人もの人間が自分のうしろにとぼとぼとついてくるような気がして、イガラシ中尉は何度も振り返った。

誰もいない。

歩き始めると、また不確かな足音が――なにか大勢のこびとが囁き合いながら追ってくる気配を、はっきりと感じた。

それが幼い日の記憶に残る、女の駒下駄のからりころりという音だと思いついたとき、中尉の背筋は吹き出る脂汗とともに凍えついた。

通路はいくどか折れ曲がり、やがて突き崩された土嚢とセメントの瓦礫に突きあたった。

頑丈な鉄の扉が、南京錠を壊されたまま半開きに開いていた。ひときわ輝かしい黄金の光が、通路に洩れ出ていた。

「オーケー、よくやった少佐。君の栄誉をたたえて勲章を授けよう」

工兵隊長は敬礼すらしようとはしなかった。むしろ、戦場で深手を負った兵のように、苦渋に満ちた恨みがましい目を、元帥に向けた。

「どうした。もうシルバー・スターはアルバムに貼りつけるほどもらっているのかね」

マッカーサーのジョークはそれが最後だった。

「これが、シルバー・スターですか、閣下。このザマが……」

工兵隊長は鉄扉を半長靴の踵で蹴った。地球が軋むほどの音をたてて、扉は開かれた。

瓦礫を踏みこえて最後の岩窟に入った軍人たちはおびただしい黄金の輝きに目を射られた。黄金は天高く積み上げられた木箱の朽ちるままに溢れ出し、洞窟をまばゆい金色《こんじき》の海に変えていた。

しかし次の瞬間、口々に叫んだ歓喜の声はたちまち悲鳴に変わった。

「なんという……」

マッカーサーは言葉を詰まらせたまま、燦然たる光のただなかに立ちすくんでいた。軍人たちは長い間、石像のように黙りこくった。それは、歴戦のバターン・ギャングたちが、かつて目のあたりにしたどんな戦場の、どんな悲惨な夜明けよりも衝撃的だった。

元帥はサングラスをおもむろに外し、おそろいの鉢巻をしたおびただしい数の頭蓋骨を、小さな声で数えた。

「子供ですよ、小さな女の子ですよ、閣下」

ウィロビーは後ずさりながら、何度も胸に十字を切った。

白骨は幾体かずつが折り重なっていた。小高い黄金の山をぐるりとめぐって、まるで申し合わせたようにそのどれもが小さな膝を抱え、いっせいに崩れるように倒れているのだった。ふしぎなくらい整然とした白骨の輪であった。

「神はいない。この国には、神も仏もいない」

ホイットニーは石くれの上に膝をつくと、胸をもみしだくようにして祈り始めた。

マッカーサーはその期に及んでも毅然としていた。白骨を踏まぬように、マッカーサーは子供たちの輪の中に入った。

それから中央の木箱を重ねた上に、正座した形のまま首をうなだれているひとつの死体の、朽ち果てたブラウスの肩に手を触れた。

足元に向けてじっと見開かれた黒い眼窩を覗きこみながら、物を言わぬ少女と対話するように、将軍は呟いた。

「教えてくれ、マイク。この鉢巻には何と書いてある」

マイケルは声を上げて泣いていた。顔を被うことも瞼を拭うこともできず、まるで火のついた赤ん坊のように立ったまま泣きわめいていた。

理由ははっきりしていた。自分が父祖の国と戦い、そして同じ肌の色の、同じ美しい言葉を話す少女たちを殺したのだと、そのとき初めて悟ったからであった。

「それは……七生報國と書いてあるんです……閣下」

熟語を日本文のままにして、イガラシ中尉はようやく言った。

「完全に訳せ、どういう意味だ」

少女のされこうべを睨んだまま、マッカーサーはイガラシを叱咤した。

「七回うまれ変わってでも……国に尽くすという、たぶんそういう……いえ、まちがいなくそういう意味です」

マッカーサーは突然、洞窟の天井を押し上げるように右手を挙げた。拳が怒りに慄えていた。

「ノー！　やめて下さい、閣下」

ひざまずいて祈ったまま、ホイットニーが叫んだ。

「いけません、将軍。ノー、やめろ！」

ウィロビーはマッカーサーに駆け寄って、振り挙げた拳を摑んだ。彼らは初めてボスの意志に抗い、「ノー」と叫び続けた。

白骨を殴りつけることの非を知った将軍は、獣のように吠えた。叫び声の意味は岩肌にこだまして良く聞きとれなかった。「神《ゴッド》よ！」と言ったようでもあり、「畜生《ガッデム》！」、と叫んだようでもあった。いや、もしかしたら続けざまにその両方を並べたのかも知れなかった。

マッカーサーは木箱から溢れ出たインゴットを半長靴の爪先で蹴ちらし、ダイアモンドを小礫《こいし》のように鷲摑みにして岩壁に投げつけると、振り返りもせずに出口に向かって走った。

「閉めろ！」

通路に出ると、元帥は叫んだ。

「閉めるんだ、元通りに。工兵隊を集めてベトンで固めろ。いや、鉄板だ。十トンの徹甲弾が降り注いでもビクともしない鉄板で、ここを鎖すんだ！」

マッカーサーは大股で通路を歩き出した。

「ボス、金塊は……」

追いすがりながら、ウィロビーが訊ねた。

「黙れ。黙って言われた通りにしろ！」

工兵隊長は将軍の剣幕に驚いて、イエス・サーを連呼しながら駆け出して行った。

マッカーサーの決断をそのとき奇異に感じた者は誰もいなかった。そうするべきだと、イガラシ中尉も思った。

足元のおぼつかぬ悪い夢のように、春の光の差しこむ入口は遠かった。将軍のあとを追って、人々は壁をつたいながら、あるいは床をいざるようにして、ようやく洞窟の外によろぼい出た。

彼らより先に、いまわしい光景を目撃したにちがいない工兵隊員たちが、鉄帽をかしげ、ライフルを引きずって、谷間のあちこちに佇んでいた。

イガラシ中尉はそのとき、ふしぎな錯覚にとらわれた。本土決戦の末、極東米軍は敗れ、マッカーサーがわずか一個分隊の手勢に護られて、この谷に逃げこんできたのではないか、と。

広場の中央でマッカーサーは突然、立ち止まった。サングラスをかけ、しわくちゃの元帥帽の庇を指先でつまみ挙げると、谷間の狭い空に翔け昇った日輪を仰ぎ見て、将軍は唇を慄わせた。

「よく聞け、諸君！」

陽光はくっきりと、将軍の周囲だけを狙い撃っていた。

「やつらは、いつかやってくるぞ。パールハーバーを飛び越し、ウエストコーストを席捲《せっけん》し、ロッキーを越え、砂漠を駆け抜けて、きっといつかやってくるぞ。私には見える。やつらがいつかマンハッタンを占領するさまが。エンパイヤ・ステートビルの頂きに、あのおぞましい日輪の旗印の翻る日が。くるぞ、やつらは必ず、いつか必ずやってくる――

やってくる――帰ろう、チャーリー。私は自由と正義のために戦わねばならない」

坂道を駆け下りながら、マッカーサーはあわてて捧げ銃《つつ》をする兵士のひとりひとりに大声で命じた。それはまるで、前線の陣地をめぐりながら防御の不備を怒鳴りちらすように、性急な、激しい口調だった。

雑草を抜け！

芝を張れ！

花を、桜を植えろ！

緑を絶やすな！

樅の木を植え、クリスマスには目のくらむぐらいのイルミネーションを灯すのだ！

そして永久に、ここをやつらに解放してはならぬ。永遠に、だ。

狂ったように叫び続け、肚の中の毒をすべて吐きおえると、最後にジープの前に立って、マッカーサーは付き従うイガラシ中尉を呼んだ。

「マイク！　君に命ずる。この国に残って任務を全うせよ。これは命令だ。ダグラス・マッカーサーの命令だ」

三の谷の空は花に被われていた。

広場の喚声も届かず、谷間には静寂が満ちていた。そこでは時間さえも葬り去られているようだった。

小さな祠の前に立ったとき海老沢澄夫は苔むした岩肌の胎内には、今も少女たちの亡骸とおびただしい財宝が埋まっていると思った。ふしぎにそう確信した。

子供たちは、みちみち摘んできた花束を祠の前に供え、ひとりずつ黙禱を捧げた。

「話したんですか、お子さんたちに」

海老沢が訊ねると、丹羽は照れながら答えた。

「べつに説教たれたわけじゃねえんだが、ほら、共通の話題っていうのがないだろう。だから車の中で話してきた。みんな怖がってたけど。あんたのところは？」

「勇気がないですね。そのうち折をみて」

真柴老人の手記を思い返しながら、二人はしみじみとあたりを見渡した。得体の知れぬ神聖な気に満ちているのは、知識のせいではあるまい。弔うことも記念することも、この場所にはふさわしくないと海老沢は思った。

そんなものは何もいらないのだ。足を踏み入れた人間をひとり残らず、しめやかな気持ちにさせ、洗い浄め、そして奮い立たせる何かが、この場所にはある。

おそらく荒れすさんだ自分の家庭も、複雑怪奇な丹羽の家庭も、透明なかがやかしい力によって再生するにちがいない。すべては解決する。神の存在とは、こういうものかも知れないと、海老沢は思った。

「もういいですね、これで。僕ら、もう遺産は受けとったみたいです」

海老沢が説得するように言うと、丹羽明人はどうしてもあきらめがつかんというふうに岩壁にもたれかかり、唇を嚙みしめて満天の花を見上げた。

「ねえ、丹羽さん。もういいじゃないですか、これで」

かいがいしく五人の子供たちの世話をする若い母親を見ながら、丹羽はチェッと舌打ちをすると、追いつめられた少年のように小石を祠に向かって投げつけた。

黒塗りのリムジンが砂利を蹴って三の谷に乗り入れてきたのは、ふたつの家族がすっかり打ちとけた、花見の宴もたけなわのころである。

車にはマイケル・イガラシ退役中将と、金原夫妻が乗っていた。

助手席の将校がトランクから金原の車椅子を取り出し、敬礼をしながらドアを開けた。

金原は「よう」、と手を挙げ、杖にすがるようにして歩み寄ってきた。

「お知り合いなんですか？　あの軍人」

海老沢は酔った顔をしらふに装って金原に訊ねた。将軍はパイプをくわえ、サングラスをめぐらして三の谷の空を見上げている。

「さてな。まんざら知らぬ仲でもねえらしいけんど——今さら年寄り同士が因縁話をしたって始まるめえ。車椅子でごろごろやってきたら、途中で拾われた」

金原夫人は周囲の思惑などまるでお構いなしに、会釈をしながら宴席の脇を通り抜けると祠の前に屈みこんだ。地方政財界のトップレディにふさわしい豪華な藤色のドレスが、小さな夫人を大柄に見せていた。

「やあ、ありがたいねえ。お子さんたちに供養していただいたの、初めてですよ、きっと」

盛りだくさんに供えられた花束や菓子を見て夫人は独りごつように言い、ハンドバッグの中から生米と線香とを取りだした。

「くそばばあが、秋葉様の祠で般若心経はねえだろ。おい、たいがいにしとけ、辛気くせえぞ」

じっと夫人の背を見つめる将軍の視線に気遣いながら、金原は言った。

イガラシ中将は軍帽を脱いで胸に当て、まっすぐに歩いて金原夫人の背後に立つと、十字を切って敬虔な祈りを捧げた。刈り上げた銀髪のうなじはたくましく、歴戦の野戦指揮官の貫禄が、小柄だが旗竿を入れたような背筋から漂い出ていた。

イガラシ中将と金原夫人は合掌したまま、古い記憶をていねいにたどるように、長いこと動かなかった。

「これ、どうしましょうか」

と、海老沢は思いついて、ウエストポーチの中から手帳を取り出した。金原はまったく興味なさそうに顔をそむけた。

「だから焼いちまえって言ったろう。ま、大事に持っていて、自分がおじけづいたときにでも読めや。薬にはなる」

「しかしなあ——」、と丹羽は突き出た腹をさすりながら首をひねった。

「何で真柴のじいさん、俺たちにこんな物を渡したんだろう」

「わかんねえか？　——いや、わかっとるはずだ……」

丹羽と海老沢は顔を見合わせた。

「不器用な人だったなあ。昭和天皇の御大葬のとき、多摩御陵のそばでな、御料車を追いかけて警察に取り押さえられたんだ」

「何ですか、それは」

ふいに金原が妙なことを言い出したように思えて、海老沢は車椅子を祠から遠ざけた。

「わしが貰い下げにいったんだが、警察じゃ往生しとったよ。陛下からお預かりしているものがある、しかしこれは重大機密であるから司直の者などに話すわけにはいかん、と、言ってるわけだな。わしァおろおろしちまってなあ。ともかくボケということで貰い下げてきた」

「うわ、冷汗ものですねえ」

と、海老沢はうなった。

「わしとばばあとでな、一晩じゅう説教したよ。今さら何を言い出すんだって。だが真柴さんは、あの冗談も言えねえ生真面目な顔で考えこんじまってよ。わしにこう言った。金原さん、あんたは少なくとも一人の人間をこんなに幸せにした。しかし自分は何ひとつしてない、と。わしは本心から言ってやったよ。真柴さん、あんたの人生は立派なものだ、決してむだなことじゃなかったぞ、って。そしたらあの人は握り拳を膝の脇についてな、まったく軍人がそうするように声を押し殺して、さめざめと泣き出したんだ。決してボケちゃいなかった」

「ムダなこととしか思えねえけどなあ」

と、丹羽は不満そうに呟いた。金原は弁当を囲んで笑い合う家族をちらりと見、意味ありげに口元で微笑んだ。

「そうかな？　――ともかく、あの人はばばあひとりにかかずり合ってきたわしなんぞとは、物がちがった。士官学校出ってえのは、大したものだ。死ぬまで任務が頭から離れなかった。誰が何と言おうと、わしはいちずに来るわけもねえ明日を待ち続けているあの人を、心の底から尊敬していた。あの人の生き方に較べりゃわしの残した身代なんぞ、紙っぺらみてえなものさ。真柴司郎てえ人は、徹頭徹尾、骨の髄までの軍人だった」

丹羽はふと、競馬場の掛茶屋の床に転がって酒と汚物とにまみれたまま、サッシ窓の白い空を見つめていた真柴老人の臨終の顔を思い出した。

八月十五日の聖断によって突然すりかえられた作戦の指揮官はあの老人だった。仮に米軍の本土上陸が決行されていたなら、真柴少佐は広い関東平野のどこかで敵弾に倒れたであろう。そして、そのときたぶんそうしたであろう安らかな、誇り高い顔そのままに、彼は掛茶屋の窓を見上げながら死んだ。

得体の知れない感動が丹羽の胸を被った。

いったい何を念じていたのだろうと思われるほど長い間、将軍と金原夫人はじっと瞑目していた。目覚めたように、二人は同時に顔を上げた。

「ごていねいに、ありがとうございます。いったい何をお考えになっていらしたんでしょうね、閣下は」

少し意地悪そうに、金原夫人は髪を撫で上げた。将軍はちらと横目をつかってから答えた。

「一人の人物のことばかり考えていました。私の最も尊敬する、大好きだった人のことです」

ふうん、と夫人はドレスの膝を抱えた。

「奥様は？」

「私ですか？　……私はやっぱり、大好きだった男の人のこと」

「ご主人に聞こえますよ」

「かまいません。おじいさんは馴れてますから。毎日、愚痴を言い続けてきてたんですよ。私はあんたなんか好きでも何でもないのよ、って」

夫人は祠のまわりをいざりながら、雑草をむしり始めた。何かを訊ねようとしてはいくども口ごもる将軍の顔を見上げて、夫人は投げ出すように言った。

「私ね、仲間はずれにされちゃったんです。ひとりだけいい子だったから」

将軍はしばらく夫人の言葉を考えてから、英語とも日本語ともつかぬ声で、「ああ」、と嘆いた。

「それで良うございましょう？　――いつもきれいにして下さって、お礼を申し上げます。みんなになりかわって」

夫人の言葉は静かな敵意を含んでいた。将軍は夫人のかたわらに屈みこむと、並んで雑草をむしり始めた。従兵があわてて白手袋を持って走ってきたが、将軍は英語で短く拒否をした。

「ほら、よくおりますでしょう。先生にベッタリの、仕切り屋の級長。私きっと、嫌われ者だったんですね」

夫人は草をむしりながら言った。

「それは……驚きましたな。いったいどういうご事情なのでしょうか。もしさしつかえなければ仔細をお聞かせ下さい」

「さしつかえありますよ。あたりまえじゃないですか」

草をむしる夫人の指先にはいっそう力がこもった。

「いや――失礼しました、お許し下さい」

「でも、ご帰国のおみやげにお教えしておきましょうか。私ね、何にもしらずにお風呂を洗っていたんです。ずいぶんまぬけですよね」

軍服の膝に肘を置いて、将軍は金原を振り返った。

「ご主人は？」

「おじいさんは関係ありませんよ。あの人はほれ、あの体だからね。兵隊にもとられなかったの。兵隊になったって、すぐ降参しちゃってますよ。卑怯で弱虫で、といったら金勘定が早いだけ。何にも知りゃしません」

夫人と将軍の精妙な会話はそれで終わった。

立ち上がった将軍は、もういちど谷間の空を被う桜の花を見渡した。それから岩壁に向かって、形の良い挙手の敬礼をすると、正確な回れ右をして車に向かった。

「ちょっと、ちょっと待ってくれよ」

海老沢の手を振りほどいて、丹羽明人は将軍の前に立ちはだかった。

「結論を聞かせて下さいよ。あんたら年寄りはそれでいいかも知れねえけど、俺たちにはまだ先があるんだ」

一瞬、イガラシ中将は刺客に出くわしたように立ち止まった。気色ばむ従兵を手で制し、花を映したサングラスの底からじっと丹羽を睨みつけた。

「聞かせてくれよ。銭カネのことじゃねえんだ。俺には責任がある。どうしてもうやむやにするわけにはいかねえ」

将軍はおもむろにパイプに火を入れると、しばらく考えるふうをし、それから口元をほころばせて丹羽に笑いかけた。

「いい若者だな、君は」

「若かねえ、もう四十五だ」

思わずそう口にして、かつて同じことを真柴老人に言われ、同じ答え方をしたことを丹羽は思い出した。

「結論は、もうとっくに出ているのではないかね。責任の自覚、そして勇気。結論はすでに、君自身のうちにある」

「勇気だと？――」

「そう。それさえあれば何もいらない。勇気だけが、歴史を作るのだから」

去りかけながら将軍は、丹羽の肩を力強く摑んだ。

「もっとも君にはもうひとつだけ――美しい日本語をマスターする必要がありそうだが」

ほんの一瞬のことだが、将軍の言う勇気という代物が、そのふしぎなくらい大きく感じられる掌から自分の体に流れこんだように、丹羽は思った。

それはたちまちかがやかしい黄金に形を変えて、丹羽の胸をうずめつくした。

巨大なクライスラーは、狭い谷間の草むらに尻をつっこんで、日本人の常識にかからぬ乱暴な方向転換をした。

「お送りしましょう」

ドアを開けたまま、将軍は金原に向かって言った。夫の乗る車椅子を押しながら、夫人はきっぱりと拒んだ。

「いえ、花を見ながら歩いて行きます。こんなにきれいにして下すったのに、車の窓からじゃ申しわけないですよ」

将軍は肩をすくめて車に乗った。

「おとうさん、あの人、アメリカに帰っちゃうんでしょう」

娘が海老沢を見上げて訊ねた。手折った桜の枝を握っている。

「そうらしいね。お見送りしてやろうか」

誰がそうするともなく、人々は立ち上がった。娘は車に向かって走った。

三の谷に風が渡って、おびただしい花を散らした。

「ええと、プリーズ。これ、おみやげです」

将軍はサンキューと答えて、いったん桜の花束を受け取ったが、娘のうしろをやりすごそうとする金原夫人を呼び止めると、それを夫人の胸に押しつけた。

「お気持ちはちゃんといただいておきますよ、お嬢さん。でも、私はこの足で横田から立たねばならないんです――これは、あらためて私から奥様に」

「もらっとけ」、と金原が他人事のように言った。夫人は白い手を延べて、桜の枝を受け取った。

「ありがとうございます、閣下」

夫人は花の中で、あどけない少女のように微笑んだ。

マイケル・イガラシ中将は初めて満足げに笑い返すと、サングラスをはずし、思いたどるような目で金原夫人を見つめた。

「とてもお美しいですよ、奥様。日本の女性にはやはり桜の花が良く似合います。おしあわせに」

リムジンは砂利を蹴立てて、三の谷を下って行った。

「おじょうずな方。出世なさるはずだわ」

金原夫人はぽつりと呟いた。

将軍と金原夫妻を見送ってからしばらくの間、二組の家族はぜいたくな花見を堪能した。

谷間に張りめぐらされた芝の温もりも、空気の乾き具合もすこぶる適当で、これほど快い季節はないだろうと、誰もが思った。

丹羽も海老沢も、もうそのことは口にしなかった。すべての苦悩が、古い瘡《かさ》のように凝り固まり、これから新たな人生に踏み出すのだという気持ちが、男たちを幸福な酩酊に誘っていた。

真午の日が三の谷の狭い空に落ちかかるころ、家族はようやく荷物をまとめて帰路についた。

「前途多難だなあ。こいつらをみんな一人前にしなきゃならねえかと思うと……運動会とか卒業式とか、ダブるんだよなあ……」

「まともなだけいいじゃないですか。僕はまず、あの真っ赤な髪を何とかさせて、ファミコンを始末しなきゃならない」

「手形だって、山のようにあるんだ」

「金で解決のつく問題じゃないですか。福祉財団の理事長だなんて、自信ないですよ」

待ち受ける現実にとまどいながら、二人の父親は千鳥足で坂道を下っていった。

封印をされたコンクリートの倉庫が並び、朽ちた水道の蛇口が忘れ物のように突っ立っていた。

すっかり仲良しになった娘ふたりが、ビニールシートとごみ袋を抱えて父親たちを待っていた。

春の陽に切りとられた道の上で、娘たちはふしぎなものでも見るように、谷を見返っていた。

「おとうさん、あれ」

娘の細い指先を追って、たどってきた道を振り返る。三の谷には、命あるもののように花が舞い落ちていた。天から投げ落とされた光の帯の中を、まるで舞台の華やかな大団円のように、おびただしい花びらがなだれ落ちているのであった。

「ちょっと、飲みすぎたかな」

丹羽が瞼をしばたたいた。

世界がゆったりと回るようなめまいを感じて、一瞬目を閉じた海老沢は、花の帳《とばり》の向こうに立つ大勢の人影をはっきりと見たように思った。

それは、輝くような少女たちと、軍刀を杖についた若い将校と、厚いメガネを光らせた長身の軍人だった。

彼らは黙って見送っている。

祈るよりさきに、託された花の重みを海老沢は感じた。

「自信は、ありませんよ」

海老沢は誰に言うともなく、独りごちた。

すると群像の中から、粗末な国民服を着た男が一歩進み出て、瘦せこけた顔に精いっぱいの微笑みをたたえながら、切実な甲高い声で、はっきりとこう言った。

「だいじょうぶだ。なにもこわがることはない」、と。

終章

みんな、聞いて。

マツさんもナッちゃんもカオルちゃんも、しげこさんもよしえちゃんも、泣いてばかりいないで、みんな聞いて。

もっと近くへきて。輪を作って、これから私の言うことを、ようく聞いて。

体が弱くって、ずっとみんなに迷惑をかけていた私が、こんなことを言うのはおかしいかもしれないけれど、とても大切なことだから聞いてもらいたいの。

父が出征する前に、こう言っていました。もし万が一、戦に負けるようなことがあったら、はずかしめをうける前に、いさぎよく死ねって。敵は鬼畜だから、日本に乗りこんできて何をするかわかったものじゃない。男たちはひとり残らず殺され、女はみなはずかしめをうけるんですって。

私は、みんなにそんな生き恥をさらしてもらいたくはない。やまとなでしことして、それはけっして、してはならないことだと思うの。

ちょっと信じられないかもしれないけど、みんなにたいへんな秘密を教えるわ。

いい、私たちが運んだこの箱の中味は、本土決戦用の弾薬なんかじゃないのよ。

静かにして、さわがないで。

これを、見てちょうだい——

静かに、みんな静かにして。声を出さないで。

おどろくのもむりはないけれど、これはね、日本が再起するための、秘密の宝物なの。上陸してくる敵にうばわれないように、日本じゅうのおかねを集めて、ここにかくしたのよ。

私、兵舎で寝ていて、隊長さんと中尉さんのひそひそ話を聞いてしまったの。

作業にたずさわった私たちを口封じのために殺してしまうよう、軍は命令したの。

静かに、聞いてちょうだい。みんな、私の目を見て。

でも、隊長さんたちはそれをできずに、命がけで命令にそむこうとなさっているのよ。

ねえ、みんな。私はずっと考えたわ。頭がおかしくなるぐらい思いつめたわ。これから、その結論を聞いてほしいの。

サッちゃんは、もうわかってくれた。それしかないって、言ってくれたわ。

ここにある宝物は、私たちのおじいさまやおとうさまが汗水ながしてためた、尊い、かけがえのないものなの。

そしてこの宝物さえあれば、いつの日か日本は再起できるの。弟や妹たちは飢えずにすむの。仇討ちも、きっとできるわ。

泣かないで、みんな。これはちっとも悲しいことじゃないんだから。

隊長さんや中尉さんの私たちを思って下さる気持ちは、とてもありがたいけれど、私たちはそれに甘えてはならない。軍の命令は天皇陛下のご命令なのだから、私たちは隊長さんたちにまちがいを起こさせてはならないと思うの。

ここに、毒薬があります。

中尉さんの荷物の中から、私がこっそり盗みだしてきたものです。

私たちはまだ小さくって、工場でもおねえさまがたのように成績があがらなくって、私やサッちゃんなんて、まだ子供も産めない体だし――でも、そんな足手まといの私たちにも、ひとつだけお国のためにできることがあると思うの。

ねえ、みんな。いっしょに死のう。

みんなで鬼になって、この宝物をまもろう。

軍隊が降参しても、国は残るわ。そうすれば生き残った人たちが、いつの日かこの宝物を掘りだして、きっともとどおりに、ビルディングを建て、橋をかけ、工場をつくりなおし、着るものや食べるものもたくさん作って下さるにちがいないわ。サッちゃんもマツさんも、しげこさんもよしえちゃんも、お願い、みんな泣くのはやめて。

みんな、いっしょに死のう。

みんなで鬼になって、この宝物をまもろう。


ありがとう。

みんな、わかってくれて……

「悲愴」を聴きながら——あとがきにかえて

今年はチャイコフスキーの没後百年にあたるということで、過年のモーツァルトと同様に多くのコンサートが催されている。

中学生の娘と第六番「悲愴」を聴きに出かけたのは、本著の資料にうもれ、物語を組みあぐねていた春先のことであった。

この数年の間、矢継ぎ早に開場したコンサートホールの豪華さにも驚かされるが、さらに驚くべきはその盛況ぶりである。「ブーム」と呼ぶほどクラシック音楽が安易で普遍的な趣味であろうはずはない。しかしオーチャードホールは三階の遥かな桟敷の奥まで聴衆に埋め尽くされていた。その情景は、ついに芸術さえ生活のうちに共有するに至ったこの国の豊かさを、つくづく実感させるものであった。

交響曲の最終楽章には、ふつう典雅で壮麗な音楽が配されるものだが、チャイコフスキーの第六番「悲愴」は、その題名のごとく暗鬱な、誠に救いがたいアダージョで終わる。弦は嘆き続け、やがて号泣し、絶望の淵に沈むように消えて行く。

帰るみちみち、「どうしようもない終わり方ね」と、娘も嘆いた。

第三楽章の勇壮なマーチとスケルツォに、ダグラス・マッカーサーの雄々しいイメージを描いていた私が、「どうしようもない終わり方」を思いついたのはそのときであった。十三歳の少女の横顔とともに、物語の構造は完結された。


戦争も戦後の飢えも知らぬ世代の私は、おそらく有史以来もっとも平和な時代の平和な国に生まれ育った。したがって、突然の使命を担わされた作中の日本軍将校のように、あるいは歪んだ逡巡を繰り返しながら生きて行く二世通訳のように、私もまたこうした題材を物語にすることの禁忌と使命とに怖れおののきながら、たどたどしく筆を進めるしかなかった。にも拘わらず、もし本著に桟敷の高みから舞台を瞰下《みおろ》すような安逸さがあるとするなら、伏してお許し願うほかはあるまい。

執筆にあたり、多くの貴重な体験をご教示くださった旧軍人・軍属の皆様、旧陸軍多摩火工廠関係者の皆様、旧制堀越高女卒業生の皆様、そして腰を据えて長らくお待ち戴いた倉科和夫氏はじめ青樹社御一同の皆々様に、深く御礼を申し上げる。

脱稿の後に知ったことであるが、英訳表題として添えた「遺産《LEGACY》」は、作中のマッカーサーが予見したとおり、今や高性能のステーションワゴンの名に冠されて世界を駆け巡っている。そしてその車を世に送り出した会社は、かつてB29の爆撃によって壊滅したはずの、旧中島飛行機の後身である。

われわれの世代が、われわれの内なる「日輪の遺産」の存在に気付いたとき、少女たちは暗渠から再生するにちがいない。

平成五年七月一日

浅田次郎

文庫版あとがき

浅田　次郎

本書元本の原稿依頼を受けたのは、平成四年の秋であったと思う。

その時点で刊行されていたものは、週刊テーミスに連載されていたエッセイのリメイクである「とられてたまるか！」、ノベルス版「きんぴか」「気分はピカレスク」、そして「プリズンホテル」の第一巻であった。

そう考えれば、「日輪の遺産」がいかに大それた、飛躍的な作品であったかが知れる。

デビュー後一年の間に、たて続けて四冊の「ユーモア・ピカレスク」を書いてしまい、さてこのさきどうやって軌道を修正すれば良いのだろうと、頭を悩ませていた矢先であった。

文芸誌への投稿を長く続けるうちに、ひょんな成り行きから「とられてたまるか！」を書き、筆に任せて同種の小説ばかりを発表し続けるうちに、「極道作家」の烙印を押されてしまっていた。このあたりで何とかしなければ、未来が変わってしまうと考えていた。

そこで、大がかりな軌道修正のボタンを押した。取材と資料読みに丸二ヵ月を費し、その後五ヵ月で七百枚余の原稿を一気呵成に書き上げた。内容について何も知らされていなかった編集者は、いきなり分厚い原稿を渡されてさぞとまどったことだろうと思う。

だがともかく、「日輪の遺産」を上梓したことで私の進むべき方向は変わった。いや正しくは、「プリズンホテル」も「きんぴか」もシリーズとして健在であったのだから、軌道修正というよりむしろ、新たな軌道をめぐる人工衛星を、もう一発打ち上げたというべきであろう。

そしてこの軌道の上を、第二弾の「地下鉄《メトロ》に乗って」が飛び、「蒼穹の昴」が打ち上がった。

遅咲き作家の凝縮された暦を考えると、「日輪の遺産」はいわゆる「若書き」である。

このたび文庫版刊行にあたって、四年前の原稿を読み直せば、筆を加えたい部分はいくらもあった。

お気付きの方も多いと思うが、シリアスな内容にもかかわらず、「ユーモア・

ピカレスク」の痕跡が随所に残っている。

大勢の登場人物が使いこなせず、視点が不安定となり、ときには曖昧にもなっている。

センテンスの配分が悪く、文末の処理も稚拙である。

そのほかにも、大きく改稿を施したい箇所はいくらでもあったのだが、私はあえてできうる限り元原稿を尊重した。

へたはへたなりに、涙ぐましい努力を払っていると感じたからである。手を加えて上等な作品に甦らせるよりも、後年なつかしく思い起こされる「若書き」の姿を、なるべく損わずに保存しておきたかった。どうかこのわがままをお許し願いたい。


正直のところ、「戦争」を材に用いるには勇気が要った。

いわゆる高度成長世代の私にとって、戦争はこの世に生を享けるわずか六年前の現実でありながら、遥かな歴史であった。日本はそれくらい急速に復興したのである。そしてすべての同世代の子供らがそうであるように、私もまたあの戦を、歴史の罪禍としてしか認識しえなかった。

だが私たちの世代は同時に、軍人の父と学徒動員に徴用された母とを持っていた。

戦は罪禍である。しかしおのれがその罪禍のただなかに青春を過ごした父母の血を享けていると認識し直したとき、私は戦を書かねばならないと思った。

戦を知らぬ私が戦を書くことは、体験者が存命である限り、必ず批判を蒙ることになる。しかし体験者が存命のうちでなければ、十分な取材はなしえない。生涯取り組むことになるであろうこの仕事を開始する機会は、今しかないと私は思った。

作中にマイケル・イガラシ中将が語る通り、私に必要なものは「責任の自覚、そして勇気」だけであった。

同世代の作家や編集者が大学に学ぶ間、私は陸上自衛隊に籍を置いていた。少くとも本書にかかわる限りにおいては、どのような文学修業にもまさる貴重な体験であったと思う。遠くナポレオンの時代にその組織的完成をみたといわれる軍隊は、自衛隊においても本質的な変わりはない。

作家としての私の稀有な経歴は、おそらくこの先も、私に勇気を与えてくれると思う。できうる限り真摯に誠実に、この作家的使命を全うしたい。

使命とは何であろう。

作中の大仰な一節を借りるとするなら、こういうことであろうか。

〈将軍の言う勇気という代物が、そのふしぎなくらい大きく感じられる掌から自分の体に流れこんだように、丹羽は思った。

それはたちまちかがやかしい黄金に形を変えて、丹羽の胸をうずめつくした。〉

もし読者の心に、これと同じ反応を多少なりとも起こすことができたのなら、「日輪の遺産」は稚拙なりに有意義な作品であったことになる。

いかがだったであろうか。

新装版解説

内藤麻里子（文芸ジャーナリスト）

これは、いわゆるM資金のような財宝の行方をめぐる冒険譚《ぼうけんたん》かと思わせて、実に思いがけない地点に着地する物語である。

本書『日輪の遺産』が単行本として刊行されたのは一九九三年。それ以降、二度の文庫化、映画公開に合わせた再度の単行本化と幾度か世に送り出されている。今また文庫の新装版が出るのには、人気作家の作品だからという理由だけではない、今という時代に鑑みて極めて意味があることだと思う。

解説を書いている二〇二一年九月現在、世は東京オリンピック・パラリンピックを終えたが、新型コロナウイルス感染の先行きが見えない。政治の判断の遅れ、甘い見通し、行政の人員不足と硬直化による不手際、さらに人流の減少に至らない国民一人一人の意識――。いつの間に日本と日本人はここまで劣化したのかと、驚くような惨状を呈《てい》している。そんなとき、『日輪の遺産』から聞こえてくる声は耳に痛く、心を鋭く突きさしてくる。今まさに読むべき一冊なのである。

時はバブル経済がはじけた後の平成の世。苦境に立つ不動産会社社長の丹羽明人《にわあきと》は、府中競馬場で真柴《ましば》という老人と出会う。ところが一冊の黒革の手帳を丹羽に託した直後、老人は心臓発作を起こして死んでしまう。そこには、敗戦直前、陸軍が臨時軍事費の名目で国庫から出させた九百億円を秘匿《ひとく》したことが記されていた。簡単な手帳の記述の背後にあった資金運びの隠密行《おんみつこう》と、それを読み解く現代が交錯しながら展開する。老人はかつて密命を帯びた陸軍少佐だったのだ。

お宝を追う物語と思いこみワクワクしている頭の片隅に、ずっとひっかかるのが「序章」の存在だ。十三歳の女学生三十五人がトラックの荷台に乗せられ、どこかに運ばれていった。戦時中でも明るさを失わず、しかも軍国少女の彼女たちは、運ばれた先でもけなげに働く。だが、過酷な運命が待ち受けていた。真柴少佐の奮闘もむなしく、運命の歯車は止まらなかった。これだけでも目頭を熱くするに十分なのだが、さらに一段先がある。

九百億円（物語の舞台である平成初期の時価ではなんと二百五十兆円）は、本土決戦のための軍事費ではなく、戦後の危機を乗り越えるための資金だった。丹羽が「欲がなくなったとき、こいつは宝さがしの物語じゃねえと気付いたんだ。つまりだな、これは国生みの神話だ」と看破したことが肝となる。大団円に向けて物語は疾走する。お宝が隠されている場所に至った者は、どうしてもそれを手にすることができない。崇高な意思を問う〝守り神〟がいたからだ。その神を前にすると卒然と自らを省《かえり》みる。「責任の自覚、そして勇気」があるか、お宝を手にする覚悟があるかを問われるのだ。「勇気だけが、歴史を作る」のである。この声こそが〝日輪の遺産〟であった。

近年流布《るふ》する「自己責任」と言われるときの「責任」とは、自分のことだけに終始する。ここで言う「責任」とは、社会に対して人間として当たり前に引き受け、立ち向かう責任だ。軸のある強い責任だ。そして一歩踏み出す勇気のどれほど怖いことか。これが今の日本と日本人に欠けているのではないか。戦争を経て、未来に託した先人たちの思いを無にすることは罪悪ではないかという思いがよぎる。作中、マッカーサーに「日本の精神は個人の意思など入りこむ余地のないほど、硬く、緊密に、不変に完成している」と言わしめた精神がほどけてしまった。そんな時代だからこそ、読む必要のある一冊と言いたいのである。

先ほど本書の初刊行は九三年と紹介したが、今や作家生活三十年を超えようとする浅田さんにとってはかなり初期の作品だ。これ以降、浅田さんはここ百年の近代史を書く仕事に乗り出し、日本と日本人を描き続けることになる。と同時にベストセラー作家への一歩を踏み出すことにもなる。

二〇〇五年に浅田さんを取材する機会があった。近代史を書く意味を、「(戦後教育の過程で）日本知らずの日本人が増えてしまった。近代史は今の自分がいる座標を確認する大事な要素。だから小説家としてできることは、学ぶことのできなかった百年の近代史を書くこと」と語っていた。

本書刊行の直後にはタイムスリップを使って過去と交錯する『地下鉄《メトロ》に乗って』（九五年・吉川英治文学新人賞）で戦中、戦後の親世代の姿を描き、九六年には『蒼《そう》穹《きゅう》の昴《すばる》』で清朝末期から始まる中国の近代史に切り込んだ。後者はシリーズ化され第六部『兵諫《へいかん》』（二〇二一年）まで刊行されている、押しも押されもせぬ歴史小説に成長した。〇八年、吉川英治文学賞を射止めた第三部『中原の虹』で張作霖《ちょうさくりん》を描くのだが、彼に「わが勲《いさおし》は民の平安」という志を奉じさせた。現代の政治家も企業のトップも忘れている気概だ。いい小説というのは、物語を味わった余韻《よいん》と共にそこに刻まれた気概、理念、心根が体にしみ込み、襟を正させるものがある。明日への活力にもなる。今自分がここにある歴史を知ると、なおのこと「こうしてはおれない」の気持ちが強くなる。

百年の近代史とは日本が戦争に突き進む道程である。作家はさまざまな形でアプローチする。例えば『蒼穹の昴』と同じ九六年に刊行された『天切り松 闇がたり』は、義賊《ぎぞく》の活躍を流れるような江戸弁で語る痛快な娯楽小説だ。シリーズ化され、痛快さを通して人間の矜持、人情、覚悟が伝わってくる。現在、第五作までであるが、第四作『天切り松　闇がたり　昭和俠盗伝』（〇五年）から趣《おもむき》が変わった。太平洋戦争に突き進む世相が色濃く反映し、反戦の声を響かせるようになる。徹底した娯楽作品に見えて、手抜かりはないのである。

『終わらざる夏』（一〇年・毎日出版文化賞）ではストレートに戦争を描いた。玉音放送後に起きた日本軍とソ連軍の戦闘を描き、戦闘そのものより召集令状で戦場に行かされた庶民の姿を追う中から、命の尊さを訴えかけてくる。

近代と異なる歴史・時代小説からも、日本と日本人が忘れてしまった美質を思い出させる声が届く。

『赤猫異聞』（一二年）は、火災によって牢屋敷から解き放たれた罪人が戻ってくるまでの顚末《てんまつ》を追う。以下、刊行時にインタビューしたとき作家が解説してくれたことをまとめてみた。いわくこの作品のテーマは「『法』とは何か」だった。儒教《じゅきょう》に「仁義礼智信」という五常の徳があって、社会を維持するのは「礼」によってだった。礼とは人間としてとるべき行動規範のことを言う。江戸時代は法の基に礼があった。明治以降は法に触れなければ何をしてもいいという考えが広まった。しかし、礼を失するのは法を犯すより劣っている――。そんな思いが基調に流れている。

二〇年に刊行された『流人道中記《るにんどうちゅうき》』は罪人となった旗本《はたもと》を松前藩《まつまえはん》まで押送する物語だ。『中央公論』二〇年五月号に載ったインタビューが興味深かった。最初切腹を言い渡されたものの、「嫌だ」と拒否した旗本が松前藩に送られることになるのだから、こいつは何者、どんな罪を犯したのかと興味がわく。そこで、同作のテーマは「懐疑」だと言うのだ。

「平和が長く続く時代や国が成長を続ける時代は、懐疑しない時代になるんです。僕が学生時代、周囲の人たちは学生運動の只中にあり、みんなが懐疑の意識を持っていた」とふり返る。それなのに高度成長期を経て、疑わなくなった。誰も後のことを考えなくなった。そしてコロナ禍での政府の方針を、「当初は最悪のことを想定していなかった。希望的観測にもとづいた対応」だったと指摘する。そんな楽観主義的な国民性を今まで支えていたのは、「教養主義の力」だったが、近年はなおざりにされている。「教養主義の敗北ということになる。そうなれば、日本はあっという間に没落するのではないだろうかと危惧しています」と口にしている。

既に三十年近く前から（いや、作家を志したころからと考えればもっと長期にわたるか）日本と日本人を見据《みす》えてきた作家の危惧が、危機的領域に入ったゆえの発言と受け止めた。それを思うと、今、新装版『日輪の遺産』が出る意味がより一層際立ってくる。

さて、本書には歴史から響かせる声を演出する歴史認識や人間描写、虚構の大胆さといった浅田作品を味わうときの醍醐味のすべてがあふれんばかりに詰まっている。

浅田作品は格調高く、おかしみや哀切さを秘めた滋味深い文章、稀代《きたい》のストーリーテリングの冴《さ》え、日本と日本人を見つめるまなざしという存在感を放つ。『日輪の遺産』の登場は我々にそのことを気づかせる前触れで、その才は一気に花開いていったと言えよう。

しかし、ここまで書いてきて、こんなことを言うと身も蓋《ふた》もないのだが、本当は御託はいらないのである。浅田作品はどれも面白い。涙し、笑い、憤慨し、余韻に浸りながら自然と襟が正されていく。それがすべてだ。

本書に収録されている「文庫版あとがき」でご本人は「若書き」と述べているが、烈々たる気概があふれている。それを新装版で楽しめるのが読者の幸福と言わずしてなんであろう。

本書は一九九七年七月に小社より刊行された文庫の新装版です。
時代背景に鑑み、原文を尊重しました。

|著者| 浅田次郎　1951年東京都生まれ。1995年『地下鉄《メトロ》に乗って』で第16回吉川英治文学新人賞、1997年『鉄道員《ぽっぽや》』で第117回直木賞、2000年『壬生《みぶ》義士伝』で第13回柴田錬三郎賞、2006年『お腹《はら》召しませ』で第1回中央公論文芸賞と第10回司馬遼太郎賞、2008年『中原の虹』で第42回吉川英治文学賞、2010年『終わらざる夏』で第64回毎日出版文化賞、2016年『帰郷』で第43回大佛次郎賞をそれぞれ受賞。2015年紫綬褒章を受章。『蒼穹の昴』『珍妃の井戸』『中原の虹』『マンチュリアン・リポート』『天子蒙塵《てんしもうじん》』からなる「蒼穹の昴」シリーズは、累計600万部を超える大ベストセラーとなっている。2019年、同シリーズをはじめとする文学界への貢献で、第67回菊池寛賞を受賞した。その他の著書に、『霞町物語』『歩兵の本領』『天国までの百マイル』『おもかげ』『大名倒産』『流人道中記』など多数。

日輪《にちりん》の遺産《いさん》〈新装版《しんそうばん》〉
浅田次郎《あさだじろう》

2021年10月15日第1刷発行
2024年 7 月25日第4刷発行

講談社文庫
定価はカバーに
表示してあります

発行者――森田浩章
発行所――株式会社　講談社
東京都文京区音羽2-12-21　〒112-8001
電話　出版（03）5395-3510
　　　販売（03）5395-5817
　　　業務（03）5395-3615

KODANSHA

デザイン―菊地信義
本文データ制作―講談社デジタル製作
印刷―――株式会社KPSプロダクツ
製本―――株式会社KPSプロダクツ

Printed in Japan

ISBN978-4-06-525055-6

講談社文庫刊行の辞

二十一世紀の到来を目睫に望みながら、われわれはいま、人類史上かつて例を見ない巨大な転換期をむかえようとしている。

世界も、日本も、激動の予兆に対する期待とおののきを内に蔵して、未知の時代に歩み入ろうとしている。このときにあたり、創業の人野間清治の「ナショナル・エデュケイター」への志を現代に甦らせようと意図して、われわれはここに古今の文芸作品はいうまでもなく、ひろく人文・社会・自然の諸科学から東西の名著を網羅する、新しい綜合文庫の発刊を決意した。

激動の転換期はまた断絶の時代である。われわれは戦後二十五年間の出版文化のありかたへの深い反省をこめて、この断絶の時代にあえて人間的な持続を求めようとする。いたずらに浮薄な商業主義のあだ花を追い求めることなく、長期にわたって良書に生命をあたえようとつとめるところにしか、今後の出版文化の真の繁栄はあり得ないと信じるからである。

同時にわれわれはこの綜合文庫の刊行を通じて、人文・社会・自然の諸科学が、結局人間の学にほかならないことを立証しようと願っている。かつて知識とは、「汝自身を知る」ことにつきていた。現代社会の瑣末な情報の氾濫のなかから、力強い知識の源泉を掘り起し、技術文明のただなかに、生きた人間の姿を復活させること。それこそわれわれの切なる希求である。

われわれは権威に盲従せず、俗流に媚びることなく、渾然一体となって日本の「草の根」をかたちづくる若く新しい世代の人々に、心をこめてこの新しい綜合文庫をおくり届けたい。それは知識の泉であるとともに感受性のふるさとであり、もっとも有機的に組織され、社会に開かれた万人のための大学をめざしている。大方の支援と協力を衷心より切望してやまない。

一九七一年七月

野間省一

我孫子武丸　探偵映画
我孫子武丸　新装版 8の殺人
我孫子武丸　眠り姫とバンパイア
我孫子武丸　狼と兎のゲーム
我孫子武丸　新装版 殺戮にいたる病
我孫子武丸　修羅の家
有栖川有栖　ロシア紅茶の謎
有栖川有栖　スウェーデン館の謎
有栖川有栖　ブラジル蝶の謎
有栖川有栖　英国庭園の謎
有栖川有栖　ペルシャ猫の謎
有栖川有栖　幻想運河
有栖川有栖　マレー鉄道の謎
有栖川有栖　スイス時計の謎
有栖川有栖　モロッコ水晶の謎
有栖川有栖　インド倶楽部の謎
有栖川有栖　カナダ金貨の謎
有栖川有栖　新装版 マジックミラー
有栖川有栖　新装版 46番目の密室
有栖川有栖　虹果て村の秘密
有栖川有栖　闇の喇《らっ》叭《ぱ》
有栖川有栖　真夜中の探偵
有栖川有栖　論理爆弾
有栖川有栖　名探偵傑作短篇集 火村英生篇
浅田次郎　勇気凜凜ルリの色
浅田次郎　霞町物語
浅田次郎　ひとは情熱がなければ生きていけない〈勇気凜凜ルリの色〉
浅田次郎　シェエラザード(上)(下)
浅田次郎　歩兵の本領
浅田次郎　蒼穹の昴 全四巻
浅田次郎　珍妃の井戸
浅田次郎　中原の虹 全四巻
浅田次郎　マンチュリアン・リポート
浅田次郎　天《てん》子《し》蒙《もう》塵《じん》 全四巻
浅田次郎　天国までの百マイル
浅田次郎　地下鉄《メトロ》に乗って〈新装版〉
浅田次郎　おもかげ
浅田次郎　日輪の遺産〈新装版〉
青木玉　小石川の家
天樹征丸 画・さとうふみや　金田一少年の事件簿 小説版〈オペラ座館・新たなる殺人〉
天樹征丸 画・さとうふみや　金田一少年の事件簿 小説版〈雷祭《いかずちまつり》殺人事件〉
阿部和重　アメリカの夜
阿部和重　グランド・フィナーレ
阿部和重　A B C〈阿部和重初期作品集〉
阿部和重　ミステリアスセッティング
阿部和重　IP/NN 阿部和重傑作集
阿部和重　シンセミア(上)(下)
阿部和重　ピストルズ(上)(下)
阿部和重　アメリカの夜 インディヴィジュアル・プロジェクション〈阿部和重初期代表作Ⅰ〉
阿部和重　無情の世界 ニッポニアニッポン〈阿部和重初期代表作Ⅱ〉
甘糟りり子　産む、産まない、産めない
甘糟りり子　産まなくても、産めなくても
甘糟りり子　私、産まなくていいですか
赤井三尋　翳《かげ》りゆく夏
あさのあつこ　NO.6〔ナンバーシックス〕#1
あさのあつこ　NO.6〔ナンバーシックス〕#2
あさのあつこ　NO.6〔ナンバーシックス〕#3

あさのあつこ　NO.6〔ナンバーシックス〕#4
あさのあつこ　NO.6〔ナンバーシックス〕#5
あさのあつこ　NO.6〔ナンバーシックス〕#6
あさのあつこ　NO.6〔ナンバーシックス〕#7
あさのあつこ　NO.6〔ナンバーシックス〕#8
あさのあつこ　NO.6〔ナンバーシックス〕#9
あさのあつこ　NO.6beyond〔ナンバーシックス・ビヨンド〕
あさのあつこ　待っている〈橘屋草子〉
あさのあつこ　さいとう市立さいとう高校野球部(上)(下)
あさのあつこ　甲子園でエースしちゃいました〈さいとう市立さいとう高校野球部〉
あさのあつこ　おれが先輩?〈さいとう市立さいとう高校野球部〉
阿部夏丸　泣けない魚たち
朝倉かすみ　肝、焼ける
朝倉かすみ　好かれようとしない
朝倉かすみ　ともしびマーケット
朝倉かすみ　感応連鎖
朝倉かすみ　たそがれどきに見つけたもの
朝比奈あすか　憂鬱なハスビーン
朝比奈あすか　あの子が欲しい

天野作市　気高き昼寝
天野作市　みんなの旅行
青柳碧人　浜村渚の計算ノート
青柳碧人　浜村渚の計算ノート 2さつめ〈ふしぎの国の期末テスト〉
青柳碧人　浜村渚の計算ノート 3さつめ〈水色コンパスと恋する幾何学〉
青柳碧人　浜村渚の計算ノート 3と1/2さつめ〈ふえるま島の最終定理〉
青柳碧人　浜村渚の計算ノート 4さつめ〈方程式は歌声に乗って〉
青柳碧人　浜村渚の計算ノート 5さつめ〈鳴くよウグイス、平面上〉
青柳碧人　浜村渚の計算ノート 6さつめ〈パピルスよ、永遠に〉
青柳碧人　浜村渚の計算ノート 7さつめ〈悪魔とポタージュスープ〉
青柳碧人　浜村渚の計算ノート 8さつめ〈虚数じかけの夏みかん〉
青柳碧人　浜村渚の計算ノート 8と2分の1さつめ〈つるかめ家の一族〉
青柳碧人　浜村渚の計算ノート 9さつめ〈恋人たちの必勝法《マーチンゲール》〉
青柳碧人　浜村渚の計算ノート 10さつめ〈ラ・ラ・ラ・ラマヌジャン〉
青柳碧人　霊視刑事夕雨子《ゆうこ》1〈誰かがそこにいる〉
青柳碧人　霊視刑事夕雨子2〈雨空の鎮魂歌《レクイエム》〉
朝井まかて　花《はな》競《くら》べ〈向嶋なずな屋繁盛記〉
朝井まかて　ちゃんちゃら
朝井まかて　すかたん

朝井まかて　ぬけまいる
朝井まかて　恋歌
朝井まかて　阿《お》蘭《らん》陀《だ》西《さい》鶴《かく》
朝井まかて　藪医《やぶい》ふらここ堂
朝井まかて　福袋
朝井まかて　草々不一
歩《あゆみ》りえこ　ブラを捨て旅に出よう〈貧乏乙女の"世界一周"旅行記〉
安藤祐介　営業零課《ぜろか》接待班
安藤祐介　被取締役《とりしまられやく》新入社員
安藤祐介　おい! 山田〈大翔製菓広報宣伝部〉
安藤祐介　宝くじが当たったら
安藤祐介　一〇〇〇ヘクトパスカル
安藤祐介　テノヒラ幕府株式会社
安藤祐介　本のエンドロール
青木理　絞首刑
麻見和史　石の繭〈警視庁殺人分析班〉
麻見和史　蟻《あり》の階段〈警視庁殺人分析班〉
麻見和史　水晶の鼓動〈警視庁殺人分析班〉
麻見和史　虚空の糸〈警視庁殺人分析班〉

麻見和史 聖者の凶数〈警視庁殺人分析班〉
麻見和史 女神の骨格〈警視庁殺人分析班〉
麻見和史 蝶の力学〈警視庁殺人分析班〉
麻見和史 雨色の仔羊〈警視庁殺人分析班〉
麻見和史 奈落の偶像〈警視庁殺人分析班〉
麻見和史 鷹《たか》の砦《とりで》〈警視庁殺人分析班〉
麻見和史 凪《なぎ》の残響〈警視庁殺人分析班〉
麻見和史 天空の鏡〈警視庁殺人分析班〉
麻見和史 賢者の棘《とげ》〈警視庁殺人分析班〉
麻見和史 深紅の断片〈警防課救命チーム〉
麻見和史 邪神の天秤〈警視庁公安分析班〉
麻見和史 偽神の審判〈警視庁公安分析班〉
有川 浩 三匹のおっさん
有川 浩 三匹のおっさん ふたたび
有川 浩 ヒア・カムズ・ザ・サン
有川 浩 旅猫リポート
有川ひろ アンマーとぼくら
有川ひろ みとりねこ
有川ひろほか ニャンニャンにゃんそろじー

荒崎一海 門前仲町〈九頭竜覚山 浮世綴㊀〉
荒崎一海 蓬莱橋雨景〈九頭竜覚山 浮世綴㊁〉
荒崎一海 寺町哀感〈九頭竜覚山 浮世綴㊂〉
荒崎一海 小《お》名《な》木《き》川《がわ》〈九頭竜覚山 浮世綴㊃〉
荒崎一海 一色町雪花〈九頭竜覚山 浮世綴㊄〉
朱野帰《かえ》子《る》《こ》 駅物語
朱野帰子 対岸の家事
東 浩紀 一般意志2・0〈ルソー、フロイト、グーグル〉
朝倉宏景 白球アフロ
朝倉宏景 野球部ひとり
朝倉宏景 つよく結べ、ポニーテール
朝倉宏景 あめつちのうた
朝倉宏景 エール〈夕暮れサウスポー〉
朝倉宏景 風が吹いたり、花が散ったり
朝井リョウ スペードの3
朝井リョウ 世にも奇妙な君物語
有沢ゆう希 末次由紀 原作 ちはやふる 上の句〈小説〉
有沢ゆう希 末次由紀 原作 ちはやふる 下の句〈小説〉
有沢ゆう希 末次由紀 原作 ちはやふる 結び〈小説〉

有沢ゆう希 小説 パーフェクトワールド〈君といる奇跡〉
有沢ゆう希 原作:金田一蓮十郎 脚本:徳永友一 小説 ライアー×ライアー
秋川滝美 幸《こう》腹《ふく》な百貨店
秋川滝美 幸腹な百貨店〈デパ地下おにぎり騒動〉
秋川滝美 幸腹な百貨店〈催事場で蕎麦屋呑み〉
秋川滝美 マチのお気楽料理教室
秋川滝美 ヒソップ亭〈湯けむり食事処〉
秋川滝美 ヒソップ亭2〈湯けむり食事処〉
秋川滝美 ヒソップ亭3〈湯けむり食事処〉
赤神 諒 神遊の城
赤神 諒 大友二階崩れ
赤神 諒 大友落月記
赤神 諒 酔象の流儀 朝倉盛衰記
赤神 諒 空《うつせ》貝《がい》〈村上水軍の神姫《しんき》〉
赤神 諒 立花三将伝
彩瀬まる やがて海へと届く
浅生 鴨 伴走者
天野純希 有楽斎の戦
天野純希 雑賀《さいか》のいくさ姫《ひめ》

青木祐子　コーチ！〈はげまし屋・立花ことりのクライアントファイル〉
秋保水菓《あきうすいか》　コンビニなしでは生きられない
相沢沙呼　medium《メディウム》　霊媒探偵城塚翡翠《じょうづかひすい》
相沢沙呼　invert《インヴァート》　城塚翡翠倒叙集
新井見枝香　本屋の新井
碧野　圭　凜として弓を引く
碧野　圭　凜として弓を引く〈青雲篇〉
碧野　圭　凜として弓を引く〈初陣篇〉
赤松利市　東京棄民
五木寛之　ソフィアの秋
五木寛之　狼のブルース
五木寛之　海峡物語
五木寛之　風花のひと
五木寛之　鳥の歌(上)(下)
五木寛之　燃える秋
五木寛之　真夜中の望遠鏡〈流されゆく日々'78〉
五木寛之　ナホトカ青春航路〈流されゆく日々'79〉
五木寛之　旅の幻燈
五木寛之　他力
五木寛之　こころの天気図
五木寛之　新装版 恋歌
五木寛之　百寺巡礼　第一巻　奈良
五木寛之　百寺巡礼　第二巻　北陸
五木寛之　百寺巡礼　第三巻　京都Ⅰ
五木寛之　百寺巡礼　第四巻　滋賀・東海
五木寛之　百寺巡礼　第五巻　関東・信州
五木寛之　百寺巡礼　第六巻　関西
五木寛之　百寺巡礼　第七巻　東北
五木寛之　百寺巡礼　第八巻　山陰・山陽
五木寛之　百寺巡礼　第九巻　京都Ⅱ
五木寛之　百寺巡礼　第十巻　四国・九州
五木寛之　海外版　百寺巡礼　インド1
五木寛之　海外版　百寺巡礼　インド2
五木寛之　海外版　百寺巡礼　朝鮮半島
五木寛之　海外版　百寺巡礼　中国
五木寛之　海外版　百寺巡礼　ブータン
五木寛之　海外版　百寺巡礼　日本・アメリカ
五木寛之　青春の門　第七部　挑戦篇
五木寛之　青春の門　第八部　風雲篇
五木寛之　青春の門　第九部　漂流篇
五木寛之　親鸞　青春篇(上)(下)
五木寛之　親鸞　激動篇(上)(下)
五木寛之　親鸞　完結篇(上)(下)
五木寛之　五木寛之の金沢さんぽ
五木寛之　海を見ていたジョニー　新装版
井上ひさし　モッキンポット師の後始末
井上ひさし　ナイン
井上ひさし　四千万歩の男　全五冊
井上ひさし　四千万歩の男　忠敬の生き方
井上ひさし・司馬遼太郎　新装版　国家・宗教・日本人
池波正太郎　私の歳月
池波正太郎　よい匂いのする一夜
池波正太郎　梅安料理ごよみ
池波正太郎　わが家の夕めし
池波正太郎　新装版　緑のオリンピア
池波正太郎　新装版　殺しの四人〈仕掛人　藤枝梅安(一)〉
池波正太郎　新装版　梅安蟻地獄〈仕掛人　藤枝梅安(二)〉

2024年6月14日現在